Bibliothèque publique de la Municipalité de la Nation
Succursale ST ISIDORE Branch
Nation Municipality Public Library

JAN 2 1 2015

Le voyage de Ruth

la Mama d'*Autant en emporte le vent*

Donald McCaig

Le voyage de Ruth

la Mama d'*Autant*
en emporte le vent

Traduit de l'anglais (États-Unis)
par Nathacha Appanah et Aurélien Blanchard

Titre original
Ruth's Journey
The Authorized Novel of Mammy from Margaret Mitchell's
Gone with the Wind

Citation p. 9 extraite de *Autant en emporte le vent*,
paru aux éditions Gallimard en 1938, traduit par Pierre-François Caillé.

*Tous droits de traduction, d'adaptation
et de reproduction réservés pour tous pays.*

© Stephens Mitchell Trusts, 2014. Tous droits réservés.
© Éditions Michel Lafon, 2014, pour la traduction française.
118, avenue Achille-Peretti — CS 70024
92521 Neuilly-sur-Seine cedex
www.michel-lafon.com

Pour Hattie McDaniel

« C'était une vieille femme obèse aux petits yeux rusés pareils à ceux d'un éléphant. De pur type africain, elle était d'un noir luisant. Dévouée aux O'Hara jusqu'à la dernière goutte de son sang, elle était la terreur des autres domestiques. »

Margaret Mitchell, *Autant en emporte le vent*

« Où tu iras j'irai, où tu vivras je vivrai ; ton peuple sera mon peuple, et ton Dieu sera mon Dieu ; où tu mourras je mourrai, et j'y serai enterrée. »

Ancien Testament, Livre de Ruth, 1:16,17

PREMIÈRE PARTIE

SAINT-DOMINGUE

Son histoire commença par un miracle. Ce n'était pas un miracle remarquable, la mer Rouge ne s'était pas ouverte et Lazare n'avait pas ressuscité. Non, son miracle était ordinaire, de ceux qui séparent les vivants des morts.

Ce miracle survint sur une petite île qui avait autrefois été très riche. Les planteurs du cru l'appelaient la « perle des Antilles ». Trois semaines à peine après la création du *Mariage de Figaro* à Paris, la pièce était jouée à Cap-Français, la capitale de l'île. Les planteurs, contremaîtres et fils cadets y dirigeaient les plantations de sucre et de café qui rendaient les riches Français encore plus riches et propulsaient les petits armateurs dans les rangs de la bourgeoisie. L'île rapportait chaque année plus d'argent que toutes les colonies britanniques d'Amérique du Nord réunies.

Mais ce temps-là était révolu. Les champs de canne à sucre alors si fertiles restaient en friche sous une épaisse couche de cendre noire, et les pierres angulaires des manoirs autrefois magnifiques étaient brisées et menaçaient à tout instant de s'écrouler au milieu de grossiers buissons d'épines.

S'ils étaient prudents et restaient sur les routes, les soldats de Napoléon pouvaient encore patrouiller dans la plaine du Nord, au moins jusqu'à Villeneuve. Leurs forteresses étaient suffisamment sûres.

Pourtant, dès que la nuit tombait, ils s'empressaient de retourner à Cap-Français ou de s'enfermer dans ces forts pour y dresser leur campement. Car, de jour comme de nuit, les montagnes appartenaient aux sangliers, aux chèvres, aux insurgés et aux esclaves marrons.

*
* *

L'après-midi du miracle, la femme qui allait devenir la propriétaire de l'enfant – et presque sa mère – était assise à sa fenêtre. Elle regardait vers l'est, par-delà les toits défoncés de la capitale et des têtes de mâts de la flotte française chargée du blocus, vers la belle baie bleu azur, car c'était la seule vue à être encore porteuse d'espoir. Le regard de Solange Escarlette Fornier se perdait dans cette direction, tout comme, inlassablement, la fleur de lys se tourne vers le soleil.

Si Solange était jeune, elle n'était pas belle. Deux années auparavant, le jour de son mariage, engoncée dans les bijoux et la robe en dentelle de sa grand-mère flamande, c'était une femme ordinaire. Mais ceux qui accordaient à Solange l'offrande d'un deuxième coup d'œil y revenaient souvent une troisième fois afin de s'attarder sur la hauteur de ses pommettes, la froideur de ses yeux vert-de-gris, l'arrogance de son nez gaulois, ou encore sa bouche, qui promettait autant qu'elle refusait.

Ce deuxième coup d'œil révélait également à quel point la solitude de cette jeune femme l'avait rendue forte.

Solange Escarlette Fornier avait grandi à Saint-Malo, un port prospère de la côte bretonne. C'était son pays natal, et, quand elle parlait, ses mains signaient les gestes subtils des Bretons. Solange savait parfaitement quel feu et quel bois avaient infligé ses blessures à Saint-Malo.

Ici, sur cette petite île, Solange Escarlette Fornier n'était rien d'autre qu'un visage anonyme – une épouse provinciale dépourvue d'une famille parisienne influente et mariée à un capitaine qui peinait à se distinguer dans une armée à l'agonie. Solange n'arrivait pas à comprendre pourquoi toutes ces terribles choses arrivaient, et, même si elle rejetait une partie de la faute sur son mari Augustin, elle en assumait la plus grande part : comment avait-elle pu être aussi stupide ?

Au sein de la bourgeoisie de Saint-Malo, les Fornier étaient « considérés », et les Escarlette « redoutés ». Henri-Paul Fornier et Charles, le père de Solange, avaient espéré unir leurs deux grandes familles par un mariage. Ainsi, les goélettes d'Henri-Paul transporteraient les marchandises des Escarlette, tandis que l'influence de ces derniers tempérerait l'âpreté au gain des fonctionnaires des ports. Un navire a besoin de deux ancres.

Avec la franchise et la courtoisie des hommes d'affaires aguerris, les deux pères évaluèrent les maris et femmes potentiels, car, comme le dit un proverbe breton, « l'amour et la pauvreté font mauvais ménage ».

L'amour ? Dès que le jeune Augustin Fornier se retrouvait en présence de la fille aînée de Charles Escarlette, il rougissait et était incapable de prononcer la moindre parole. Certes, Solange semblait parfaitement indifférente à son soupirant, mais il ne faisait aucun doute que, comme d'innombrables jeunes filles avant elle, elle finirait par changer d'avis.

La pauvreté ? Il fallut, au cours des négociations, soigneusement peser le potentiel du fils pour prouver qu'il était à la hauteur de la dot considérable de la fille.

Au ménage, Augustin apporterait quatre-vingt-dix pour cent d'une plantation lointaine (Henri-Paul conserverait les dix pour cent restant), la Sucarie du Jardin, un domaine de cent cinquante hectares. En sus, il y aurait une grande maison (« à Versailles ! ») ; une raffinerie de sucre moderne (« plus le sucre est blanc, meilleur est le prix de vente, n'est-ce pas ? ») ; ainsi que quarante-trois esclaves (« loyaux et dociles ») rompus au travail des champs, âgés de quinze à trente ans, sans parler des douze femmes esclaves en âge de procréer ou des nombreux enfants, dont il ne faisait aucun doute que certains vivraient assez longtemps pour intégrer la force de travail.

Henri-Paul transmit à Charles les registres de recettes trimestriels qu'il avait déposés à la Banque de France.

« Cent vingt écus, dit Charles, c'est tout à fait remarquable. » Il fredonnait en feuilletant les registres, s'arrêtant de temps en temps pour prendre des notes. « C'est magnifique. Auriez-vous par hasard des comptes plus récents ? Ceux des trois dernières années, peut-être ? »

Henri-Paul sortit sa pipe de l'une de ses poches, envisagea de l'allumer avant de décider de la remettre là où il l'avait prise. « Les événements…

– Exactement. Les événements… »

Charles Escarlette savait pertinemment qu'il n'était pas possible d'avoir les comptes les plus récents, mais il n'avait pas pu s'empêcher de s'offrir un petit plaisir en lui posant la question.

Vingt ans plus tôt, quand Henri-Paul avait hypothéqué deux petites goélettes destinées au cabotage pour faire l'acquisition d'une plantation de sucre sur une île des Caraïbes dont quasiment personne à Saint-Malo ne connaissait l'existence, Charles Escarlette n'avait peut-être pas fait partie des railleurs les plus acharnés, mais il avait tout de même levé un sourcil.

L'« inconséquence » d'Henri-Paul se transforma en « sagesse » quand la demande européenne en sucre doubla, tripla, pour enfin quadrupler. Même le plus pauvre des ménages désirait pouvoir faire des confitures et des gâteaux. Or aucun sol n'était plus adapté à la culture de la canne à sucre que celui de cette petite île ; et aucune plantation ne raffinait un sucre plus blanc que la Sucarie du Jardin.

La première année, les bénéfices qu'enregistra son contremaître suffirent à amortir l'achat de la plantation. Par conséquent, Henri-Paul se servit des bénéfices de cette entreprise pour agrandir sa flotte de huit vaisseaux de cabotage (qui, par la suite, intégreraient le patrimoine de son fils aîné, Léo). Les Fornier furent alors invités à rejoindre la Société des expéditeurs et des marchands, et, au bal annuel de celle-ci, Henri-Paul (qui avait bu un verre de trop) tapota familièrement l'épaule de Charles Escarlette et le tutoya.

C'était pour se venger de ce malheureux « tu » que Charles avait demandé des comptes qu'il savait Henri-Paul incapable de produire.

En effet, certains esclaves ingrats de cette petite île riche s'étaient depuis révoltés contre leurs propriétaires légitimes. Au moment même où la révolte des esclaves se répandait comme une traînée de poudre, les Français métropolitains commencèrent leur propre Révolution et exécutèrent leur roi. Le gouvernement révolutionnaire, ces Jacobins qui ne connaissaient rien au monde des affaires – ils vivaient à Paris et ne possédaient à eux tous probablement même pas une coudée de plantation de sucre –, dans un excès de « Liberté ! Égalité ! Fraternité ! », avaient affranchi tous les esclaves français !

Quelques années plus tard, avec Napoléon Bonaparte au pouvoir, il était clair que les affaires sur l'île restaient chaotiques, dangereuses et surtout peu rentables. Un Nègre s'était autoproclamé gouverneur général de l'île et avait essayé de tisser de nouveaux liens avec la France (tout en distribuant les meilleures plantations à ses soutiens), tandis que d'autres rebelles contestaient son autorité et volaient des plantations pour leur propre compte.

Charles Escarlette avait compris qu'Henri-Paul n'aurait certainement pas donné quatre-vingt-dix pour cent de la Sucarie du Jardin à son fils Augustin si les bénéfices de cette dernière avaient été assurés, mais il se fendit d'un sourire charmeur et déboucha une bouteille d'un armagnac mis en fût l'année même de l'accession au pouvoir du regretté roi Louis. Henri-Paul eut un sourire reconnaissant.

Après un deuxième verre, Henri-Paul fit remarquer que les hanches et la poitrine de Solange étaient à même d'accueillir et de nourrir des petits-fils solides, mais il ajouta, comme à regret : « J'ai peur que mon fils soit incapable de porter la culotte dans cette famille. »

Charles remua son armagnac pour en apprécier le bouquet. « Augustin aura toujours besoin d'être conseillé. »

D'un air grave, Henri-Paul lança : « Il aurait fait un si bon prêtre ! »

Un grognement. « Il ne regarde pas ma fille comme un prêtre, je trouve.

— Comme certains prêtres, peut-être ? »

Une certaine bonhomie s'installa entre eux. Ils avaient été très anticléricaux dans leur jeunesse et se mirent à glousser. Charles Escarlette reboucha la bouteille et offrit sa main. « Nous reprenons demain ?

— À l'heure que vous voudrez. »

*
* *

Augustin Fornier était loin d'être un mauvais parti en tant que gendre potentiel, mais il est clair qu'il n'aurait pas été choisi sans cette plantation lointaine et l'intervention de Napoléon en personne.

Si Charles et Henri-Paul désiraient que la Sucarie du Jardin revienne dans le giron français, Napoléon, lui, voulait que les richesses de la petite île soient redirigées vers la France au lieu d'engraisser des Nègres querelleurs, des Nègres qui avaient été par-dessus le marché propriété française avant cette stupide erreur des Jacobins. De plus, les Américains rôdaient avec insistance autour de La Nouvelle-Orléans, le centre de l'immense territoire français de la Louisiane. Une force militaire française conséquente sur la petite île suffirait sans doute à modérer les ambitions des Américains. Les Français et les Anglais étaient pour l'instant en paix, les mers étaient ouvertes, et la magnifique armée de Napoléon était par conséquent désœuvrée. Le Premier Consul avait confié le commandement d'une grande force expéditionnaire à son propre beau-frère, le général Charles Victoire Emmanuel Leclerc.

Après sa discussion avec Fornier, Charles Escarlette interrogea Ricard d'Ageau qui, comme il avait perdu un bras à Austerlitz, était considéré comme l'autorité militaire de Saint-Malo. Ricard accepta avec reconnaissance le deuxième meilleur cognac d'Escarlette avant de poser un doigt judicieux sur l'aile de son nez et d'annoncer que, une fois que les forces de Leclerc auraient accosté et se seraient mises en ordre de bataille, il y aurait trois, voire quatre escarmouches, après quoi Leclerc materait la populace avec quelques pendaisons et la situation reviendrait à la normale en quelques semaines tout au plus. Face aux canons français manipulés par les vétérans de Napoléon, il ne faisait aucun doute que « les Nègres prendraient la poudre d'escampette ».

« Et après ?

– Ha ha. Le vainqueur rafle la mise ! »

Ce dernier pronostic ne fit que renforcer les soupçons de Charles Escarlette : il fut incapable de fermer l'œil de la nuit et arriva grognon à la table du petit déjeuner. Quand Solange demanda à son « cher papa » si quelque chose n'allait pas, il lui répondit si sèchement qu'elle le fixa comme elle l'aurait fait de quelque dément croisé au hasard d'une rue.

Peu de temps après, il comprit exactement ce qu'il avait à faire. Il ne restait qu'à aider Henri-Paul (« tu », c'est ça !) à comprendre la réalité de la situation et les opportunités qu'il y avait à saisir.

Augustin avait déjà passé deux après-midi – avec un chaperon, évidemment – auprès de sa jeune promise. Malgré toute son ignorance du beau sexe et de la vie qui résultait de son enfermement entre les quatre murs de la maison des Fornier, au 24, rue des Pêcheurs, même Augustin – quand sa fièvre amoureuse baissait – savait que sa Solange Escarlette chérie était en réalité une jeune fille provinciale, hautaine, indifférente et qui ne s'intéressait qu'à elle-même. Et alors ? L'amour est un piètre comptable.

Il se languissait d'elle. Le grain de beauté à côté de son sourcil était exactement là où il devait être. Le bon Dieu avait conçu sa poitrine pour qu'elle repose dans le creux des mains d'Augustin, et son derrière rebondi pour qu'il le serre contre lui. Imaginer ce moment triomphal où, enfin, il posséderait Solange troublait son sommeil et transformait ses draps trempés de sueur en autant de cordes entortillées. Peut-on construire un mariage sur le désir ? Augustin n'en savait rien et ne s'en souciait point.

Pour Solange, le mariage signifiait pouvoir narguer ses sœurs célibataires toute une semaine et se plier de temps en temps au fastidieux devoir conjugal, avec un homme qu'elle pensait suffisamment gentil. Le devoir était le devoir, non ? Son père avait organisé son baptême, son éducation pendant douze ans, et, maintenant, son mariage. C'était ainsi qu'on faisait les choses à Saint-Malo.

L'affaire avait été conclue et les fiancés avaient été mariés. Grâce à un prêt obtenu deux points en dessous du taux préférentiel et couvert par la plantation, Charles Escarlette avait acheté à son gendre une charge de sous-lieutenant dans la cinquième brigade de cavalerie légère.

Dans sa jeunesse, Augustin avait toujours été pacifique. Quand les autres enfants s'affrontaient à l'épée de bois, lui s'inquiétait toujours du fait que l'un d'entre eux finisse éborgné. Quand ces garçons devinrent des hommes et leurs épées de bois des sabres, Augustin, lui, tremblait devant l'éclat de l'acier. Mais son beau-père expliqua : « Tout ce que tu as, c'est la Sucarie du Jardin, non ? Réfléchis. À ton avis, quand le général Leclerc aura réprimé la révolte et que nos Nègres se seront remis au travail, est-ce que la Sucarie du Jardin reviendra à ses propriétaires légitimes, ou bien aux officiers préférés de Leclerc ? »

Charles tapota Augustin dans le dos. « Ne t'inquiète pas, mon garçon. Tout sera fini avant que tu t'en rendes compte, et – il toussa – on m'a dit que les Négresses étaient... fort primitives. »

Augustin, pour qui posséder sa fiancée s'était avéré beaucoup moins excitant qu'il ne l'avait espéré, pensa que « primitive » n'était sans doute pas la pire des qualités.

Henri-Paul reprochait à son fils son « ardeur indiscrète » pour le régime de séparation des biens qu'il avait été contraint d'accepter. L'énorme dot de Solange Escarlette Fornier avait été déposée à la Banque de France – au seul nom de Solange.

« Mon cher ami, disait Charles pour tenter de le rassurer, ils auront vite besoin de cet argent pour restaurer la plantation.

Et, avant la fin de l'année, je vous fiche mon billet que vous touchez à nouveau vos dix pour cent. »

Solange pensait qu'elle se plairait à être la maîtresse d'une grande plantation, et ses prétentions énervaient ses sœurs au plus haut point. Elle serait gracieuse, bonne, et, même sans être belle (Solange était réaliste), elle serait en tout cas toujours très bien habillée.

Les dimanches, après la messe, elle recevrait les autres femmes de planteurs et leur servirait le thé dans son ensemble de porcelaine de Sèvres or et bleu de cobalt, celui qui avait appartenu à sa grand-mère. Elle porterait également le collier de sa grand-mère, et un serviteur se tiendrait derrière chaque chaise pour éventer ses amies.

Le couple embarqua à Brest et naviguea vers l'ouest sur une mer d'hiver un peu agitée pendant quarante-deux jours. Le rang de sous-lieutenant d'Augustin lui donnait droit à une couchette dans une minuscule cabine que les jeunes mariés partageaient avec deux officiers célibataires d'un rang égal ou inférieur. Prétendre qu'ils ne voyaient pas et n'entendaient pas ce qu'inévitablement ils voyaient et entendaient exigeait des trésors de délicatesse. Comme il n'y avait pas assez de place pour se disputer, Solange n'avait d'autre choix pour s'exprimer que son regard.

Pendant un unique et splendide moment, le matin du 29 janvier, tout sembla possible. Sur le pont bondé, alors que la petite île grossissait à vue d'œil, Solange glissa sa petite main dans celle de son mari. Peut-être que les larmes qui apparurent dans les yeux du sous-lieutenant Fornier étaient causées par cette douce dépendance, mais peut-être aussi furent-elles simplement provoquées par la brise qui leur venait de l'île, une brise chargée de senteurs douces et langoureuses. Tout était vrai, alors ! Le planteur et sa femme s'enivrèrent des promesses de la perle des Antilles.

Comme les insurgés avaient retiré le balisage du chenal du port de Cap-Français, l'expédition du général Leclerc, y compris la cinquième brigade et son sous-lieutenant novice, longea la côte pour débarquer. Solange se retrouva alors avec la minuscule cabine pour elle toute seule.

Tandis que la flotte française attendait l'arrivée de Leclerc, les insurgés mirent le feu à la capitale, si bien qu'une puanteur amère couvrait la brise aromatisée. Au diable le balisage du chenal ! L'amiral accosta et s'amarra au quai. Les marins et des civils comme Solange, qui brandissait une dague fort peu féminine, débarquèrent alors, sous les vivats d'une centaine de petits enfants noirs qui criaient : « Papa blan, papa blan ! » Une fois à terre, Solange ordonna à certains d'entre eux de transporter les effets des Fornier en un lieu protégé des flammes.

Solange se planta toute la journée sur le perron d'une petite maison en pierre à deux étages, la dague serrée entre les genoux, jusqu'à ce que les forces du général Leclerc arrivent pour se joindre au pillage. Deux jours plus tard, un officier portant une fière moustache de grenadier l'informa qu'en raison du peu de maisons épargnées par l'incendie, la sienne devait être réquisitionnée pour accueillir des officiers supérieurs.

« Non.

– Madame ?

– Non. Cette maison, par exemple, est peut-être petite, sale et sens dessus dessous, mais elle devrait amplement vous suffire.

– Madame !

– Auriez-vous l'intention de déloger la femme d'un planteur français, qui plus est en employant la force ? »

Par la suite, quand d'autres officiers tentèrent en vain de déloger Solange, Augustin se fit particulièrement discret.

*
* *

Pendant un certain temps, le plan de Napoléon fonctionna. De nombreux insulaires accueillirent avec chaleur les forces françaises envoyées pour mater la révolte, et quelques régiments noirs du gouverneur général se joignirent aux troupes métropolitaines. Les maisons et les toits furent réparés, et Cap-Français renaquit de ses cendres. Leclerc renvoya le gros de la flotte en France. De nombreux chefs rebelles renouvelèrent leur allégeance à la France et au Premier Consul. Le gouverneur général fut invité à une fausse conférence de paix et arrêté.

Les Fornier entreprirent alors d'inspecter la plantation. Un matin froid et brumeux régnait sur la plaine du Nord, et Solange portait une écharpe de laine. La plaine était dominée par le Morne Jean, une montagne qui donnait naissance à de nombreux cours d'eau qui rendaient la progression du couple plus difficile.

Dans les petits villages, des enfants émaciés et silencieux leur jetaient des coups d'œil à la dérobée et les chiens sauvages s'en allaient d'un pas furtif. Certains des champs de canne à sucre avaient été abandonnés aux ronces, d'autres divisés en de petits jardins sur lesquels se dressaient les bicoques aux finitions grossières des hommes récemment affranchis, et d'autres encore regorgeaient de canne à sucre non récoltée. Ils passèrent le guet au-dessus d'un petit cours d'eau gargouillant et prirent un bateau pour traverser les eaux troubles de la Grande-Rivière-du-Nord, avec ses rives jonchées de branches cassées et de troncs d'arbres déposés là par les crues hivernales.

Au sud du croisement de Ségur, ils découvrirent enfin la source de leur bonheur futur : la Sucarie du Jardin.

Ils avaient jusque-là lu les conclusions, actes et rapports des contremaîtres d'une plantation caribéenne aussi mystérieuse qu'éloignée ; mais aujourd'hui, ils laissaient bel et bien des traces de roues sur ce chemin désaffecté tapi dans l'ombre fraîche des murs de cannes à sucre qui ondulaient au-dessus de leur tête. « La vanille, chuchota Solange, ça sent la vanille. » Les cannes bruissaient. N'importe quoi aurait pu se cacher parmi ces plants de canne à sucre, si bien qu'ils furent soulagés quand ils émergèrent à la lumière du jour pour se retrouver sur une allée pavée. Cette dernière menait à un mur qui ceignait une maison à deux étages, bien plus petite qu'ils ne l'avaient imaginée, et ce indépendamment de l'incendie qui l'avait ravagée. À travers les fenêtres du second étage, on pouvait apercevoir le ciel bleu-gris, zébré çà et là par des poutres noircies. L'entrée principale semblait avoir jailli des décombres.

« Oh », dit Solange.

Ils entendirent les Nègres de la plantation s'enfuir à travers les champs de canne à sucre. « Nous en reconstruirons une, dit Augustin.

– Vous croyez que nous y arriverons ? » demanda Solange en posant une main sur son genou.

À eux. La maison en ruine, le moulin incendié avec ses essieux tordus ou cassés et ses ailes brisées – *à eux*. Ils commençaient à échafauder des plans. Ils entreprirent d'explorer le hameau nègre qui, lui, semblait indemne – *à eux*, encore. Les huttes des travailleurs étaient toutes protégées par un mur vert vif composé d'un entrelacement de cactus visqueux – Augustin, curieux, toucha ce mur de la main avant de la ramener vivement en arrière et de suçoter son doigt. Solange gloussa. Les cours avaient été tassées et balayées avec soin. Augustin se baissa pour entrer dans une case sombre. Solange toussa, amusée de voir que la tête de son mari touchait presque l'entrée du conduit de la cheminée. Des nattes en lambeaux étaient roulées près d'un grand panier destiné à accueillir du manioc. La bouilloire dans la cheminée était remplie d'une nourriture blanchâtre. Augustin s'imagina en train d'enseigner aux enfants nègres les splendeurs de la civilisation française, et se délecta par avance de leur joie et de leur gratitude. Solange ramassa un bol en porcelaine de belle facture, mais dont le bord était ébréché. Elle le jeta un peu plus loin.

Les comptes rendus des planteurs avaient fait état de ces jardins qui, comme celui-ci, derrière la hutte, étaient parfaitement entretenus : les travailleurs avaient tendance à consacrer dix fois plus d'énergie à leur jardin qu'aux tâches que leur confiait leur maître. Augustin prit sa première décision de propriétaire : « *Nos* Nègres finiront leur travail dans les plantations *avant* de s'adonner à ces… frivolités ! »

Solange se demanda vaguement s'ils possédaient également une maison en ville.

Le destin, enfin, leur souriait, aujourd'hui et pour toujours. À eux deux, ils pouvaient faire quelque chose ici. *À eux*. Augustin sentit son cœur se remplir de fierté. Il capturerait et ramènerait à la Sucarie les travailleurs disparus. N'était-ce pas également leur maison, en fin de compte ? N'était-ce pas autant leur vie que la sienne ? Quand une brise s'engouffra dans les cannes, ces dernières bruissèrent. Quel son merveilleux !

« La maison…, dit-il. Je suis heureux que la maison ait brûlé. Elle était trop petite. Elle ne convenait pas.

– Nous en construirons une plus belle », répondit Solange.

Dans le jardin négligé du manoir, Augustin étendit sa pèlerine au-dessus d'un rosier dont les bourgeons chuchotaient mille promesses. Ils seraient riches. Ils seraient bons. Ils seraient aimés. Ils feraient ce qu'ils voudraient. Solange s'offrit totalement à Augustin, le rejoignant enfin dans le doux délire de l'amour.

Hélas, après la déportation en France du gouverneur général nègre, les combats s'intensifièrent et la campagne devint dangereuse : jamais plus les Fornier ne visitèrent cette plantation qui avait incarné pour eux tant d'espoirs. Le mari de Solange cessa de parler de son travail de soldat. Il fut promu, puis promu une nouvelle fois, mais n'en tira aucune fierté. Il ne prenait plus de plaisir aux bals ou au théâtre, et même une conversation particulièrement gracieuse et pleine d'esprit semblait l'ennuyer. Par la suite, le capitaine Fornier abandonna tout simplement toute vie sociale.

Avec l'été vint la fièvre jaune.

Une théorie étrange avait les faveurs des officiers français les plus crédules : ils perdaient contre des forces *non naturelles*. Quelques années auparavant, avant même que les Jacobins n'affranchissent les esclaves et bien avant que Napoléon n'envoyât son beau-frère les asservir à nouveau, un prêtre vaudou avait été brûlé sur la grand-place de Cap-Français. Les Nègres superstitieux croyaient que ce dernier possédait le pouvoir de se métamorphoser en animal ou en insecte, et qu'il avait réussi, grâce à ce pouvoir, à échapper à son funeste destin. Mais mon bon monsieur : sa graisse avait fait des bulles comme celle de tous les autres ! On eut beau gratter soigneusement les pavés près du bûcher pour en retirer les cendres du sorcier, on connut l'été suivant une invasion inhabituelle de moustiques, et, pour la première fois, une épidémie de fièvre jaune.

La fièvre faisait rage. Le malade souffrait de déshydratation, puis sentait son cerveau se presser comme s'il était devenu une orange dont un homme robuste aurait désiré extraire le jus. L'homme condamné gardait les idées claires, si bien que ses illusions les plus chères lui apparaissaient pour ce qu'elles avaient toujours été : des mensonges.

Parfois, cela s'arrêtait. Tranquillement. Facilement. La fièvre quittait le malade et sa tête cessait de l'élancer. Alors il buvait de l'eau fraîche avant de s'allonger. Une âme charitable, peut-être, nettoyait son corps de la transpiration morbide qu'il avait exsudée. De nombreuses victimes osaient croire à cette heureuse issue.

Certains des plus dévots perdirent la foi quand la fièvre revint. Du sang noir coulait du nez et de la bouche. On pataugeait dans un vomi noir, dans un fleuve de saleté.

Le bon Dieu, dans Sa grâce infinie, épargna Augustin et Solange. Les membres de l'expédition de Napoléon, en revanche, tombèrent comme des mouches et moururent plus vite qu'on n'arrivait à les mettre en terre. S'il fut enterré avec davantage de pompe et de dignité que des dizaines de milliers de ses soldats, le général Charles Victoire Emmanuel Leclerc n'en fut pas moins mort.

La femme du général quitta l'île à bord de l'un des derniers navires français, car, un an à peine après la signature d'un traité de paix franco-britannique, l'accord fut dénoncé et une escadrille anglaise imposa un blocus à l'île.

On apprit au même moment que Napoléon avait vendu la Louisiane aux Américains. Les survivants français comprirent alors que le Premier Consul les avait également vendus.

Après que le général Rochambeau eut pris le commandement des forces françaises assiégées, une gaieté fébrile s'empara de la capitale. Abandonnés par leur nation et leur Empereur, les officiers, les planteurs, leurs femmes et leurs maîtresses créoles s'épuisèrent dans les bals jusqu'au bout de la nuit. Même si le lustre du *Mariage de Figaro* n'était qu'un lointain souvenir, le théâtre, avec son toit en ruine laissant voir le ciel nocturne, accueillit à cette époque nombre de représentations populaires.

Pour le plus grand plaisir des hommes, les chauves-souris qui s'ébattaient entre les poutres terrorisaient les dames.

Solange n'était pas d'un naturel particulièrement sociable, mais elle comprit que, dans ces circonstances, perdre le contact avec la société signifiait mourir. Même si elle préférait de loin marcher seule sur la plage, elle faisait fi de ses inclinations et, chaque soir, se rendait courageusement au théâtre ou au bal. Quand Augustin cessa de l'accompagner, elle trouva un cavalier fidèle en la personne du commandant Alexandre Brissot, un officier étonnamment beau, plus vieux qu'elle de seulement un ou deux ans. Dans la mesure où il était le neveu du général Rochambeau, le commandant Brissot lui offrait une protection qui surpassait celle que lui aurait permise son seul grade militaire, et, si Solange lui aurait volontiers autorisé une certaine liberté dans son comportement, il s'abstint de toute requête allant dans ce sens.

Solange était réaliste. Quelle que fût la nature intime de Brissot, elle lui était reconnaissante pour sa protection. Ses espérances étaient en accord avec ce que pouvait attendre une Escarlette : un mari plutôt fidèle, avec une réussite modeste, des rentes suffisantes et une position respectable. Mais rien à Saint-Malo ne l'avait préparée à la vue des cadavres décomposés des victimes de la fièvre jaune qui jonchaient les pavés, ou encore au goût graisseux qui ne quittait désormais plus sa gorge. Ses fantasmes ne l'avaient pas non plus préparée à cette fumée étouffante qui serpentait le long des rues d'une ville assiégée, ou cette plantation qu'ils possédaient mais n'osaient même plus visiter. Et le regard de son mari était devenu si étrange ! Son mari, l'homme dont chaque nuit elle partageait la couche !

*
* *

Après vingt-huit mois, six jours et douze heures passés en enfer, le capitaine Augustin Fornier avait vu et fait des choses plus abominables que dans ses pires cauchemars. Trop souvent, il avait fermé l'oreille aux suppliques et fait taire en lui la moindre miséricorde. Son index si ordinaire avait maintes fois appuyé sur la détente, et ses mains maladroites s'étaient d'innombrables fois escrimées à ajuster des nœuds coulants.

Son épouse disait souvent : « Quand nous aurons vaincu ces rebelles, il faudra qu'ils remettent absolument tout comme avant. Exactement comme avant ! » Il acquiesçait, mais savait en son for intérieur qu'on ne pourrait rien remettre comme avant, que tout avait définitivement changé.

Comme l'avait suggéré son père, dans d'autres circonstances, il aurait fait un très bon prêtre. Mais maintenant, il avait tellement de mal à tenir le compte des péchés mortels qu'il avait commis qu'il ne savait pas lequel lui vaudrait la damnation éternelle.

La patrouille s'était vu ce jour-là attribuer une mission idiote. Il fallait rattraper un esclave en fuite, un certain Joli, domestique d'Alexandre Brissot, le neveu du général Rochambeau. Cette poursuite n'avait aucun sens : des esclaves s'enfuyaient tous les jours, par dizaines, par centaines, par milliers même.

Peut-être était-ce à cause du cheval que Joli avait volé. Peut-être que ce cheval coûtait cher. Augustin obéissait aux ordres. Cela faisait longtemps déjà que la distinction entre le devoir d'un soldat et celui d'un bourreau ne voulait plus rien dire.

Pour une raison quelconque, le général voulait la tête de Joli. Littéralement. Et malgré la minceur du cou humain, séparer une tête de son corps n'était pas chose facile. Il fallait ajuster parfaitement son coup : le sabre devait frapper là où deux vertèbres se rencontraient et trancher l'os d'un coup net. Alors le sang giclait des artères à gros bouillon et souillait invariablement le pantalon blanc de l'exécuteur.

Les empreintes de sabots du cheval de Joli menaient à une plantation de café abandonnée, près de la montagne qui dominait la plaine du Nord.

Augustin et ses sergents montaient des mules, tandis que les soldats ordinaires suivaient à pied, reprenant leur souffle quand ils pouvaient. À Saint-Malo, la si lointaine Saint-Malo, c'était l'automne. Un automne frais et agréable…

Au loin, on pouvait parfois apercevoir, entre les rangs de caféiers, la douce promesse de la mer, si belle et si bleue. L'escadrille anglaise ne cherchait pas à se cacher : trois frégates (une seule aurait largement suffi) naviguaient paresseusement dans les parages. On aurait dit des enfants qui jouaient. Qu'est-ce qu'ils savaient de l'horreur, ces officiers anglais à lunettes désœuvrés qui se délassaient en détruisant de loin Cap-Français et Morne Jean ? Comme Augustin les enviait…

Bientôt, la pente devint trop raide pour y faire pousser du café. Le chemin se transforma en sentier, avant de devenir une simple piste pour gros rongeurs et sangliers. Augustin descendit de la mule et la guida par la bride. La transpiration gênait sa vision. Tirant, escaladant, se frayant un chemin à travers les buissons qui s'agrippaient à eux comme des maîtresses éconduites, la plupart des soldats juraient, tandis que d'autres murmuraient des prières qu'ils avaient apprises enfants. Même le plus optimiste des soldats ne pensait plus revoir un jour son pays. Tous les hommes savaient qu'ils étaient déjà *morts, décédés, défunts*[1]. Parfois, ils entonnaient une chanson joyeuse qui parlait de Madame la Mort, cette fidèle camarade.

Mort, oui, mais pas encore. Pas ce matin, pas tant que la rosée s'accrochera à ces feuilles étrangères, que des insectes bizarres célébreront leur vie insignifiante, et que le soleil, cet ingrat, leur donnera des cloques sur le front. Demain, Madame la Mort, demain nous nous retrouverons. À l'heure que vous voulez. Mais pas aujourd'hui !

*
* *

La vie d'Augustin Fornier aurait pu être différente, si seulement la fortune lui avait souri – rien qu'un petit sourire discret, ou même un clin d'œil… Et dire qu'il se trouvait malheureux à Saint-Malo ! Quel enfant il avait été ! Un enfant gâté, pourri, et surtout idiot ! Certes, son père était exigeant, mais en avait-il davantage demandé à ses fils que n'importe quel autre autodidacte ? Il était également vrai que ses perspectives d'avenir étaient peu reluisantes – son frère aîné, Léo, devait hériter de l'Agence maritime Fornier – mais, au moins, à l'époque, il avait *encore* des perspectives d'avenir !

Qu'est-ce qu'il était heureux, avant !

Les buissons s'agrippaient à son manteau et à son ceinturon, et son tricorne tombait si souvent qu'il décida de le tenir à la main. Une sorte de chapeau rouge était accroché aux épines d'un buisson. C'était l'un de ces bonnets phrygiens, un de ces bonnets rouges qu'avaient choisis les Jacobins comme symbole, et que Napoléon abhorrait. Le sergé de soie semblait de trop bonne qualité pour avoir appartenu à un domestique en cavale. Peut-être Solange pourrait-elle en faire quelque chose.

---

1. En français dans le texte. Par la suite, les termes en français dans le texte original seront signalés par des italiques suivis d'un astérisque. (Toutes les notes sont du traducteur.)

Augustin se hissa jusqu'à la clairière d'une étroite terrasse. Une chèvre noire et marron, attachée, se mit à brailler dès qu'elle aperçut la patrouille. La hutte avait en guise de porte un tapis, sans doute volé à un manoir de planteurs. Les frondes qui composaient le toit étaient attachées ensemble par des bandelettes arrachées à ce même tapis.

Son sergent arma son mousquet, suivi par le reste de la troupe.

Il faisait frais ici, si haut au-dessus de la plaine. Une chute d'eau s'écoulait d'une corniche moussue pour atterrir dans une cuvette de la taille d'une baignoire.

La chèvre reprit sa plainte, tandis qu'un perroquet vert jacassait, reproduisant le bruit d'un maillet sur une bûche. Une brise caressa les cheveux d'Augustin au niveau de la nuque. Il avait dû être agréable de vivre ici, en altitude, bien loin du conflit sanglant. On avait même dû s'y croire à l'abri.

Le cadavre de la jeune fille qui gisait près de la porte était encore frais : son sang n'avait pas encore noirci. Augustin ne regarda pas son visage. Il avait déjà trop de visages à oublier.

Il sortit son pistolet, souleva le tapis d'un coup sec vers l'extérieur, et fut envahi par une âpre odeur de charogne. Le capitaine Fornier se força à entrer dans la hutte avant que ses nerfs ne le lâchent.

La vieille femme avait été en partie décapitée, et la cervelle du bébé avait été écrabouillée et étalée sur le sol comme de la suie rouge et grise dans une cheminée. Les tout petits poings serrés du nourrisson évoquaient deux marsupiaux. « Nous, les humains, nous ne sommes pas humains », songea Augustin. Il se demanda vaguement qui était responsable de ce massacre. Des esclaves marrons ? Des rebelles ? Une autre patrouille ? Les meurtriers avaient retourné la hutte, sans doute à la recherche des quelques objets de valeur que possédait la famille.

Augustin espérait que le sang sur lequel il marchait n'avait pas souillé le dessus de ses bottes. Il n'existait aucun moyen de faire disparaître une tache de sang d'une couture.

Curieusement, les maraudeurs avaient laissé le panier à manioc à sa place, retourné. Ils avaient mis la hutte à sac, mais n'avaient pas retourné le panier, alors qu'il aurait très bien pu cacher ce qu'ils cherchaient. Il se tenait là, intact, comme un petit dieu domestique content de lui-même. Augustin lui décocha un coup de pied et l'envoya rouler dans un coin.

Dessous se trouvait une petite fille noire, debout, souriante et nue, âgée peut-être de quatre ou cinq ans. Ses pieds étaient souillés de sang, de même que ses genoux. Elle avait dû rester agenouillée pendant que sa famille se faisait massacrer. Comme il la regardait fixement, elle cacha ses mains ensanglantées derrière son dos et fit une révérence. *« Kote se ke pitit »*, dit-elle en créole, avant d'ajouter en français : « Bienvenue dans not'maison, M'sieur. Not'chèvre Héloïse a du bon lait. Vous l'entendez crier dehors ? J's'rais heureuse d'la traire pour vous. »

Le capitaine Augustin Fornier, qui en avait pourtant vu d'autres, resta bouche bée.

L'enfant répéta : « Vous d'vez avoir faim. J'vais la traire pour vous. »

Augustin se signa.

Le sourire de la petite fille était illuminé par une joie enfantine. « Est-ce que vous allez m'emmener avec vous ? »

Il l'emmena avec lui.

DEUXIÈME PARTIE

LE BAS-PAYS

– 1 –

Réfugiés

Quand Augustin présenta à sa femme l'enfant magnifique et solennelle, un ange passa. Puis Solange sourit.

Et quel sourire ! Augustin aurait donné sa vie pour revoir ce sourire.

« Tu es parfaite, n'est-ce pas ? » dit Solange.

L'enfant acquiesça avec gravité.

Après mûre réflexion, Solange annonça : « Nous t'appellerons Ruth. »

*
* *

Solange n'avait jamais voulu d'enfant. Certes, elle acceptait son devoir – porter un enfant (et c'était la faute d'Augustin s'ils peinaient à en mettre un en route) –, et elle savait qu'avec suffisamment de nourrices et de domestiques pour s'occuper de tous les désagréments que ne manquaient pas d'entraîner les nourrissons, elle serait capable d'élever correctement les héritiers que les Fornier et les Escarlette appelaient de leurs vœux.

Enfant, alors que ses sœurs passaient leur temps à conseiller, gronder et habiller des poupées de porcelaine aux yeux vides, Solange se contentait de s'habiller et de se conseiller elle-même. Elle trouvait que ses sœurs acceptaient avec un peu trop de bonne grâce la part de la malédiction originelle qui était revenue à Ève.

Ruth était parfaite : suffisamment grande pour prendre soin d'elle-même et respecter ses supérieurs sans trop les solliciter. Volontaire et en même temps flexible. Ruth illuminait la vie de Solange. Elle n'était en rien l'affreux fardeau fragile qu'aurait été un bébé Escarlette. Et si Ruth la décevait, il y aurait toujours des acheteurs.

Solange habillait Ruth exactement de la même manière que ses sœurs avaient habillé leurs poupées. Si la dentelle se faisait rare, les ourlets de Ruth étaient tout de même bordés de la plus fine dentelle d'Anvers. Son petit chapeau de soie était d'un marron aussi brillant que ses yeux d'enfant.

Comme Ruth parlait français, Solange supposait que ses parents avaient été des domestiques. Solange ne posa toutefois jamais la question : *sa* Ruth était née le jour où elle l'avait recueillie.

Par une soirée tranquille, juste avant que Solange ne fermât les volets pour les protéger de la brise nocturne, Ruth, pensive, s'assit à la fenêtre qui donnait sur la ville. Dans cette lumière vacillante qui la mettait en valeur, elle n'était plus qu'une petite Africaine, aussi mystérieuse et sauvage que son continent, et dotée d'autant d'assurance que si elle avait été l'une de ses reines.

« Ruth, chérie !

– Oui, Ma'ame ? »

Elle semblait si heureuse, si reconnaissante d'être la compagne de Solange. Ruth admirait précisément en Solange les traits que cette dernière tenait en haute estime. Ruth l'accompagnait au bal et au théâtre, se pelotonnant dans un coin jusqu'à ce que Solange soit prête à rentrer.

Ruth adoucissait la pénible solitude de Solange. Elle s'asseyait en silence sur le sol pour se lover contre les jambes de sa maîtresse. Parfois, Solange se surprenait à penser que l'enfant pouvait voir à travers son âme, jusqu'aux rivages de

Saint-Malo qui lui manquaient tant, jusqu'à ses plages rocailleuses et ses digues imprenables qui protégeaient les habitants des tempêtes hivernales.

Avec Ruth, Solange pouvait baisser sa garde. Elle avait le droit d'avoir peur, de pleurer ; elle pouvait même se permettre, comme le font parfois les femmes dans les moments de faiblesse, de prier pour que tout se passe bien.

Elle lisait les derniers romans à la mode. Comme ces romanciers jeunes et sensibles, Solange comprenait que ce qui avait été perdu au cours de ce XIXe siècle moderne était bien plus précieux que ce qui avait été sauvé, que la civilisation humaine avait déjà atteint son paroxysme, qu'aujourd'hui ne différait en rien d'hier, et, surtout, que son âme était étouffée et affaiblie par les personnes et les conversations banales, et les innombrables offenses que lui faisait la vie. Les privations quotidiennes d'une ville assiégée, si elles étaient fatales, n'en étaient pas moins banales.

Le capitaine Fornier fut posté à Fort Vilier, la plus grande des forteresses qui entouraient la ville. Les insurgés essayaient régulièrement – et échouaient systématiquement, au prix de nombreuses pertes – de se frayer un chemin jusqu'au fort sous le feu des canons. Parfois, le capitaine Fornier restait au fort, parfois, à la maison. Le parfum de son amertume s'attardait lorsqu'il s'en allait. Solange aurait bien aimé le réconforter, dans la mesure bien sûr où cela ne lui aurait rien coûté d'important.

Rien à Saint-Domingue ne tenait debout. Tous les bâtiments semblaient vaciller sur des jambes en coton, et la moitié de l'île avait déjà été avalée par les vignes poussiéreuses.

Aucune flotte française ne viendrait briser le blocus des Anglais. Aucun renfort, aucun canon ou mousquet supplémentaire, aucune ration, poudre ou balle. Sans un bruit, la perle des Antilles disparaissait pour ne demeurer qu'une légende. Des patriotes gâteux s'égosillaient à réclamer une guerre sans merci, tandis que les soldats napoléoniens désertaient pour rejoindre le camp des rebelles ou tout simplement essayer de survivre un jour de plus.

Tandis que leur territoire diminuait petit à petit, les Français décidèrent d'organiser un carnaval. Aux portes de la ville, on défia les rebelles en donnant une multitude de bals, de performances théâtrales et de concerts. Des fanfares militaires jouèrent la sérénade à la maîtresse créole du général Rochambeau, et une ballade populaire chanta sa capacité à faire rouler ses camarades de beuverie sous les tables.

Des navires américains, qui étaient parvenus à passer à travers le blocus, vendirent des cargaisons de cigares et de champagne pour repartir avec, à leur bord, des dépêches militaires désespérées et une partie du butin de Rochambeau.

Une épaisse fumée venue de la campagne étouffa la ville jusqu'au crépuscule, avant d'être dispersée par la brise marine et de laisser place au bourdonnement des nuages de moustiques. Il plut énormément ; et cette violente averse inonda les gouttières et força les hommes comme les chiens à trouver un abri.

Solange interdisait à Ruth de parler créole. « Nous devons nous cramponner à la civilisation tant que nous le pouvons, tu comprends ? » Quand leur cuisinier prit la fuite et qu'Augustin fut incapable d'en embaucher un autre, Ruth cuisina de la soupe de poisson et du plantain frit, tandis que Solange, juchée sur un haut tabouret, lui faisait la lecture.

Les officiers les plus gradés assignaient à leurs subalternes des missions suicides afin d'être en mesure de réconforter leur veuve.

Sur la place Saint-Louis, le général Rochambeau brûla vifs trois Nègres. Il fit également preuve d'une fine ironie en en crucifiant d'autres sur une plage de la baie de Monte Cristi.

Tous les matins, Solange et Ruth se promenaient sur le front de mer. Un matin, elles découvrirent que le quai était bondé de Nègres enchaînés. « Madame, nous faisons partie de troupes coloniales françaises loyales ! » lui cria l'un des prisonniers. Pourquoi lui dire ça, à elle ? Ruth voulut lui répondre, si bien que Solange la pressa de partir.

C'était une journée magnifique. Deux frégates mouillaient dans la baie. Trois matins plus tard, à marée basse, la grande plage blanche était jonchée de Nègres noyés. Solange faillit s'étouffer en sentant l'odeur métallique de la mort. Quand elle s'en plaignit auprès de son mari, son sourire las et tolérant fut celui d'un étranger : « Qu'est-ce que vous auriez voulu qu'on en fasse, Madame ? »

Pour la première fois, Solange eut peur de son mari.

*
* *

Le matin suivant, tout changea. Solange, réveillée par les fredonnements de Ruth et par l'odeur piquante du café, ouvrit les volets et aperçut des soldats, l'air découragé, en pleine débandade. Quel jour était-on ? Augustin reviendrait-il à la maison aujourd'hui ? Était-ce l'assaut final des rebelles ?

Ruth demanda : « Qu'est-ce que Ma'ame désire ? »

Quoi, en effet ? Comment pouvait-elle être si mécontente alors qu'elle ne savait même pas ce qu'elle désirait ?

Solange toucha la bordure dorée de sa tasse bleu de cobalt. Ces murs, les murs de sa maison, étaient faits de pierres brutes non plâtrées. Les volets, fabriqués à partir de quelque essence locale, n'étaient pas peints. Les yeux de Ruth, comme la tasse délicate, étaient riches, complexes et magnifiques. « Je n'ai rien fait », dit Solange.

Ruth aurait pu répliquer : « Qu'est-ce que vous auriez pu faire ? », mais elle se tut.

« Comme un stupide marin d'eau douce, j'ai laissé le courant m'emporter dans les eaux profondes. »

Ruth aurait pu corriger cette assertion, mais elle se tut.

« Nous courons un grave danger. »

Ruth sourit. Le soleil matinal dessinait une auréole derrière sa tête. « Ma'ame se rendra au bal du général Rochambeau ? » demanda Ruth.

Solange Fornier était la digne fille de Charles Escarlette, aussi redouté que terriblement perspicace. Pourquoi donc se laissait-elle aller à lire des romans sentimentaux ?

« Le bal du général s'tiendra à bord d'un navire, ajouta Ruth.

– A-t-il l'intention de noyer ses invités ? »

Le visage de Ruth était sans expression. Avait-elle personnellement connu l'un de ces pauvres prisonniers ? Solange avala une gorgée de café. Elle eut un geste impatient, et Ruth s'empressa d'ajouter du sucre dans sa tasse.

Une tasse de thé bleu de cobalt sur une table en bois brut. Du sucre. Du café. La Sucarie du Jardin. La perle des Antilles. L'air était pur et frais. Les insurgés avaient-ils déjà brûlé tout ce qui pouvait l'être ? Solange pouvait à présent sentir la moindre nuance de la florescence enchanteresse de l'île. Comme tout cela aurait pu être merveilleux !

« Oui, dit Solange, j'irai au bal. Qu'est-ce que j'y porterai ?

– Pourquoi pas vot' châle vert ? »

Solange posa son doigt sous le menton de la fillette. « Ruth, m'y accompagneras-tu ? »

Ruth fit une révérence. « Si tel est vot' désir, Ma'ame.

– Mais toi, quel est *ton* désir ? demanda Solange en fronçant les sourcils.

– Je désire c'que Ma'ame désire.

– Alors ce soir, tu seras mon bouclier.

– Ma'ame ?

– Oui, ma chérie. Le châle vert est une excellente idée. »

Lorsque Augustin revint chez lui cet après-midi-là, Solange l'accueillit avec un baiser. Il déboucla son ceinturon et s'assit lourdement sur le lit. Il tendit les jambes afin que Ruth lui retirât ses bottes. « Mon pauvre Augustin chéri... »

Il fronça les sourcils, perplexe.

« Vous n'êtes pas fait pour être soldat. J'aurais dû m'en douter...

— Mais je suis soldat, officier, même...

— Oui, Augustin, je sais. Votre redingote est-elle dans le coffre ? »

Il haussa les épaules. « J'imagine. Je ne l'ai pas vue depuis des mois.

— Faites en sorte qu'elle soit présentable.

— Nous sortons ? Au théâtre ? Ou pire, au bal ? Vous savez très bien combien j'ai horreur de ces frivolités. »

Elle toucha ses lèvres. « Nous allons quitter Saint-Domingue, mon cher mari.

— Je suis capitaine, répéta-t-il stupidement.

— Oui, mon capitaine, et avec moi, votre honneur est sauf. »

Peut-être qu'Augustin aurait dû demander des précisions, mais il était exténué, et tout ça était un peu trop compliqué pour lui. Il retira sa veste d'uniforme, s'écroula sur le lit en chaussettes et pantalon, grogna et commença à ronfler.

Il avait vieilli, pensa Solange — surprise par le visage las et ridé de son mari. Elle tenta d'échapper à cette humeur trop sentimentale en se faisant des reproches : pourquoi ai-je renoncé à mes responsabilités ? Pourquoi un Fornier devrait-il déterminer le futur d'une Escarlette ? « Reposez-vous, mon brave capitaine. Bientôt, nos soucis seront derrière nous. »

Non, Solange ne savait pas ce qu'elle devait faire. Elle n'avait pas de mot pour décrire cette vie qui s'agitait en elle, ce *quelque chose* qui la faisait en permanence tapoter des doigts et des pieds et regarder dans toutes les directions. Il n'y avait qu'une seule chose dont elle était certaine : ils devaient fuir cette île. Il n'y avait rien pour eux ici, ni rang ni plantation, ni même la fausse promesse de retrouver leur tranquillité passée. S'ils restaient, ils seraient assassinés.

Solange ne saurait ce qu'elle devait faire qu'*après* l'avoir fait.

*
* *

Seul le plus pur génie français avait pu transformer l'*Herminie* – un vieux vaisseau amiral à la coque incrustée de bernaches, habitué à la mitraille des canons et aux tirs rageurs des mousquets – en un sérail arabe, avec ses voiles de gaze rouges, bleus, verts et or qui flottaient des vergues aux bras, ses palmiers en pots placés sur la batterie, ses lampes et ses chandeliers disposés de façon à laisser des coins d'ombre aux amoureux. Une fanfare militaire jouait avec entrain, et des officiers coiffés de casques à plumes trinquaient avec leurs maîtresses créoles, tandis que des Nègres coiffés de turbans rouges et bleus se glissaient entre eux pour que jamais, jamais, leurs verres ne soient vides. Au milieu des palmiers, sur le gaillard d'arrière, le major-général Donatien-Marie-Joseph de Vimeur, vicomte de Rochambeau, accueillait ses invités. Il était en train d'expliquer la Révolution américaine (au cours de laquelle il avait été l'aide de camp de son propre père) à un Américain, capitaine de la marine marchande. « Capitaine Caldwell, croyez-vous sérieusement que le général Cornwallis s'est rendu au général Washington à Yorktown, mettant ainsi fin à la guerre et permettant *de facto* l'indépendance américaine ? Vraiment ? Ah, Madame Fornier. Vous nous avez grandement délaissés ces derniers temps. Quelle est la dernière fois que nous avons eu le plaisir… Au théâtre, n'est-ce pas ? À cette exécrable mise en scène du divin Molière, je crois ? »

La pièce de tissu qui cachait un bout de la joue poudrée du général pouvait très bien dissimuler un chancre syphilitique, et Solange eut tout le mal du monde à ne pas retirer sa main quand il se baissa galamment pour la baiser. « Mon cher général. Depuis que je vous connais, je commence sérieusement à craindre pour ma vertu. »

Rochambeau gloussa. « Chère Madame Fornier, vous me flattez. Permettez-moi de vous présenter le capitaine Caldwell qui nous vient de Boston. Vous avez peut-être ici le seul homme incorruptible dans tout Cap-Français. En tout cas, son navire est le seul qui soit neutre dans toute cette histoire. »

Le sourire du général, comme l'ensemble de sa personne, était charnu. « Je n'ose même pas demander combien de mes plus braves officiers ont essayé d'offrir au capitaine Caldwell un pot-de-vin – "Juste une toute petite cabine, monsieur…", "Je logerai dans la soute à voiles…", "Sur le pont…" Non, capitaine, pas de noms s'il vous plaît. J'aimerais conserver mes illusions. »

L'Américain haussa les épaules : « L'argent ne sert à rien si l'on n'est pas en vie pour en profiter. »

Rochambeau avait emmené le capitaine Caldwell à la baie de Monte Cristi, où seuls quelques squelettes témoignaient encore du drame qui y avait eu lieu. Rochambeau fit un grand sourire. « Comme c'est vrai. C'est tout à fait juste. » Il caressa la tête de Ruth. « Charmante enfant… charmante… »

Solange se retira, et le général reprit le fil de sa leçon d'histoire. « Lord Cornwallis fut si contrarié par sa défaite qu'il refusa de se rendre à la cérémonie de reddition, si bien que, au moment approprié, l'aide de camp de Cornwallis offrit son épée à mon père, le comte de Rochambeau. En vérité, les Anglais se sont rendus à nous, les Français… »

L'Américain éclata de rire. « Alors cela veut dire que votre père est notre premier président ! Quelqu'un a-t-il songé à en parler à George Washington ? »

Solange se pencha pour chuchoter à l'oreille de Ruth : « Promène-toi. Apprends tout ce que tu peux. » Ruth disparut en un clin d'œil.

Les filles primitives et passionnées de l'île avaient plutôt déçu les officiers de Napoléon. Leur triste expérience leur avait prouvé que chacune de ces filles créoles aguicheuses avait un frère en prison, ou bien une sœur dont le bébé était malade, ou encore un parent âgé qui ne pouvait plus payer son loyer. Ces succubes à la peau sombre, si elles égayaient leurs nuits, leur apportaient tout autant de problèmes.

Le cavalier habituel de Solange, le commandant Brissot, était ivre mort. Affalé contre le grand mât, il fut à peine capable de lever son casque lustré pour la saluer. Elle flirta consciencieusement avec ses admirateurs, mais ce que ces galants prirent pour de la vivacité (et certains, même, pour du désir), n'était en réalité que de l'impatience. Elle savait exactement *ce* qu'elle voulait, mais elle ne savait pas *comment* y arriver.

Le chantage ? Sur Saint-Domingue, la question était plutôt de savoir qui *n'était pas* corrompu jusqu'à l'os. Qui se souciait du nombre de Nègres que le colonel X avait pu torturer et assassiner ? De la trahison du général Y au profit des insurgés ? Fi ! Quand le commandant D avait vendu des canons français aux ennemis, un nouveau niveau d'infamie avait été atteint, mais, dans les mêmes circonstances, quel homme un tant soit peu pragmatique n'aurait pas fait de même ?

Au bout du compte, les prétendants de Solange se mirent en quête d'une proie plus facile, et, sans toucher à sa coupe de champagne, elle se percha sur un cabestan dans l'attente du rapport de sa petite espionne. La lune poursuivait sa course, et la fanfare, qui commençait à jouer faux, eut la sagesse de poser ses instruments. Des rires, le cliquetis de verres s'entrechoquant, un juron, un cri perçant, et, de nouveau, des rires. Le capitaine américain était parti avec une fille créole, et le général Rochambeau s'était éclipsé dans sa cabine.

Ruth se hissa sur le cabestan, juste à côté de sa maîtresse, tout en mâchonnant un quignon de pain. Elle rota, mit un peu tardivement la main devant la bouche et s'excusa.

« Alors ? »

Alors : dès que le vent tournerait et contraindrait les Anglais à changer de position, le capitaine Caldwell se faufilerait à travers le blocus, la cale pleine de gros coffres (qu'on supposait remplis de trésors) que lui avait confiés le général Rochambeau. Il emmènerait également à bord le coursier personnel du général, le commandant Alexandre Brissot, fils de la sœur de Rochambeau, qui emporterait avec lui une pochette officielle consignant des rapports militaires et les demandes de transfert des officiers favoris de son oncle.

Alexandre avait été envoyé dans les colonies en raison d'une conduite qui, si elle n'était pas inconnue du grand public, était beaucoup mieux pratiquée dans un cercle restreint – voire très restreint – de pairs. Alexandre s'était montré indiscret à l'époque. Et ici, sur cette petite île où le meurtre, la torture et le viol étaient monnaie courante, il s'était à nouveau montré un peu trop indiscret.

« C'est un *pédé*. » Ruth finit son quignon et se lécha les doigts.

« Bien sûr qu'il en est. Le commandant Brissot est le seul officier français à traiter les dames avec courtoisie.

– Alexandre a déshonoré le général Rochambeau. »

Solange cligna des yeux. « Comment à ce stade est-il encore possible de le déshonorer…

– Alexandre et c'garçon, Joli. Il s'est amouraché, lui a donné tellement de cadeaux que les aut'officiers s'sont mis à s'moquer de lui. Quand son oncle a tout découvert, il a voulu tuer Joli. Joli s'est enfui. Il est pas revenu. Et il fait bien.

– Joli…

– Alexandre a dit à Joli, fuis. Le général aurait bien pendu Alexandre, mais il pouvait pas vu qu'c'est le fils de sa sœur. »

*
* *

La plupart des invités du général avaient atteint ce stade où, s'ils tenaient encore debout, c'était seulement parce qu'ils s'étaient adossés à quelque mât, et où les conversations tournaient tellement en boucle qu'ils n'en auraient aucun souvenir au matin. Les domestiques s'étaient approprié le vin, et la fête avait depuis longtemps dépassé l'heure à laquelle une dame prudente devait généralement partir. Des soldats sobres gardaient la cabine du général. « Deux, expliqua Ruth à Solange. Y en a deux dans le lit du général. » Ruth grimaça. « Des femmes », crut-elle bon de préciser.

*
* *

Solange sentit un frémissement d'espoir l'envahir – pas un *plan*, pas même une *idée*, mais… « Ruth, cours vite à la maison. Dans mon coffre, avec mes autres effets, tu trouveras un bonnet phrygien. Tu sais, rouge. Amène-le-moi. Vite. »

Trois jeunes officiers qui chantaient comme des casseroles entonnèrent une chanson paillarde : « *Il eut au moins dix véroles*…* » Un colonel débraillé et une jeune Créole quittèrent le nid d'amour qu'ils avaient trouvé dans un coin obscur, accrochés l'un à l'autre. L'un des gardes de Rochambeau adressa un clin d'œil à Solange, qui fit semblant de n'avoir rien vu.

L'espoir, lentement, mourut, et Solange avait presque abandonné son idée folle quand Ruth réapparut et glissa dans ses mains le doux bonnet de soie. « Ma'ame ? »

La présence de Ruth lui donna un coup de fouet. « Là-bas. Tu vois l'officier avec son casque sur les genoux ? Réveille-le. Donne le bonnet au commandant Brissot et dis-lui "Joli". » Solange expliqua – avec force détails – à l'enfant ce qu'elle devait faire et dire. « Ah, Ruth, conclut Solange, je te confie nos vies. »

D'un mouvement de la main, l'enfant calma ses peurs. « P'tit à p'tit, l'oiseau fait son nid. »

Solange installa son piège dans une cabine donnant sur le port. Une petite lanterne en fer-blanc y illuminait des coupes de champagne vides et le couvre-lit fripé de la couchette. Elle retourna le couvre-lit et lui donna du bouffant. Sans raison particulière, elle se mit à ranger les coupes dans un tiroir.

Quand elle éteignit les bougies, l'odeur de la cire adoucit celle du sexe qui saturait la pièce. Solange retira tous ses vêtements, éteignit la lanterne, et attendit. Sa vue s'ajusta, et la clarté de la lune qui filtrait à travers le hublot lui fit découvrir, découpés dans l'ombre, ses bras tremblants et nus, si nus.

Elle entendit tituber contre la porte. Un bruit sourd. Un chuchotement essoufflé. « Joli... »

Le loquet tourna. Nue, elle enlaça sa proie.

*
* *

Quelques secondes ou plusieurs vies plus tard – question de point de vue –, le général surgit dans la cabine et tonna : « *Mon Dieu**, Alexandre ! Toi et Joli, vous allez bientôt faire connaissance avec le bourreau ! »

Des lanternes s'allumèrent. D'autres officiers se pressaient dans la cabine derrière le général. Solange hoqueta et couvrit sa nudité comme Ève dans le Jardin. Le général s'étouffa presque. « Alexandre ! Toi ? Avec cette femme ? »

Le visage rond du général lorgna par-dessus l'épaule de son neveu.

« Oh mon Dieu ! mon Dieu ! Je ne voulais pas... Je n'avais pas l'intention de gâcher ton... ton tête-à-tête. »

Tous les regards étaient fixés sur eux.

Solange ramassa sa robe pour la serrer contre son corps nu.

« Alexandre est mon... mon cavalier. S'il vous plaît, Monsieur. Mon mari ne doit rien savoir. »

Il mit un doigt sur ses lèvres souriantes. « J'emporterai ce secret dans ma tombe. Il n'entendra jamais rien de cette histoire, n'est-ce pas, messieurs ? »

Pour toute réponse, on entendit des murmures et des ricanements étouffés. Le général fit attention à bien fermer la porte derrière lui.

Solange prit une grande inspiration et alluma la lanterne de fer-blanc. Fredonnant, elle se rhabilla sans se presser.

Alexandre s'effondra sur le lit, se tenant la tête entre les mains. Quand il parvint à se rasseoir, il vomit entre ses genoux. Puis il fixa, contemplatif, le désordre de la pièce. Solange ouvrit le hublot, regrettant que le général n'ait pas laissé la porte entrouverte. Elle boutonna son col et donna un peu de volume à ses cheveux. « Pardonnez-moi, commandant, mais vous êtes tout à fait ridicule. »

Son regard était si triste et déboussolé qu'elle ne parvenait pas à le regarder dans les yeux. « Joli ? Je croyais que vous étiez... Son bonnet, je lui ai donné le bonnet. Joli...

– Je suis sûre que Joli est sain et sauf chez les rebelles. Peut-être qu'il combat en ce moment même contre les Français, qui sait ? Monsieur, n'essayez pas de comprendre ce qu'il vient de se passer : tout sera clair au matin. Puis-je suggérer que, ce soir, ce lit en vaut bien un autre ?

– Je l'aime. » Il fut secoué par un sanglot profond et étranglé. « Ah, Monsieur. Vous avez toujours été bon avec moi. »

Ruth apparut à la porte, interrogeant sa maîtresse du regard. « Oui », répondit cette dernière. L'enfant sourit.

Sur le pont, les étoiles pâlissaient et la lune semblait en équilibre sur le Morne Jean. Ici et là, des officiers portant des uniformes d'une saleté recherchée reposaient comme autant de victimes d'une sanglante bataille. Une putain en train de faire les poches d'un gros officier leur lança à tous un regard mauvais.

Tandis que Solange et Ruth rentraient chez elles, l'aube illumina l'océan. De petites vagues gargouillaient contre la digue. Solange prit la main de Ruth dans la sienne et la serra très fort.

*
* *

Un peu plus tard le même jour, pendant qu'Augustin et Ruth faisaient leurs bagages, Solange se présenta au quartier du général Rochambeau. Non, elle ne désirait pas discuter de ce qui l'amenait avant de rencontrer le général. Il s'agissait d'une affaire urgente de famille.

Après que Solange eut dépassé l'adjudant et qu'il eut fermé la porte derrière lui, le général Rochambeau lui adressa un sourire digne de celui que les crocodiles réservent aux cadavres suffisamment faisandés. « Ah, Madame. Qu'il est bon de vous revoir. Un peu moins de vous, certes… Bon. Dites-moi, Madame Fornier, mon neveu est-il véritablement votre *cavalier* ?

— Très souvent, répondit Solange en rougissant avec grâce. Au théâtre, par exemple. C'est un merveilleux danseur.

— Oui, c'est exact. Il… »

Solange fit un effort pour rougir davantage et dit timidement : « C'est à propos de ce cher Alexandre que je suis venue vous voir…

— Ah oui. Effectivement. Un peu de vin ? » Il se dirigea vers la desserte. « Quelque chose de plus fort, peut-être ?

— Oh non, mon général. La nuit dernière… (Elle se toucha la tempe en grimaçant.) Ah, une femme mariée ne devrait jamais mélanger l'amour et l'alcool.

— Madame Fornier, nous ne créons pas nos désirs, pas plus que nous ne sommes en mesure de les vaincre. Jusqu'à la nuit dernière, si vous me permettez, je pensais qu'Alexandre… Que tous les jeunes hommes fougueux… euh… sont amenés à *expérimenter*. Pour découvrir leur véritable personnalité, vous voyez ? »

Elle sourit gentiment. « Général, je dois vous demander conseil. Je suis une femme mariée. Mais il existe un autre homme que je n'arrive pas à chasser de mon esprit… ses cheveux, ses lèvres si tendres, ses yeux si sensibles… »

Si le général n'avait pas perdu toute capacité à rougir des années plus tôt, il aurait peut-être piqué un fard. Au lieu de cela, il toussa avant de bredouiller : « Tout à fait, Madame, tout à fait.

— Nous sommes promis l'un à l'autre. » Solange tâtonnait à la recherche du sentiment le plus juste, se remémorant tous les romans sentimentaux qu'elle avait lus. « Notre amour était écrit. Alexandre et Solange. Nos destinées sont gravées dans les étoiles ! »

Rochambeau se servit quelque chose d'un peu plus fort. « Sans aucun doute.

– Général, mon mariage… un Fornier n'est pas un Escarlette, sans même parler d'un Rochambeau ! »

Il hocha la tête en signe d'assentiment à cette tautologie.

« J'ai accepté la proposition d'Alexandre. Mais il est… si détaché des contingences matérielles.

– Alexandre n'est pas…

– Nous aurons besoin de passeports. Et, une fois revenus en France, nous pourrons accomplir notre destinée !

– Madame, je ne délivre de passeports qu'aux cas les plus désespérés…

– Général, vous êtes tellement, tellement galant.

– Et le capitaine Fornier ?

– Mon mari accepte ce qu'il ne peut changer.

– Très bien. Comme vous l'avez peut-être appris, mon neveu escorte les dépêches à Paris. Le commandant Brissot aura besoin d'aide. Est-ce que cela vous semble satisfaisant, Madame ? »

Solange applaudit avec tant de vivacité que le général fit la grimace. « Madame, s'il vous plaît… » Il avala son verre d'un trait.

« Je suis désolée, mon général. Alexandre vous respecte plus que quiconque, et il a été profondément blessé par ces détestables calomnies. Si mon embarras public a pu permettre de réfuter ces mensonges, alors, oui, je suis satisfaite. »

Rochambeau se massa les tempes et tourna vers elle des yeux brûlants. « Vous avez atteint votre but, Madame. Allez-vous maintenant risquer de tout perdre ?

– Je crois que je ne comprends pas ce que vous voulez dire, mon général.

– Bien sûr que si, Madame, bien sûr que si. » Il se frotta à nouveau les tempes. « Je vous croyais… ordinaire. Maintenant, je regrette de ne pas avoir eu la chance de vous connaître davantage. Il ne me reste que le plaisir de vous imaginer, vous et Alexandre, "gravés dans les étoiles", comme vous dites.

– Mon général, vous moquez-vous de moi ? »

Il s'inclina respectueusement : « Ma chère, très chère Madame Fornier, j'en aurais bien trop peur. »

*
 * *

Trois nuits plus tard, des vents très violents obligèrent les navires de l'escadrille anglaise à manœuvrer désespérément pour tenir leur position. Bien que le capitaine Caldwell ait assuré à Solange qu'elle serait prévenue dès qu'il serait prêt à faire voile, elle monta immédiatement à bord avec sa famille. Solange craignait l'une de ces erreurs de dernière minute, l'une de ces erreurs *si regrettables*. Quand le commandant Brissot, avec sa toute nouvelle réputation de coureur de jupons, quitta Saint-Domingue, les Fornier l'accompagnèrent. Un seul portemanteau suffisait à suspendre presque toutes leurs possessions. Même le service en porcelaine de Sèvres bleu et or y était accroché, emballé dans un tissu. Les bijoux, quelques louis d'or et un revolver poivrière à quatre coups étaient cachés dans le réticule de Solange. Elle avait cousu son précieux contrat de dot et sa lettre de crédit à l'intérieur du jupon de Ruth.

Le matin, les Anglais avaient dû abandonner leurs positions, et pas une voile ne poignait à l'horizon. Le commandant Brissot n'apparut pourtant qu'après dix heures. Des soldats chargèrent à bord ses précieuses malles, qui durent ensuite être rassemblées puis comptées. Avant de pouvoir lever l'ancre, il fallut également arracher à leur planque deux déserteurs qui croyaient pouvoir s'enfuir. Le capitaine Caldwell était anxieux. Même s'ils étaient officiellement neutres, les navires américains qui transportaient du butin français étaient considérés comme des prises légitimes.

Il faisait beau et frais, et l'air était étonnamment pur. Aux côtés du capitaine Caldwell, le commandant Brissot grimaça quand retentirent deux coups de feu sur le quai. « Que Dieu leur vienne en aide », murmura-t-il.

Le capitaine ordonna à son quartier-maître d'accélérer le mouvement avant de se tourner vers son éminent passager. « Une bien belle journée, Monsieur. Excellente. Si les vents se maintiennent, la traversée devrait être rapide. »

Alexandre sourit tristement. « Au revoir, Saint-Domingue, île maudite. Tes sorciers vaudous nous ont jeté un sort. À tous autant que nous sommes. »

Le capitaine renifla. « Je suis chrétien, Monsieur.

– Oui. Tout comme eux. »

Tandis que l'île s'évanouissait lentement dans l'horizon, une fine colonne de fumée s'éleva au-dessus de ce qui pouvait être une plantation, ou bien une ville, ou peut-être un simple croisement. Une chose était sûre : là-bas, les hommes se querellaient, combattaient et mouraient.

Alexandre frissonna. « Les Nègres… Ils nous aiment, mais, en même temps, ils nous haïssent. Je ne comprendrai jamais…

– Vous êtes parti, vous n'avez plus besoin d'y penser.

– J'ai laissé trop de choses derrière moi. »

Le capitaine Caldwell sourit. « Vous avez bien moins abandonné de choses que vous ne le pensez. Avez-vous visité vos appartements ?

– Monsieur ? »

Quand Alexandre pénétra dans sa cabine, il fut surpris d'y découvrir une petite fille en train de servir le petit déjeuner à un homme qu'il se souvenait vaguement avoir déjà rencontré, ainsi qu'à une femme dont il se souvenait trop bien. « Madame !

– Ah, Augustin, voici mon amant, Alexandre. Est-ce qu'il n'est pas superbe ? »

L'homme à qui elle venait de parler reposa sa fourchette et examina calmement son rival. « Bien le bonjour, commandant Brissot. »

Solange expliqua : « Alexandre, votre oncle a une opinion tranchée sur qui l'on peut ou ne peut pas aimer. Mon subterfuge vous a épargné, et a restauré votre réputation – ainsi que celle de votre famille. »

Alexandre bégaya d'indignation. Pourquoi au nom du ciel Mme Fornier s'était-elle mêlée de ses affaires ?

Un air de triomphe éclairait le sourire de Solange. « Monsieur, j'ai restauré votre réputation au prix d'un petit accroc à la mienne. Est-ce que je ne mérite pas au moins des remerciements ? »

Apparemment, non. Malgré un temps exceptionnel et la constance des vents, le voyage se révéla embarrassant et déplaisant. Alexandre boudait. Augustin déprimait. Solange, qui avait pourtant passé son enfance à bord de petits bateaux, eut un mal de mer de tous les diables. Ruth, elle, était la coqueluche des marins. Ils lui offraient des sucreries, et lui apprenaient l'anglais « américain ». Un marin particulièrement costaud la porta même tout en haut du grand mât.

« J'me balançais au-dessus d'l'eau, tout là-haut, dit-elle à Solange. Et j'pouvais voir tout l'monde. »

Quand ils touchèrent Freeport, une goélette rapide y attendait Alexandre avec le butin de son oncle. Alexandre fit un effort : « Madame, vous êtes une femme formidable.

— Non, Monsieur. Je suis "redoutable". Votre Joli est perdu à tout jamais. Mais il y a d'autres Joli, n'est-ce pas ? »

Alexandre examina Solange avec une telle intensité qu'elle finit par baisser les yeux. « L'ignorance est toujours cruelle. »

*
* *

Même s'il faisait voile vers Boston, le capitaine Caldwell comptait faire escale à Savannah, en Géorgie. Il assura aux Fornier que cette ville était prospère, cosmopolite, et que, contrairement à Boston – il fit un signe de tête en direction de Ruth –, l'esclavage y était légal. Solange avait déjà pris toutes les décisions qu'il était possible de prendre, et Augustin ne pouvait pas l'aider. Savannah ferait donc l'affaire.

Pour deux louis seulement, les Fornier pouvaient conserver leur cabine. Une affaire, leur assura Caldwell. Les immigrants irlandais qu'il avait acceptés à bord paieraient plus cher.

Solange et Ruth prirent l'air sur le gaillard d'arrière, ignorant les regards et les remarques à peine audibles – mais audibles quand même – des passagers moins fortunés. Solange se demanda si Augustin avait lui aussi laissé quelque chose de très important sur l'île, mais elle se garda de lui poser la question. Son mari ne quittait quasiment jamais leur cabine.

Dans les eaux peu profondes qui longeaient la Floride, le temps se détériora, et on entendit le *leadsman*[1] scander jour et nuit. Une pluie furieuse fouettait le pont et les passagers irlandais blottis les uns contre les autres. Deux enfants moururent et leurs corps furent abandonnés à la mer.

Comme ils filaient à toute vitesse vers le nord-est, la pluie se calma, mais le vent n'en devint que plus mordant.

Le capitaine réduisit la voilure quand ils approchèrent du delta où le fleuve Savannah se jette dans l'océan Atlantique. « Maîtresse, Maîtresse, venez ! » Ruth tira Solange vers le bastingage et escalada pour mieux voir.

« Le Nouveau Monde », dit un robuste Irlandais dont la voix trahissait son peu d'enthousiasme. Pour Solange, qui sortait tout juste d'une dispute avec Augustin, un nouvel ami était la dernière chose dont elle avait besoin. « Oui, le Nouveau Monde… »

Les épais cheveux noirs de l'homme étaient plaqués en arrière, et il dégageait une puissante odeur de lotion capillaire qui, apparemment, remplaçait chez lui l'eau et le savon.

« Devez z'être une de ces grenouilles que les Nègres ont fait fuir comme des lièvres ?

– Mon mari était planteur.

– Un travail bougrement difficile, on doit tout le temps se baisser pour biner, et tout ça.

– Le capitaine Fornier était planteur. Pas ouvrier agricole.

---

1. Homme d'équipage chargé d'effectuer les relevés de sonde à l'avant du navire.

— Parfois les révoltes renversent les maîtres, parfois c'est les ouvriers agricoles. Comme quoi c'est juste, en quelque sorte.

— Et vous, Monsieur, votre présence ici est-elle également la conséquence de quelque rébellion ?

— Ouais. Mon frère et moi. Tous les deux. » Il sourit. Quelques-unes de ses dents étaient cassées, et toutes étaient tachées. « Est-ce que z'êtes d'accord qu'c'est important d'savoir si la main qui serre le nœud coulant autour de votre cou, elle est blanche ou noire ?

— S'il vous plaît, Monsieur, ne tourmentez pas l'enfant. Elle ne sait rien de ces choses-là. »

L'Irlandais étudia Ruth. « M'est avis, Ma'ame, qu'elle en sait déjà un bon bout. »

Un bateau-pilote s'approcha ; un marin en ciré grimpa quatre à quatre l'échelle de corde et échangea quelques mots avec le capitaine Caldwell, avant de prendre place à côté du timonier, les mains dans le dos.

Le navire ralentit en s'engageant dans un chenal qui traversait un estuaire ponctué de pâles bancs de sable et d'îles broussailleuses. Saint-Malo semblait soudain très loin. Ruth prit la main froide de Solange dans la sienne, plus chaude.

Comme à contrecœur, la marée les laissa pénétrer un peu plus à l'intérieur des terres, entre un mur d'arbres vert-gris dégoulinant d'une mousse fantomatique et un marais salant d'un vert-jaune éclatant. Sans transition, la nature sauvage s'effaçait pour laisser place à un port dans lequel mouillaient petits et grands bâtiments. Au-dessus des grands mâts, sur une falaise, se dressait une ville américaine.

Augustin monta sur le pont, clignant des yeux à cause du soleil.

La falaise de Savannah faisait face à des entrepôts de cinq étages, autour desquels s'entortillaient des escaliers, comme si on les avait construits après coup. Les docks fourmillaient de charrettes et de carrioles, tandis que des grues filiformes déplaçaient les cargaisons depuis les navires jusqu'au rivage et du rivage jusqu'aux navires.

Le pilote accosta au beau milieu de ce désordre et déroula son échelle de corde, indifférent aux mille promesses hurlées par les camelots du Nouveau Monde : « Je veux ta soie, et, par Josaphat, je t'en paierai un bon prix ! » ; « Je vends des billets de banque anglais et français à prix cassé ! Qui en veut ? » ; « Billets de banque américains ! Billets de banque américains ! »

Dès que la passerelle fut abaissée, les immigrants, leurs maigres possessions serrées dans les bras, se ruèrent vers leur avenir. Un petit homme en gilet blanc et haut-de-forme interpella l'Irlandais : « Vous cherchez du travail ? Je vous en trouve ! Une place de docker, de charretier, de conducteur de bestiaux, de marin ou d'ouvrier ! Et les Irlandais et les Noirs libres sont traités comme les Blancs ! »

Quand Solange passa, le géant irlandais posa son paquetage et se pencha pour mieux entendre. Il fit non de la tête. Alors le petit homme l'attrapa par la manche, avant de faire un vol plané en direction du fleuve, suivi par son chapeau haut-de-forme. « T'as le bonjour d'un gars de Killarney, p'tit bonhomme. Vendre du travail, c'est pas honnête.

– De la soie, des bijoux, de l'argent, de l'or ? Des bibelots peut-être ? Madame ? Vous ne trouverez pas de meilleur prix dans toute la Géorgie. »

Solange lui ferma son clapet : « Monsieur, il est une règle, valable en tout pays : ceux qui semblent les plus désireux d'aider les étrangers sont ceux qui ont le moins à offrir. »

Les familles d'immigrants, chargées de tous leurs biens, s'engouffrèrent dans Bay Street, un large boulevard sur lequel des Noirs déchargeaient dans les entrepôts des balles de coton et du bois de construction grossièrement coupé.

Solange s'assit sur un banc en bois et s'essuya le front. Au milieu de tout ce remue-ménage, des bourgeois échangeaient des saluts joyeux, se promenant au milieu des Irlandais et des Nègres comme s'ils faisaient partie du paysage. À leur vue, Solange se sentit pauvre.

Certaines boutiques du boulevard étaient pleines à craquer, tandis que d'autres semblaient abandonnées. Une charrette transportant du bois tirée par six chevaux passa en grondant. Certains Noirs étaient convenablement vêtus, tandis que d'autres portaient des haillons à la limite de la décence. La brise qui venait du fleuve rafraîchissait un peu l'air. Solange se tamponna le front. Augustin était pâle, silencieux, comme diminué. Non, il ne pouvait pas être malade ! Ç'aurait été le bouquet ! Solange donna un coup de coude à son mari et fut rassurée par ses protestations furibondes.

Elle envoya Ruth se renseigner pour trouver un prêteur sur gage. Les Noirs savaient certainement lesquels étaient les plus honnêtes. Elle dit à Augustin d'enlever son manteau – voulait-il vraiment être rouge comme une écrevisse ?

Le sourire de son mari quémandait un peu de tendresse. Malheureusement, Solange n'en avait plus beaucoup en elle. Dans ce nouveau pays, dur et fruste, il ne faisait nul doute que sa tendresse ne ferait qu'entraver sa progression.

Un chariot freina, révélant deux conducteurs en train de se quereller bruyamment, pour finalement se réconcilier et se donner de vigoureuses tapes dans le dos.

Solange se sentait désespérément seule. « Augustin ?

– Oui, ma chérie. » Sa voix, trop familière, trop grave aussi. Et son fichu désespoir !

« Non, rien. Rien du tout. »

Augustin essaya : « Ma chère Solange. Grâce à votre intelligence, nous avons échappé à l'enfer ! » Ses lèvres pâles et ses sourcils froncés indiquaient qu'il était sincère. « Le *bon Dieu**… Ah, il s'est montré si miséricordieux. »

Était-ce là l'homme qu'elle avait épousé ? Mais qu'avait bien pu lui faire cette maudite île ?

Ruth revint, traînant derrière elle un Nègre plus âgé. Ce dernier l'informa : « M'sieur Minnis, c'est un bon m'sieur juif, honnête et tout, Ma'ame. Il s'rait bien content d'acheter ou d'prendre en gage vos bijoux et votre or.

– Mes bijoux et mon or ?

— Oh oui, Ma'ame. Votre négrillonne elle a dit combien vous avez. Une rançon d'roi, hein ? »

Avant même que Solange ait pu corriger la méprise, Ruth fit se lever Augustin : « Venez, Maître Augustin, s'écria-t-elle, bientôt, vous s'rez à nouveau joyeux. »

Dans la résidence de M. Solomon Minnis, sur Reynold Square, le domestique leur annonça : « M'sieur Minnis va vous recevoir immédiatement. Oui, M'sieur, immédiatement. »

Il était dix heures, un matin d'hiver, si bien que M. Minnis n'était pas encore rasé et portait encore sa chemise de nuit, sa robe de chambre et ses chaussons quand il les reçut. Cet accoutrement ne l'empêcha pas d'acheter leur soie — y compris la magnifique robe de bal verte de Solange — et de prendre en gage ses bijoux et son service à thé bleu de cobalt. Elle pouvait être payée en titres ou en argent.

« Avec quel escompte, les titres ?

— Ah non, non, non, Madame. Pas d'escompte. Les titres sont échangeables dès aujourd'hui contre de l'argent dans cette ville. Une succursale de la Banque des États-Unis est établie ici, à Savannah, et il est prévu de construire une autre banque, très grande, quand viendra le printemps. Le commerce de coton rend la chose nécessaire. »

Chaque titre de Solange portait une mention disant : « Le président et les directeurs de la Banque des États-Unis s'engagent à payer vingt dollars dans ses bureaux d'escompte et de dépôt de Savannah à F. A. Pickens, président de la B.E.U., ou au PORTEUR du présent titre. »

« Tout à fait satisfaisant », dit Solange en rangeant ses titres avec les trois réaux d'argent espagnols qui complétaient la transaction.

Pendant que son domestique nègre emportait discrètement leurs biens de valeurs, M. Minnis les interrogea sur Saint-Domingue : est-ce que les Nègres rebelles étaient aussi brutaux qu'on le racontait ? Est-ce que les femmes blanches étaient vraiment les victimes de...

Solange répondit que les exactions des rebelles étaient trop cruelles et trop nombreuses pour être racontées, et que, de toute façon, cet épisode appartenait à leur passé. Il leur fallait dès que possible trouver un endroit où se loger pour la durée de leur séjour à Savannah.

Même si les réfugiés et les immigrés avaient réquisitionné le peu de logements qui existaient à Savannah, et que plus d'une famille campait dans les parcs, M. Minnis connaissait une veuve qui, peut-être, leur louerait l'appartement de son cocher situé au-dessus de sa remise à calèche. L'après-midi même, ils emménagèrent dans deux pièces nues. Solange engagea une cuisinière.

Les immigrés appauvris rivalisaient pour obtenir du travail avec les domestiques noirs qui, comme la cuisinière engagée par Solange, étaient loués par leurs maîtres. Dans la mesure où Augustin Fornier ne pouvait rien « faire », il devait « être » quelqu'un. Solange expliqua à son mari qu'il était « non seulement un planteur important des colonies, mais également l'un des officiers les plus braves de Napoléon ».

Après avoir remonté le moral de son mari, Solange lui fit l'amour. Puis Augustin sombra dans un sommeil satisfait, tandis que sa femme, en sueur et mécontente, resta allongée à ses côtés, raide comme une planche. Sans le bruit régulier de sa respiration qui montait du tas de paille installé au pied de leur lit, Solange n'aurait pas su que Ruth dormait elle aussi.

Si nécessaire, elle pourrait vendre sa jolie servante un bon prix. Certes, Ruth l'adorait, et Solange l'adorait en retour, mais nécessité faisait loi. Qu'avait voulu dire Alexandre quand il avait parlé de son « ignorance » ? De quoi Solange Escarlette était-elle ignorante ?

Augustin ronflait encore, de son ronflement terriblement banal, quand, le lendemain matin, Solange envoya Ruth et la cuisinière – Cook – au marché. Puis elle s'assit pour écrire : « Cher papa ! Nous sommes si loin ! Et tu me manques tellement ! »

Elle entreprit alors de lui expliquer à quel point sa fille préférée avait souffert. La Sucarie du Jardin était en définitive une escroquerie des Fornier, et son mari n'était qu'un bon à rien ! Sans l'intelligence des Escarlette, dont elle était la digne représentante, il ne faisait aucun doute qu'ils seraient restés piégés à Saint-Domingue, à la merci de ces rebelles sauvages ! Grâce à Dieu, ils étaient sains et saufs, à Savannah. Si la fille préférée de son père avait su à l'époque ce qu'elle savait maintenant, elle n'aurait jamais quitté son Saint-Malo chéri.

Solange ne promit pas à son « cher papa » un petit-fils ou une petite-fille, non, rien d'aussi explicite. Elle se contenta de suggérer que son « cher papa » aurait bientôt une merveilleuse surprise ! Elle commença à se plaindre de la mise en gage de ses bijoux et de son service à thé bleu de cobalt, mais changea d'avis et ratura. Son « cher papa » aurait préféré mourir de faim plutôt que mettre en gage un seul trésor des Escarlette !

Il n'y avait rien pour les Français civilisés dans cet hémisphère. Pouvait-elle rentrer à la maison ?

Elle essuya sa plume et referma son encrier. Le soleil matinal inondait la pièce. Les oiseaux de Savannah pépiaient, comme s'ils marchandaient, tandis que les camélias semblaient faire étalage de leurs fleurs comme ils l'auraient fait de leurs charmes. Comme elle pliait la lettre, elle fut saisie d'un doute, moins certaine, d'un coup, de ce qu'elle venait d'écrire. Peut-être...

Les difficultés s'étaient accumulées à une telle vitesse, et avec une telle profusion ! Elle sentit une lassitude – qui n'était pas désagréable – prendre possession de tout son corps ; elle était en sécurité, ce matin, et des oiseaux américains chantaient pour une audition dont elle était le seul jury.

Solange écrasa quelques grains de café dans un petit sachet en mousseline et, après l'avoir placé dans sa tasse, versa de l'eau bouillante dessus. Le riche arôme du café lui chatouilla les narines.

Elle fit alors le point sur sa situation. Ils étaient en Amérique ; elle, son mari, et cette enfant qui était presque plus qu'une domestique. S'ils retournaient en France, quelles étaient leurs perspectives ? Le pauvre Augustin serait toujours un fils cadet, mais, à Saint-Malo, il serait en plus le cadet qui était en partie responsable de la perte de la Sucarie du Jardin. Or Solange devinait que plus on tardait à la récupérer, plus, dans la tête des gens, elle prenait de la valeur.

Les Nègres vivaient en Afrique. Qu'arriverait-il à Ruth à Saint-Malo ? Quand sa compagne d'ébène deviendrait une *vraie femme* (elle frissonna à cette pensée), que ferait Solange ? En France, elle ne pourrait pas la vendre.

La sœur aînée de Solange avait épousé un législateur et avait donné naissance à un petit-fils Escarlette en bonne santé. Sa deuxième sœur s'était, elle, fiancée à un officier de la cavalerie et, au moment voulu, serait en mesure de donner naissance à nombre d'héritiers.

Solange se trouvait donc être la femme sans enfant d'un second fils raté, sans parler de sa servante à la peau étonnamment sombre.

Elle but son café, réveilla Augustin, lui servit un petit pain et une orange et brossa sa veste, tout en flattant son orgueil, insistant sur le fait qu'il n'était pas seulement son héros, mais un Héros avec un grand « H ». « Les braves font leur devoir. Allez ! » Elle l'embrassa sur la joue et l'envoya dans le vaste monde.

Quand Ruth et Cook revinrent, elles bavardaient dans une langue païenne, mais, devant le déplaisir manifeste de sa maîtresse, Ruth s'empressa de demander pardon, avec beaucoup de grâce.

L'après-midi, Solange se rendit chez M. Haversham, dont le salon servait de succursale de la Banque des États-Unis en attendant la construction d'une structure adéquate. Les boiseries en cerisier, le papier peint rubicond et l'élégant médaillon qui ornait le plafond formaient un contraste saisissant avec l'immense coffre-fort qu'on avait réussi à loger dans l'embrasure étroite qui menait à ce qui avait dû être l'office du majordome de M. Haversham.

M. Haversham étudia la lettre de crédit notariée et fermement scellée. « Très bien, Madame. Demandez s'il vous plaît à votre mari de passer ouvrir un compte. »

Alors Solange posa son contrat de dot à côté de la lettre de crédit. M. Haversham ignora superbement son geste et lui expliqua – ainsi qu'il l'aurait fait à une enfant – que, selon la loi géorgienne, Solange était une *Fem Covert*[1], et que, par conséquent, en tant que femme mariée, elle ne pouvait détenir de propriété en son nom propre. Il sourit, charmeur : « Certains maris libéraux trouvent des arrangements avec leurs femmes. J'ai moi-même laissé à ma chère épouse toute autorité sur les comptes de la maisonnée… »

Solange déplia avec impatience le contrat de dot et le tapota. « Lisez-vous le français ?

– Madame…

– Ce document atteste de mon droit à la propriété en mon nom propre sous le régime de séparation des biens. Dans la mesure où ce contrat précède mon mariage et a été librement consenti par mon mari, je suis, selon la loi française ou celle de n'importe quel pays *civilisé*, une *Fem Sole* – exactement comme si j'étais une héritière non mariée ou une veuve. Si vous avez besoin d'une traduction, je peux vous en procurer une. »

Le banquier souleva un sourcil légèrement surpris, mais en aucun cas désapprobateur. « Madame, tous les Américains ne sont pas des provinciaux. Je suis parfaitement au courant du système légal français. » Il remonta ses lunettes sur son nez, et, avec une très grosse loupe, étudia attentivement le document, son sceau, ses signatures et sa certification notariale. Sa chaise grinça quand il s'adossa à nouveau. « Vos documents sont conformes. Naturellement, je dois vérifier votre solde français avant de vous avancer les fonds. » Il se saisit de la *Georgia Gazette* qui reposait dans un panier en osier à ses pieds, et l'ouvrit au registre maritime : « L'*Herminie* part cet après-midi pour Amsterdam, et c'est un navire rapide. Bien. Nous devrions avoir procédé aux vérifications nécessaires dans… disons… neuf semaines ? » Il se leva pour la saluer. « Votre

---

1. Statut des femmes mariées dans l'ancien droit coutumier anglo-saxon, qui leur refusait notamment toute capacité contractuelle ainsi que le droit à la propriété.

serviteur, Madame. Bienvenue à Savannah. Je pense que vous allez prospérer, ici. »

Même si Solange aurait aimé qu'il la conseille sur ce point, elle s'abstint d'interroger le banquier.

Alors que, sous le pâle soleil de novembre, elle se promenait sur un large chemin de sable bordé d'arbres, elle sentit se mélanger en elle le soulagement à l'idée que sa précieuse lettre était désormais à l'abri dans le coffre de M. Haversham, et l'appréhension que ressent une mère quand son enfant n'est plus dans son champ de vision.

Il y avait non pas une, mais deux communautés françaises à Savannah. Les *émigrés**, venus en Géorgie après la Révolution de 1789, qui avaient réussi à emporter leurs richesses, et les « réfugiés » – ceux qui avaient fui Saint-Domingue –, de pauvres hères qui n'avaient que leurs yeux pour pleurer.

En décembre, exilés et réfugiés reçurent une nouvelle qui, si elle n'était pas inattendue, n'en restait pas moins désespérante. Elle se répandit à la vitesse de l'éclair depuis les docks jusqu'aux appentis des colons, perdus dans les ombres des pins de Géorgie : Saint-Domingue était perdue ! La perle des Antilles était devenue une perle noire ! Malgré une résistance farouche et de terribles pertes, les insurgés avaient réussi une percée à travers les forteresses qui protégeaient Cap-Français et contraint le général Rochambeau à se rendre. Les officiers et les soldats qui parvenaient à s'entasser dans des embarcations de fortune ne quittaient le port que pour tomber aux mains des perfides Anglais et être faits prisonniers. Les blessés et les malades qu'on avait abandonnés sur les quais souffrirent des jours avant d'être noyés. Les rebelles triomphants renommèrent leur nation « Haïti ».

Cet affront fait à l'honneur français se révéla être une bénédiction pour une famille de réfugiés : Pierre Robillard, le deuxième Français le plus riche de Savannah, décida de montrer son patriotisme en engageant à son service un officier de la courageuse armée défaite, le capitaine Fornier. Même si la paie n'était pas mirobolante, quelques économies et ce qui restait du prêt de M. Minnis suffiraient à maintenir les Fornier à flot jusqu'à ce que Solange parvienne à transformer sa lettre de crédit en argent liquide.

Pierre Robillard s'était établi en Géorgie comme importateur de vins français et de ces fanfreluches, tissus et parfums qui permettaient de distinguer une riche et élégante dame de bonne famille de la pionnière rustique aux mains calleuses qu'était sa mère.

Philippe Robillard, le cousin de Pierre, qui était plus riche et plus jeune, parlait l'edisto et le muscogee. Et c'est grâce à ce rare savoir qu'il avait assisté la législature de l'État de Géorgie dans sa négociation des terres indiennes – un honneur que Philippe mentionnait un peu trop souvent. Les cousins Robillard dominaient la vie sociale de Savannah, et les invitations à leurs *fêtes** étaient extrêmement convoitées.

Si les Géorgiens admiraient l'urbanité française, ils trouvaient ces nouveaux citoyens un peu *trop* urbains à leur goût, un peu *trop* français. Sous les tissus chatoyants de leurs robes diaphanes, on devinait sans peine les silhouettes des femmes françaises. La chose était peut-être banale à Paris ou à Cap-Français, mais en Géorgie, où ceux qui s'aventuraient à l'intérieur des terres rencontraient parfois des Indiens hostiles, et où le Grand Réveil[1] avait poussé plus d'un individu à prendre conscience de sa nature pécheresse – ainsi que celle de son prochain –, la fragilité séduisante de ces vêtements semblait aussi imprudente qu'immorale. Mais malgré cette légère aversion, les Géorgiens compatissaient devant la situation dramatique des réfugiés, et l'Église catholique de Saint-Jean-le-Baptiste récoltait des dons pour leur venir en aide.

Les planteurs du bas-pays[2] s'étaient fait leur propre opinion sur la rébellion de Saint-Domingue. Certains prétendaient

---

1. *Great Awakening*, en anglais. Cet événement correspond à une redynamisation de la vie religieuse qui a secoué la Grande-Bretagne et ses colonies au XVIIIe siècle.
2. Dans ce contexte, le bas-pays (« *Low Country* ») désigne la région côtière de la Caroline du Sud.

que les esclaves avaient été traités trop durement, tandis que d'autres soutenaient qu'au contraire les planteurs français avaient manqué de discipline. Et, même si tous les Blancs de Savannah admiraient le fameux discours de M. Henry, « Donnez-moi la liberté ou donnez-moi la mort », ils trouvaient tout de même que, pour Saint-Domingue, la passion jacobine pour la liberté était allée trop loin. Les habitants de Savannah considéraient les Nègres français avec beaucoup de méfiance : n'avaient-ils pas été contaminés par l'esprit rebelle ? Les robes flamboyantes des Négresses étaient provocantes, et certains Nègres semblaient vouloir imiter les façons des hommes blancs et libres, et ce, même quand ils portaient chaînes et fers ! Ce printemps-là, quand on apprit la manière dont les Blancs qui n'avaient pas réussi à fuir Saint-Domingue avaient été massacrés, on organisa de nombreuses messes en leur mémoire, et, pendant un moment, les Nègres français ne sortirent plus que dans leurs sobres habits du dimanche.

La mer manquait à Solange Fornier. La promenade de Saint-Malo lui manquait. Sentir le givre lui refroidir les joues et ses narines s'élargir en sentant l'odeur astringente des algues lui manquait. Les rues pavées de Saint-Malo avaient résonné des pas des Romains, des moines du Moyen Âge et des corsaires intrépides. Savannah était si jeune... pas beaucoup plus vieille que cette révolution dont les Américains semblaient tirer une fierté pour le moins disproportionnée. Quelques-uns reconnaissaient vaguement les mérites du général Lafayette. En revanche, pas un habitant de Savannah ne semblait avoir entendu parler de la flotte française qui avait refusé de porter secours aux Anglais assiégés de Yorktown, ou encore des troupes françaises qui avaient pris d'assaut les redoutes britanniques. « Vous étiez nos alliés, non, quand nous nous sommes libérés du joug des Anglais ? »

Le *« yesssss »* de Solange avait alors tout d'un sifflement.

La France avait presque fait faillite en soutenant ces pionniers ingrats, et, à cause d'eux, le généreux roi Louis en avait perdu la tête. Mais c'était le passé. Contrairement à certains réfugiés, Solange ne perdait pas de temps à regretter que l'argent donné à ces Américains ingrats n'eût pas été dirigé vers les colonies rebelles *françaises*, et plus particulièrement Saint-Domingue.

Solange changea ses deux derniers louis d'or auprès de M. Haversham. Même s'il était convaincu que la certification de la Banque de France arriverait sous peu – « Nous devons être patients, Madame » –, il ne pouvait, en tant que représentant de la Banque des États-Unis, lui avancer l'argent. Il était certain que la charmante dame comprenait sa position, et déplorait le caractère turbulent de l'océan Atlantique. Plusieurs vaisseaux, dont un navire anglais transportant du courrier, n'étaient pas arrivés à bon port et étaient peut-être perdus. Mais la certification de Solange ne pouvait pas se trouver à bord d'un vaisseau britannique. Non, c'était absolument impossible. Pas britannique.

Quand Solange accompagna Cook et Ruth au bâtiment éclairé à la lueur des torches qui servait de marché, elle fut abasourdie par le nombre de Noirs qui parlaient bruyamment dans leur langue païenne. « Parlez anglais ! » faillit-elle crier. « Ou, à la limite, parlez français ! » Les serviteurs n'avaient pas le droit d'avoir des conversations que leurs maîtres ne pouvaient pas comprendre.

Les femmes du marché étaient pleines d'égards pour Ruth, et cette déférence irritait Solange. L'admiration des Blancs se déportait naturellement vers la propriétaire de l'enfant, de la même manière que celui qui admire un pur-sang félicite son propriétaire. Mais l'étrange fascination des femmes du marché pour Ruth ne bénéficiait aucunement à Solange, comme si la propriétaire de l'enfant était devenue invisible !

Solange parlait l'anglais, mais Augustin refusait de l'apprendre, et méprisait d'ailleurs toutes les manières américaines. Après sa journée de travail, il s'attardait avec d'autres réfugiés amers dans un bar où l'on parlait français, disséquait les campagnes de Napoléon et déplorait l'échec du Premier Consul à sauver Saint-Domingue. Solange surnommait les nouveaux compagnons de son mari « Les Amis de la France ».

Même si Augustin n'avait jamais vu une bouture de canne à sucre, ni même, à bien y réfléchir, de canne à sucre, il débattait en expert de l'agriculture coloniale, comme si sa visite éclair à la Sucarie du Jardin avait suffi à y produire une récolte exceptionnelle.

Pour Augustin, le nouveau gouvernement haïtien devait compenser la perte de sa plantation (« Ils nous l'ont volée, non ? Alors ils doivent payer ! ») – et, à cette fin, commença à correspondre avec le consul français de la Nouvelle-Orléans.

Bien que l'anglais de Ruth se limitât à celui utilisé sur les marchés et dans les quartiers des domestiques, elle fut bientôt capable de papoter. Pendant qu'Augustin servait les clients de Pierre Robillard ou glorifiait les victoires de Napoléon, Solange et Ruth, elles, exploraient le Nouveau Monde. Souvent, le matin, quand montait la fumée piquante des premiers feux de cuisine, Solange et Ruth se promenaient sur les jolies places du quartier français de Savannah, essayant de découvrir quelle demeure élégante appartenait à quelle famille importante. (Ruth, qui pouvait aller partout et demander n'importe quoi, était une espionne parfaite.) La Française et sa servante noire visitèrent le quartier où travaillaient les artisans, celui où l'on vendait des bestiaux, ou encore celui où l'on entreposait le bois et les briques. L'Irlandais grossier et son frère avaient fait l'acquisition d'un char à bœuf et d'un bœuf émacié et s'étaient établis comme charretiers. L'Irlandais avait beau enlever son chapeau chaque fois qu'il la saluait, Solange ne manquait jamais de l'ignorer.

Solange et Ruth concluaient souvent leurs balades sur le front de mer, en dessous de la promenade déserte, là où, sur les quais encombrés et agités, des marins parlant des dialectes créoles, igbos ou gaéliques s'affairaient à charger des balles de coton et des tonneaux d'indigo et à décharger des meubles ou des marchandises de valeur.

Sans Ruth, on aurait pu prendre Solange pour l'une de ces Chypriotes maquillées qui sollicitaient les dockers et les marins. Certaines d'entre elles tentèrent d'ailleurs bien de nouer le contact avec Solange, mais cette dernière dédaigna leurs invites.

Plus tard, quand il y avait davantage de visages blancs sur le port, le couple s'arrêtait dans un petit salon de thé pour y prendre un café et des biscuits badigeonnés de miel de Tupelo, tandis que Ruth discutait, à l'aise, avec tout le monde.

Quand elles revenaient à la maison, seules la vaisselle sale du petit déjeuner et une odeur persistante de tabac attestaient de l'existence de son mari parti travailler. Solange abandonnait ses habits de promenade et habillait l'enfant pour la messe. Elle avait assisté une fois à la messe de six heures et demie, à laquelle se rendaient principalement les charretiers, les dockers et les blanchisseuses. L'Irlandais grossier s'était approché sans même lui demander la permission et lui avait demandé comment elle s'en « sortait » dans le « Nouveau Monde », avant d'avoir l'effronterie de lui présenter « mon frère, James O'Hara, et Martha, ma bonne femme ». Malgré le silence glacial de Solange, l'homme avait l'outrecuidance de croire que, depuis le bref épisode du navire, ils avaient une *relation*. Par la suite, Mme Fornier et sa servante se rendirent à la messe de dix heures et demie. Si la messe de six heures et demie était celle des Irlandais, à celle de dix heures et demie, on voyait la haute société. Solange prit garde de ne pas reproduire l'erreur d'O'Hara, se contentant de hocher poliment la tête – et seulement si quelqu'un l'avait hochée d'abord – puis, après l'office, dans le vestibule, se concentrait sur son missel ou son rosaire, tandis que les connaissances se saluaient avec cette effusion exubérante qui avait l'air d'être à la mode chez les femmes de Savannah. Quand des femmes élégantes remarquaient la beauté de Ruth, cette dernière faisait une révérence en disant « Merci, Maîtresse », tandis que Solange souriait d'un air absent.

Après la messe de dix heures et demie, les gens de la haute société montaient dans des calèches pour traverser les quelques centaines de mètres qui les séparaient de Bay Street. Solange et Ruth prenaient la même route, à pied, et, jusqu'à l'arrivée, se promenaient tranquillement au milieu de ceux qui leur étaient socialement supérieurs. S'il n'y avait eu les barrières raciales, Solange aurait très bien pu être la gouvernante de Ruth, lui apprenant tout ce qui lui semblait digne d'intérêt.

Ces dames que Solange ignorait l'ignoraient en retour, trop occupées à discuter du scandale de la nuit précédente ou à songer en frémissant à ceux à venir. Elles étaient particulièrement intéressées par les sujets qui mettaient en valeur leur vertu.

Après leur promenade, les habitants de Savannah rentraient chez eux, où un déjeuner et une sieste les préparaient aux réceptions du soir.

Solange et Ruth, elles, rentraient à la maison et y restaient. Solange refusait de laisser libre cours à ses angoisses – que feraient-ils si la Banque de France ne la soutenait pas ? Et si le précieux document avait coulé au beau milieu de l'Atlantique ? Même si elle n'avait jamais *fixé le prix* de Ruth, Solange savait qu'elle pourrait en tirer davantage que ce qu'Augustin pouvait gagner en plusieurs mois. Alors une angoisse sourde s'ajoutait à une anxiété qui ne la quittait plus. Solange attendait que sa vie commence.

Elle perdait patience en lisant ces romans d'amour qui avaient pourtant été de si bonne compagnie à Cap-Français. Pour améliorer son anglais, elle lisait à haute voix du Wordsworth, jusqu'à ce qu'elle tombe sur ce vers : « Remplis ta feuille des battements de ton cœur[1]. » Solange et Ruth gloussèrent sans pouvoir s'arrêter.

Un après-midi couvert d'avril, alors qu'aucun navire n'arrivait au port et que la journée comptait encore plus d'heures qu'elle ne pouvait en supporter, Solange décida de rendre visite à son mari à son travail.

La plupart des bâtiments de Bay Street étaient de brique, mais quelques maisons en bois à un ou deux étages, toutes

---

[1]. « Fill your paper with the breathings of your heart » : William Wordsworth, lettre à sa femme (29 avril 1812).

délabrées, avaient survécu aux différents incendies et ouragans qui avaient ravagé la ville. Sous une véranda usée par les éléments, un vieil homme aux cheveux gris, portant redingote et tricorne révolutionnaire, saluait tous ceux qui passaient devant lui. L'Ancien Régime, le grand magasin de M. Robillard, se trouvait entre un apothicaire et une chandellerie. Chaque fois qu'elle passait devant, elle faisait un geste joyeux de la main, au cas où quelqu'un l'aurait regardée de l'intérieur, mais elle n'avait jamais jusqu'ici passé le seuil de la porte.

Pour l'occasion, Solange portait des habits sans éclat appropriés à une femme d'employé, mais cette impression disparaissait vite : tout dans son attitude trahissait la morgue des Escarlette.

Ruth pouvait attendre dehors. Solange n'était pas d'humeur à fournir des explications compliquées ; or, en tant que femme d'employé, elle n'y aurait pas échappé.

Elle s'arrêta pour regarder par la fenêtre de L'Ancien Régime : du jacquard de soie épousait les formes d'une chaise dorée ; le pommeau d'or de la canne posée contre la chaise était décalé de quelques centimètres, laissant entrevoir l'éclat mortel d'une épée. De jolies cruches d'émollients, d'onguents et de potions voisinaient avec des bouteilles de veuve-clicquot, le tout posé contre un drapeau bleu blanc rouge.

Une clochette tintinnabula quand Solange pénétra dans la pièce sombre. Une voix demanda si Madame était venue pour les nouveaux parfums, qui n'avaient été déballés que la veille et étaient, lui assura-t-on, exactement les mêmes fragrances que celles qui avaient les grâces de l'impératrice Joséphine quand elle se promenait avec ses suivantes au jardin des Tuileries.

Devant un autel de minuscules bouteilles de verre, Solange présenta l'intérieur de son poignet au vendeur, qui y déposa une de ces précieuses gouttes. « L'odeur est à première vue imperceptible, mais, comme la tubéreuse dont elle tire son nom, elle s'épanouit plus tard. » Quand Solange porta ensuite son poignet à son nez, elle fut envahie par la florescence d'un beau matin de mai.

Le vendeur était grand, les cheveux clairsemés, et portait une chemise en lin un peu froissée et une cravate bleu marine. De plus, il était noir ; ou, plus précisément, il était noir-gris, comme si sa peau noire avait progressivement pâli au soleil. Son français était celui que parlaient les cousins parisiens de Solange quand ils condescendaient à leur rendre visite à Saint-Malo, cette ville *si délicieusement paisible*. Solange se présenta.

Il se fendit d'une profonde révérence. « Maître Augustin vous a jalousement protégée de vos admirateurs. Je suis Nehemiah, Madame, votre humble et plus dévoué serviteur. » Son deuxième salut fut encore plus bas et prétentieux que le premier.

« Mon mari…

– Le capitaine Fornier assiste Maître Robillard, Madame. Ils lisent les journaux. Tous les journaux. » Il secoua la tête, plein d'admiration pour ce haut fait.

L'homme la guida le long d'étroits passages, dans une forêt de tissus, parmi les meubles blanc et or et les caisses de vin magnifiquement décorées, jusqu'à une porte qu'il ouvrit sans frapper. « Madame Fornier a bien voulu, aujourd'hui 14 avril, nous honorer de sa gracieuse présence. »

Solange pénétra dans une petite pièce dont le haut plafond devait se trouver quelque part au-dessus du rideau de fumée de cigare.

Comment ce Nègre *osait-il* s'occuper d'elle ? D'un ton glacial, en anglais, Solange le congédia. Comme si elle n'avait rien dit, Nehemiah reprit de plus belle, avec un fort accent cette fois : « Maîtresse Fornier aime c'te tubéreuse. Ça oui, pour ça elle l'aime.

– Ce sera tout, Nehemiah. » Augustin avait retrouvé l'usage de la parole.

Pierre Robillard se leva. Son visage rougeaud était radieux. « Il est si généreux de votre part de nous honorer de votre présence… si généreux. » Respectueux des vieilles coutumes, il lui fit le baisemain.

Le bureau avait à peine assez de place pour accueillir deux fauteuils qui avaient connu de meilleurs jours, des caisses encore fermées et, surtout, un présentoir à journaux qu'on se serait attendu à trouver dans un salon de thé. Interceptant son regard, Robillard gloussa : « Certains hommes agissent, tandis que d'autres se contentent de penser qu'ils auraient pu faire mieux qu'eux. Je suis de la seconde espèce : même si je suis tout à fait fasciné par les manières tordues de l'humanité, je suis bien trop délicat pour y mettre mon grain de sel. Mais – il fit une pause théâtrale –, j'en oublie mes bonnes manières. Désirez-vous une chaise ? Je comprends bien pourquoi le capitaine Fornier vous cache, mais je crois que je ne le lui pardonnerai jamais. »

L'excellent français de Robillard expliquait en partie les facilités de son domestique, mais Solange n'en fut pas rassérénée pour autant. Elle s'enfonça dans un fauteuil trop profond, usé et pelucheux.

Comme elle refusait un rafraîchissement, M. Robillard lui expliqua que Nehemiah pouvait faire du thé, ce qu'elle accepta. Augustin partit en donner l'ordre.

Robillard agita les mains en singeant un air contrit. « Oh, mon Dieu, Madame ne me réprimandera-t-elle pas pour ceci ?

– Pour *ceci*, Monsieur ?

– Pour avoir sciemment éloigné votre mari. Mais Madame surestime grandement ma concupiscence. Madame a dû se convaincre que la vertu des belles femmes n'était jamais à l'abri avec moi. Oh, Madame, vous tenteriez un saint. »

Ces propos alarmants, prononcés avec tant d'autosatisfaction, la firent sourire. « Je comprends les inquiétudes de votre épouse, Monsieur.

– Que comprenez-vous ?

– Eh bien, si je n'étais pas une femme mariée… »

Il soupira. « Hélas, tant de femmes le sont. Ou alors ce sont des bonnes dont les pères sont rompus aux règles du duel, ou dont les frères sont tireurs d'élite, ou ces dames ont déjà un amant, ou envisagent la guimpe et le voile… Dans la société de Savannah, Madame, l'aspirant débauché ronge son frein. Ces perfides Anglais comprennent bien mieux ces choses-là que nous. "*Fais ce que voudras**", en quelque sorte.

— Mon mari ne devrait-il pas être avec nous dans cette pièce ? » demanda Solange, qui ne ressentait pas la moindre inquiétude.

Robillard lui prit la main. Sa paume était moite et douce. « Oh, ma chère, vous ne craignez pas grand-chose avec moi. Toutefois, ajouta-t-il d'un air piteux, ma Louisa n'en est pas convaincue. » Il frappa dans ses mains. « Cela me suffit amplement. En son absence — il ne veut recevoir aucun compliment —, permettez-moi de vous dire à quel point je suis heureux que le capitaine Fornier soit entré à mon service. »

Il lui dépeint alors le portrait de son mari, ce portrait même qu'elle s'était acharnée à créer. Augustin était un « brave capitaine de Napoléon », un « héros de la révolte de Saint-Domingue », ainsi qu'un « véritable gentilhomme — le sourire de Solange se fit moins assuré — qui connaissait les usages du monde ». M. Robillard fit alors remarquer qu'il avait lui-même eu le grand honneur de servir l'Empereur quand il n'était encore que le *lieutenant* Bonaparte, il y a de cela bien des années. « Je n'ai hélas vu aucun combat. » Il leva les sourcils. « Il n'y avait *aucun* combat, nulle part. Vous imaginez un peu ? »

Fort de sa position d'immigré dont la longue résidence dans la ville conférait quelque légitimité à ses opinions, Robillard déclara que la réputation militaire du capitaine Fornier lui profiterait grandement dans la société de Savannah. « Jusqu'à mon arrivée en Amérique, je n'avais jamais rêvé de rencontrer autant de colonels et de commandants — et même de généraux. » Robillard rayonnait. « Moi ? Je n'ai jamais dépassé le grade de simple soldat. Votre brave capitaine Fornier, Madame… Merci de me laisser vous l'emprunter. »

Solange savait qu'il n'aurait pas hésité à se fendre d'un autre baisemain pour peu que la distance les séparant eût été plus courte.

À L'Ancien Régime, Augustin servait de nombreux colonels, capitaines et commandants de Savannah. Qui pouvait mieux choisir un vin français qu'un officier français ? Et, comme pouvait l'imaginer Solange, de nombreuses dames américaines étaient d'une nature trop délicate pour être servies par un Nègre. Toujours est-il que Nehemiah avait son utilité. « Il s'occupe des factures, déballe les marchandises et les installe. Nos étalages ne sont-ils pas magnifiques ? Pourquoi ? Parce que Nehemiah connaît mieux mes marchandises que moi-même. Voici d'ailleurs un secret que je ne dois pas lui confier... » Il pressa un doigt prudent contre son nez et lui fit un clin d'œil. « Avec la présence du capitaine Fornier et de Nehemiah, Pierre Robillard est de trop dans son propre établissement ! »

Le sourire de Solange se modifiait au fur et à mesure : de stupéfait, il devenait admiratif, puis à nouveau stupéfait. Bien sûr, elle se garda bien de demander : si Augustin est si précieux, ne mérite-t-il pas une augmentation ? Au lieu de cela, elle lui retournait le compliment dès qu'il la laissait en placer une, et en apprit au passage beaucoup plus sur sa femme. « Madame, quand Louisa a fini par succomber à mes prières, elle s'est mariée *bien en dessous* de sa condition ! » Elle en apprit encore plus sur sa fille, Clara, dont il venait de constituer la dot.

Quand Solange fut sur le point de partir, le propriétaire pressa une fiole de fragrance de tubéreuse contre elle, affirmant qu'il ne faisait qu'« ajouter à la perfection ».

Dehors, quand elle fut rejointe par sa maîtresse, Ruth renifla bruyamment et fronça le nez.

S'il n'est pas possible d'éviter les revers de fortune, il n'est pas non plus nécessaire de les subir sans réagir. Solange, en tout cas, s'y refusait. À la maison, elle fondit en larmes à la lecture de la lettre que lui avait envoyée son père. Elle était si inconsolable qu'Augustin fuit l'appartement pour partager quelques verres, trop sans doute, avec des camarades réfugiés compatissants. C'est là le genre d'erreurs que font souvent les jeunes maris. Ruth ne quitta pas une seconde sa maîtresse secouée par les sanglots. Ses yeux sombres étaient remplis de larmes, comme si elle s'accordait à la douleur de Solange sans jamais s'y immiscer.

Charles Escarlette écrivait à Solange que sa chère maman avait usé ses genoux à prier pour elle, et avait même payé une messe deux écus pour sa fille adorée. Quand elle avait appris la victoire des rebelles, elle avait défailli dans son lit. Charles Escarlette était si heureux de la fuite de sa fille qu'il était prêt à réduire ses intérêts de cinq à quatre pour cent sur les sommes dues pour l'achat de la charge d'Augustin.

Il écrivait que Saint-Malo connaissait des temps difficiles. Les corsaires anglais avaient ruiné le commerce côtier, et Henri-Paul Fornier avait perdu trois vaisseaux commerciaux non armés dans l'affaire. « Ces pirates anglais sont-ils incapables de distinguer un navire commercial d'un navire militaire ? »

Suite à ce désastre, l'Agence maritime Fornier avait fait faillite, et le frère d'Augustin, Léo, s'était enrôlé. D'après eux, il se trouvait à l'heure actuelle avec l'armée en Espagne. Même s'ils ne connaissaient pas une situation aussi désastreuse que les Fornier (la satisfaction qu'en tirait son père se lisait presque dans chaque phrase de sa lettre), les affaires des Escarlette ne se portaient pas aussi bien qu'autrefois. Il y avait moins d'import-export et, comme l'économie de Saint-Malo connaissait une crise, plusieurs prêts n'avaient pas été remboursés et certains investissements s'étaient transformés en gouffres financiers.

Il ne faisait aucun doute que sa fille dévouée comprendrait bien que l'argent qu'il lui avait avancé autrefois devait maintenant être remboursé. Même si les Anglais avaient détruit le commerce de paix, ils avaient du même coup créé des opportunités pour qui voulait bien faire du commerce de guerre. Charles Escarlette était en ce moment même en train de négocier un prêt pour acheter un immeuble de brique qui avait été un entrepôt et qu'il comptait transformer en atelier de confection d'uniformes. Il s'était donc rendu à la Banque de France pour y apprendre, abasourdi, que, d'après le Code

Napoléon, la lettre de crédit de sa fille ne pouvait être encaissée que par cette dernière, et que, de plus, Solange Escarlette Fornier avait déjà demandé ces fonds en Amérique !

Elle et Augustin devaient revenir à la maison immédiatement. N'importe quel vaisseau américain neutre à destination de la Hollande ou de la Belgique pouvait passer à travers le rideau britannique. Une fois arrivés, ils pourraient gagner Saint-Malo en voiture en quatre jours. D'autres, des hommes sans scrupule dont il taisait les noms, « reniflaient l'entrepôt comme des cochons l'auraient fait d'une truffe », et même si Charles Escarlette se flattait de sa prévoyance, il ne faudrait que peu de temps avant que d'autres marchands parviennent à des conclusions similaires quant à la future demande en uniformes. Son père regrettait sincèrement que sa chère Solange et son cher Augustin ne puissent se payer un voyage en première classe, mais, en fin de compte, les passagers de seconde classe arrivaient en même temps que ceux de première, et leur foyer avait besoin de chaque franc qu'ils pourraient rapporter.

Charles Escarlette concluait sa lettre en exprimant toute son affection et sa fierté paternelle. Son *post-scriptum* réitérait sa croyance dans le fait que Solange, fille obéissante, comprendrait où était son devoir.

Solange ne comprenait que trop bien, et fila aussi vite que possible chez M. Haversham pour savoir où en étaient les vérifications de la Banque de France.

M. Haversham était anéanti par son impuissance, mais, il devait bien l'avouer, il ne savait rien. Aucune nouvelle. Ce soir-là, pendant le dîner, il confessa à Mme Haversham le soulagement qu'il ressentait à l'idée de ne pas être celui qui s'était attiré les foudres de Mme Fornier.

Solange rédigea une lettre, puis une autre, puis encore une autre, mais n'en posta aucune. Qu'allait faire son père ? Quelles actions allaient lui suggérer les avocats retors de Saint-Malo ?

Elle parcourut le registre maritime à la seconde où la *Georgia Gazette* fut posée sur le présentoir. Les quelques lève-tôt susceptibles de lui voler la primeur du journal apprirent bien vite que l'intérêt que la magnifique Française portait aux navires touchant le port surpassait tout ce qui pouvait, eux, les intéresser. Solange passait tellement de temps sur les quais qu'elle savait quel timonier barrait un navire à l'approche rien qu'en observant sa trajectoire.

Elle attendait chez M. Haversham, en compagnie de son secrétaire et de la liasse de courriers non ouverts, quand ce dernier descendit les marches pour commencer sa journée.

« Si cela dépendait de moi, Madame…, dit-il en triant sa correspondance. Si Philadelphie n'avait pas imposé de restrictions à toutes les branches de la banque, je vous jure, Madame, que je renoncerai à ces fastidieuses formalités. »

Solange sourit, mais de son plus petit sourire, verrouillé.

Pas pour elle. Pas pour elle. Pas pour elle. Le banquier rejeta la dernière enveloppe en fronçant légèrement les sourcils, puis sourit à Ruth. « Votre servante est une enfant si vive. Les Nègres sont au mieux de leur forme quand ils sont enfants, vous ne trouvez pas ? »

Ruth avait appris à faire de bonnes affaires sur le marché, et, après que Solange eut renvoyé Cook, elle fit un peu la cuisine.

Un soir, alors qu'Augustin avait bu plus que de coutume, il invita son ami le comte Montelone à partager leur plat de haricots rouges, de riz et de gombos. Si le vieil homme poussiéreux se sentit offensé par cette invitation, il fut assez poli pour tout manger, ainsi que pour revenir dîner le lendemain. À un certain moment, le comte se mit à parler de sa puissante famille. Quand Solange admit son ignorance au sujet de ses augustes parents, il dit : « Ah oui, c'est vrai, vous êtes de Saint-Malo, non ? »

Même s'il ne lui adressa jamais la parole, il contemplait Ruth avec tant d'avidité que cette dernière finit par quitter la pièce.

Quand Solange pressa son mari de faire des économies car ils n'avaient presque plus d'argent, il lui répondit qu'il était nécessaire qu'il fût en mesure d'offrir des tournées, comme on lui en offrait. « Après tout, je suis soldat. Pas prêtre. »

Un matin, alors qu'un barquentin battant pavillon hollandais abaissait sa passerelle, Ruth se percha les jambes croisées sur une bitte d'amarrage en fredonnant. Quand son fredonnement s'arrêta brusquement, Solange se retourna. Mais que faisait donc Mme Robillard sur les docks ?

« Ah, Madame Fornier. Voilà où vous étiez cachée. Vous nous avez manqué sur la promenade. Mon Dieu. Tous ces Nègres. Et ces Irlandais. Et, euh… toutes ces personnes *maritimes**.

— Chère Madame Robillard, j'espère bien que vous ne nous cherchiez pas *en particulier.*

— Non, non, je ne faisais que passer par là…

— Attendez-vous un colis ? Une cargaison ?

— Oh, mon Dieu, non. » Louisa Robillard éclata de rire. « C'est Nehemiah qui se charge de nos *attentes*. »

Solange lui sourit poliment en se demandant où elle voulait en venir.

« Je vous ai souvent remarquée à la messe de dix heures et demie. Ma chère amie Antonia Sévier m'a dit que nous aurions dû être présentées il y a des années, ce à quoi je lui ai répondu qu'hélas, tel n'était pas le cas. »

Ruth fila vers le quai où arrivait son pilote favori qui, de plus, avait le béguin pour elle.

« Ne pensez-vous pas qu'après une si longue "relation", nous pouvons ignorer les présentations formelles ? »

Solange aurait préféré que l'on s'en tienne au formalisme de rigueur, mais le barquentin hollandais n'avait pas sa vérification à bord, et, la nuit précédente, elle avait dû expliquer à son mari qu'ils avaient si peu d'argent que, soldat ou pas, il fallait cesser de se montrer si généreux avec ses amis français. « Mais bien évidemment, Madame. Je suis tout à fait ravie de faire votre connaissance.

— Que c'est gentil de votre part. » (Ce qui signifiait : « Le contraire serait étonnant. Votre mari est notre employé. »)

Solange contre-attaqua : « Le capitaine Fornier ne tarit pas d'éloges sur monsieur Robillard. Il me dit qu'il est "un gentilhomme de la vieille école". »

Ruth revint, concentrant toute son attention sur un gros bonbon à la mélasse.

« Vous plaisez beaucoup à Pierre. Il est ravi de vous connaître. » Le sourire de Louisa, lui, n'était *pas* ravi. « Il est facile de comprendre pourquoi.

— Comme vous le savez sûrement mieux que moi, monsieur Robillard est un gentilhomme aimable et tout à fait honorable.

— Cela ne fait aucun doute. »

Étant donné sa mâchoire chevaline et ses yeux larmoyants, Solange se dit que cette femme avait bien des raisons d'être jalouse.

« Mon mari m'a dit que le capitaine Fornier avait combattu avec Napoléon ?

— Je ne crois pas, Madame, que quiconque à l'exception des généraux ait combattu *avec* Napoléon. Le capitaine Fornier a servi *sous* l'Empereur.

— Pendant ses guerres européennes ?

— Augustin Fornier a été nommé à un commandement lors des circonstances désespérées de Saint-Domingue, et a gagné ses galons de capitaine grâce à son exceptionnelle bravoure. Il était près de recevoir ses galons de commandant quand, hélas, Saint-Domingue fut trahie par le gouvernement français.

— Ma pauvre chérie ! Ce cher Pierre aurait été si fier d'avoir un *commandant* à son service. »

Solange calcula combien de jours ils pouvaient survivre sans le salaire d'Augustin. « Notre plantation, la Sucarie du Jardin, possédait le sol le plus fertile de toute l'île. Le capitaine Fornier servait sous les ordres du général Leclerc.

— Ce pauvre homme. Mourir si loin de chez lui.

— C'était effectivement un très grand officier… »

Mme Robillard mit fin à la passe d'armes. « Quelle magnifique enfant. »

Ruth fit une révérence.

« Quel âge tu as ? »

Une autre révérence. « J'crois bien six, Ma'ame. Mais p'têt sept.

– Très bien, très bien. »

Mme Robillard se tordit le cou à la recherche d'une figure connue sur la promenade, si loin au-dessus des docks sordides. Elle n'aperçut aucune de ses amies, mais fit de grands gestes comme si cela avait été le cas.

Quand elle pivota vers Solange, sa mâchoire faisait saillie, telle une proue. « Vous êtes presque aussi jolie que ce qu'affirme mon imbécile de mari. »

Par respect pour le maigre salaire d'Augustin, Solange se retint. « Vous êtes trop bonne, Madame.

– Une créature délicieuse, tout simplement délicieuse. Tu ne voleras pas tes maîtres, n'est-ce pas, Ruth ?

– *Mais non, Ma'ame**.

– Parle anglais, mon enfant. C'est une langue certes grossière, mais elle doit être la tienne. »

*
* *

Un magnifique jour de mai, où les fleurs de magnolia blanc s'épanouissaient dans les interstices des pavés, le navire de Solange arriva au port. C'était un ketch peu impressionnant, presque une épave en fait, qui avait embarqué du courrier à Bruges, avait démâté au Haulabout Point, à Cape Ann, et, pour tout dire, avait tellement pris l'eau qu'il ressemblait à un navire fantôme. Solange avait la gorge si serrée que déglutir lui était douloureux. Et s'il avait coulé ? Que leur serait-il arrivé ?

Les vérifications étaient suffisantes pour satisfaire toute banque, même une banque aussi pointilleuse que la Banque des États-Unis. Le compte de Mme Fornier fut ouvert, et sa réponse laconique à Charles Escarlette fut envoyée par retour de courrier.

Les Fornier déménagèrent dans une maison démodée, dans un quartier passé de mode lui aussi, que Solange acheta comptant, en liquide.

La lettre suivante de son père était davantage politique. La Banque de France avait informé Charles Escarlette que la dot de sa fille se trouvait désormais sur un compte de la Banque des États-Unis. Voilà qui était fort surprenant ! Il ne savait même pas que les États-Unis avaient une banque !

La situation à Saint-Malo n'avait guère changé. Il avait réussi à louer l'usine, mais avait besoin d'argent pour embaucher des travailleurs. Ce n'étaient pas les tailleurs et les couturières sans travail qui manquaient, et l'armée était sur le point de passer une grosse commande. Il comptait commencer avec des pantalons. Il y avait de bons bénéfices à faire avec les pantalons.

Elle devait procéder à un transfert de fonds notarié depuis la Banque des États-Unis, et envoyer l'ordre avec la marée descendante. Pour accélérer le processus, il lui avait joint les documents que ne manquerait pas de demander la banque de sa fille. Il avait laissé suffisamment d'espace pour qu'Augustin puisse également signer. Même si, d'après le Code Napoléon, la signature du mari n'était plus nécessaire, qui savait quelles lois primitives gouvernaient les Américains ?

Si elle le désirait, elle pouvait bien sûr apporter le document en personne. Elle manquait tellement à ses sœurs et à sa chère maman !

Solange, en sanglotant, déchira en fines bandelettes la lettre et les documents, tandis que Ruth entamait un chant plaintif et haut perché. Les Fornier étaient définitivement devenus américains.

L'information selon laquelle la situation des Fornier s'était grandement améliorée dut par mégarde échapper aux lèvres pourtant si discrètes de M. Haversham, et les Fornier commencèrent à recevoir des invitations à des baptêmes sans intérêt, des *garden parties*, etc.

En tant que tout nouveaux Américains, le capitaine Fornier et sa femme étaient obligés d'assister à la Grande Fête de Savannah, le bal donné en l'honneur de l'anniversaire de Washington. (*Prix d'un billet : un dollar. Entrée interdite aux apprentis.*)

À l'apéritif, Mme Robillard demanda si Mme Fornier connaissait Antonia Sévier.

« N'est-ce pas une de vos grandes amies ? » Solange parlait avec familiarité à une femme avec laquelle, encore quelques jours plus tôt, elle mesurait soigneusement chacun de ses propos. Elle plaça son biscuit dans son assiette, entre ses cornichons aigres-doux et son pilon de poulet.

« Vous n'avez quasiment rien en commun. » Le rire de Louisa avait tout du hennissement. « Mais *tout le monde* connaît Antonia, et vous devez la connaître aussi.

– Je serai très honorée de faire sa connaissance. » Solange sélectionna trois pâtisseries, ignorant un macaron cabossé. Elle se lécha l'index. « Dites-moi, chère Madame Robillard, tous les bals américains sont-ils aussi vieux jeu que celui-ci ?

– Seulement les bals patriotiques. Vous devez *absolument* m'appeler Louisa. Hélas, le patriotisme américain a quelque chose d'un peu guindé et vieillot, avec les drapeaux rongés par le temps. » Louisa se rapprocha. « J'ai entendu dire qu'à Saint-Domingue, vos bals étaient... disons... plutôt *risqués**.

– Vers la fin, oui, très risqués.

– Ah. » Louisa ignora le sanglier pour jeter son dévolu sur une fine tranche de canard. « Antonia est terriblement bouleversée à cause de sa cuisinière, Cook. On ne parle que de ses crevettes et de son gruau. Ses plats sont toujours attendus. Mais Antonia a refusé de payer les huit cents dollars. C'est bien dommage. Enfin, huit cents dollars pour une cuisinière... » Louisa fit une grimace. « Dans quelle époque vivons-nous...

– Dans la mesure où je n'ai jamais dîné chez les Sévier, je ne peux point parler de leur gruau. À vous écouter, il semble tout à fait extraordinaire.

– Antonia avait l'intention de vous inviter, vous et le capitaine Fornier, à sa prochaine *garden party*. Il faudra un jour qu'on m'explique pourquoi les couteaux et les fourchettes sont systématiquement placés au début du buffet et non à la fin, là où on en a le plus besoin. » Louisa fit une pause pour souligner son propos. « Hélas, chère Madame Fornier, ni vous ni moi n'aurons la joie de goûter à ce gruau cette année, car Antonia a annulé sa *garden party* ! Cook refuse catégoriquement d'aller au marché ! Antonia a pris des mesures – Mme Robillard fit un geste du poignet évoquant un coup de fouet – pour que cela n'arrive plus jamais. Depuis quelques jours, c'est leur cocher qui fait le marché ! Résultat, ils se retrouvent avec des fruits blets, des légumes pas assez mûrs, et le tout hors de prix. Est-ce que nous partagerions la causeuse ?

— Certainement. » Solange lui fit une place.

« Vous savez combien *ils* sont superstitieux.

— Hmmm.

— Cook s'est mis en tête que votre servante (Ruth, c'est ça ?) lui a jeté le… je ne sais pas… le "mauvais œil" ou quelque chose comme ça. Cook dit que Ruth "voit des choses" – quoi que cela signifie. Elle prétend que l'enfant est une prêtresse vaudou. » Le rire de Louisa cliqueta comme une cloche fêlée. « Tout ça n'a aucun sens, évidemment. Néanmoins…

— Aucun sens, aucun sens. C'est une absurdité, bien sûr. » Solange s'était exprimée avec un peu plus de chaleur qu'elle ne l'aurait dû. Si elle avait été un peu plus romanesque, elle aurait vu dans le sourire triomphant de Mme Robillard le signal annonçant l'entrée en scène de cette prétendue « absurdité ».

Une prêtresse vaudou.

Le lendemain matin, après la messe de dix heures et demie, la charmante Mme Fornier prit sur elle de livrer elle-même les derniers journaux qui venaient d'arriver à bord d'un navire espagnol à L'Ancien Régime. Elle en profita pour présenter une petite requête à celui qu'elle considérait comme un très grand gentilhomme. La résistance à la flatterie est plus facile quand on en a l'habitude, et, malheureusement pour lui, Pierre Robillard était bien peu flatté chez lui.

« Je ferai tout mon possible, ma chère », promit-il en lui faisant le baisemain.

Son « possible », en l'occurrence, s'avéra certes inhabituel, mais tout à fait licite. Bien qu'il ne fût pas papiste lui-même (comme il dut l'expliquer par la suite à son épouse furieuse), Pierre était d'une grande tolérance, et partait du principe qu'il existait de nombreuses voies vers le salut éternel.

Un merveilleux matin d'avril, dix-huit mois après avoir débarqué en Amérique, une enfant aussi noire que solennelle, vêtue d'une robe blanche ornée de dentelle flamande, se tenait debout devant l'autel de l'église Saint-Jean afin d'y être baptisée Ruth.

Pierre Robillard, rayonnant, avait été désigné pour en être le parrain.

– 2 –

L'orangerie

RUTH CHANTE DOUCEMENT :

*Les orangers
Poussent, poussent et poussent.
Les orangers, orangers, poussent, poussent et poussent,
Les orangers.
Une belle-mère n'est pas une vraie mère,
Les orangers…*

L'orangerie sentait la cannelle et la noix de muscade, et les fruits pendaient tels des pendentifs timides dissimulés derrière les feuilles pointues. Fredonnant d'un air absent, l'enfant caressait du bout des doigts l'un de ces globes vert et or. Depuis le jardin d'hiver fait de briques et de verre, sur la façade sud du manoir flambant neuf, on pouvait entendre les échos d'une musique dansante. Comme le jeune architecte anglais de Louisa Robillard n'avait visiblement rien compris aux coutumes de Savannah, cet espace plutôt destiné à la méditation faisait face à la cour des domestiques, où, de l'aube au crépuscule, on lavait, blanchissait et abattait des animaux. Ce soir, la cour était calme, les fenêtres de l'orangerie sombres, et l'obscurité régnait, à l'exception de la lanterne de la remise à calèches qui illuminait les voitures vernies des invités et des petites lueurs des cigares des cochers que l'on devinait.

Solange s'assit sur un banc en pierre en s'éventant.

Même si la nouvelle aisance financière des Fornier leur avait permis d'acquérir une maison et de réengager Cook, Solange comprenait bien (et ne manquait pas de le rappeler à son mari) que l'argent ne poussait pas sur les arbres, même sur les arbres américains. Un attelage et un cocher lui semblaient une dépense inutile, et ils s'étaient rendus au bal en fiacre.

Solange faisait le point sur le déroulement de la soirée : avait-elle dit ce qu'il fallait, et, bien plus important, s'était-elle abstenue de dire ce qu'il ne fallait pas ? Solange Escarlette Fornier avait bien l'intention d'*arriver* dans ce Nouveau Monde déroutant et bien trop démocratique à son goût.

L'orchestre se lança dans un *allegro* vigoureux, et Solange sourit à Ruth. « Mon enfant, nous ne serons jamais aussi près du Paradis. »

L'enfant se gratta le cou. « Oui, Maîtresse, j'm'en rends compte. » Elle évita le regard de Solange. « Ce comte Montelone, il est là ?

— Je ne l'ai pas vu.

— Lui et Maître Augustin, ils sont amis ?

— Oui. Ils sont plus français que Napoléon. » Le gloussement de Solange faillit être contagieux, mais Ruth était trop absorbée par l'étude d'une orange pour rire, comme si elle n'en avait jamais vu auparavant. « Il veut m'acheter ?

— Ma chère enfant, mais d'où sors-tu cette idée ? »

Ruth haussa les épaules. Quelques instants plus tard, elle dit : « J'vais nulle part. J'veux rester avec vous.

— Si tu dois être d'une humeur aussi sombre, tu peux aussi bien aller aider les autres domestiques. Va aider Nehemiah.

— Nehemiah a pas besoin d'moi.

— Il doit bien y avoir quelqu'un qui a besoin de toi ! » Solange s'approcha de la musique.

Comme Philippe Robillard était célibataire, et avait conservé ses habitudes de célibataire, le bal de Noël des cousins Robillard se tenait chez Pierre et Louisa. Par ailleurs, prenant au sérieux les terribles menaces qu'avait proférées

Louisa, Philippe accepta de ne pas inviter ses amis indiens. Pour se récompenser d'échapper, comme toujours, aux devoirs d'un hôte, Philippe se posta devant le punch et décida de n'en plus bouger jusqu'à ce que l'on soit contraint de le porter jusqu'à sa voiture. Comme il n'avait pas encore atteint ce stade, il devisait avec son nouvel ami, le capitaine Fornier, des diverses injustices qu'avaient endurées les Indiens muscogee, les Indiens edisto, et, bien sûr, les vertueux planteurs français de Saint-Domingue. Ces injustices étaient détaillées, déplorées, avant de sombrer dans l'oubli grâce à un toast adéquat.

Le dernier des ouvriers à avoir construit le manoir était parti quatre jours plus tôt, éjecté par des domestiques anxieux brandissant qui un balai, qui une éponge, qui un plumeau. Pierre, Louisa et leur fille Clara n'avaient passé que deux nuits dans leur nouvelle maison.

Louisa en était extrêmement fière, tandis que Pierre se demandait si les audacieux jeunes architectes anglais étaient toujours aussi audacieux là où les jeunes architectes anglais étaient légion.

Dans les maisons traditionnelles de Savannah (qu'on appelait des « *Savannah Boxes* »), la cloison séparant le petit salon du grand pouvait être aisément ôtée pour laisser place à une majestueuse salle de bal. Dans la maison des Robillard, ces pièces étaient séparées par une grande entrée et un escalier, si bien que les invités s'étaient naturellement séparés en deux groupes : les danseurs, les abstinents et les personnes âgées revendiquaient le grand salon, tandis que les jeunes, ceux qui étaient moins en vue dans la haute société et les gros buveurs s'étaient retranchés dans le petit salon, dont le lambrequin rose et les cupidons peints étaient destinés à flatter l'œil des dames à l'heure du thé. Malgré les objections véhémentes de l'architecte, Louisa avait décidé pour honorer la saison d'encadrer les *bow-windows* de houx et de pendre du gui au lambrequin. Cette faute de goût avait tant offensé le jeune Anglais qu'il s'était querellé avec son employeur et était sorti en trombe du manoir en hurlant : « Ce n'est plus mon œuvre ! Je n'en suis pas responsable ! »

Louisa s'était dit que la présence du jeune Anglais aurait ajouté une touche esthétique à sa création, et qu'un peu de son prestige aurait déteint sur elle. Prestement, et contrairement à ses habitudes, Louisa changea d'avis. Elle fit ôter par ses domestiques la verdure incriminée et envoya Nehemiah retrouver l'Anglais.

Hélas, Nehemiah revint bredouille. « Il veut pas v'nir, Ma'ame. L'homme est fin saoul et dit des choses.

— Des choses ?

— Il dit qu'vous et Maître Robillard, z'êtes des "Philistins". » Nehemiah était perplexe. « Des Philistins, comme ceux de la Bible ? »

Tant pis pour son architecte si brillant, si imaginatif et si peu conventionnel ! Louisa fit réinstaller la verdure de Noël et expliqua à ses amies qu'elle avait dû se séparer de son nouveau toutou.

Le gala se ferait sans lui, voilà tout. La lueur des bougies qui étincelaient dans les chandeliers était accentuée par des miroirs savamment disposés aux murs et aux piliers. Leurs flammes dansaient sur les bords de cristal de l'énorme bol de punch. Le punch, au début, était assez doux pour convenir à un baptiste, mais, très vite, de joyeux gentilshommes entreprirent d'y vider leurs flasques, et il devint pour le moins hérétique.

Les affaires des frères O'Hara avaient prospéré, et ils avaient racheté un commerce spécialisé dans les harnais bas de gamme, les mauvais équipages, le foin de l'année précédente et l'avoine passée. « C't'une p'tite affaire bien profitable », expliquait James O'Hara à qui voulait bien l'écouter.

Un peu plus tôt, O'Hara avait rappelé au capitaine Fornier qu'ils étaient arrivés sur le même navire, sous-entendant du même coup qu'ils avaient eu les mêmes chances de départ dans le Nouveau Monde, et maintenant regardez-les ! O'Hara, satisfait, avait alors passé ses pouces sous ses bretelles.

Augustin lui répondit en français.

En souriant, O'Hara maudit la folie d'Augustin. En gaélique …

Quand fut annoncée la dernière danse à la mode, le cotillon, O'Hara et d'autres quittèrent le bol de punch pour aller chercher leur partenaire.

« Une danse française, dit Augustin en se resservant.

– Contrairement aux Américains, les Français ont toujours traité les Indiens correctement, répondit Philippe.

– Et nous, les planteurs, nous avons toujours été bons pour nos Nègres ! Comme les Français paient cher leur idéalisme mal placé. »

Peu importait la signification de cette phrase, en tout cas, Philippe et Augustin trinquèrent en son honneur.

Les musiciens portaient les plus belles parures dont s'étaient débarrassés leurs maîtres. Leur sourire était fixé sur leur visage, et le chapeau en laine posé derrière eux était fin prêt à accueillir la petite monnaie des Blancs.

Nehemiah quitta le petit salon avec un plateau de verres sales posés en équilibre précaire. Il dit en passant à Ruth : « Y en a plus, petite. Va en chercher d'autres, mais n'en casse aucun. »

Ruth croisa les bras. « J'suis pas domestique.

– Petite, tu es trop petite pour te rendre compte à quel point tu es petite. »

Dans le salon, le cotillon s'organisait, et les plus courageuses des habitantes de Savannah exécutaient – avec force rires et excuses – des pas de danse qui leur étaient peu familiers.

Pierre Robillard présenta à Solange un jeune homme. « Ah, Madame Fornier. Voici mon ami Wesley Evans qui, comme vous pouvez le deviner à la sobriété de sa mise, est un yankee. Il nous vient directement du Connecticut. Wesley fut l'indispensable factotum de monsieur Eli Whitney. Wesley et moi allons nous associer dans le commerce de coton, un marché qu'il comprend bien mieux que moi. Toujours est-il qu'il faut absolument que j'essaie d'y comprendre quelque chose. Coûte que coûte, je m'y engage ! Mais j'ai bien peur que cette nouvelle aventure n'ajoute un peu de poids au fardeau bien lourd qui repose déjà sur les épaules du capitaine Fornier. Où est-il donc, ce brave homme ? Il ne danse pas ?

– Il est avec votre cousin si intelligent, Philippe. Ils sont en train de résoudre la question indienne. »

Le sourire de Pierre s'élargit. « De la même manière qu'un essieu qui grince, je crois que cette question mérite d'être un peu… lubrifiée. »

Louisa se matérialisa derrière son mari. « Ah, la délicieuse madame Fornier et sa charmante servante ! Le comte Montelone m'a parlé d'elle. »

Le gentilhomme dont il était question se trouvait de l'autre côté de la pièce, caché par les danseurs qui quittaient la piste. « C'est si gentil de votre part de vous être jointe à nous ce soir, Madame Fornier. Noël est une période magique, ne trouvez-vous pas ? Mon cher Pierre – elle s'arrima fermement à son bras – avait peur que notre nouvelle maison ne soit pas prête, mais nous y avons travaillé nuit et jour.

– Nehemiah… » commença Pierre.

Sa femme lui mit un doigt sur la bouche. « Pas un autre mot à propos de ton Nègre, mon cher. Tu le gâtes trop. J'ai demandé à ce que la prochaine danse soit un menuet. Contrairement à un certain architecte dont je tairai le nom, Pierre et moi chérissons les bonnes vieilles traditions. »

Pierre leur fit un petit salut de la main par-dessus son épaule tandis que sa femme le traînait à sa suite.

Le yankee sourit à Solange. « Madame Robillard est *sérieuse**.

– Non, madame est *dangereuse**. » Solange fut surprise de réaliser qu'elle le pensait vraiment.

« Devons-nous trembler de peur ? Ou bien commencer à construire des fortifications ? »

Solange lui offrit son bras. « En fait, Monsieur le yankee, je préférerais danser. »

Evans était longiligne, affligé d'une calvitie précoce, et, comme Solange l'apprit bientôt, âgé de vingt-huit ans. Il était venu au bas-pays avec Whitney, dont l'égreneuse[1] avait permis de rentabiliser le coton à fibre courte, afin d'obtenir une licence exclusive de fabrication.

« L'invention d'Eli est brillante, mais malheureusement trop simple. N'importe quel mécanicien plus ou moins formé peut voir quelqu'un s'en servir et la dupliquer. On n'a pas besoin d'outils spéciaux pour construire la machine, ni de pièces spécifiques ou chères. J'ai bien peur que d'autres hommes s'enrichissent bien plus grâce à l'égreneuse que mon ami qui l'a inventée.

— Et vous aimeriez faire partie de ces hommes riches dont vous parlez ?

— Je le suis déjà, Madame. Connaissez-vous ce pas de danse ?

— Monsieur, je suis française. Ou du moins j'étais française. Je n'ai pas encore décidé ce que j'étais devenue.

— Il est si facile d'être américain. C'est la chose la plus simple du monde.

— Oui, mais… » Elle grimaça. « Madame Sévier me semble pleine d'énergie, ce soir. »

Dans les bras de James O'Hara, la dame « dansait », mais il aurait été plus juste de dire qu'elle était balancée en tous sens.

« Je soupçonne monsieur O'Hara de mieux s'y connaître en techniques de pêche. »

Solange et Wesley accomplirent parfaitement leurs pas, à leur grande satisfaction. Quand la musique cessa, Wesley se pencha et demanda : « Puis-je aller vous chercher un verre de punch ?

— Monsieur, vous me procurez une ivresse suffisante. Je crains presque pour ma vertu. »

Il sourit et son visage s'illumina. « Madame, je ne peux pas vous promettre que je ne tenterai rien.

— Monsieur ! Je suis une femme mariée ! »

---

1. Eli Whitney inventa en 1793, en Géorgie, le *cotton gin*. Il s'agissait d'une machine permettant de séparer la graine du coton de sa fibre.

Il la conduisit à l'écart de la piste. « Je suis amèrement déçu, Madame. Dites-moi, qui est cette magnifique enfant ?
— Ruth, fais la révérence à Maître Evans. »
Ruth se fendit d'une révérence des plus superficielles. « Maîtresse, ce sale comte arrête pas d'me z'yeuter.
— Et alors ? Où est le mal ?
— C't'un d'ces marchands d'esclaves ! »
Wesley fronça les sourcils. « Il y a effectivement des rumeurs… de méchantes rumeurs… qui circulent à propos du comte Montelone, Madame Fornier. Il n'est plus le bienvenu dans la bonne société de Charleston.
— Ruth, tu es parfaitement en sécurité. Va donc chercher ton maître. Il faut qu'il fasse la connaissance de monsieur Evans.
— Et amène-nous du punch, tant que tu y es. Madame Fornier – puis-je vous appeler Solange ? »
Solange était habituée à des hommes adoptant un rythme plus… lent. Même si elle voyait bien qu'il ruait dans les brancards, elle se sentait plus euphorique qu'inquiète. « Tous ces gens…, dit-elle, il fait chaud, non ?
— Je suis certain que nous pouvons trouver un endroit… hmm… plus *frais*. »
Solange prit les rênes. « C'est une maison pour le moins "inhabituelle". On m'a dit qu'ils avaient supprimé les chaises percées. »
Wesley se racla la gorge : « Le principe est connu depuis des siècles. L'eau descend par le toit, passe par les toilettes, avant de s'écouler par la cave. Les Romains savaient déjà comment procéder.
— Les Romains étaient très… très évolués, vous ne trouvez pas ?
— Les Romains, oui… »
Ruth apporta deux tasses de punch en se mordant la lèvre inférieure sous l'effet de la concentration. « Le Maître dit, il vient pas, Ma'ame. Il dit, il apprend sur les "bons sauvages".
— Merci, Ruth. Tu peux t'en aller, maintenant. »

Un froncement de sourcils. « Où ça que je vais, Ma'ame ?

– Ailleurs. Monsieur Evans, avez-vous déjà visité l'orangerie ? »

Inquiète, Ruth les regarda s'éloigner. « Où que j'vais, maintenant ? » se chuchota-t-elle comme à elle-même.

Dans la paisible orangerie, l'orchestre semblait à des kilomètres de distance. « J'ai honte, mais je dois vous avouer que j'attendais cette soirée avec impatience. Monsieur Evans, si la haute société du Connecticut est aussi ennuyeuse que celle de Savannah...

– Bien pire, croyez-moi. Nous, les yankees, nous ne sommes pas tout à fait convaincus d'avoir le droit de nous divertir lors de nos divertissements. » L'orange qu'il cueillit aurait très bien pu être celle que Ruth avait examinée un peu plus tôt.

« Mon mari prétend que le comte Montelone est un "véritable Français", mais il a oublié de mentionner son secteur d'activité. Cela doit être très lucratif, non ? J'ai entendu dire qu'un ouvrier agricole à huit cents dollars n'en coûtait que cinquante en Afrique. La chose est-elle vraie ?

– Madame est-elle dans les affaires ? » Wesley balança d'une chiquenaude ses pelures dans le pot de l'arbre.

« Je suis une dame, Monsieur. » Elle refusa le quartier qu'il lui tendit. « Les Robillard ont fait venir ces arbres de Floride.

– Je ne m'oppose à aucun commerce tant qu'il est légal, et, selon notre Constitution, le trafic d'esclaves le restera jusqu'en 1808. Si le commerce d'esclaves a rendu quelques hommes riches, il en a mis plus d'un sur la paille. D'abord, il faut acheter un navire, puis embaucher un capitaine expérimenté – un homme avec de bons contacts en Nouvelle-Angleterre, puisque c'est là qu'il va tout d'abord acheter ses marchandises, et, surtout avec d'excellents contacts en Afrique de l'Ouest. Là-bas, il échangera ses marchandises contre des créatures en mauvaise santé, rebelles, et, pour tout dire, incontrôlables, qui préféreraient mille fois lui trancher la gorge que de se rendre en Amérique. Pour faire des bénéfices, le capitaine doit réussir à caser un maximum de cargaison entre les deux ponts, ce qui, inévitablement, concourt à la propagation des maladies. Généralement, il perd entre vingt et trente pour cent de sa marchandise. Il doit également échapper aux pirates qui cabotent le long des côtes et aux navires de la marine anglaise qui patrouillent dans les eaux profondes. De plus, comme vous le savez, l'Atlantique n'est pas une mer d'huile, et les navires négriers ne sont pas plus immunisés contre les tempêtes que ceux qui transportent des missionnaires dans l'autre direction.

– L'esclavage, Monsieur, est nécessaire pour la production de canne à sucre. Et de riz et de coton, aussi. »

Il haussa les épaules. « Peut-être bien. Toujours est-il que pour rien au monde je n'aimerais être un esclave, et j'oserai dire que vous non plus.

– Ruth est heureuse d'être ma servante.

– Ah.

– C'est une curieuse enfant. Parfois, elle me semble... mystérieuse. »

Il sourit. « Une chose est sûre, c'est qu'elle ne veut pas approcher le comte. »

Le quartier d'orange que cette fois-ci elle accepta était chaud et très sucré.

« Pardonnez mon audace. » Avec son mouchoir, il tamponna un peu de jus qui avait coulé sur le menton de Solange.

*
* *

Louisa et Pierre s'étaient disputés. Pierre, insouciant comme toujours, avait déclenché leur querelle en expliquant à sa femme (comme si elle n'avait pas déjà suffisamment remarqué les moqueries dont étaient l'objet les « innovations » de sa maison) que M. Haversham avait demandé s'ils s'étaient débarrassés de leurs pots de chambre, à la suite de quoi Louisa, sur le point de fondre en larmes, décida d'attaquer ce rustre de Haversham pour ses fautes innombrables : l'une des plus graves était sans conteste l'aide qu'il avait bien voulu fournir à

Mme Fornier, dont le mari n'était après tout pas plus planteur que Louisa ! Et qui entretenait une relation « inhabituelle » (elle hocha lourdement la tête pour donner plus de poids à son propos) avec une enfant noire, cette même enfant noire que Pierre (oui, Pierre, son mari adoré) avait, dans un moment de faiblesse et sans même consulter sa femme, accepté comme filleule devant l'autel de l'église catholique de Saint-Jean-le-Baptiste, et ce en dépit de leur méthodisme rigoureux. Église dans laquelle, si Pierre avait été un peu plus attentif, il n'aurait point trouvé M. Haversham, cet homme qui était tellement, tellement *curieux* de savoir ce qu'ils avaient pu faire de leurs pots de chambre !

Comme sa femme, exténuée par son interminable tirade, reprenait son souffle, Pierre Robillard demanda à sa fille Clara de lui accorder une danse, ce qui suffit à lui rendre son habituelle bonne humeur. Malheureusement, son visage rayonnant ne fit qu'attiser la colère de sa femme. « Des pots de chambres ! Une filleule ! Je t'en ficherais des pots de chambre, oui ! »

*
* *

Ruth pénétra dans l'orangerie. « On rentre bientôt à la maison, Ma'ame ?

— Chaque chose en son temps, ma chérie. Va plutôt nous chercher un autre punch, s'il te plaît. »

Elle collecta leurs verres à contrecœur.

« Allez, mon enfant, ouste ! »

Dès qu'ils furent seuls, Wesley Evans reprit le fil de leur conversation : « L'essence des affaires, c'est de faire travailler son capital là où il peut rapporter le plus en courant le moins de risques. Ah, mais j'oubliais. Vous êtes une dame, votre nature délicate vous interdit tout rapport avec ce commerce sordide.

— Je suis une dame, Monsieur, certes. Pas une idiote.

– Bien. » Il s'approcha. « Comme vous le savez peut-être, trouver du capital pour se développer n'est pas chose aisée. Pierre est un homme sympathique, mais, en tant qu'associé, il manque – comment le dire de façon délicate – de passion, voilà, il manque de passion. Vous pourriez trouver que c'est un terme étrange dans la bouche d'un homme d'affaires.

– J'ai placé mes fonds chez monsieur Haversham, des obligations à six pour cent.

– Voilà qui est tout à fait louable. » Il fit une pause, puis ajouta : « Mais vous pouvez faire beaucoup mieux. »

*
* *

Antonia Sévier n'avait jamais *rien* pu refuser à son amie Louisa, et accepta donc de l'accompagner. De plus, quitter le salon l'arrangeait : l'épouse au physique un peu ingrat du délicieux James O'Hara l'avait fusillée du regard toute la soirée, et, qui sait, en tant qu'Irlandaise, elle aurait très bien pu l'assassiner pour de vrai ! Alors Antonia avait laissé son amie faire étalage des innovations de sa nouvelle maison. Et elle devait bien admettre que, oui, les water-closets de Louisa étaient *intéressants* ! Que leur réserverait encore ce tout nouveau siècle ? « Il faut s'asseoir dessus ?

– Tout d'abord, ma chère, il faut relever la cuvette. » Son amie souleva l'étrange couvercle à charnière.

Antonia contempla le siège et son beau trou circulaire. « Et l'on s'assied sur ça ?

– C'est une chaise d'aisance. Exactement comme les chaises percées. Exactement pareil.

– Et après ?

– Et après, ma chère, la nature reprend ses droits. Et comme vous pouvez le voir, des touffes de laine cardée sont disponibles pour… euh…

– Et alors ?

– Alors on jette la touffe utilisée dans le trou, et… »

Louisa tira d'un coup sec sur une chaîne qui pendait d'une boîte en bois vernis accrochée au-dessus de leur tête, et un furieux torrent d'eau se mit à tourbillonner dans l'étrange dispositif.

« Mais où *tout ça* va-t-il ?

— Nous disposons d'une sorte de réservoir, à la cave. »

Mme Sévier mit sa main devant sa bouche : « Louisa, vous êtes si… originale. »

Le mot était certainement mal choisi : les larmes montèrent aux yeux de Louisa. « Cet… cet ingrat d'Anglais. Nous lui avons donné sa première commission américaine. Notre maison devait être une vitrine de son travail. La simple courtoisie… un minimum de décence… il aurait tout de même pu faire une brève apparition ce soir !

— Je crois que cette… euh… *chose* est parfaitement merveilleuse. Louisa, comme je vous envie. Comme j'aimerais avoir votre courage !

— Oui. Bon. Vous voulez essayer ? »

Antonia gloussa derrière son éventail. « Je le ferai si j'étais vous, Louisa, mais hélas ! je ne suis qu'Antonia. Je suis certaine que vous avez caché quelque part des chaises percées pour vos amies les plus timides. »

Louisa soupira. « Dans la petite pièce, derrière la bibliothèque. »

Les dames sortirent et passèrent par le petit salon. Ce dernier était si saturé de fumée de cigare que les larmes montèrent une nouvelle fois aux yeux de Louisa. Des gentilshommes à la bouche grande ouverte étaient vautrés sur des causeuses, ronflant bruyamment. Sans aucun doute, il en resterait encore quelques-uns au petit matin.

La grande horloge annonça une heure. Antonia étouffa un bâillement.

Le capitaine Fornier et le cousin Philippe rôdaient autour du bol de punch comme si celui-ci menaçait à tout instant de disparaître. Le punch, au début de la soirée, était le fruit d'une recette de la mère de Louisa : rosâtre, il sentait les agrumes à plein nez. Maintenant, il y en avait bien moins, et ce qui en restait était marron foncé et empestait l'eau-de-vie.

L'orchestre était si… puissant ! Louisa entendit un homme hurler. Oh mon Dieu ! Les Irlandais lui avaient-ils demandé de jouer une gigue ?

« Le bal de Noël des Robillard établit les standards de Savannah – non, mieux, de Géorgie ! rappela doctement Louisa à son amie.

– Mais bien sûr, ma chère. » Antonia soupira. « Nous sommes tous si *reconnaissants.* »

Le capitaine Fornier enseignait les règles de « la bonne terre » à un Philippe chancelant, en émiettant entre ses doigts un sol invisible.

Les dames les plus âgées partirent en quête de leur mari et remercièrent Louisa.

Cette petite servante très noire – la filleule de Pierre ! – était assise, les jambes croisées, sur la chaise près de la fenêtre, à moitié dissimulée par les doubles rideaux. C'était *sa* chaise près de la fenêtre ! Mon Dieu, la filleule de Pierre ! Louisa flaira l'air autour d'elle, et, même si elle aurait été terriblement choquée par la comparaison, elle évoquait en cet instant un loup à la recherche d'une proie.

« Pauvre homme, dit Louisa, qui pensait à voix haute, si seulement il savait. »

Il était tard, et Antonia commençait à avoir l'une de ses terribles migraines. « Qui est le "pauvre homme", ma chère ? Philippe ?

– Ne soyez pas sotte. Bien sûr que non. »

Elles arrivèrent dans l'entrée. L'enthousiasme des musiciens faiblissait peu à peu. « Ah, être jeune à nouveau, dit Louisa.

– Qui alors ? Qui est le "pauvre homme" ?

– Hmm.

– La petite servante de madame Fornier est *tellement* jolie.

– Hmm.

– Je comprends pourquoi Pierre a accepté de devenir… » Elle mit sa main devant sa bouche. « Oh, ma chère Louisa, il l'a fait avec votre accord, n'est-ce pas ? »

Cette *filleule*, cet architecte anglais, ces water-closets absurdes – tout, absolument tout était de la faute de Pierre. « Pauvre capitaine Fornier.

– Quoi ? Le capitaine Fornier ? »

Le hochement de tête triste et philosophe de Louisa semblait déplorer les malheurs dont semblaient souffrir tant de mariages modernes.

« L'associé de mon mari est un yankee. Comment pourrait-on espérer qu'il soit au courant de *nos* manières ? Les manières de Savannah – qui ont fait leurs preuves ! »

Antonia était perplexe, mais surtout trop enchantée par la perspective d'un cancan pour réussir à réprimer un sourire. « Oh, ma chère Louisa. Vous ne voulez pas dire que…

– Pour rien au monde je n'aimerais savoir où ils ont disparu. Peut-être qu'ils sont dans la bibliothèque. Peut-être sont-ils de grands lecteurs. Oh, ma chère Antonia, promettez-moi que vous serez muette comme une tombe. »

L'échine d'Antonia se raidit comme un piquet. « Enfin, Louisa ! Ne suis-je pas la discrétion même ? »

Louisa tapota le bras de son amie. « Bien sûr que si, ma chère, bien sûr que si. Le pauvre capitaine Fornier. Exilé de sa fabuleuse plantation – les Fornier qui se mouchaient dans la soie ! –, et maintenant, ça ! Cette enfant innocente assise près de la fenêtre, pensez-vous – elle baissa la voix – qu'elle ait vu plus que ce qu'un enfant est censé voir ? »

Son amie gloussa. « Un enfant n'est pas le chaperon idéal ! »

Louisa Robillard ressentit une pointe de remords quand elle vit Antonia s'égailler parmi les autres épouses, mais ce sentiment restait somme toute tout à fait supportable.

*
* *

Les yeux d'Augustin commençaient à se fermer. Il ne suivait plus qu'à moitié la conversation. Cela ne pouvait pas être l'alcool. Les soldats – mieux, les officiers de Napoléon – étaient censés boire jusqu'à plus soif ! Renonçant à la louche, il plongea directement sa tasse dans le punch devenu marron et l'offrit à son nouveau grand ami, Philippe. Philippe pouvait bien avoir observé son geste, mais peut-être pas. Il s'assit soudainement, avec lourdeur, la bouche ouverte et la tête en arrière. Nehemiah envoya chercher son cocher.

Et maintenant, cette maudite gamine qui tirait sa manche ! « Maître, j'vais chercher Maîtresse et on rentre.
– Qu'elle aille au diable, s'entendit-il répondre.
– Maître, faut rentrer, maintenant.
– Qui est le maître, ici ? demanda-t-il à un Philippe inconscient. Hein ? Qui est le maître, ici ? »

*
* *

Bien que Clara fût assez grande pour aller seule au lit, ses parents l'accompagnèrent à l'étage. Puis Louisa prit la main de son mari dans la sienne et lui dit : « Comme ces moments de tendresse me manquent, maintenant que notre bébé a grandi. »

Pierre pressa sa main, soulagé que sa femme ait enterré la hache de guerre. Mais les problèmes avaient bel et bien commencé à l'orangerie, et les hôtes ne pourraient plus rien faire pour les arrêter.

– 3 –

Savez-vous tirer ?

Je tiens Wesley Evans pour un LÂCHE et un POLTRON.

Le défi du capitaine Augustin Fornier fut publié dans l'édition du 2 janvier du *Columbian Museum & Savannah Advertiser*. Le témoin de Fornier, le comte Montelone, plaça l'annonce du défi à la salle des ventes, la Vendue House, parmi les diverses publicités pour des courses, des ventes d'esclaves ou d'étalons. Quand le comte revint à la Taverne de Gunn, ses habitués lui demandèrent des détails – est-ce que les amis du yankee avaient bien été là pour recevoir l'affront ? –, ce à quoi le comte répondit, avec sa sécheresse coutumière, que les questions d'honneur n'étaient pas choses à prendre à la légère.

La Taverne de Gunn était si appréciée des réfugiés français que les habitants de Savannah l'avaient surnommée le Frère Jacques, et que William, qui était né et avait grandi en Géorgie, avait fini par accepter de bon cœur le côté *« frenchy »* de son établissement. La plupart des habitués du Frère Jacques étaient, comme le capitaine Fornier, des réfugiés de Saint-Domingue, et l'on pensait en se fondant sur des preuves très vagues que quelques-uns d'entre eux, dont le comte Montelone, avaient atteint cette côte avec le général Lafayette. Le comte gagnait sa vie en vendant des chevaux de provenance inconnue et des jeunes mulâtres. Il prenait des précautions élaborées pour se prémunir de toute tentative d'empoisonnement et évitait certains quartiers après la tombée de la nuit. D'ailleurs, il ne mettait plus les pieds sur les quais.

Même si le comte ne mentionnait jamais le général Lafayette, les patriotes français aimaient à lui demander : « À votre avis, qui est le plus grand général ? Napoléon ou Lafayette ?

– Ça, Dieu seul le sait. »

La réticence du comte était une preuve suffisante de sa perspicacité. Quelques détracteurs mentionnaient parfois l'existence d'un scandale à Charleston, mais personne ne savait grand-chose à ce sujet. L'affaire, quelle qu'elle eût été, avait été étouffée.

Dans la taverne de William Gunn, on fêtait chaque victoire française avec enthousiasme. Dans cette Amérique sauvage, inhospitalière et surtout *non française*, ces victoires flattaient la fierté des réfugiés, et tous les habitués du Frère Jacques juraient leurs grands dieux que, sans ce maudit blocus anglais, il y aurait bien longtemps qu'ils seraient rentrés en France pour s'enrôler.

Les victoires de Napoléon étaient également appréciées des natifs de Savannah dont le commerce était menacé par le blocus et par l'étrange habitude britannique qui consistait à vouloir à tout prix impressionner les marins américains.

Quelques jours avant Noël, des nouvelles d'une grande bataille parvinrent à Savannah, tout d'abord sous forme de rumeurs, puis d'histoires complètement décousues, et, enfin, sous la forme d'un récit complet. Les premiers rapports expliquaient que les Prussiens avaient battu les Français – on but alors de nombreux verres pour oublier cette triste nouvelle. Le rapport suivant – moins de vingt-quatre heures plus tard – permit de trinquer à nouveau – mais cette fois dans la joie et la bonne humeur – aux victoires de Napoléon. La nouvelle de la seconde bataille – et du second triomphe de Napoléon – n'atteint pas Savannah avant le Nouvel An, alors que le Frère Jacques était empêtré dans son propre scandale : le capitaine Fornier (un camarade comme on n'en faisait plus) avait découvert que sa femme (une dame française qui avait su jusque-là conserver une réputation sans tache) avait été compromise par un certain Wesley Evans, un nouveau venu, un yankee. Le capitaine avait surpris le couple dans la nouvelle orangerie de Pierre Robillard, lors du bal de Noël du gentilhomme, circonstances qui ne manquaient pas d'ajouter du piment au scandale. Même si Pierre Robillard n'avait jamais mis les pieds au Frère Jacques, il y était fort honoré. Quand les Robillard dînaient avec le gouverneur de Géorgie, Milledge, la communauté française de Savannah se pâmait d'aise.

S'ils approuvaient Pierre de tout leur cœur, son impressionnante nouvelle demeure, et, pour le coup, son orangerie, les clients du Frère Jacques n'appréciaient en revanche pas du tout son cousin Philippe, dont la manie de défendre les sauvages païens semblait aussi sentimentale qu'insensée.

Augustin se rappelait lui-même peu de choses de cette fameuse nuit – juste quelques fragments décousus, quelques images. Solange et le yankee étaient assis trop près l'un de l'autre, ça, il s'en souvenait. Il *croyait se souvenir* qu'ils étaient habillés. Il se souvenait également des cris. De Ruth cachant son visage dans ses mains. Il se rappelait la gifle cinglante qu'il avait reçue sur la joue : ça, la gifle, il s'en souvenait bien. Cette gifle avait transformé une banale dispute d'ivrognes en une affaire d'honneur.

Le matin suivant le bal de Noël, Augustin ne quitta pas son lit avant midi. Après quoi, il vomit, se lava le visage et partit pour le Frère Jacques, où une pluie d'informations toutes plus fausses les unes que les autres l'attendaient. Augustin, qui ne savait pas trop quoi penser, et ne savait même plus exactement ce qu'il s'était passé, haussa les épaules. « Evans ne m'a rien fait. C'est seulement un yankee, il ne comprend pas nos usages. »

Le Frère Jacques était divisé en deux clans : ceux qui trouvaient que l'indifférence d'Augustin à l'insulte était « *très gentille** », et ceux pour qui la gifle qui avait rougi la joue d'Augustin avait de fait rougi celle de tous les Français.

Les sympathisants comme les offensés offrirent tous un coup à boire à Augustin, qui rentra tard et éméché. Une fois à la maison, il se dirigea immédiatement vers le buffet pour se servir un verre, malgré l'expression triste de Ruth. « Quoi, toi aussi ? Même toi ? demanda-t-il.

— Maître », dit solennellement l'enfant. Ruth lui tendit un petit ouvrage qu'elle avait pris dans la bibliothèque de Solange. « S'il vous plaît, lisez-moi. »

D'une voix haut perchée, Augustin déclama en bafouillant :

J'eus plus d'un étrange délire
Dans ma fièvre d'amour.
Aux amoureux seuls j'ose dire
Ce qui m'advint un jour.

Quand Lucie était fraîche et rose
Comme la rose en mai,
J'allais à l'heure où tout repose
Vers son toit bien-aimé[1].

Il referma le livre. « Je ne suis pas d'humeur à la poésie. » Il rota, sentit un peu de fluide âcre et chaud remonter jusqu'à son gosier, et le rinça d'une bonne rasade de whisky.

« Maîtresse non plus, elle m'lit plus », dit l'enfant avec tristesse.

« Eh bien lis toute seule ! » manqua-t-il de s'exclamer. Pourquoi ne pouvait-elle pas lire ? Elle était pourtant beaucoup moins stupide que les autres Nègres.

Quand Solange entra dans la pièce, ses yeux étincelèrent à la vue du verre. Il s'empressa de le vider. « Oh, dit-elle, vous êtes rentré. »

Il se releva. « Apparemment.

— Avez-vous passé une agréable soirée ? »

Augustin se demanda ce qui pourrait bien l'intéresser. « Le gouvernement français demande des réparations aux Haïtiens. »

---

1. William Wordsworth, « Lucie », *Choix de poésies*, traduit par Émile Legouis, Paris, Les Belles Lettres, 1928.

Solange soupira.

« Nous serons dédommagés pour la Sucarie du Jardin.

– Vraiment ? »

Ils n'avaient pas discuté de l'orangerie, Augustin parce qu'il ne se souvenait pas très bien de ce qu'il s'était passé, Solange parce qu'elle avait manqué de discrétion et refusait de se sentir coupable.

« Maîtresse, s'il vous plaît, vous me lisez ? demanda Ruth.

– Pas maintenant.

– La fille du marché – celle qui vend des oranges –, elle dit, le comte Montelone, il a un faible pour eux. Et elle dit, il demande après moi. Après moi, Maîtresse !

– Va au lit, mon enfant.

– J'suis si heureuse d'vivre ici, d'vivre avec vous et le cap'taine ! J'suis une p'tite Négresse bien chanceuse, ça, oui !

– Augustin, demanda tendrement Solange, est-ce que vous pouvez savoir *combien* nous toucherons grâce à ces réparations inespérées ? Officiellement, je veux dire ? Et pas seulement en en discutant avec vos compagnons de beuverie ?

– Et comment ?

– Voilà. C'est bien ça, la question. »

Augustin remplit un autre verre qu'il proposa à sa femme. Il n'y gagna qu'un regard glacial et méprisant.

« J'essaie d'vous rendre contents ! Z'êtes la seule famille qu'j'aie ! » lança Ruth.

Un tremblement agita les genoux d'Augustin avant de prendre possession du reste de son corps. Il tremblait tant qu'il en avait du mal à parler : « Je suis la ri… ri… risée de tous. Un co… co… un cocu méprisable.

– Maîtresse ! Maîtresse ! cria Ruth. J'ouvre les fenêtres, parc'qu'il fait très, très chaud ici !

– J'apprécie les attentions de Wesley Evans, répondit froidement la femme d'Augustin Fornier. Au moins lui, c'est un homme. »

Dans la matinée du lendemain, alors que Wesley Evans évaluait du coton dans l'entrepôt qu'il partageait avec Robillard, son associé se présenta devant lui, aussi solennel dans l'habit que dans l'expression. Pierre posa une boîte en acajou sur le bureau de Wesley.

Wesley expliquait à un planteur du haut-pays pourquoi son coton était d'aussi mauvaise qualité. « Si vous voulez faire mieux, il existe bien sûr d'autres facteurs que vous pouvez prendre en compte, lui dit Wesley.

— Un peu que j'les connais, les zot'facteurs. J'espérais juste qu'aujourd'hui, eh bah vous chercheriez pas la p'tite bête. » Il ôta son chapeau pour se gratter vigoureusement la tête. « Z'avions complètement oublié que z'étiez un yankee. »

Wesley était perplexe. « Et alors ?

— Bah vous autres, les yankees, jamais vous arrêtez de chercher la p'tite bête. C'est ben connu. J'prends votre offre. »

Wesley compta l'argent pendant que les Nègres du planteur déchargeaient les balles de coton.

Quand la charrette de l'homme fut partie, Wesley se tourna vers Pierre. « Bon, c'est quoi cette boîte ?

— Cette boîte, c'est la raison pour laquelle je suis venu. » Pierre sortit de l'intérieur de son manteau un exemplaire plié de l'*Advertiser*.

« Je n'ai pas le temps de lire les nouvelles, Pierre. Tous les planteurs qui ont fait des récoltes tardives se pressent à ma porte. Ils ont laissé leur coton trop longtemps dans leurs champs, et ces imbéciles continuent pourtant à en attendre un bon prix. »

Robillard poussa le journal vers lui, tapotant l'annonce.

« Hein ! Qu'est-ce que…

— Je ne peux pas être votre témoin.

— Mon témoin ? Et pourquoi aurais-je besoin d'un témoin ? Parce que j'ai pris la main de madame Solange — ce qui m'a valu d'être copieusement insulté par son mari ivre, jusqu'à ce qu'une gifle l'aide à dessaouler ? Enfin, ce n'était rien. Une bagatelle. Allons, Pierre, je suis trop occupé pour m'intéresser à ces idioties.

— Ce n'est apparemment pas le cas du courageux capitaine. »

Wesley avait-il bien entendu un soupçon de satisfaction dans la voix de son associé ? « Un duel ? Il veut m'affronter en duel ? Mais ça ne se fait plus, les duels !

— Ah, alors nous, Géorgiens ignares, devons nous tromper quand nous racontons qu'il y a fort peu de temps, à côté de la ville de New York, au cœur même du royaume yankee, le vice-président Aaron Burr a tué Alexander Hamilton au cours d'un *duel* ?

— Non, nous ne nous affrontons pas en duel. Cela ne fait plus partie de nos coutumes. » Wesley mit son chapeau de côté, selon un angle savant qui, sans doute, correspondait aux codes des hommes d'affaires travaillant dans le coton.

« Eh bien, mon ami, c'est en tout cas *notre* coutume. Le gentilhomme qui ignore un défi public est… enfin, n'est plus un gentilhomme. »

Wesley sourit. « Ai-je jamais prétendu en être un ? »

Son associé le regarda avec tristesse. « Quel que soit votre dédain pour les coutumes du bas-pays, mon cher Wesley, je vous préviens que vous vous en mordrez les doigts. Nous trouverons bien moins de planteurs désireux de faire affaire avec nous. Pourquoi vendre sa récolte à un poltron quand on peut aussi bien la vendre à un gentilhomme ?

— Seigneur Jésus ! » De rage, Wesley jeta son chapeau sur le sol sale de l'entrepôt.

Satisfait que son associé ait enfin compris l'importance de l'affaire, Pierre Robillard continua : « C'est comme ça, chez nous, Wesley. Vous, les yankees, vous faites des choses merveilleuses. En mille ans, nous, les Géorgiens, nous aurions été incapables d'inventer quelque chose comme l'égreneuse. Nous sommes téméraires, courtois, accueillants et, dans l'ensemble, pacifiques. Mais quand le jeune garçon qui s'est épris de Clara, ma fille adorée, nous rend visite, je me dois de lui demander : "Savez-vous tirer ?" »

Wesley posa une main sur l'épaule de son associé. « Monsieur Robillard, vous m'étonnerez toujours. Vous avez décidément plus d'une corde à votre arc.

— Non, Monsieur. J'étais simple soldat sous les ordres du grand Napoléon, et aujourd'hui, je ne suis qu'un humble marchand. »

La boîte en acajou contenait une paire de pistolets fort simples, sans gravure. Pierre caressa du doigt leur canon légèrement huilé. « Ils ont déjà tué cinq hommes.

— Oh.

— Manon, leur fabricant, a été accusé d'utiliser des calibres de fusil — c'est imperceptible à l'œil nu, mais c'est vrai. Ces pistolets viennent de l'atelier de Manon à Londres. Ils ont la gâchette extrêmement sensible, la moindre pression et le coup part. Par pitié, n'armez pas si ce n'est avant de tirer. » Pierre conclut : « Je ne peux être votre témoin, pas contre le capitaine Fornier. Le comte Montelone secondera Fornier. »

Wesley grogna.

« Votre témoin doit être un gentilhomme d'un rang égal.

— Je suis un étranger à Savannah. Je n'y connais presque personne.

— Certes. Nos témoins sont le pivot de l'affaire. Votre homme et le comte s'organiseront et, le jour prévu, ils s'occuperont de… de l'affaire. Si ce jour-ci vous êtes indisposé, alors votre témoin pourra combattre à votre place. Et si vous vous dérobez, il a le droit de vous forcer la main. » Pierre sourit. « Les règles sont ainsi établies, c'est comme ça. » Il toussa. « Wesley, j'ai pris la liberté…

— Vous avez demandé à quelqu'un d'agir en mon nom.

— Oui, mon cher. Mon cousin Philippe a peut-être des manières excentriques, mais il est sans conteste un gentilhomme. Personne ne remettra en question votre choix. Mon cousin n'a encore jamais accompli cet honorable office, mais je le guiderai dans sa tâche, je m'y engage. Comme je ne peux être votre témoin contre le capitaine Fornier, je guiderai Philippe.

— Philippe, celui des Peaux-Rouges ? »

Pierre rougit. « Il étudie la voie de nos frères indiens, c'est vrai.

— Seigneur. » Wesley ramassa son chapeau, l'épousseta contre sa cuisse, puis le jeta une nouvelle fois au sol.

*
* *

Augustin profitait du bonheur qu'éprouve un marin rentré chez lui après des mois en mer. Il n'avait jusqu'ici jamais été vraiment chez lui, et, pour la première fois de sa vie, les choses lui semblaient être comme elles devaient être. Après avoir fait publier son défi, un long et grave silence l'avait enveloppé, un silence que seules des remarques profondes ou aimantes pouvaient pénétrer.

Ruth le traitait comme s'il risquait à tout moment de disparaître, le suivant comme son ombre. Quand il faisait l'amour avec sa femme (ce qui était son droit le plus naturel), il sentait peser sur lui le regard de Ruth, de l'autre côté de la porte fermée de la chambre.

Le mari « trompé » ne se souvenait pas de la scène de l'orangerie, pas plus qu'il ne savait à quel point sa femme s'était compromise avec ce yankee. Cela n'avait plus aucune importance — et peut-être que cela n'en avait jamais eu.

De son côté, Solange ne s'abaissa jamais à s'expliquer, mais, étrangement, elle semblait amoureuse de son mari, peut-être pour la première fois, d'ailleurs. Augustin n'allait pas s'en plaindre.

*
* *

Le matin du duel, il fut réveillé — aux côtés de sa femme — par le bruit des roues et le carillonnement d'un attelage qu'on préparait près de leur maison. Un cheval renâcla. Le corps de sa femme était chaud comme la promesse d'une vie nouvelle. Il commença à la caresser, mais suspendit son geste et se toucha la joue. Il s'était rasé la veille au soir, avant de se coucher. Sa joue, sa fameuse joue, celle qui avait été frappée, n'était au toucher pas différente de l'autre.

Il se leva sans faire de bruit, mit sa plus belle chemise, celle en lin qu'il avait portée lors du bal de Noël. On en avait fait disparaître les taches de vin et elle avait été amidonnée.

Augustin se demanda ce qu'il restait des hommes quand ils disparaissaient. Il imaginait des vagues, des rides qui affleuraient de manière concentrique autour d'une pierre jetée dans un étang, et ces rides diminuaient, s'enchevêtraient, s'échouaient doucement sur le rivage, pour lentement disparaître.

« *Je vous salue, Marie, pleine de grâce**… Je vous salue… » Parviendrait-il un jour à prier en anglais ? Il avait survécu à Saint-Domingue, contrairement à de nombreux autres. Peut-être que le bon Dieu avait un dessein pour Augustin Fornier ? Il haussa les épaules. Bon Dieu.

En entendant la respiration de Solange qui se faisait plus rapide, Augustin sut que sa femme s'était réveillée. Mais il décida de la laisser faire semblant de dormir encore. Sa solitude était délicieuse, et qu'auraient-ils pu se dire d'autre, de toute façon ? Son amour lui réchauffait le cœur. Il n'avait jamais osé ne serait-ce qu'espérer… Il mit les bottes que Ruth avait supplié de lui cirer la veille et passa la redingote qu'il portait à L'Ancien Régime. Devant le miroir mural, il noua sa cravate triangulaire en un énorme nœud extravagant.

Ruth l'attendait sur le perron, le regard fixé sur lui. À cette vue, un frisson lui parcourut l'échine. Il posa une main sur la tête de l'enfant, sentant la chaleur de son crâne à travers ses cheveux. « Je ne serai pas long. »

Elle le regarda sans ciller. « J'vous prierai. »

Au milieu du brouillard qui montait de la route humide, Augustin s'arrêta pour réfléchir – *me* prier ? –, avant d'être interrompu par le comte Montelone qui le pressait de monter dans l'attelage.

« Vous allez attraper la mort », lui dit Augustin. Le comte rentra les mains dans ses poches.

Ils se dirigèrent vers l'est, jusqu'au cimetière juif, en dehors de la ville, qui avait les faveurs des duellistes en raison de ses hauts murs sombres, de son isolement, et de la croyance selon laquelle bien peu de juifs oseraient s'y opposer.

Peu de temps après leur arrivée, tandis que leur cocher avait dételé pour ouvrir la porte, un second attelage les rejoignit. Ses portes vernies étaient frappées d'un écu bleu et vert criard, et son toit était souligné par des ondulations serpentines des mêmes couleurs. Les plumes blanches plantées sur le toit étaient un peu plus joyeuses, mais pas beaucoup plus que les plumes noires d'un corbillard.

« Les motifs indiens de Philippe », supposa le comte Montelone.

Les mains d'Augustin étaient si froides qu'il les cala entre ses cuisses.

Trois gentilshommes sortirent de la voiture « indienne ». L'éclat de l'allumette Lucifer que craqua Philippe Robillard fit des étincelles dans les yeux d'Augustin.

« Excusez-moi. » Le comte partit discuter avec son homologue. Quant au médecin, il semblait aussi réservé et inaccessible que sa sacoche noire. Augustin sourit à Wesley, qui inclina la tête d'un air contrit.

Les mains d'Augustin étaient glacées. Comment diable pourrait-il appuyer sur la détente ?

Il s'avança dans le cimetière. Les tumulus étaient rassemblés contre le mur sud. Apparemment, les Hébreux ne croyaient pas aux pierres tombales.

En tant que partie défiée, Evans et son témoin avaient choisi les armes et le lieu. Le comte demanda alors à Augustin à quelle distance devaient se placer les adversaires.

« Je n'avais pas pensé…
— Êtes-vous un fin tireur ?
— Je ne crois pas.
— Alors quinze pas devraient faire l'affaire. Vous pouvez rater le tir, mais lui aussi. Philippe m'a assuré qu'Evans était loin d'être un tireur d'élite.

— Seigneur.
— Vous tirerez chacun une fois, à la suite de quoi, si l'un de vous n'est pas en mesure de continuer le duel, l'honneur sera considéré comme lavé. Après que le sang a été versé, une excuse peut être présentée.
— Par Evans.
— Évidemment, par Evans. Sa gifle a été une insulte. »
Comme les témoins choisissaient leur pistolet principal, le soleil levant bordait d'or les sombres limites du mur du cimetière. Que c'était beau !
« N'armez pas avant d'être prêt à tirer, ordonna Montelone. Armez quand vous levez votre pistolet, visez bien au milieu et appuyez sur la détente.
— Oh. Ça a l'air si… si facile. »
Le pistolet était comme une excroissance de plomb dans la main d'Augustin.
Philippe donna un ordre rauque, et les adversaires se placèrent dos à dos, se touchant presque. Augustin sentait la chaleur du corps d'Evans. Les culasses de leurs pistolets se frôlèrent, ce qui troubla Augustin jusqu'à ce qu'il réalise que son adversaire était gaucher. Pour une raison mystérieuse, la découverte de ce détail lui donna envie de pleurer.
Un, deux, trois… chaque pas était compté comme si l'on avait annoncé l'arrivée d'une célébrité. Augustin marchait vers le tas gris marron qui jouxtait une tombe fraîchement creusée. Des fleurs noircies avaient tant bien que mal poussé sur le tas de terre avant de pourrir.
« Tournez-vous, messieurs, tournez-vous et tirez ! »
Augustin sourit en se tournant. Que les hommes étaient idiots ! Quels idiots ! Il leva son pistolet seulement parce que Evans était en train de lever le sien. Tout à coup, Evans lui sembla plus petit que dans son souvenir. Le pistolet d'Augustin se déplaçait encore à l'horizontale quand celui d'Evans laissa échapper une bouffée de fumée blanche. Mais pas d'explosion. Le comte cria : « Les ratés d'allumage comptent comme de vrais tirs ! Capitaine Fornier, vous pouvez tirer ! »

Continuant à sourire face à tant d'absurdité, Augustin pointa la gueule de son pistolet vers le ciel. La gâchette était si sensible qu'il eut l'impression que son pistolet s'était déchargé tout seul. L'explosion fut plus forte que ce qu'il avait anticipé ; le pistolet, fumant, semblait vivant dans sa main.

Pendant que les témoins tenaient conférence, Augustin considéra son adversaire d'un regard plein de bienveillance. Un brave homme ! Un bien brave homme ! Les témoins s'approchèrent d'Augustin. Le comte lui demanda : « Evans vous a giflé, n'est-ce pas ? »

Troublé, Augustin répondit : « Il tenait la main de ma femme.

– Cela n'a aucune importance. Vous a-t-il frappé ? » Les lèvres fines du comte étaient toutes bleues. « Si oui, alors nous continuons. Vous devez vous affronter à nouveau à moins que monsieur Evans ne consente à recevoir la bastonnade.

– Quoi ? » Augustin fronça si fort les sourcils que cela en fut douloureux.

Le comte lui expliqua ainsi qu'il l'aurait fait à un enfant : « Selon le code d'honneur, nul gentilhomme ne peut en frapper un autre. Le coup que vous avez reçu, capitaine Fornier, constitue l'insulte suprême. »

Le visage de Philippe luisait de transpiration. « Monsieur Evans regrette profondément les actes qu'il a pu commettre à l'orangerie, mais ne peut accepter d'être bastonné. »

Le frapper à coups de bâton ? Mais pourquoi Augustin aurait-il fait ça ? Il n'avait rien contre ce brave homme. Il fit non de la tête, mais le comte semblait inflexible. « Capitaine, vous êtes gentilhomme : vous devez tirer. » Il haussa les épaules. « Il n'est pas nécessaire que cela soit fatal. Le sang suffit amplement à laver l'honneur. »

Pendant que les témoins rechargeaient les pistolets, Augustin inspecta la tombe juive qui venait d'être creusée en se demandant de quelle espèce pouvaient être ces fleurs en pleine décomposition.

Philippe rechargea avec une expression sombre et impénétrable, exagérant le moindre de ses mouvements. Cette fois, il s'appliquerait à charger correctement les pistolets. Augustin ne pouvait s'empêcher de sourire. Tout le monde souriait en regardant Philippe, c'était comme ça. Philippe ne s'en rendait jamais compte, et ceux qui souriaient ne pensaient d'ailleurs pas à mal.

Augustin s'assit sur les pierres qui entouraient la tombe fraîche et Evans s'adossa à un mur pour bourrer sa pipe. Ah, un cigare ! Un cigare aurait été merveilleux, mais les mains d'Augustin tremblaient trop pour pouvoir en allumer un.

L'esprit d'Augustin trouva refuge dans les affaires du quotidien : il devait demander à Nehemiah de changer la vitrine du magasin ; il avait besoin de nouvelles chaussettes. Quand la matinée serait finie, il paierait sa tournée générale à la compagnie du Frère Jacques. Solange n'oserait rien y redire ! Cette fois, peut-être même le rejoindrait-elle là-bas ?

Après que les témoins eurent chargé les pistolets, ils échangèrent une poignée de main solennelle. Evans éteignit sa pipe dans une gerbe d'étincelles.

Nous sommes des étincelles.

Il fut demandé aux adversaires de se remettre à leur place initiale, pistolets au flanc. Quand l'ordre serait donné, ils lèveraient simultanément leur pistolet, viseraient et tireraient.

« Cette fois encore, Evans pourrait bien ne pas tirer. » Augustin leva son pistolet à la bonne hauteur. Il se sentait petit, sale et fatigué.

– 4 –

Le maintien

La même semaine où il toucha mortellement le capitaine Augustin Fornier, Wesley Evans avait payé dix-neuf cents la livre de coton de qualité standard. Deux ans plus tard, le jour du mariage de Wesley et de la veuve Fornier, le coton de qualité supérieure ne valait plus que dix cents. Pour les habitants de Savannah, ces prix bas et les temps difficiles qui s'ensuivaient étaient la faute du président Jefferson qui avait interdit l'exportation des biens américains, y compris le coton, vers la France et l'Angleterre. Même si les deux pays en guerre avaient également violé la neutralité américaine, la Grande-Bretagne était la vraie coupable : en effet, les navires commerciaux britanniques avaient récupéré les marchés perdus par les Américains. Il y avait bien sûr de la contrebande, et les moulins de la Nouvelle-Angleterre tournaient à plein régime, mais la situation était difficile pour ceux qui, à Savannah, travaillaient dans le coton.

Solange n'avait jamais imaginé qu'Augustin puisse être tué : ça ne lui avait tout simplement pas traversé l'esprit. Les hommes idiots – comme Augustin – étaient, dans les affaires d'honneur, soit humiliés, soit s'excusaient, soit, au pire, recevaient une légère et noble blessure. Les hommes prenaient leurs grands airs ; c'était tout ce qu'ils savaient faire, non ? Peut-être qu'au plus profond d'elle-même Solange avait trouvé romantique l'idée que des hommes courageux se battent pour elle, comme dans les romans sentimentaux qu'elle avait depuis longtemps cessé de lire.

Ce terrible matin, la voiture de Philippe ramena Augustin chez lui. Ruth se précipita vers l'attelage en criant. Solange lui ordonna de cesser de hurler, s'il te plaît, arrête, arrête. Mais elle ne s'arrêta pas.

Philippe présenta des condoléances quelque peu maladroites. Le comte Montelone assura à la veuve que l'affaire avait été menée dans les règles et que l'honneur était sauf. « Il n'y aura aucune question fâcheuse, Madame, vous pouvez en être assurée. » Ruth disparut à toute vitesse au coin de la rue. La bouche de Solange était sèche, et sa gorge lui faisait mal.

Pierre Robillard s'occupa de tout, à moins que ce ne fût Nehemiah qui s'en chargea. Solange fut très obéissante, et s'assit entre eux sur le premier banc de l'église Saint-Jean-le-Baptiste. Ruth n'était pas encore rentrée à la maison. De plus, Louisa et Clara étaient indisposées et n'avaient pas pu venir. Apparemment, la majorité de la bonne société de Savannah était également indisposée. Les habitués du Frère Jacques étaient là, et les O'Hara firent une apparition. Personne, en revanche, ne suivit le corbillard de l'église au cimetière.

Le troisième, ou peut-être le quatrième matin après les funérailles, le comte Montelone vint présenter à Solange ses respects les plus sincères.

« Vous connaissiez bien mon mari ? »

Il lui expliqua que le capitaine Fornier était un gentilhomme courageux, de la « vieille école ». Avec la délicatesse d'un chat s'attaquant à une pelote de laine, Montelone dit que, bien sûr, il ne voulait pas s'immiscer dans ses affaires, mais qu'au regard des circonstances (votre mari était employé à L'Ancien Régime, non ?), il désirait lui offrir une aide concrète. Il se trouve qu'il faisait lui-même un peu de commerce. Sa servante, comment s'appelait-elle, déjà ?

Solange fut incapable de prononcer le nom de Ruth. La nommer serait revenu à accepter implicitement l'offre que s'apprêtait à lui faire le comte Montelone. Elle secoua la tête : « Non, Monsieur, elle n'est pas là pour l'instant. »

Alors Montelone sourit, et Solange souhaita n'avoir rien dit. Avait-elle fait une fugue ? Pouvait-il se permettre d'enquêter ? Il connaissait un certain nombre de chasseurs d'esclaves tout à fait fiables. Il arrivait que des chasseurs sans scrupule rattrapent les captifs et les revendent sans même en informer leur propriétaire légitime. Vous imaginez ça ? Les dames ne peuvent soupçonner la duplicité de certains hommes...

Solange trouva la force de dire : « Elle n'a pas fui. Et je ne vous autorise pas à enquêter en mon nom.

– Mais bien sûr, Madame. Jamais je ne me permettrais... »

Et cela continua ainsi pendant un moment. Quand elle parvint enfin à le mettre à la porte, elle partit voir Nehemiah.

Ruth avait été vue au marché, mais personne ne semblait savoir où elle passait ses nuits. Oui, Nehemiah avait mené son enquête. Et oui, il avait été discret. À cause de ce comte, là.

Le lendemain matin, ou peut-être celui d'après, le domestique de Wesley lui apporta une lettre :

Chère Solange,

Veuillez accepter s'il vous plaît mes regrets les plus sincères. Votre mari était un homme plus brave que moi.

Avant cette terrible affaire, j'étais totalement ignorant des coutumes du Sud. Et je donnerais tout au monde pour l'être encore !

Je sais à quel point vous êtes une femme vertueuse et sensible, et que vous savez dédaigner les calomnies malignes dont vous êtes l'objet, et qui ne font que discréditer les calomniateurs, et non une dame pure et sans tache !

Comme vous le comprenez sûrement, je ne peux vous rendre visite. Mais je suis prêt à tout faire pour vous venir en aide matériellement. Nehemiah peut à cet effet être un intermédiaire de confiance.

Comme vous, je pleure le capitaine Fornier. Il a tiré en l'air alors qu'il aurait pu me tirer dessus.

Votre dévoué serviteur,

Wesley Robert Evans

Solange fut immédiatement condamnée par la bonne société de Savannah. M. Evans était la partie défiée et, de plus, comme le savent tous les enfants de Géorgie, les yankees n'ont aucun bon sens. C'est le comportement éhonté de la veuve du capitaine qui avait « planté les graines de la tragédie » (Antonia Sévier était très fière de cette formulation), et les plaisantins se demandaient – avec un clin d'œil impudique – quelles autres « graines » avaient bien pu être « plantées ».

La crème de Savannah croyait que c'était Solange elle-même qui avait encouragé le duel fatal, afin de faire de la place à l'assassin de son mari, son amant yankee.

Contraste saisissant, Wesley Evans reçut, lui, l'approbation unanime des gentilshommes duellistes. Wesley méprisait leurs compliments, parfois même en des termes qui auraient pu être un motif de duel si les circonstances avaient été moins exceptionnelles et si Wesley n'avait pas été l'un de ces yankees bizarres. Les compliments déplacés laissèrent alors place à des mouvements de tête admiratifs, des chapeaux levés et des regards complices. Wesley se noya dans le travail. Bientôt, tous les propriétaires de navires et les planteurs du bas-pays le connaissaient, au moins de vue. Dans les bureaux de R & E, les lanternes brillaient jusque tard dans la nuit.

Personne ne fut surpris quand un portier d'hôtel découvrit le comte Montelone mort dans sa chambre. Tout d'abord, en raison de l'angoisse que l'on pouvait lire sur le visage de l'homme, on crut à du poison, mais le directeur de l'hôtel assura que le comte n'avait pas dîné ce soir-là, et qu'il s'était contenté d'une orange qu'il avait lui-même pelée.

Quand Ruth revint finalement à la maison, Solange lui demanda : « Savais-tu qu'Augustin allait mourir ? »

L'enfant évita son regard. « J'vois des choses.

– Où étais-tu ?

– J'devais r'prendre mon souffle. » Elle répéta avec véhémence : « J'devais r'prendre mon souffle ! » Elle toucha d'un doigt glacé la joue de sa maîtresse. « Z'allez épouser cet homme. Ouais. Vaut mieux être maudit pour c'qu'on est que pour c'qu'on est pas. »

Quand, quelque temps plus tard, Solange épousa Wesley, Antonia Sévier expliqua qu'elle l'avait fait pour prouver son mépris des règles de bienséance, une idée que Solange fit sienne quelques années plus tard. Parce qu'il y avait une chose qu'elle n'arrivait pas à comprendre – et qu'aucune jeune fille bien élevée de Saint-Malo, et encore moins une Escarlette, ne pourrait avouer ou admettre : c'était le besoin irrépressible qu'elle avait ressenti de s'éclipser de la réception de son mariage avec Wesley pour se jeter dans le lit conjugal.

Le second mari de Solange était aussi déterminé et perspicace qu'elle, avec, en plus, un certain sens de la dérision. « Quand Dieu nous regarde depuis le ciel, il voit une fourmilière qui grouille, dans laquelle rien ne différencie le riche de son serviteur.

– Un sou est un sou, disait Solange avec hauteur, que ce soit au ciel ou dans une fourmilière. »

Deux ans et neuf mois après leur mariage, Mme Wesley Evans donna naissance à une petite fille en parfaite santé, Pauline. Toute la jeunesse de la haute société de Savannah se rendit au baptême du nourrisson et à la réception qui suivit chez les Evans, une jeunesse qui n'avait cure des vieux scandales que chérissaient des croulants d'un autre siècle, attachés à des mœurs d'un autre siècle.

Quand Solange suggéra que Ruth devienne la mama – c'est-à-dire la nounou – de Pauline, Wesley demanda : « Est-ce que tous les enfants du Sud sont vraiment obligés d'avoir une mama ?

– Les mamas permettent aux dames du Sud de dorloter leur homme », dit-elle avec un sourire en coin qui n'aurait jamais été approuvé par un Escarlette.

Wesley se racla la gorge. « Ruth est si jeune.

– Les Noirs grandissent plus vite que les Blancs. Ruth est une femme, plus une enfant.

– Je crois que je n'ai jamais connu personne comme elle. Qu'il pleuve, qu'il vente ou qu'il neige, dans les moments heureux comme dans les plus durs… jamais je n'ai vu notre charmante Ruth se départir de son sourire.
– Alors ? Tu es contre ?
– J'aimerais tellement savoir ce que Ruth pense *vraiment*.
– Crois-moi sur parole, chéri, il ne vaut mieux pas. »

Ruth était faite pour éduquer des enfants, et la mère de Pauline pour dorloter son mari, à la plus grande satisfaction des deux parties.

*
* *

Quand l'embargo (« ce satané embargo ! ») fut levé, Wesley crut bien que le commerce de coton allait enfin prospérer, mais les gouvernements américain et britannique freinèrent son exportation jusqu'en 1812, date à laquelle la guerre fut déclarée à la Grande-Bretagne. Celle-ci semblait avoir bien du mal à comprendre que les États-Unis n'appartenaient plus à sa couronne.

Louisa Robillard et sa fille Clara tombèrent malades la première semaine d'août et furent enterrées le 8 septembre 1812. Pierre, dévasté, proposa l'ensemble de ses parts de R & E Cotton Factors à son associé, soit la moitié du capital de l'entreprise. Grâce au contrat prénuptial que Wesley avait bien voulu signer, Solange restait une femme *sole*. Elle n'hésita pas plus de vingt-quatre heures avant de fournir le capital nécessaire au rachat des parts de Pierre.

Bloquée par la flotte anglaise, Savannah s'étiolait. La situation changea quand Andrew Jackson massacra les alliés indiens des Anglais à Horseshoe Bend[1], et, peu après, l'armée régulière britannique à La Nouvelle-Orléans. Le traité de

---

1. Lors de cet affrontement qui eut lieu le 27 mars 1814, dans l'Alabama, les forces américaines et leurs alliés amérindiens défirent les Red Sticks, un groupe de Creeks qui s'opposaient à l'expansion américaine.

Gand mit fin à la guerre et au blocus. Les cloches des églises sonnèrent, et le coton de qualité standard remonta à trente cents la livre.

À Savannah, scies et marteaux envahissaient les rues, et Bay Street était si encombrée par les balles de coton et les chariots de bois que les dames de la haute société en étaient réduites à se promener sur Jameson Square. Les frères O'Hara développèrent leur affaire, et personne n'osa ricaner quand James O'Hara acheta un attelage. Quand Wesley proposa à Solange de lui rembourser son apport en capital, elle éclata de rire. « Construis-moi plutôt une maison à faire pâlir d'envie les Haversham. Une rose.

– Rose ? »

La bouche de Solange se rétrécit, adoptant une expression que Wesley ne connaissait que trop bien.

« Alors va pour rose, dit-il en grimaçant. Rose, vraiment ? » ne put-il s'empêcher de répéter.

Même s'il existait une belle pinède derrière le cimetière juif où étaient construites la plupart des nouvelles maisons, les gens de la haute société préféraient le centre-ville. Wesley acheta deux maisons à charpente de bois sur Oglethorpe Square et les fit raser.

Quand Ruth demanda : « Maître Wesley, pourquoi que vous détruisez des maisons qui sont parfaitement bien ? », il répondit : « Pour être meilleurs que nos voisins.

– C'est qui, nos voisins ? »

Pauline, de bébé très calme, devint une enfant obéissante. Déjà toute jeune, elle était assez laide, même si, bien sûr, Ruth la trouvait ravissante. Ruth dormait sur une paillasse à côté de son berceau, afin de pouvoir la prendre dans ses bras pour la consoler de ses cauchemars.

La jeune Mama Ruth portait une robe bleue unie et un modeste foulard à carreaux sur la tête. C'était la plus jeune mama de Reynolds Square. Elle gardait la tête haute, mais ne parlait pas à moins qu'on ne lui adressât la parole. Bébé Pauline était toujours propre et habillée d'une façon adaptée au temps qu'il faisait, et, quand elle commença à marcher, elle était si soignée qu'elle semblait presque avoir été lessivée en même temps que son linge. Les mamas plus âgées acceptèrent sans peine la jeune Négresse française, et lui ouvrirent leur cœur. Mama Cerise, qui élevait les petits Minnis, s'attacha particulièrement à Mama Ruth.

Réchauffer un vêtement avec du suif fondu contre la colique.
Un thé à la spathe de maïs guérit la rougeole.
Le lilas de Perse est très efficace si l'enfant a des vers.
Elle ne pleure pas parce qu'elle est contrariée. Elle a un problème.

Le père de la petite Pauline arrivait à R & E Cotton Factors avant que le soleil ne darde le fleuve de ses rayons argentés et travaillait jusqu'à ce que l'allumeur de réverbères ait terminé sa tournée.

Les Evans dînaient avec leur fille et supervisaient ses prières du soir. Comme Wesley était méthodiste, Solange, Ruth et Pauline se rendaient à la messe sans lui.

Solange dirigea la construction de la Maison Rose. À part pour la couleur, elle voulait une maison traditionnelle de Savannah, une *box*, et engagea à cette fin un vieux maçon recommandé par M. Haversham. John Jameson avait déjà construit une dizaine de maisons à Savannah et – comme le fit remarquer Haversham – « avait établi sa réputation il y a plusieurs décennies déjà. Il ne ferait rien pour la mettre en péril : c'était un anxieux. »

John Jameson, petit homme morose, était tracassé par les deux lots des Evans, car ils étaient plus bas que les lots des voisins, et l'eau risquait de s'infiltrer dans la cave des Evans. « Ici, c'est le *bas*-pays, Madame, rappela-t-il à Solange. *"De l'eau, de l'eau, de l'eau, partout de l'eau..."*, comme aime à le dire monsieur Coleridge. »

Si Jameson admettait que les demi-sous-sols anglais dernier cri étaient fort à la mode, selon lui, les fondations traditionnelles – avec pilier, sans sous-sol, Madame ! – fonctionnaient parfaitement bien depuis des années. Madame ne se rendait peut-être pas compte que le revêtement de briques qu'elle avait choisi coûtait cher. Très cher ! Et Jameson pouvait lui montrer d'innombrables maisons à charpente de bois qui avaient survécu à de terribles ouragans ! Un réservoir d'eau dans le grenier ? Oh mon Dieu, pauvre de moi ! Madame avait-elle vraiment besoin de comprendre tous les secrets de la construction ? Les dames de Savannah étaient normalement bien trop délicates pour s'intéresser à des considérations aussi pratiques. Comment faire tenir un tel objet, de plus de neuf mètres, au-dessus du niveau du sol ? Un réservoir de près de quatre mille litres ? Et un litre, c'est un litre, même à Savannah ! Oui, M. Jameson savait que la maison des Robillard était effectivement équipée d'un tel réservoir – ainsi que d'une plomberie *très* particulière. Mme Robillard – Dieu ait son âme – avait choisi la nouveauté à tout prix. Peut-être Madame avait-elle entendu parler de la fuite qui ruinait le plâtre de la chambre des Robillard ? Vous désirez une chambre pour Mama Ruth à côté de la nursery ? M. Jameson n'avait jamais entendu parler de ce genre d'arrangement, et, pour tout dire, le considérait comme inconvenant – sans critique, n'est-ce pas ? Les mamas – comme tout le monde le savait – devaient dormir sur des paillasses au pied du lit des enfants. Un escalier circulaire, Madame ? Oui, certes, l'escalier circulaire *est* traditionnel, mais Jacob Bellows, le seul spécialiste en escalier de Savannah, était décédé deux ans plus tôt, et le seul autre spécialiste du bas-pays vivait à Charleston. De plus, le constructeur d'escaliers de Charleston était (ici, Jameson baissa la voix :) « un *Noir libre* ».

« Écoutez, engagez un pingouin si cela est nécessaire. Je *veux* mon escalier circulaire. »

M. Jameson secoua sombrement la tête. « Madame, je ne sais pas si nous pouvons persuader Jehu Glen de…

— Demandez-lui. Servez-vous donc de votre charme irrésistible. »

M. Jameson, qui avait depuis longtemps renoncé à une telle prétention, en fut tout décontenancé.

Solange avait du mal à contenir son impatience. « Vous n'avez rien à perdre à essayer.

– Même si Glen est un maître mécanicien, insista Jameson, il a la réputation d'être… difficile.

– Hmm. »

M. Jameson s'engagea à commencer la construction de la Maison Rose au printemps.

Malgré ses inquiétudes, des fondations sèches furent posées ainsi qu'un escalier qui menait au sous-sol anglais. Une double assise fut installée pour soutenir le réservoir du grenier, et les ouvriers apparaissaient au fur et à mesure que leurs compétences s'avéraient nécessaires au chantier. Apparemment en dépit de son maître d'œuvre, la Maison Rose et la remise à calèches (qui servait jusqu'ici d'atelier au constructeur) eurent un toit en août.

Si la Maison Rose pouvait être prête à temps, les Evans avaient bien l'intention d'y organiser un bal de Noël.

Solange pressa Jameson d'engager des plâtriers, des ébénistes et des vitriers, et, d'ailleurs, avait-il pensé à faire venir le constructeur d'escaliers de Charleston, et acheté de l'acajou pour la rampe ?

Malgré l'habitude qu'avait M. Jameson de ne jamais faire travailler les ouvriers avant que le mortier ait séché au moins soixante jours, trois jours après que les gouttières eurent été installées, une petite armée de travailleurs débarqua dans la remise à calèches avec moules de plâtre, varlopes, ciseaux et gommes-laques.

Un bel après-midi de septembre, alors que les roses étaient aussi fragiles que piquantes, Ruth emmena Pauline sur le chantier. La jovialité et l'affairement des ouvriers la fascinaient. Des Irlandais, des Noirs libres et des esclaves « loués » travaillaient joyeusement ensemble.

À l'intérieur de la charpente béante qui accueillerait un jour les portes de la remise à calèches, Ruth percha Pauline sur un chevalet de sciage. « Vous voyez, petite. Les hommes font leur travail. Vous voyez c't'homme ? Mon Dieu, j'en ai jamais vu des chétifs comme ça ! On dirait qu'il manipule une scie d'poupée ! Vous voyez ceux qu'sont en train d'travailler l'métal ? »

Un ouvrier couleur café était en train d'ajuster des charpentes en bois.

« Toi, là-bas ! hurla un Irlandais. Hôte donc tes sales pattes noires de mon gabarit ! »

La plupart des ouvriers avaient des mains énormes, mais celles de l'homme couleur café étaient fines et gracieuses, comme celles d'un maître. Il continua sa tâche, ignorant l'Irlandais.

« Jésus, Marie, Joseph ! Mais qu'est-ce que tu fous ?

– Ça va pas le faire, McQueen, répondit le Noir. Ça doit être tangent. L'angle est trop aigu. »

Le blond au visage ravagé par les taches de rousseur mit ses épaisses mains sur ses hanches. « Et qui t'es, toi, pour corriger mon travail, hein ? »

L'homme couleur café se redressa comme si cette question méritait une véritable réponse. « J'ai été douze ans l'apprenti de Jacob Bellows, celui qu'a construit les escaliers de Mulberry Park, d'la maison des Robinson et d'la salle de bal des Blakely. Maintenant, j'suis maître constructeur d'escaliers. Soit vous faites c'que j'dis, soit vous partez.

– Eh bien. Monsieur Jameson ! Monsieur Jameson ! On a besoin d'vous ici ! »

Le bruit des scies cessa. Les hommes posèrent tranquillement leurs outils pendant que le responsable passait en inspection les travaux en cours. Pendant ce temps, l'homme couleur café se pencha sur l'établi, régla son rapporteur et commença à tracer un arc sur une planche.

Jameson se passa la main dans les cheveux. « Qu'est-ce qu'il y a, encore ? Hein ? Est-ce qu'on ne peut pas travailler sans s'arrêter toutes les dix secondes pour discuter ?

– Monsieur Jameson, Monsieur. Ce Nègre prétend me dire c'que j'dois faire. Ce Nègre *impertinent*. »

Parfaitement indifférent, comme s'il était dans une autre pièce, l'homme commença à dessiner un second arc. Ruth entendait distinctement le grattement du crayon sur le bois.

Un ouvrier péta, et son voisin lui envoya un coup de poing dans le bras.

Le sourire de Jameson n'était pas très sûr de lui. « Monsieur Glen ?

– Monsieur ? » Il posa précautionneusement son crayon à côté de ses outils avant de se retourner. « McQueen, là… L'ouvrier, il doit mériter sa paie, M'sieur Jameson, non ? McQueen, il veut pas faire c'que j'lui dis. Il croit être meilleur que c'qu'il est.

– Jehu…

– M'sieur Jameson, Savannah est rempli d'gars qui demandent qu'à bosser. J'veux des gars qui font c'que j'leur dis sans discuter.

– Ce Nègre… »

Jameson, avec un soupir, ouvrit sa bourse et compta quelques pièces. « Votre salaire.

– Vous allez pas virer un Blanc…

– Monsieur McQueen, j'ai actuellement besoin d'un constructeur d'escaliers. Il se trouve que Jehu Glen a reçu une formation à l'anglaise, et qu'il est de loin le meilleur de tout le bas-pays.

– Ouais, eh bien… eh bien que je sois maudit… fils de pute ! »

S'il n'avait eu les bras sévèrement tenus par ses camarades, il ne fait aucun doute que McQueen aurait cherché des noises au constructeur d'escaliers penché sur son établi au moment où il passa derrière lui. En désespoir de cause, il cracha dans la sciure. Jehu ne releva même pas la tête.

Ruth chuchota : « Z'avez vu ça, Bébé Pauline ? Vous y croyez, vous ? Parc'que moi, j'en reviens pas. »

Le constructeur d'escaliers pencha la tête pour écouter d'une oreille inattentive les discrètes remontrances de Jameson, sans pour autant s'arrêter dans sa tâche. Jameson s'interrompit et se tourna vers les autres : « C'est dimanche ? Non, bah alors, au boulot ! »

En rentrant à la maison, Ruth fredonna un air qu'elle avait entendu il y a très, très longtemps. Le lendemain matin, sur Reynolds Square, Mama Cerise l'entendit fredonner et fronça les sourcils : « Fredonne pas la chanson des rebelles.

— La chanson des rebelles ? demanda Ruth.

— Fredonne pas ça ! »

Ce fut au tour de Ruth de froncer les sourcils.

Mama Cerise chuchota : « Tu sais donc pas qu'c'est l'chant du soulèv'ment d'Haïti qu't'es en train d'chanter ? Les maîtres blancs *détestent* cette chanson. »

Cet après-midi-là, Pauline fit une sieste à l'ombre d'un parasol, à l'extérieur de la remise à calèches.

Jehu Glen était la créature la plus magnifique que Ruth avait jamais vue. Où avait-il pu bien naître, qu'est-ce qui l'avait rendu ainsi ? Ses mouvements étaient vifs et mesurés. Les rayons du soleil qui frappaient ses bras les faisaient sembler d'or, tandis que son rabot relâchait de ravissantes boucles de bois. Quand il se rasa un poil du bras pour tester l'affûtage de son ciseau, Ruth eut envie de crier : « Fais gaffe ! Te coupe pas ! » Elle se demanda si la manière théâtrale avec laquelle il testait ces lames affûtées comme des rasoirs signifiait qu'il était aussi conscient de sa présence qu'elle l'était de la sienne.

Elle revint le jour suivant. Puis le jour d'après. Une fois, alors que Jehu était dans la maison, elle toucha une lame de rabot et s'ouvrit le pouce. Elle le mit dans sa bouche et suça son sang chaud et sucré.

Une autre fois, elle glissa un copeau de cerisier dans son tablier, et une légère odeur de cerisier embauma sa paillasse toute la nuit.

Les autres mamas amenaient les enfants dont elles avaient la charge dans la maison en construction. Les enfants plus âgés se construisaient des forts ou des flottes de navires avec les bouts de bois qui traînaient.

Mama Cerise avait entendu parler du constructeur d'escaliers noir et libre. « Son père, c'était un Blanc. Il s'était acheté une jolie p'tite servante noire, et, bientôt, une chose en entraînant une autre… Quand l'bébé il a grandi, Glen l'a affranchi et l'a mis en apprentissage chez un Anglais, celui qu'a construit toutes les grandes maisons d'Charleston. Quand l'Anglais il est mort, le p'tit Jehu s'est mis à son compte. Il s'prend pas pour d'la merde. »

Ruth sourit. « C'est vrai.

— Il est si radin qu'c'est un enfer d'lui emprunter un demi-cent. Et il dort sur un banc dans la remise à calèches, tellement qu'il est radin il veut même pas louer une chambre.

— Il est pratique. Il économise pour quand il s'mariera.

— Ma fille, va donc pas près de la r'mise à calèches après qu'la nuit soit tombée.

— J'y ai jamais rien dit, à c't'homme, Mama Cerise. Pas un mot, jamais. »

*
* *

Solange trouvait que Wesley travaillait trop, et, un soir d'octobre, pendant le dîner, elle le lui dit. Elle pensait également qu'il buvait trop, mais ça, elle s'abstint d'en parler.

Wesley se passa la main sur les yeux. « Toutes ces nouvelles manufactures et tous ces nouveaux acheteurs, ils ont bien sûr tous besoin "de passer me voir", de "m'offrir un whisky", ou même de "s'asseoir pour étudier mon cerveau (ha ha)" – ils veulent tous se lancer dans une affaire que je comprends et eux pas. Les planteurs du haut-pays sont inondés par des manufacturiers novices qui proposent des prix qui cassent le marché. Et ils ne s'en rendent même pas compte.

— Peut-être que tu devrais en faire un peu moins. Déléguer un peu plus.

— Avec ce boom, tous ceux que ça vaudrait le coup d'embaucher travaillent pour leur pomme. »

Elle changea de sujet : « Notre petite Mama a le béguin pour ton constructeur d'escaliers. »

Il se détendit. « Ce n'est pas le *mien*, chérie. Je ne le reconnaîtrai même pas si je le croisais dans la rue. Il est à Jameson, peut-être, ou, dans la mesure où c'est toi qui t'occupes de tout ça, je pense qu'on peut dire qu'il est à toi.

— Jehu est libre, et il ne fait aucun doute qu'il est son propre maître. »

Il haussa les épaules. « Quel âge a Ruth déjà ? À peu près quinze ans, non ? Elle est assez grande pour sauter par-dessus un balai[1], si le cœur lui en dit.

— Les choses n'en sont pas encore là. Elle pleurniche à cause de lui, c'est tout.

— Alors nous verrons quand nous en serons là. » Il leva son verre. « Encore deux bonnes années comme celle-là, et toi, moi et Pauline, nous pourrons vivre de nos rentes.

— Seulement Pauline ? » dit-elle en souriant.

Il fronça les sourcils. « Qu'est-ce que…

— Tu vas être à nouveau papa, mon chéri. Enfin, si tu ne te tues pas au travail avant. »

Il lui offrit son bras. « Ma chère, chère Solange. Montons donc fêter ça. »

*
* *

Ruth et Pauline commencèrent à prendre leur repas dans la remise à calèches, où les plâtriers préparaient des moules et où Jehu Glen assemblait des sections du futur escalier circulaire.

Un après-midi, alors que tous les autres étaient occupés dans la maison, Ruth s'approcha de lui, sur la pointe des

---

1. Il était d'usage, parmi les esclaves du sud des États-Unis des années 1840 et 1850, de sceller l'union d'un homme et d'une femme en « sautant par-dessus un balai ». Cette pratique (également présente dans d'autres cultures, notamment chez la population rom du pays de Galles au début du XXe siècle) était le plus souvent considérée avec ironie par les Blancs, qui y voyaient un simulacre de mariage.

pieds, si près qu'elle pouvait sentir l'odeur de sa transpiration. Le constructeur d'escaliers ne leva pas les yeux de la rampe qu'il était en train de poncer. « C'te "sous-mécanicien" mérite pas sa paie. C'est rien qu'un voleur.

— Oh ! » Ruth recula.

Un autre jour, Ruth offrit à Jehu leur panier-repas. « Mange, le pressa-t-elle. On en a plein. »

Impassible, Jehu se servit dans le panier que Ruth avait composé avec soin, prenant un morceau de Monterey Jack et une pomme qu'il croqua en repartant dans la maison, pestant contre les plâtriers qui avaient laissé leur échafaudage en plein milieu du passage.

Pendant trois jours, Jehu accepta la nourriture que lui offrait Ruth sans la remercier ni interrompre son travail. Le quatrième jour, un samedi tout en langueur, il regarda son panier et dit : « T'es qui, p'tite ? »

Ruth lui répondit.

« Toi, t'es une de ces Négresses française ?

— J'étais bébé à Saint-Domingue.

— Ah. »

Le lundi suivant, la poussière flottait dans les rayons du soleil qui pénétraient dans la remise à calèches et Pauline dormait, la bouche ouverte. Jehu resserrait son étau et disposait des pièces de bois collées sur son établi. « Dis-moi, p'tite, à ton avis, Jameson me paie un dollar par jour, alors combien j'vaux pour c't'homme ?

— Jehu...

— J'vaux plus ou moins qu'un dollar ?

— Un dollar, j'imagine. »

Un sourire illumina à grand-peine son visage lugubre. « L'ouvrier, il s'figure qu's'il est payé un dollar, il vaut un dollar. Pourquoi au nom du ciel Jameson irait engager un gars qui vaut pas plus que sa paie ? Jameson doit gagner plus avec mon travail que c'qu'il m'paie, sinon, il f'rait l'boulot lui-même. Et l'argent en plus, il va à son capital.

— J'pensais pas...

– Bien sûr, p'tite, bien sûr. Tu t'en fiches, d'l'argent. Les serviteurs, ils ont pas besoin d's'inquiéter pour l'argent. Mais les hommes libres, eux, ils doivent. Et ils le font. »

Jehu parlait du « capital » comme de « Dieu » ou des « États-Unis d'Amérique ». Il décrivait le « capital » comme un maître dépeint une femme magnifique ou un cheval rapide comme l'éclair. Jehu avait un capital de quatre cent soixante et onze dollars. Les ciseaux, les rabots, les équerres, le fil à plomb et la boîte à outils en noyer qu'il avait fabriquée tout seul lui appartenaient. Il ouvrait les tiroirs tapissés de velours de la boîte à outils comme si chacun d'entre eux avait un nom. La boîte avait une place d'honneur sur son établi et, chaque soir, la dernière chose qu'il faisait était de la nettoyer. Caressant une queue-d'aronde parfaite, il expliqua à Ruth : « Avant de d'venir "maître", faut faire un chef-d'œuvre. »

Le capital de Jehu était dans un coffre chez M. Haversham, en sécurité, et, un jour, il l'utiliserait pour s'installer comme constructeur, comme M. Jameson. Il engagerait des esclaves Noirs, proposés à la location par leurs maîtres, parce qu'ils travaillaient pour moins et étaient moins impertinents que les Noirs libres ou les Irlandais. Avec des coûts moindres, ses devis seraient moins élevés, et les Blancs *seraient bien obligés* de l'engager.

Jehu fit la moue. « Le pasteur Vesey, il dit qu'mon idée, elle va pas marcher. Vesey, il dit qu'jamais un Blanc laissera un Noir s'élever. Qu'ils ont peur. Dis-moi, p'tite, tu crois qu'les Blancs, ils ont peur de nous ?

– Oui, et pas qu'un peu. » La réponse de Ruth la surprit tellement elle-même qu'elle se mit la main devant la bouche.

Il balaya sa réponse d'un geste. « Non, ils ont pas peur. Y a pas un Nègre qu'a une armée, ou un navire, ou des bons gros canons. Et y a pas un Noir qui possède un Blanc, pour sûr. »

Tous les jours après le travail, ainsi que les dimanches après-midi, les Noirs libres et les Irlandais allaient boire dans une taverne de marins sur les docks. Jehu ne les rejoignait jamais. « Si on fait pas gaffe, jamais le capital il monte », expliqua-t-il à Ruth.

À Savannah, Ruth était la seule amie de Jehu, et il ne nommait que le pasteur Vesey à Charleston. Denmark Vesey n'était « qu'un simple charpentier, t'sais ? Pas un maître mécanicien, ça, non. Mais c'est un bon pasteur, et il parle des langues d'feu et tout. Et quand il prêche, on sent carrément les flammes d'l'enfer nous chatouiller l'cul ! »

Pour la première fois de sa vie, Ruth rêva de vivre avec quelqu'un d'autre que Solange. Mais elle ne pouvait pas. Solange attendait un autre bébé, et Ruth serait Mama Ruth pour les deux enfants. C'était comme ça.

Ruth se demandait parfois combien elle gagnerait si elle était *payée* pour être mama. Est-ce que Solange voudrait d'une mama si elle devait payer, ou est-ce qu'elle s'en occuperait toute seule ?

Jehu était aussi beau que l'étaient ses rêves. Charleston était une ville riche, et un homme comme Jehu… eh bien un homme comme Jehu pouvait ouvrir sa propre boutique, comme son ami Denmark.

Même si M. Jameson se démena et ne lâcha pas une seconde ses ouvriers, la Maison Rose n'était toujours pas prête la seconde semaine de décembre, et les meubles que Solange avait commandés à New York n'étaient pas encore arrivés au port. Wesley semblait presque soulagé. « Un bal de Noël aurait constitué une énorme dépense.

– Une dépense ? » Solange fronça les sourcils. « Wesley…

– Bon, déjà, je suis reconnaissant que personne ne nous dérange.

– Cette année.

– Bien sûr, ma chérie, "cette année". »

*
* *

Pendant deux décennies, les dames de Savannah avaient envoyé leurs filles les plus présentables à l'assaut de Philippe Robillard. Certaines des dames dont les filles étaient repoussées déclaraient que si un homme pouvait résister à une jeune fille aussi belle, gracieuse et *convenable*, alors il devait être quelque peu *original*. Nul n'est besoin de dire que la phrase était lourde de sous-entendus.

Sans annonce préalable et à la consternation générale, le riche Philippe se maria soudainement à une Muscogee Creek qui était, disait-on, princesse parmi les siens. Les dames dont les filles avaient été repoussées se disaient qu'il valait mieux pour elle qu'elle soit *effectivement* une princesse.

Nul membre de la haute société ne se rendit au mariage, auquel ne furent invités que le cousin Pierre et quelques membres de la famille de l'épouse. Après la cérémonie, la compagnie se rendit chez Pierre pour boire du cherry, chose à laquelle, apparemment, les Muscogee étaient fort peu habitués. L'un d'eux fut surpris en train de vomir dans les rosiers, tandis que Nehemiah en aida un autre à monter dans l'attelage de Philippe pour rentrer à son campement.

Le jour suivant, Pierre fit une plaisanterie indélicate sur le fait qu'il « avait eu peur de perdre le peu qu'il lui restait de scalp », boutade qui fut répétée avec force démonstrations de mimes extravagants dans les salons les plus en vogue de Savannah. Antonia Sévier rappelait à qui voulait l'entendre qu'avant les noces chrétiennes de M. et Mme Philippe Robillard, ils avaient accompli un rituel païen au campement muscogee.

La curiosité pour la princesse muscogee était à son comble, et les cartes de visite avaient beau s'accumuler sur le plateau de l'entrée de la nouvelle Mme Robillard, elle semblait ne jamais être « chez elle ».

Pierre Robillard prétendait que la femme de son cousin avait un charme considérable, mais, malgré des encouragements peu subtils, il ne s'aventurait jamais davantage sur ce terrain. « Le cousin Philippe est un homme heureux. Mon cher parent est enfin "dans son élément". »

Après une décennie d'absence, le bal de Noël des Robillard était devenu une sorte de légende ; une icône du « Vieux

Savannah », où toutes les femmes étaient gracieuses et où tous les hommes tiraient au pistolet. Les habitants ne furent donc pas déçus de ne pas recevoir d'invitation des Evans : ils en avaient reçu une des Robillard. Elle était signée par Philippe et Pierre, et, sous la signature des deux cousins, l'on pouvait voir un gribouillis dont l'on pensait qu'il représentait une sorte d'oiseau muscogee, mais personne n'était capable de préciser lequel.

*
* *

Aucun des citoyens les plus importants de Savannah n'avait mis les pieds dans le manoir de Philippe depuis l'enterrement de sa mère, vingt ans auparavant, et tout le monde était très excité à l'idée de voir ce que la princesse avait fait de leur maison. Les sentimentaux espéraient qu'elle retrouverait la grandeur qu'elle avait connue pendant la Révolution, quand elle servait de quartier général au général Howe.

En prévision, les attelages furent revernis, des bijoux étincelants furent sortis de leur coffre-fort, et les couturières de Savannah épuisèrent leurs doigts agiles à créer des robes de bal d'après les derniers modèles parisiens. Dans chaque salon, on ne trouvait que curiosité et spéculation, qui, loin de se calmer, se renforçaient l'une l'autre au fil des jours.

Solange tendit l'invitation à son mari. « Peut-être est-elle effectivement princesse, mais son écriture est déplorable. Une enfant ferait mieux.

– Que dit le docteur Michaels ? Tu peux aller au bal dans ton état ? »

Solange fit la moue. « Il a dit que j'allais donner naissance à un bébé en pleine forme. Il pense que je dois faire davantage d'exercice. On n'est plus au Moyen Âge, tu sais ? »

Wesley avait-il entendu ? Il semblait si distant ces derniers temps. « Nous sommes surmenés, en ce moment. Les planteurs…

– Wesley chéri ! » Elle prit son visage entre ses mains. « C'est Noël !

— Et après, ce sera le bal de l'anniversaire de Washington, et tous ces maudits toasts patriotiques, et puis après…

— Est-ce qu'on ne peut pas juste un peu profiter d'être ensemble ? »

Il rendit les armes. « Ma chérie, mais bien sûr que nous le pouvons… »

*
* *

La maison de bois de Philippe Robillard se dressait au croisement de Broughton Street et d'Abercorn Street. Deux ouragans et un énorme incendie avaient détruit la plupart des maisons de bois de Savannah, mais cette maison avait toutefois survécu. Les épreuves l'avaient rendue grise, cabossée, toute de guingois. Le quartier n'était plus à la mode depuis longtemps, et quand la mère de Philippe décéda, même ses amis les plus loyaux espérèrent que Philippe déménagerait.

Les voitures commencèrent à arriver à huit heures. Des torches illuminaient les domestiques qui guidaient les véhicules et aidaient les invités les plus âgés à gravir les hautes marches de pierre jaune du perron. La porte à deux battants était si éclairée par l'entrée qu'à contre-jour il devenait impossible de reconnaître les traits pourtant très reconnaissables de Nehemiah. Ce dernier accueillait les nouveaux venus et les guidait jusqu'au cocher de Philippe, un Muscogee renfrogné, qui les débarrassait de leurs effets. « 'Soir, Ma'ame Solange et M'sieur Wesley, dit Nehemiah. On fait d'not'mieux, pour sûr. »

La demeure de célibataire de Philippe n'avait pas encore reçu de touche féminine. Les invités les plus âgés se souvenaient encore du papier peint du salon, dont les couleurs avaient sans doute été plus vives vingt ans plus tôt. Les dames les plus jeunes enviaient la mauvaise vision de leurs aînées, qui ne pouvaient identifier ce que cachaient les corniches les plus hautes et les plus sombres.

Les dames remarquèrent bien les fils de serpillière qui étaient restés accrochés aux pieds des meubles, mais n'y firent pas allusion et balayèrent du revers de la main leur chaise avant de s'y asseoir délicatement.

Du baumier, du gui et du houx avaient été enroulés autour des bras des sièges, et un grand feston de mousse espagnole dégorgeait des chandeliers.

« La mousse n'est-elle pas sacrée chez les sauvages ? » se demanda Antonia Sévier.

Dans le salon, envahi de meubles familiaux datant du siècle précédent, Philippe (qui avait déjà bu plus que ne le conseillait la sagesse) présenta sa princesse : « Voici ma très chère épouse, Osanalgi. Madame Haversham, Osanalgi. » Il gloussa. « Vous pouvez l'appeler Osa, comme moi. »

La femme avait des cheveux très noirs, très brillants, coupés court. Sa robe de bal sophistiquée était taillée pour quelqu'un de peu frileux. Son sourire semblait plaqué sur son visage, tandis que son regard furetait dans tous les coins.

« Les Muscogee sont les premiers citoyens de la Géorgie. Il y a huit… peut-être neuf sous-tribus, selon la manière dont on les distingue.

– Voilà qui est tout à fait fascinant, Philippe. Madame Robillard, vous *devez absolument* nous raconter tout ça !

– Oui », répondit Osa, sans rien ajouter de plus.

Ses invités, face à son mutisme, passèrent à autre chose.

Philippe avait banni le menuet, danse à la fois barbante et dépassée, et en même temps délicieusement familière. Et, quand ses musiciens jouèrent les premières mesure d'une nouvelle valse – que certains disaient indécente –, Philippe et sa fiancée dansèrent si près l'un de l'autre qu'ils n'entendirent pas les chuchotements moqueurs derrière les éventails ni ne virent les échanges de clins d'œil peu charitables.

Pierre fit son devoir de cousin, enchaînant danse après danse, qui avec une veuve, qui avec une vieille fille. Certaines dames qui avaient connu des jours meilleurs s'attardaient près d'un buffet que leurs sœurs – qui, elles, n'avaient pas encore perdu tout espoir – évitaient, bien que Pierre leur assurât qu'aucune spécialité sauvage n'était dissimulée dans les plats de gombos à la sauce blanche.

Le punch, fort, échauffa bientôt les esprits et, malgré les pas de valse qu'ils devaient apprendre au fur et à mesure, le silence de leur hôtesse muscogee et le manque d'amabilité de son cocher, les invités de Philippe commencèrent à ressentir un peu de la magie de Noël. Ils avaient voulu rencontrer la princesse ? Eh bien voilà, c'était chose faite. Autant en profiter un maximum. Les Haversham discutaient avec les Sévier, les Minnis avec les O'Hara.

Leurs domestiques faisaient la fête dans la cave. Mama Cerise avait désigné Mama Antigone pour s'occuper des enfants, et les cochers avaient désigné leur collègue peu sociable pour prendre soin des chevaux.

La cuisine était tout en brique, et des chandeliers brillaient à côté d'une grande cheminée sur laquelle une bouilloire glougloutait gaiement. Pierre Robillard avait confié à Nehemiah un fût de vin de Madère. Assise au bout d'une grande table en bois, Mama Cerise surveillait attentivement Nehemiah qui remplissait son office, approuvant de la tête quand un verre méritait d'être resservi, toussant d'un air désapprobateur quand un verre avait été trop rempli. La dispensatrice en chef du vin de Madère ne s'était pas privée, et Mama Cerise pressa Ruth de questions indiscrètes sur Jehu ainsi que sur des choses dont Ruth n'aurait jamais parlé à personne. Mama Cerise savait comment étaient les jeunes filles. « J'en ai été une moi-même, hein ? », glissait-elle avec un clin d'œil.

« S'te plaît, Mama Cerise !

– On est toutes pareilles, petite. Nous, les femmes, on a b'soin d'amour. »

Mama Ruth se dirigea vers la nursery, où Pauline construisait une tour de cubes que les autres enfants s'appliquaient à détruire tout aussi consciencieusement. Peu de temps après, Mama Antigone fit un signe à Ruth pour lui offrir de prendre le relais. « J'vais rester ici avec les enfants. J'préfère les enfants aux adultes. »

Ruth avait espéré que la curiosité de Mama Cerise se serait attachée entre-temps à découvrir les secrets de quelqu'un d'autre, mais, armée de son madère et des souvenirs chéris de ses jeunes années, Mama Cerise revint à la charge : « Ce Jehu, c'est un malin. Il fait assez d'argent pour avoir une femme et des enfants. Pourrait même ach'ter sa prop'maison, à c'qu'il paraît.

– P'têt bien, ouais. »

Mama Cerise sourit, comme si elle était enfin arrivée là où elle avait voulu en venir depuis le début. « Jehu, il parle de ce Vesey ? Du pasteur Vesey ?

– Il dit qu'c'est un bon chrétien.

– Hum ! Vesey, c'est un Noir libre, tout comme Jehu. L'a gagné la loterie d'Charleston et s'est racheté lui-même. Il dit, Dieu lui a donné l'bon numéro. Vesey (Mama Cerise baissa la voix jusqu'à ce qu'elle ne soit plus qu'un murmure), il…

– Il quoi ? J'vais à la messe tous les matins. Avec Pauline, on l'a pas ratée une seule fois.

– Vesey est pas un bon catholique, ma chérie. J'crois qu'il le *prétend* juste pour les Noirs. »

Ruth fit un pauvre sourire à son aînée.

Mama Cerise fronça les sourcils. « J'sais pas, en fait, p'tite. J'sais foutre rien. Et c'est justement ça qui m'inquiète. » Elle servit à Ruth un demi-verre de madère.

« J'bois pas…

– Alors il est temps d'commencer. Y a pas tellement d'trucs bien dans ç'monde, t'sais. Des enfants, un type bien, aimant et tout – elle lui chatouilla les côtes –, et puis ça, bien sûr. Des fois, j'me dis qu'c'est c'qu'y a de mieux. En tout cas, on l'a toujours à portée d'main. »

Mais Ruth n'aima pas le goût, et dès que Mama Cerise tourna la tête, elle vida son verre dans les plantes. Les mamas étaient en train de rire et tout ça… et si les enfants avaient besoin d'elles ?

Maître Wesley avait le visage rougeaud. Il riait avec Maître Haversham et Maître Pierre. Maîtresse Solange et Maîtresse Antonia se parlaient comme si elles étaient les meilleures amies du monde. Ruth tira sur la manche de Solange : « On s'en va, maint'nant, Ma'ame ? P'tite Pauline, elle doit rentrer.

— C'est Noël, mon enfant. Je suis certaine d'avoir le droit d'oublier mes devoirs une fois l'an. »

Ruth se demanda de quels devoirs sa maîtresse voulait bien parler. « Je s'rai avec p'tite Pauline », dit-elle. Sur l'ancienne causeuse de la nursery, deux bébés ensommeillés étaient lovés contre Mama Antigone. Cette dernière, lentement, ouvrit un œil.

Ruth s'assit dans un coin, le dos calé contre les briques chaudes de la cheminée. Elle dormit comme elle put, se réveillant en sursaut chaque fois qu'une mama venait chercher le bébé dont elle avait la charge. Quand Nehemiah la secoua pour la réveiller, sa bouche était toute sèche et elle avait l'impression d'avoir du sable sous les paupières.

Dans l'entrée, Nehemiah confia une Pauline endormie à une Ruth qui l'était presque tout autant. Comme Philippe en était désormais incapable, Pierre Robillard se chargea de souhaiter bonne nuit aux invités de son cousin. « Madame Evans, c'est si aimable de votre part d'avoir bien voulu venir. Philippe était ravi que vous et Wesley ayez pu assister à notre petite sauterie. » Il chuchota : « Philippe dit que les Evans sont la "crème de la société de Savannah". »

Solange sourit en se rappelant que Pierre avait chuchoté le même compliment à de nombreux autres invités. « Et notre hôtesse ? »

Pierre regarda autour de lui. « Peut-être qu'elle… »

Quand Solange retourna dans le salon, deux ivrognes ronflaient sur des chaises tandis qu'un barbu écroulé dans un coin protestait en vain, expliquant à son domestique : « Veux pas y aller. Veux rechter ichi. »

Les mains de Mme Philippe Robillard étaient enfoncées jusqu'aux poignets dans le gombo. De la sauce blanche coulait goutte à goutte sur sa robe de bal. Elle remit quelque chose – une saucisse ? une crevette ? – dans la soupière. Elle dévorait la nourriture des yeux.

« Mais, lui dit Solange. Mais, vous êtes… (Solange caressa la rondeur de son ventre)… comme moi ? »

Sur une impulsion, Osa agrippa la main de Solange : « On peut parler ? On peut parler ? »

Luttant contre le besoin d'essuyer la graisse qui maculait ses mains, Solange tendit l'oreille. Elles discutèrent dix minutes – comme deux femmes enceintes – jusqu'à ce qu'Osa cesse de trembler et que ses yeux se calment enfin. Quand Solange annonça qu'elle devait partir, Osa, hospitalière, plongea un bol dans la soupière pour le lui offrir. Solange accepta l'offrande et, délicatement, y choisit avec les doigts une crevette gris-brun avant de la savourer de manière ostentatoire. Osa rayonnait.

« Nous sommes toutes deux des réfugiées, lui dit Solange. Savannah peut être si cruelle. » Elle essuya ses doigts sur la nappe. « Les réfugiés doivent devenir ce qu'ils n'étaient pas. »

Ruth porta Pauline jusqu'à la voiture. Comme Wesley était ivre mort, Solange installa Pauline sur le siège avant et Ruth se glissa sur le siège à côté du cocher. Ruth n'avait pas sommeil – pas du tout. Les étoiles hivernales brillaient de mille feux.

Le lendemain matin, la maison resta glaciale jusqu'à ce que Ruth allumât un feu dans la cheminée du salon. Cook fit des flocons d'avoine. Solange descendit l'escalier en bâillant. Ses cheveux étaient mal peignés, elle ne s'était pas débarbouillée, et son visage, encore maquillé de la veille – Ruth réussit à ne pas rire –, ressemblait à une peinture de guerre indienne. Solange s'appropria les flocons d'avoine de Ruth et demanda un café – « avec de la chicorée bouillie » – ainsi que le journal du matin.

Solange en était à sa deuxième tasse quand elle renifla en tapotant du doigt une annonce encadrée d'un liseré noir. « Sainte Marie mère de Dieu ! » Elle hochait la tête, l'air incrédule.

À haute voix, elle lut la proposition du président d'Haïti : ce dernier souhaitait offrir de la terre à tout artisan américain noir et libre qui désirait immigrer. « Oh, mon Dieu. Pauvre de moi ! Ruth, dois-je supposer que toi et ton fabricant d'escaliers, vous allez partir à Haïti ? »

Ruth sourit – presque. « Merci mais non, Ma'ame. J'suis Mama Ruth Fornier. J'suis américaine. »

Solange se frotta le front. « Oui, j'imagine que c'est vrai. » Elle plia le journal et le reposa. « Elle est intelligente, tu sais ?
— M'dame Robillard ?
— Elle n'a pas de médecin. Son peuple n'en a pas – enfin pas notre sorte de médecins. Philippe ne lui est d'aucune aide, évidemment. Je devrais demander au docteur Michaels de s'occuper d'elle. »

Elle se tourna avec fureur vers Ruth : « Tu te rends compte à quel point les gens sont cruels ? Terriblement cruels ? Osa est la femme du Français le plus riche de Savannah. Imagine pourtant comment ces dames doivent ricaner, ce matin, en prenant leur thé et leurs toasts ! La princesse Osa. "Oh, la pauvre, pauvre princesse Osa. Si fruste et si... *indienne* !" » Elle déplaça une mèche de cheveux qui lui barrait le front. « Ma précieuse Pauline. Comment se comportera-t-elle quand elle aura l'âge d'Osa ? Est-ce qu'elle sera originale, excentrique, un perpétuel objet de railleries ? Ou bien ma fille fera-t-elle au contraire partie de ces heureuses élues qui donnent le ton et dictent la mode ? »

Ruth dit à sa maîtresse : « Mama Cerise, elle dit que tout c'qu'on a besoin, c'est l'amour. Y a qu'ça qui compte. »

Solange prit son front dans ses deux mains. « Mama Cerise ! Mama Cerise ! La reine du bon goût et du maintien ! Oh, mon Dieu, mon Dieu !
— Mais Maîtresse, qu'est-ce que...
— Pauline ne sera pas une domestique, Ruth. Elle ne s'occupera pas des enfants d'une autre femme. Elle épousera un homme puissant, ou en tout cas avec de bonnes chances de le devenir. Ma Pauline et – Solange caressa son ventre avec

tendresse – ce petit ou cette petite vivront dans le bonheur parmi leurs pairs. Ils profiteront des bénéfices de la civilisation, et feront la charité à ceux qui ont été moins bénis par les cieux. Pauline doit être elle-même, bien sûr, mais elle ne doit pas non plus détoner, se distinguer – ainsi que le fait la pauvre Osa, ou comme moi quand je suis arrivée sur ce rivage. La manière dont ils chuchotaient tous : "Pauvre femme. Encore une de ces réfugiées si *tragiques* de Saint-Domingue." Ils ont chuchoté comme ça jusqu'à ce que j'aie récupéré mon argent.

– Mais Ma'ame, vous vous distinguez toujours. »

Solange balaya le compliment d'un geste de la main. « Mama, je dois t'apprendre les règles – non, mieux, les *commandements* – de la bonne société. » Elle pencha la tête comme si elle entamait une prière. « Pour être quelqu'un (elle chercha ses mots quelques instants), on doit d'abord *avoir l'air* de quelqu'un. Le père d'Osa est un souverain. Par conséquent, elle agit, s'habille et parle comme ses sujets sauvages s'y attendent. Tu comprends ?

– J'pige rien, Ma'ame, rien du tout.

– Mais si, mais si. Regarde, quand Wesley descendra les escaliers, titubant, il n'aura pas l'air d'un souverain. Mais il en sera devenu un quand il partira s'occuper de l'entreprise. Monsieur Haversham – avec sa veste noire toute simple et hors de prix –, c'est un souverain. Et Pierre Robillard aussi – en dépit de son maniérisme et de ses façons surannées. Ce sont des souverains parce qu'ils correspondent à l'idée que nous nous en faisons. En tant qu'éducatrice de Pauline, il faut que tu sois consciente de ces marques qui distinguent une jeune dame d'une simple femme, ou – elle grimaça –, tant qu'on y est, d'une souillon. Ces distinctions sont aussi importantes qu'elles sont raffinées. Ceux qui ont eu la chance de recevoir une bonne éducation se distinguent par leur *maintien*.

– Leur "maintien", Ma'ame ? » Même si Ruth n'avait aucune idée de ce que cela pouvait être, elle comptait bien obéir à sa maîtresse et faire son maximum pour avoir un *maintien* parfait.

*
* *

Solange était trop perspicace pour ne pas voir ce qui était gros comme une maison. Un important fabricant de coton, cousin au premier degré de Mme Sévier du côté de son père, avait été retrouvé mort dans son bureau. Il s'était donné la mort en absorbant une dose d'excellent et très vieux whisky mélangé à de l'arsenic. Le coton de qualité supérieure rapportait quatre cents la livre – du moins si l'on parvenait à trouver un acheteur. Un ouvrier agricole polyvalent, en bonne santé et obéissant, pouvait se trouver pour quatre cents dollars, la moitié de ce qu'il coûtait l'année précédente. Le front de mer était encombré de balles de coton, comme autant de petits tas de neige en train de fondre, qui avaient été abandonnés là quand les planteurs du haut-pays étaient rentrés chez eux sans rien avoir vendu.

Peut-être parce qu'elle se refusait à penser à ces tas de neige, Solange faisait la lecture à Pauline (qui écoutait chaque fois que sa poupée ou son chaton ne requéraient pas sa pleine et entière attention), ainsi qu'à Ruth, qui était fascinée par les interdictions pleines d'assurance qui rythmaient le petit manuel de savoir-vivre.

« Les dames ne parlent pas d'elles-mêmes. Elles laissent les autres chanter leurs louanges.

— Et si elles ont fait un truc spécial ?

— Tiens, voilà ta réponse : "En se renseignant, les autres peuvent apprendre nos réussites." Pauline, tu dois éviter un certain nombre de tournures populaires. "Vous pouvez compter sur moi" est l'annonce la plus sûre d'une trahison ; "Pour être bref…" est l'assurance que cela va être très, très long ; et "Sans me vanter…" est tout simplement une antiphrase. »

Chaque jour d'hiver où la pluie obligeait Pauline à rester à l'intérieur, Ruth ressortait le manuel de savoir-vivre.

« Si jamais une dame vient à entendre une obscénité, elle doit promptement interrompre le coupable, le réprimander et, s'il ne s'amende pas, la dame est libre de prendre congé, sa dignité intacte. Dans le cas où la dame serait trop jeune, on s'attendra à ce que ce soit son chaperon qui intervienne, surtout si l'obscénité relève plutôt de la simple indélicatesse. »

Et ainsi de suite.

Wesley prenait ses repas en famille et se montrait fort tendre envers Solange et Pauline. Mais, après le dîner, il retournait à son bureau pour y travailler et y dormir, arguant en plaisantant que sa présence « tenait les huissiers à distance ».

Ruth dormait mal. Trop de catastrophes planaient sur la famille, et trop d'esprits cherchaient à se faire entendre.

Comme si le *maintien* pouvait à lui seul augmenter le prix que les usines étaient prêtes à payer pour une livre de coton, Solange continuait avec acharnement son instruction : « La dame doit varier son habillement de peur que les badauds ne s'amusent – si elle porte trop souvent les mêmes habits – à associer les vêtements à la personne. En ce qui concerne l'habillement, la société apprécie la femme qui ne fait pas montre de son empressement à suivre la mode et adopte une mode vestimentaire en même temps que ses supérieures sociales.

– Vous voulez dire qu'elle s'habille exact'ment comme les autres dames ?

– Précisément. L'accoutrement d'une jeune dame doit être modeste dans la forme et les motifs, de peur que ses soupirants, dans le cas contraire, n'en concluent qu'elle aime le luxe. »

Après le dîner, Wesley dit : « Haversham exige le remboursement de ses prêts. Ce n'est pas son idée, on peut porter ça à son crédit. Non, ça vient de Philadelphie. Mais bon, ça reste très embêtant.

– La Banque des États-Unis n'est-elle pas supposée prêter de l'argent ? Pour encourager le commerce, je veux dire ? »

Wesley lui fit un sourire entendu et amer. « Il y a six mois, n'importe quel homme avec deux bras et deux jambes pouvait obtenir un prêt. "Monsieur, est-ce là *tout* ce dont vous avez besoin ?" La bonne réputation et le crédit d'un homme ne signifiaient rien. La banque finançait allégrement des idiots qui cassaient les prix et mettaient en danger les affaires des honnêtes hommes. Aujourd'hui, les banques veulent que ces idiots passent à la caisse. Mais comme ils sont incapables de rembourser, *leur* catastrophe est devenue *notre* catastrophe. »

Le lendemain matin, Solange expliqua à Ruth et à Pauline pourquoi une femme non mariée devait ne point trop manger. « Elle ne doit pas faire montre d'un appétit trop vigoureux.

— Et si elle a faim ?

— Une jeune fille peut avoir des appétits et, en effet, elle en aura forcément. Mais ces appétits ne doivent pas apparaître au grand jour. Les prétendants pensent que les filles respectables n'ont *pas* d'appétit, et il faudrait être bien téméraire pour les détromper. »

Solange illustra son propos en s'appuyant sur la prospérité des O'Hara malgré ces temps difficiles. « La prudence, Ruth, est le plus puissant des outils à la disposition d'une dame. »

Pauline ne prêtait dans l'ensemble que peu d'attention aux leçons de sa mère, mais Ruth était une élève passionnée. Jusque-là, elle avait plus ou moins appris les choses toute seule, et recevoir un enseignement était un plaisir nouveau et délicieux.

*
* *

Wesley ne s'était pas encore rendu à la Maison Rose en cette nouvelle année.

Quand Solange demanda à M. Jameson de tout arrêter, il objecta que la maison serait prête dans une soixantaine de jours maximum.

« Je peux payer votre dernière facture, Monsieur Jameson, mais pas plus. »

Jameson lui expliqua que le réservoir du grenier avait bien été installé, mais qu'il manquait des travaux de plomberie, des balustrades dans l'entrée, des rampes pour le grand escalier circulaire, que rien n'avait été verni, etc. En un mot, la Maison Rose n'était pas du tout prête.

Solange trouva la force de sourire. « Je comprends bien, Monsieur, mais nous n'avons tout simplement plus les moyens de la finir. »

M. Jameson bredouilla avec colère. Il demanda si elle avait seulement pensé aux ouvriers qu'il avait rassemblés, et qui, comme lui, avaient des familles à nourrir.

« Vous pourrez rassembler votre équipe dès que les choses iront mieux. »

Cette grossesse était plus désagréable que la précédente, et, de plus, la pluie confinait souvent Solange à l'intérieur. Un jour couvert, elle passa à la Maison Rose : les ouvriers étaient en train de démonter les échafaudages tandis que Jehu chargeait du bois dans un chariot hors d'usage. Solange se sentit d'un coup si déprimée qu'elle s'effondra sur un baril de clous, luttant pour ne pas s'évanouir.

Quand elle ouvrit les yeux, Jehu se tenait devant elle : « Vous voulez d'l'eau, Ma'ame ? J'peux faire quelqu'chose ?

– Non, non.

– Monsieur Jameson, il vient plus ici. Vous voulez qu'j'aille chercher Maître Wesley ?

– Non, ça va aller. Je suis un peu étourdie, c'est tout. »

Il l'aida à se lever. Son dos la faisait terriblement souffrir. Qu'elle serait contente quand tout cela serait fini !

Jehu s'éclaircit la gorge : « J'voulais just'ment vous parler, Ma'ame. À propos de la p'tite Ruth.

– Pas maintenant, dit Solange, pas maintenant. »

*
* *

Trois jours plus tard, le dimanche matin, au milieu des carillons des cloches d'église, Nehemiah était sur son perron, son chapeau à la main, et arborait une expression qu'elle ne lui avait encore jamais vue. Il était porteur de nouvelles qu'il n'avait aucune envie de délivrer. Après avoir fait son devoir à contrecœur, il raccompagna Solange dans la maison, où elle s'évanouit.

Depuis le chemin qui longeait la manufacture, une douzaine de mètres plus haut, Wesley ressemblait à un merle mort dont les ailes se seraient déployées sur le pavé trempé, un merle qui se serait précipité à travers une vitre et se serait écrasé en contrebas, pour mourir, sur les docks.

« Ça glissait comme pas possible, Ma'ame, dit Nehemiah comme s'il cherchait à excuser la chute de Wesley. Personne arrivait à t'nir debout. Les déchets d'coton mouillé, c'est plus glissant que d'la graisse à essieux. »

Des touffes de coton débordaient du chemin, des escaliers, des gouttières ; il y en avait partout. Le fleuve grondait, fracassant une écume sale sur les docks. Wesley n'avait jamais semblé aussi immobile. Les gens qui l'encerclaient, quant à eux, étaient agités. Mais où donc était passée l'effervescence de Wesley ? Solange se signa. Est-ce que les méthodistes pouvaient aller au paradis ? Elle ne s'était jamais posé la question.

« Comment est-ce arrivé ?

– Personne a rien vu, Ma'ame. »

Un badaud repéra Solange et Nehemiah sur le chemin, et le cercle s'ouvrit pour offrir une meilleure vue à la nouvelle veuve. Solange commença à trembler, et fut reconnaissante quand, sans qu'elle l'eût décidé, le tremblement s'arrêta de lui-même.

« Est-ce que Madame veut… »

Ces escaliers, ces docks ; combien de fois les avait-elle arpentés sans remarquer à quel point les mouettes criaient fort, produisaient un affreux vacarme. Quand Solange lâcha la rampe de l'escalier, sa main lui fit mal.

Les hommes retirèrent leur chapeau et, avec des murmures et des bruissements, reculèrent. Le pauvre cou de Wesley avait adopté un angle peu naturel, et ses cheveux tombaient sur ses yeux. Sa joue baignait dans une flaque de liquide noirâtre.

Après un certain temps, Nehemiah saisit le bras de Solange. Comment Ruth allait-elle prendre la chose ? Et la pauvre Pauline ? Et de qui, désormais, serait-elle la veuve ? Avec désespoir, elle s'accrocha de toutes ses forces au bras réconfortant de Nehemiah.

*
* *

La nouvelle voiture de Pierre déposa Solange, Pauline et Ruth à la chapelle méthodiste. Peut-être sous l'impulsion de Pierre, ils passèrent par Abercorn Street. Devant la porte de la maison de Philippe Robillard, un insigne de crêpe pleurait l'enfant mort-né d'Osa. Il n'y avait pas eu de funérailles catholiques. Certains prétendaient que le bébé avait été enterré selon des rites muscogee.

Pierre avait engagé un fabricant de cercueils et s'employait à distribuer avant le service funèbre des gants noirs en chevreau aux dames et des mouchoirs sombres aux hommes. Les proches du défunt semblaient être des amis de Pierre et des hommes d'affaires que Solange connaissait à peine. Sur leur banc d'église recouvert d'un drap noir, Philippe et Osa se pressaient l'un contre l'autre. Les O'Hara se tenaient debout, tout au fond de l'église.

L'esprit de Solange voletait des fleurs disposées sur l'autel à la chasuble de velours du pasteur, en passant par l'odeur de cire que dégageaient les cierges. Elle était incapable d'imaginer de lendemain. Wesley et Solange : elle ne pouvait plus conjuguer leur verbe « être » au présent. Seulement au passé.

Autour de la tombe, elle donna à Pauline une rose afin qu'elle la dépose sur le cercueil de son père. Ruth glissa quelque chose d'enveloppé dans du tissu bleu parmi les fleurs. Solange jeta un peu de terre poussiéreuse sur le cercueil.

Le ciel avait la couleur de la mousse espagnole.

De retour dans l'attelage de Pierre, la puanteur dégagée par le cuir fraîchement tanné et l'huile de pied de bœuf rendirent Solange malade. Elle ravala sa nausée. Le nœud noir de sa robe de deuil enserrait les rondeurs de son ventre comme des câbles d'acier.

Chez Pierre, les hommes et les femmes qu'elle connaissait caressaient sa main sans vie et lui présentaient leurs condoléances. Pourquoi aurait-elle cru en leur sincérité ? Les gens qu'ils aimaient, eux, étaient bien vivants ! Au moins, les frères O'Hara eurent la décence de ne pas la toucher. « On est bien chagrins d'vot' malheur, Ma'ame. »

Les buveurs burent, et les affamés firent la queue devant le buffet. Philippe était frappé de stupeur : il pleurait encore son enfant mort-né. Deux autres invités portaient également le deuil ; d'autres invités avaient enfilé des brassards noirs, d'autres encore avaient cousu des insignes de deuil au revers de leur veste. Antonia Sévier la prit dans ses bras. Antonia n'avait-elle pas récemment perdu une sœur ? Ceux qui étaient venus honorer la mort de son Wesley semblaient vivre sur un cap qui s'effondrait dans la mer mètre par mètre, être cher après être cher. Le brandy que lui servit Nehemiah avait le goût de l'eau.

Ruth donnait du gâteau à Pauline tout en la protégeant des condoléances démonstratives des adultes qui laissaient systématiquement l'enfant en larmes.

Solange pleurait.

Que devait-elle faire ? Elle avait toujours *fait*. Quelque chose. Elle avait toujours *fait* quelque chose.

Tout était flou. Pourquoi ne parvenait-elle pas à percer ce sale brouillard ?

Elle attrapa le bras de Pierre Robillard : « Pierre, mon cher Pierre. Vous devez absolument m'aider. Je dois vendre l'entreprise. »

Il lui tapota la main. « D'accord, ma chère Solange.

— Je vais bientôt avoir besoin d'argent. Avec la disparition de Wesley...

— Pauvre Wesley. Mon cher, cher ami. » Pierre sanglotait. Il sortit un immense mouchoir de sa pochette et se moucha avec un bruit de trompette. Solange contractait sa main, sa main toute vide.

« Pierre. Vous devez m'aider à vendre l'entreprise de Wesley.

— Oh, ma chère. Ma chère... »

Solange combattit l'impulsion qui la poussait à le réconforter. Pierre était tellement *impuissant*. M. Haversham lui présenta ses condoléances. Sa femme attendait à côté de la porte, prête à partir. Mme Haversham ne portait-elle pas une broche de deuil ? Un cousin qu'elle aimait beaucoup ? Solange croyait se souvenir d'avoir entendu quelque chose comme ça...

Le visage de M. Haversham était grisâtre, et ses joues autrefois magnifiques pendouillaient aujourd'hui comme les babines d'un bouledogue. Ses yeux étaient injectés de sang, d'un rouge si brillant qu'ils devaient être douloureux.

« C'est si gentil de votre part d'être venus », dit Solange.

Quand ils furent partis, Solange demanda à Pierre : « Le cousin de monsieur Haversham ?

– John Whitemore, oui. John avait été l'un des volontaires du général Jackson. Ses blessures au combat...

– Nous sommes tous en deuil. Tous ici... »

Pensée qui donna une nouvelle vigueur aux larmes de Pierre.

« Votre chère Louisa, et votre précieuse Clara. Comme elles doivent vous manquer.

– Oh, oui ! Comme elles me manquent !

– Pierre, je dois vendre notre maison. Je m'installerai dans la Maison Rose.

– *Quoi ?* » Il s'essuya les yeux.

« Je ne peux pas me permettre d'avoir deux maisons.

– Mais, mais votre Maison Rose n'est pas terminée !

– La plomberie ne l'est pas, certes, mais j'ai vécu toute ma vie sans plomberie et je pense pouvoir parfaitement m'en passer.

– Et les chambres ?

– Elles ne sont pas finies. Mais le toit est neuf, et l'extérieur est terminé. Les portes et les fenêtres sont installées. J'ai même un magnifique escalier circulaire en acajou. Enfin, une partie de l'escalier... »

Sur quoi ils consacrèrent tous deux leurs dernières forces à pleurer les êtres aimés et les rêves à jamais réduits en cendres.

*
* *

Tôt le lendemain matin, Nehemiah vint avec des chariots et quelques employés des O'Hara pour déménager les affaires de Solange dans la Maison Rose. Solange, Ruth et Pauline firent route avec le premier chargement. Pauline courut à travers les grandes pièces vides, son chagrin oublié le temps d'un instant.

Les hommes installèrent les canapés et les fauteuils dans le grand salon qui servirait de chambre à Solange. Ruth et Pauline, elles, partageraient la pièce plus petite destinée à l'origine au bureau de Wesley.

« Maître Wesley, il doit bien rigoler maint'nant, à nous voir moi et Pauline là-d'dans !

— Rigoler ? » Solange était indignée. « Qu'est-ce que tu veux dire par là ?

— Oh, bah Maître Wesley aimait bien qu'les choses soient bien séparées. Ses histoires d'bureau restaient à son bureau. Et maint'nant, on va ronfler dans son bureau ! » Ruth gloussa.

« Comment sais-tu ce que Wesley pense – pensait ? »

Ruth se dirigea vers une petite armoire en porcelaine avec une vitre à l'avant que les hommes d'O'Hara portaient avec d'infinies précautions. Elle répondit, distraite : « Oh, bah j'lui parle. J'parle à Maître Augustin aussi. » Aux déménageurs, elle dit : « Attention avec ça ! C'est du verre ! » Ses yeux lançaient des éclairs. « Ils tiennent à vous, savez Ma'ame. Vos deux maris, ils veillent sur vous. »

Solange sentit une étrange luminescence poindre à la lisière de son champ de vision, ainsi que la sensation de paralysie qui annonçait généralement une terrible migraine. Elle ravala de la bile. Plus joyeusement qu'elle ne le pensait, elle lança : « Nous allons être heureuses, ici. Quand j'aurai vendu l'autre maison, nous nous en sortirons très bien. »

Le charme était brisé. Avec sa gaieté habituelle, Ruth répondit : « Sûr, Ma'ame. Vous z'en êtes toujours bien sortie, et z'allez continuer. » Elle agita son index vers les hommes : « Attention. C'est pas à vous, et vous avez pas assez d'argent pour l'rembourser si vous l'cassez. »

*
* *

Les meubles que Solange connaissait si bien étaient disposés n'importe comment dans la plus grande pièce, et ses tapis semblaient former de petites îles au milieu d'un océan de parquet en pin jaune. La pensée « nous aurions été heureux ici » éclata comme une bulle dans son esprit. Elle la chassa et ordonna aux hommes des O'Hara de déplacer son lit à baldaquin (*son* lit, et non *leur* lit) contre un autre mur.

Ruth emmena Pauline faire sa sieste.

Un peu plus tard, alors que Solange était assise sur le lit, ses pensées tournant en boucle, Ruth revint, bouleversée.

« Qu'est-ce qu'il y a encore ?

— Ma'ame, vous d'vez v'nir à la remise à calèches. S'vous plaît, venez, maint'nant.

— Mais…

— Quelqu'un doit vous parler. Il attend dans la r'mise.

— Plus tard, Ruth. J'ai besoin de me reposer. Dis à cette personne, quelle qu'elle soit, de revenir plus tard.

— Il peut pas ! Il s'en va ! »

Solange vit deux Ruth miroiter côte à côte, se séparer complètement puis fusionner à nouveau. Elle eut peur de vomir.

« Très bien. Si c'est si important. Apporte-moi un verre d'eau. »

Ruth obtempéra et Solange se dirigea vers la remise. L'encadrement de la porte — sans porte — semblait agité de pulsations. Les fenêtres sales luisaient d'un éclat malin.

Jehu Glen était en train d'aiguiser ses ciseaux à son établi. *Schlick, schlack, schlick, schlack, schlick, schlack.* Il versa quelques gouttes d'huile sur la pierre.

« Qu'est-ce que vous faites là ? Monsieur Jameson ne vous a-t-il pas payé ? »

Jehu se retourna brusquement, *trop brusquement*, et s'empressa d'ôter son chapeau. « Désolé, Ma'ame, j'vous avais pas entendue entrer. Ces ciseaux sont en acier d'Sheffield, et faut en prendre bien soin. » Il caressa un manche de bois.

Solange avait envie de hurler. Elle lécha ses lèvres sèches. « Vous n'avez plus rien à faire ici.

— C'est vrai, Ma'ame. Je r'viendrai quand vous voudrez finir votre escalier. Manque quinze jours d'boulot, pas plus.

— Pas maintenant.

— Oui, Ma'ame, j'comprends. L'escalier, il est prêt quand vous voulez. Vous m'dites et j'viens.

— Écoutez, Jehu. Je ne me sens pas bien. Vous devez partir. Maintenant.

— Maîtresse Evans, j'peux pas partir tant que j'vous ai pas fait ma proposition. J'ai attendu toute la journée pour ça.

— Votre proposition… elle… elle attendra.

— Non, Ma'ame, j'peux pas attendre plus. J'ai chargé ma charrette, acheté une mule, et j'suis prêt à partir. Depuis hier. »

Solange sentit une sensation de froid gagner ses mains. Ruth avait amené le verre d'eau. Elle leva le verre à ses lèvres et en avala une gorgée.

« J'ai rach'té l'bois qu'Monsieur Jameson voulait plus. Ils paient bien pour l'noyer et l'cerisier, à Charleston. » Jehu hocha la tête, comme s'il était lui-même étonné de ce fait surprenant. « J'ai l'certificat d'la vente juste là. »

Solange reconnut la signature de Jameson sur le papier froissé que Jehu sortit de la poche de sa veste.

« J'suis désolé pour Maître Evans. Il était… » Il chercha ses mots. « C'était un bon gars.

— Oui, c'est vrai. »

Jehu remit son chapeau puis l'ôta immédiatement, comme si sa main l'avait trahi.

Ruth dit : « Jehu… »

Il se racla la gorge.

« J'veux épouser mam'zelle Ruth. »

Solange ferma les yeux, et ne les rouvrit que quand elle commença à chanceler. « Bon, vous voulez "sauter par-dessus le balai". Dans la mesure où Ruth est ma servante et vous un Noir libre, la situation présente des difficultés que nous ne pourrons résoudre que quand vous serez retourné à la ville, n'est-ce pas ?

– J'y retourne pas. » Puis, avec force : « Jusqu'à c'que M'sieur Jameson m'envoie chercher. C't'un magnifique escalier, Ma'ame. Manque juste quinze jours. »

Solange tendit à Ruth son verre vide. « Plus tard. Revenez plus tard.

– On va pas sauter par-d'ssus le balai, Ma'ame. Moi et Ruth, on va s'marier à l'église. Devant toute la société. Jusqu'à c'que la mort nous sépare.

– Cela ne va pas être possible. Ruth est mon... Ruth m'appartient. »

Ses yeux étaient si brûlants, si déterminés ! Le visage de Jehu se brouilla, et sa voix lui parvint comme si Solange se fut retrouvée sous l'eau. « J'suis bon avec mes mains. »

Solange se répéta stupidement : Oh, tu es bon avec tes mains.

« Mais j'suis pas un causeur. »

Solange pensa : en effet.

Il dit : « J'achète Ruth. J'ai de l'argent. »

À son côté, Ruth chuchota : « Vas-y, Jehu, montre donc à Maîtresse ton argent. »

Ruth – sa Ruth – n'était plus qu'une forme, une vague forme noire aux contours mal définis. Solange avait besoin de se reposer dans un endroit sombre et frais. Les fenêtres de la Maison Rose n'avaient pas de rideaux. Il n'existait aucune pièce assez sombre où elle aurait pu s'allonger pendant que Ruth lui épongerait le front avec un linge mouillé. « Demain. J'y réfléchirai demain.

– Ma'ame Evans, toute cette pluie fait monter les eaux du fleuve, et faut qu'j'y aille. J'm'en vais, avec ou sans Ruth.

Ruth, elle a dit que, maint'nant, vous cracheriez pas sur du bon argent. »

L'homme saisit une bourse de cuir attachée à sa ceinture, la posa sur le banc, et compta soigneusement des aigles d'or pour en faire huit piles de cinq, soit quatre cents dollars. Il revérifia une nouvelle fois chacune des piles. « L'année dernière, j'aurai pu vous proposer cinq cents dollars, mais les prix baissent, et quatre cents, c'est plus que correct. Hier soir encore, une fille comme Ruth – en moins charmante, bien sûr – a été achetée trois cents dollars à la Vendue House. Quatre cents, ça m'paraît plus qu'honnête. »

Solange croassa : « Ruth ? »

Ruth serra très fort sa main. « Z'avez été bonne avec moi, Ma'ame. Et vous et Pauline, z'allez m'manquer. J'veux y aller. J'veux être Ma'ame Jehu Glen. »

Solange brailla presque : « Mais qui s'occupera de moi ? »

– 5 –

Celui que vous faites semblant d'être, vous le devenez

Tandis que l'aube dorait les herbes du marais, un Noir efflanqué couleur café et une jeune femme très noire quittaient Savannah par la vieille Route du Roi. La femme était perchée sur une boîte à outils, elle-même posée sur un chariot en mauvais état qui croulait sous les planches de cerisier, de noyer et d'acajou. L'homme guidait une vieille mule qui avait tendance à renâcler.

Ruth s'émerveillait devant les fleurs de printemps, le pépiement des minuscules grenouilles et le coassement des grosses, tous ces oiseaux qui voletaient de-ci de-là, pour de temps en temps descendre en piqué au-dessus de l'avoine ou des massettes. Ruth comprenait ce qu'ils ressentaient, parce que c'était exactement ce qu'elle ressentait elle-même !

La Route du Roi n'était pas particulièrement faite pour un roi ; c'était une piste de sable étroite qui se transformait en planches ou en bûches quand elle croisait de petits cours d'eau. Parfois, Jehu devait faire un ourlet à son pantalon et patauger en tirant la mule qui faisait un boucan de tous les diables.

Ils s'arrêtaient sur l'accotement chaque fois que passaient un chariot, un cavalier, et, une fois, un convoi de vingt-deux esclaves enchaînés les uns aux autres qui suivaient en file indienne le marchand d'esclaves. Ce dernier somnolait sur sa selle, et était guidé par un conducteur, un robuste Nègre qui portait un fouet à longues mèches tressées sur l'épaule. Les Noirs ne virent ni Ruth, ni Jehu, ni les oiseaux des marais, ni les massettes. Ils ne voyaient que la croupe de la monture du marchand d'esclaves ou le dos du Noir les précédant. Leurs pieds bruissaient sur le sable et leurs chaînes cliquetaient. On pouvait également entendre leur respiration lourde et rauque, ainsi que des gémissements.

Ils semblèrent emporter la lumière avec eux, et le regard de Ruth resta fixé droit devant elle pendant un moment. Elle entendait le bruit sourd des sabots de la mule et le grincement irritant d'un essieu mal graissé. Le ciel était devenu gris. Le marais s'étendait à perte de vue, et ces oiseaux si vifs semblaient tuer et dévorer toutes les créatures qu'ils trouvaient. Ruth frémit et resserra les pans de son châle.

Ils continuèrent ainsi jusqu'au crépuscule, puis s'arrêtèrent, partagèrent un quignon de pain et un peu de fromage dur comme de la pierre. Jehu détela et attacha la mule. Ils se couchèrent à l'abri sous le chariot. Jehu était trop fatigué pour parler, et Ruth, elle, bien trop effrayée. Un mot mal placé aurait permis n'importe quoi. N'importe quoi ! Elle se blottit contre le dos de Jehu, cala ses genoux contre ses hanches et s'endormit.

Le lendemain matin, les pèlerins arrivèrent en vue du détroit de Port Royal. Un point éloigné se transforma progressivement en un ferry à la voile triangulaire et jaune. Depuis sa chaise située à la proue, le capitaine du ferry hurlait des ordres à deux Noirs torse nu dont les pantalons déchirés indiquaient leur misère. Le capitaine cracha le mégot de son cigarillo dans l'eau quand le timonier quitta en courant le gouvernail pour assurer l'accostage du ferry au dock flottant.

La capitaine débarqua avec célérité et demanda aux nouveaux venus leurs papiers. « J'ai chopé quatre fuyards l'année dernière. » Il fit courir son doigt le long du certificat d'affranchissement de Jehu. « Cinquante dollars pour un travailleur polyvalent, trente pour un domestique, et vingt pour un petit. Bien sûr, j'ai dû partager avec ce satané chasseur d'esclaves, mais bon, ça reste pas mal d'argent. Personne voulait du plus vieux des marrons, si bien qu'il est crevé chez moi. Les esclaves, faut qu'ils soient prudents quand ils s'enfuient, parce que des fois, après, leur maître il veut plus d'eux. Et toi, gamine, t'es affranchie aussi ? »

Il étudia l'acte de vente de Ruth. « Hum. T'es un maître, toi, maintenant ? Maître Jehu Glen ? » Le capitaine gloussa. « Cette terre est parfaite pour attraper des esclaves marrons. C'est le seul endroit pour traverser le détroit de Port Royal sur une centaine de kilomètres, à moins de savoir nager comme un poisson. » Fier de sa trouvaille, il répéta bêtement : « Comme un *poisson*. »

Le visage de Jehu ne trahissait aucune expression, mais pas une seconde il ne lâcha du regard les mains du capitaine qui tenaient leurs précieux papiers, ces papiers qui disaient qui ils étaient, lui et Ruth, dans ce monde sans pitié. Finalement, le capitaine les enroula grossièrement et les rendit à Jehu, qui les déroula pour les replier soigneusement, avant de les ranger dans son portefeuille de toile cirée. Puis il cala son portefeuille dans la poche intérieure de sa veste en cuir, tout près de son cœur. « Moi et Ma'ame, on doit traverser, Maître. Combien ça coûte ? »

Le capitaine se frotta la mâchoire, considérant la question. « Un dime chacun. Plus vingt-cinq cents pour le chariot et la mule.

— Maître, c'est le salaire d'une demi-journée de travail ! »

L'homme eut un rictus. « C'est comme je vous ai dit. Une centaine de kilomètres avant de trouver un autre passeur. »

Un nuage de poussière qui venait de Savannah révéla un conducteur de bétail roux guidant une vingtaine d'Ayrshires noires et rousses.

Le capitaine salua familièrement le conducteur. « C'est calme, aujourd'hui, Tom. Pas comme l'autre fois.

— Maître…, dit Jehu.

— Je suis à vous dès que j'ai fait traverser le vieux Tom. » Il ricana. « À condition que vous ayez mes quarante-cinq cents !

– Mais j'ai l'argent, Maître, et y a plein d'place… »

Le capitaine gloussa. « Ouais. Mais ces maudites vaches sont délicates, si vous voyez ce que je veux dire. » Il s'esclaffa. Le conducteur roux avait quant à lui l'air plutôt embarrassé.

Les vaches baissèrent la tête, refusant d'avancer sur la planche, mais elles furent bientôt toutes à bord grâce à la diligence du fouet du conducteur.

La voile pivota en crissant, et le plus jeune des deux Noirs détacha l'aussière et trotta jusqu'au gouvernail, où, avec son camarade, il attendit que le courant emporte l'embarcation, la guidant légèrement grâce à la barre.

Alors que le ferry s'éloignait sur le bras de mer, Jehu monta sur le chariot. Ruth lui posa une main sur l'épaule : « Pas maint'nant », lui dit Jehu.

Ils partagèrent un quignon de pain. Firent brouter la mule. Attendirent, tandis que le soleil poursuivait sa course vers Savannah et plongeait lentement vers les marais. Des nuages de moustiques surgirent de nulle part. Ce fut un festin pour les oiseaux.

Une calèche dont le conducteur était habillé de noir apparut au loin. Ruth se dit qu'il devait s'agir d'un homme d'Église. La calèche transportait également une femme. Le conducteur ne parlait pas, et quand la femme parlait, il lui répondait en se penchant pour chuchoter. Finalement, se dit Ruth, ce n'était peut-être pas un pasteur. Peut-être que c'étaient des fuyards ! L'idée la rendit folle de joie. Un fermier misérablement vêtu s'approcha de la calèche, tirant deux porcelets par des cordes. Les deux hommes blancs commencèrent à discuter.

Comme le ferry revenait vers leur rivage, Jehu jeta un rapide coup d'œil alentour afin de repérer d'autres voyageurs susceptibles de leur voler leur place. Il ne dit pas un mot à Ruth. De son côté, Ruth avait effectué exactement la même opération. Elle se tut également. Le capitaine mordit dans les pièces en argent de Jehu avant de les inviter à bord, derrière le pasteur, le fermier et ses petits cochons. La brise était légère, et le bateau dériva un bon moment avant que la voile triangulaire se déploie et se gonfle.

Jehu resta à la poupe, avec les deux Noirs loqueteux. Le vieil homme gloussa à une boutade de Jehu. Le pasteur et la femme parlaient entre eux. Un porcelet laissa échapper un grognement en reniflant. Le jeune Noir barrait pendant que son aîné piquait un roupillon, les bras autour de ses genoux repliés. La rive occidentale s'effila jusqu'à ne plus être qu'une ligne tandis que la rive opposée se faisait plus précise.

Le soleil n'était plus qu'une mince bande jaune à l'horizon quand leur chariot grinça à nouveau sur la terre ferme. « T'es en Caroline, maint'nant, dit Jehu.

– Ça ressemble drôlement à la Géorgie », répondit Ruth. Les mêmes palmiers, les mêmes chênes, le même sol poussiéreux, la même mousse espagnole.

En haut d'une pente douce, ils aperçurent la lueur des bougies percer à travers les fenêtres du Shellpoint Inn.

Le pasteur confia son attelage à un garçon noir et escorta la femme à l'intérieur. Le fermier et ses cochonnets, eux, continuèrent la route cahin-caha. Jehu fit le tour de l'auberge, où le cuistot leur dit qu'ils pouvaient dormir dans la grange pour dix cents, plus cinq cents pour le fourrage. Ils prirent également un bol de jambon et de haricots à deux cents qu'ils placèrent entre eux et partagèrent, une cuillerée chacun. Jehu racla bien le bol pour offrir à Ruth une dernière bouchée. Un faucon descendit en piqué quand le cuistot ouvrit la porte de la cuisine, sans doute dans l'espoir de dérober des restes. Des tintements de casseroles. Des voix provenant de la cuisine.

Jehu détela et attacha la mule à un endroit où elle pouvait manger du foin et boire de l'eau. Une faible lumière perçait par les interstices des planches. La mule enfonça son museau dans son seau d'eau.

Il n'y avait aucun signe visible que des Noirs avaient déjà dormi ici avant, mais ça ne voulait rien dire. Les Noirs ne possédaient rien, et ne pouvaient donc rien laisser derrière eux. Jehu rangea sa boîte à outils et ses outils dans une stalle.

Il posa leur couverture sur du foin qui débordait d'une mangeoire. Il déboutonna sa chemise. Dans la pénombre, sa peau luisait comme de l'acier mouillé.

Jehu regarda Ruth : « T'es à moi maint'nant. J'peux t'faire tout c'que j'veux. »

Son grand sourire la fit frissonner.

Elle dit : « Oh, Maître. Me l'faites pas ! J'ai encore jamais connu d'homme ! »

Elle dit : « Oh non, Maître… » quand ses mains agiles libérèrent sa poitrine.

Elle dit : « Oui, Maître », quand il la pénétra.

*
* *

Charleston faisait penser à Savannah, mais en plus riche, plus occupée et plus noire. La ville s'étendait de part et d'autre de la péninsule où se croisaient la rivière Ashley et la rivière Cooper. Les navires accostaient, levaient l'ancre, hissaient les voiles, enfin faisaient toutes ces manœuvres que sont censés faire les navires. Les maisons de Charleston étaient plus grandes que celles de Savannah, mais, d'un autre côté, à part White Point, Charleston n'avait pas vraiment de places ou de parcs publics dignes de ce nom. Les avenues principales allaient du nord au sud, et White Point, à l'extrémité de la péninsule, était quasiment le seul parc de toute la ville où il y avait davantage de Blancs que de Noirs. Et encore, c'était seulement parce que les Noirs n'avaient en théorie pas le droit d'y aller. Les maîtres blancs de Charleston étaient plus arrogants que ceux de Savannah, et plus prompts à manier la canne ou le fouet.

Les maîtres blancs trop sensibles pouvaient envoyer leurs esclaves désobéissants en maison de correction, pour qu'ils y soient fouettés. Comme cette maison était un ancien entrepôt de sucre, on disait qu'ils allaient « recevoir une petite sucrerie ».

Jehu vendit son bois, son chariot et sa mule et loua un deux pièces situé derrière un entrepôt de riz, sur Anson Street. Dans chaque pièce, une fenêtre sans vitres ni volets laissait passer la brise, et leur toit restait à l'ombre pendant les heures les plus chaudes de la journée. Ruth obligea Jehu à enlever ses chaussures dans la maison, et frotta et récura le parquet jusqu'à ce qu'il soit quasiment blanc et lisse comme du verre. Elle peignit la porte et l'encadrement des fenêtres en bleu pour empêcher les esprits d'entrer, et suspendit de la mousse de chêne, de l'oseille crépue et des pommes de mai pour embaumer l'air (et accessoirement rappeler à Jehu par ces parfums la présence d'une *femme* à ses côtés). Au coucher du soleil, quand la brise se levait depuis le fleuve, ils mangeaient du riz avec des haricots ou des légumes verts frits, parfois avec une tranche de porc salé. Jehu avait l'habitude de prendre un verre de whisky après le repas, seulement un. Ruth, elle, ne buvait pas. C'était le moment rêvé pour discuter, mais ils parlaient finalement assez peu.

Jehu avait du travail par-dessus la tête. Ses escaliers et ses talents d'ébéniste lui avaient valu une belle réputation, même si ses clients continuaient à parler de lui comme de l'« apprenti de l'Anglais ».

Jehu avait consacré la plus grande partie de son capital à acheter Ruth. Parfois, il se demandait s'il n'aurait pas dû en offrir un peu moins.

« Qu'est-c'que j'vaux pour toi ?

– Les quatre cents dollars, ça voulait rien dire. L'argent fait de l'argent, si on s'en sert bien.

– Bah moi, j'ai jamais vu d'l'argent faire quoi qu'ce soit. Regarde, cette pièce de dix cents, là, bah elle fait rien. Allez, *dime*, lève-toi et balaie le sol ? Tu peux pas ? Bon, bah m'est avis qu'c'est moi qui vais d'voir m'y coller.

– Le capital rend un homme libre. Avec assez d'capital, on peut manger d'la viande tous les soirs. C'est l'capital qui nous permet d'vivre ici. »

Elle gloussa et sauta sur ses genoux : « Me v'là ! »

Ruth trouva du travail sur un étal au marché. Elle avait oublié les langues de son enfance, mais était une rude négociatrice.

Quand elle lui remit son maigre salaire, Jehu dit : « On dit qu't'es l'esclave de Jehu, mais en fait, on sait bien qui est l'esclave de qui. Pas vrai, p'tite ? »

La plus grande partie des Noirs libres à la peau claire suivaient le même culte que les Blancs à l'église épiscopalienne de Saint-Philippe. L'initiation à la Brown Society[1] coûtait cinquante dollars, de même que les cotisations. Certains possédaient des esclaves, et quelques mulâtres très riches en possédaient même une douzaine.

Comme la plupart des Noirs, Jehu et Ruth se rendaient à l'église épiscopalienne méthodiste africaine, sur Cow Alley, au nord de la ville. C'était un nouveau bâtiment, très grand, blanchi à la chaux à l'intérieur comme à l'extérieur. Mais malgré la chaux, le bois vert des murs laissait encore suinter de la sève, et personne ne voulait gâcher un bel habit du dimanche en s'appuyant contre une paroi. Les bancs n'avaient pas de dossier, et la chaire n'avait aucun ornement. La porte principale, en revanche, une œuvre de Jehu, était d'un bois de cerisier d'excellente qualité. Le révérend Morris Brown l'ouvrait et la fermait à l'aide d'une grosse clé de fer.

Le révérend Brown, un Noir libre, avait été bottier avant d'entendre l'appel du Seigneur. Puis il était allé vers le nord, à Philadelphie, pour y être instruit et ordonné. L'église de Brown était prospère : elle mariait, enterrait, bénissait, proposait des cours bibliques pour les domestiques incapables de lire le Livre tout seuls et une école du dimanche pour leurs enfants.

Fondée par de célèbres artisans noirs et libres, l'église africaine était la preuve que les Nègres pouvaient progresser dans ce monde et être égaux dans le prochain. Et c'était le seul endroit de tout le bas-pays où les Noirs pouvaient se réunir sans qu'il y ait de Blancs dans les parages. C'était la seule porte qu'ils pouvaient verrouiller. La Brown Society et l'église

---

1. Créée en 1790 à Charleston par cinq Noirs libres, la Brown Fellowship Society avait pour but de former une élite mulâtre, à l'instar de l'aristocratie blanche.

de Cow Alley étaient les deux pôles de la société noire, dans une ville portuaire qui comptait pas moins de vingt-trois mille Noirs.

L'amie que Ruth avait rencontrée à l'église, Pearl, plaisanta : « T'as tout c'que t'es censée avoir, et une grosse partie de c'que j'suis censée avoir aussi. » Il y avait une certaine vérité dans cette plaisanterie. Le petit visage de Pearl était caché par un mouchoir. Née sur la plantation Ravanel, elle était plate et efflanquée comme un garçon. « À l'époque, on plantait d'l'indigo. Avant l'riz, tu sais. » Fille de domestique, elle était à son tour devenue domestique. « M'dame Ravanel, elle aime pas la ville. Mais l'colonel Ravanel, si. Alors on va quand même en ville. L'colonel Ravanel, il est connu pour ses ch'vaux ! »

Mme Ravanel avait besoin d'une mama pour sa petite Penny, mais ne voulait pas en acheter une. « Et si la mama est pas bien ? C'est pas comme si y avait tous les jours des bonnes mamas sur l'marché aux esclaves ! Et si Maîtresse, elle achète une mama et la mama elle dit qu'elle peut tout faire, mais en fait elle sait rien faire, elle fait quoi Maîtresse ? Elle va la vendre, et en attendant, on fait quoi d'Miss Penny ?

– Pourquoi tu fais pas la mama ?

– Parc'que j'aime pas les enfants. C'est que des problèmes !

– Et pourquoi qu'tu m'racontes tout ça ?

– Parc'que M'dame Ravanel, elle veut engager une mama. Elle veut pouvoir renvoyer une mama si elle est pas bien, et pas avoir à la revendre et tout. T'étais pas mama, toi, avant ? »

Ruth rit. « Si. J'étais Mama Ruth avant d'être Ma'ame Glen.

– T'es point encore Ma'ame Glen. » Pearl gloussa. « Vous vivez dans l'péché.

– Pour l'instant, rectifia Ruth, pour l'instant. »

Frances Ravanel engagea Ruth sur la recommandation de Pearl. Penelope (Penny) Ravanel avait deux ans et était « difficile ». « Vous et moi, on est pas si différentes, ma chérie. On écoute personne à part nous-mêmes », expliqua-t-elle à l'enfant. Ce qui, si ce n'était à strictement parler pas tout à fait exact concernant Ruth, s'appliquait en tout cas parfaitement à Mlle Penny.

Jehu n'était pas du tout content du nouvel emploi de Ruth : « T'es à nouveau domestique !

– Tu fais deux dollars par jour de travail. Moi, M'dame Ravanel m'paie cinquante cents. On continue à manger comme avant, on paie le loyer, et on s'achète pas d'whisky ou d'tabac. » Elle fit une pause.

« Continue.

– On peut vivre sur mon salaire, et le tien, ce sera du capital.

– Et pour l'église ?

– J'pensais, cinq cents pour la collecte du dimanche.

– J'vais y réfléchir. »

Ruth savait parfaitement comment l'aider à réfléchir plus vite.

Le colonel Ravanel avait combattu sous les ordres d'Andrew Jackson à la bataille de Horseshoe Bend et, même s'il n'était pas particulièrement modeste, il ne se vantait jamais de ses prouesses. La plupart des planteurs du bas-pays avaient échappé à la guerre : Jack Ravanel était l'un des rares héros du bas-pays, et on l'avait poussé à se présenter à la législature.

Il avait écarté l'idée en riant : « Je vous assure, vous ne voulez pas d'un sénateur s'y connaissant aussi bien en chevaux. Il risquerait de partir au galop. »

Quand le gouverneur Bennet lui-même insista pour qu'il se présente, Jack lui répondit : « On a massacré ces Indiens comme des porcs dans un abattoir, et c'est tout. Je ne vois pas trop en quoi cela me qualifierait pour faire des lois. »

Comme la femme de Jack, Frances, savait tempérer les humeurs et la langue acérée du colonel, James Petigru dit : « C'est bien dommage que Frances ne puisse pas se présenter à la législature à la place de Jack. » La remarque eut beaucoup de succès.

Le refus de Jack et son mépris affiché pour l'« abattoir » érodèrent l'enthousiasme qu'avait suscité son héroïsme, et plus jamais on ne lui demanda de se présenter à une élection.

Jack s'en fichait comme d'une guigne. Il n'était heureux que quand il montait, dressait, pariait, participait à une course ou achetait un cheval. Certains disaient même : « Jack Ravanel n'a jamais aimé qu'un seul humain. Sa femme. » Et ajoutaient : « Il a de la chance que ce soit Frances. »

Frances était l'une de ces femmes qui pouvaient passer de la plus grande dignité à son absence absolue aussi aisément qu'elle changeait de chapeau. Son maintien parfait à l'église Saint-Philippe ou sur la promenade de Bay Street disparaissait à la seconde où elle éclatait d'un grand rire enfantin après l'une des blagues tendres et grossières de son mari. Elle autorisait également Jack à la caresser discrètement quand elle pensait que les domestiques ne regardaient pas.

Après avoir servi à Jehu ses deux œufs, ses flocons d'avoine et un quignon de pain de la veille, Ruth se rendait à la maison des Ravanel pour habiller et nourrir la petite mademoiselle Penny. À midi, quand l'enfant faisait la sieste, Ruth apportait à Jehu son déjeuner. Au milieu des douces odeurs des copeaux de bois et de celle plus piquante de la colle, Jehu mangeait son fromage et sa pomme, et Ruth rendait grâce à Dieu de l'avoir autant bénie.

Un jour, alors que Jehu essuyait sa bouche et ramassait ses outils, Ruth lui annonça qu'elle voulait être une femme mariée quand le bébé arriverait.

« Pourquoi... Je... Un bébé ? » Il aida Ruth à se relever et la serra dans ses bras, en faisant bien attention à ne pas écraser son ventre glorieux.

Jehu demanda à Denmark Vesey de célébrer leur mariage.

Des décennies plus tôt, Denmark avait été le mousse du capitaine Vesey (et certains murmuraient que le charmant jeune homme faisait bien plus que cela), avant que le capitaine ne le vende à un planteur de Saint-Domingue. À peine arrivé à la plantation, le jeune homme eut une crise d'épilepsie : il se débattit, délira, bava, cracha et mordit avec tant de force que le planteur, dégoûté, se dépêcha de le renvoyer sur le navire – contre remboursement, bien entendu.

En dépit de cet interlude malheureux, le garçon parvint à regagner la confiance du capitaine. Il apprit à lire et devint son secrétaire. Quand le capitaine renonça à la mer pour ouvrir un magasin d'accastillage sur East Bay, Denmark accomplit les charges qui étaient habituellement dévolues à un responsable blanc. « 1884, s'enthousiasmait Jehu. 1884, c'est le numéro de loterie que Dieu a soufflé à Denmark de jouer. P'tite, t'sais combien il a gagné ? »

Ruth, qui connaissait par cœur l'histoire, demanda docilement : « Combien il a gagné ?

— Mille cinq cents dollars.

— Tant qu'ça ?

— Denmark, il a racheté sa liberté. Personne l'a affranchi. Il a réussi à s'rendre libre tout seul.

— Et la femme d'Vesey, Susan, elle est libre ? Et ses enfants ?

— Denmark, il pourrait vivre n'importe où. N'importe où dans l'monde. Il pourrait aller au Liberia, ou à Haïti, ou même au Canada. Il pourrait quitter l'bas-pays et s'tailler à Philadelphie. Y a pas d'esclaves, à c'qu'il paraît, à Philadelphie.

— Et sa femme et ses enfants, ils iraient avec lui ?

— Non, ils iraient pas. Denmark, il y va pas parc'qu'il *veut* pas, alors qu'les autres, c'est parc'qu'ils *peuvent* pas. »

Le charpentier de soixante ans, très grand et très noir, enseignait la Bible chez lui les mardis et vendredis soir.

Le révérend Morris Brown, le pasteur *ordonné* de l'église de Cow Alley, était mulâtre comme Jehu. Brown avait un crâne brillant et dégarni, et seuls quelques cheveux épars voletaient à l'arrière de sa tête, même quand il n'y avait pas de vent. Brown était légèrement sourd et, parfois, on savait en dépit de ses hochements de tête polis qu'il ne comprenait rien à la conversation. Le doux regard chrétien de Brown se concentrait sur le Nouveau Testament, plein d'amour, tandis que sa contrepartie officieuse, Vesey, lui préférait l'Ancien, plus dur et plus violent.

Les maîtres, même les plus conservateurs – ceux qui se méfiaient de *toute* réunion de Nègres –, n'avaient pas peur de

Brown et, en tant que chrétiens, avaient bon espoir de retrouver le pasteur au paradis, où ils ne doutaient pas une seconde d'aller.

Le révérend Brown, rayonnant, maria M. et Mme Jehu Glen devant sa congrégation et demanda humblement à Dieu de bénir leur union. Ruth n'avait jamais pensé être un jour aussi heureuse. Elle avait l'impression d'être légère comme une plume.

Ruth portait une robe fourreau bleue suffisamment ample pour que son ventre ne soit pas marié avant elle. Jehu, lui, faisait très « maître constructeur d'escaliers » dans la redingote que lui avait donnée le colonel Jack et le chapeau haut de forme qui semblait avoir été mâchouillé par un cheval – ce qui était le cas. Avec les quelques pièces que lui avait données Mme Ravanel en guise de cadeau de mariage, Ruth avait acheté à Jehu une cravate blanche en lin.

Pearl se tenait à côté de Ruth devant l'autel. Elle tenait fort dans ses mains l'alliance que Jehu avait forgée à partir d'une pièce espagnole en argent. Denmark Vesey écrasait Jehu de toute sa taille de géant. Après que Pearl eut donné l'alliance à Jehu et que Jehu l'eut passée au doigt de Ruth (elle était si lourde !), le pasteur Brown dit qu'ils étaient mariés, et que Jehu pouvait l'embrasser, ce qu'il fit pendant que Denmark Vesey disait : « Ils sont mari et femme. Ils sont unis, et Dieu veut qu'ils restent unis. Personne, qu'ce soit un Noir, un Noir libre ou un maître, peut plus les séparer. »

Le pasteur Brown n'était pas le seul homme à avoir l'air d'un nain à côté de Denmark Vesey. Ses rares cheveux gris étaient coupés court, mais sa taille et sa grande barbe grise évoquaient Abraham ou le roi Saül, ou un autre chef biblique. Quand Vesey s'approchait, certains Blancs préféraient traverser la rue plutôt que de le croiser.

Tandis que M. et Mme Glen traversaient la travée centrale de l'église, Gullah Jack, le sorcier vaudou, battait des mains et dansait autour d'eux en criant : « Dieu les a unis ! Les esprits ont béni leur union ! Les esprits débordent d'amour ! »

Le couple s'arrêta pendant que Gullah Jack secouait sa calebasse. Il la secoua devant Ruth, les yeux exorbités : « Qui es-tu, femme ? À qui appartiens-tu ? »

Ruth s'accrocha au bras de Jehu. « J'suis à lui. T'as pas entendu ? »

Et, comme si Ruth avait répondu à une question qu'il n'avait pas posée, Gullah Jack continua à la fixer du regard jusqu'à ce que l'assemblée soit mal à l'aise et que le pasteur Brown hurle : « Jack ! Ça suffit maintenant ! »

Jack aboya : « Femme, tu sais très bien d'quoi j'parle. Toi et les esprits, vous savez. » Puis il fit volte-face.

Jehu serra la main de Ruth. Il voulait la ramener à la maison.

Vesey murmura pour eux seuls : « Gullah Jack, il a p'têt du pouvoir, mais il a pas d'sens commun. »

Les jeunes mariés sourirent. Vesey donna une petite tape sur l'épaule de Jehu et lui confia, assez fort pour que toute la congrégation entende : « Ruth, tu t'es trouvé un sacré gars. Jehu, il est assez marron pour la Brown Society, mais il est aussi noir qu'moi. »

Il parcourut l'assemblée du regard. « Les Marrons, ils ont bien trop à perdre. »

Ruth répliqua : « Denmark, pourquoi qu'tu continues là-d'ssus le jour d'*mon* mariage ? »

Il rit d'un énorme rire de géant, mais n'abandonna pas pour autant. « Les Marrons, ils espèrent devenir des Blancs. Ils mettent des habits d'Blancs, font des affaires d'Blancs et vont à l'église Saint-Philippe avec les Blancs. Ils sont là-bas dans leurs mansardes – comme tous les Noirs –, et ils s'figurent qu'ils valent mieux qu'nous ! Ils sont pas contre s'marier et clament partout leur amour d'Jésus. Mais ils sont pas non plus contre l'fait d'posséder quelques Noirs ! Des Noirs noirs, bien sûr, pas des Marrons ! Les Marrons, ils vont pâlir jusqu'à c'qu'un jour, ils soient blancs comme la neige ! »

Jehu buvait les paroles de Vesey, et Ruth dut lui envoyer une bonne bourrade dans les côtes pour lui rappeler la raison de leur présence. Du coin de l'œil, elle vit le pasteur Brown partir, presque en catimini.

Elle s'écarta de son mari et de ses amis pour retrouver Pearl qui la prit avec précaution dans ses bras et lui dit qu'elle était la plus belle mariée qu'elle ait jamais vue. Ruth sourit. Elle savait que c'était vrai.

Pearl présenta Ruth à Thomas Bonneau. Son visage et ses mains semblaient avoir été endurcis par le sel de mer et les intempéries. Son sourire était rayonnant.

« J't'ai d'jà vu au marché. T'es l'pêcheur.

— J'pêche des huîtres, surtout, mais j'sais aussi où aiment s'cacher les poissons plats. J'te connais aussi. Faut dire, c'est dur d'louper une fille comme toi.

— Thomas ! l'avertit Pearl en gloussant. Il dit qu'il est sauvage, mais en fait, il est tout à fait apprivoisé.

— T'es la seule à m'avoir jamais apprivoisée », témoigna Thomas.

Pearl dit : « Regarde-toi : "Ma'ame Glen". Voilà c'que t'es, maint'nant.

— Ça fait bien longtemps que j'suis Ruth. Et j'me souviens plus de c'que j'étais avant. »

De fins nuages décoraient le ciel indifférent au-dessus des Noirs qui se désaltéraient dans la cour jouxtant l'église de Cow Alley. M. et Mme Glen s'assirent sur le perron, à côté de Pearl et de Thomas Bonneau.

« Jehu, chuchota Ruth. J'me sens si *importante*. Comme une reine, ou un truc comme ça. »

« Thomas, tu m'présentes pas ? »

Le garçon effronté qui venait de prendre la parole devait avoir un ou deux ans de moins que Ruth. Il était mulâtre et magnifique.

« Voici Hercules. Il s'imagine qu'il est cavalier.

— Il s'imagine, m'sieur le pêcheur ? » Un haussement de sourcils incrédule et un sourire discret. « Un jour, j'gagnerai la mise au Jockey Club, j'vous en fiche mon billet.

— Et moi, j'parie que j'connais un Nègre qui pense un peu trop d'bien d'lui-même.

— Bah oui, mais bon j'ai raison. P'tite, maint'nant qu'on a été correct'ment présentés, j'te propose d'quitter c'pauvre charpentier qu't'as épousé et d'venir avec moi. On ira la chercher la fortune au Nord. T'en dis quoi ? »

Ruth ne put s'empêcher de sourire : « J'me suis mariée *aujourd'hui* ! Tu crois pas qu'j'devrais rester un p'tit peu ?

— Je t'accorde une semaine. » Hercules leva un doigt en l'air. « Et pis j'viendrai t'chercher. »

Des Noirs dans leurs plus beaux habits du dimanche, parfaitement repassés, félicitèrent le jeune couple de fonder une famille *chrétienne*. Ils priaient pour que le couple ait de la chance, et que leurs enfants survivent, ne soient pas vendus, et soient en mesure d'être leur bâton de vieillesse. C'était là — avec leur connaissance et leur innocence — tout ce qu'ils souhaitèrent à Jehu et Ruth Glen. Ils priaient le bon Dieu qu'Il leur soit favorable.

*
* *

Parfois, des policiers en faction s'installaient derrière l'église de Cow Alley pour écouter, pendant que le révérend Brown prêchait l'amour de Jésus, les vertus de la patience et la vie éternelle qui nous attendait. Mais jamais, au grand jamais, un Blanc ne venait aux cours bibliques de Denmark Vesey.

Trois semaines après le mariage de Jehu et Ruth, Pearl suivait son amie à l'extérieur de la maison de Denmark Vesey, sur Bull Street. Ruth s'éventait : « Est-ce qu'il fait toujours aussi chaud à Charleston ? J'pourrai couper c't'air au couteau.

— Ma chérie, il fait pas chaud. C'est toi.

— Hum. Si j'étais pas… Oh, fait même trop chaud pour qu'je réfléchisse !

— Il faisait chaud, d'dans.

— Il fait que prêcher à propos d'Moïse. Moïse ! Moïse ! Moïse ! Oh, Seigneur, j'aimerais tellement savoir lire toute seule ! Qu'est-ce que c'vieux Moïse il a affaire avec les Noirs, d'toute façon ? Les catholiques, ils ont Marie et les saints pour veiller sur eux, et les vaudous, ils ont les esprits, mais non, nous, c'est Moïse, Moïse partout, tout le temps !

– Denmark, c'est un bon prêcheur.

– Ouais, c'est vrai. Mais des fois, j'me demande pourquoi qu'il achète pas sa femme pour emmener sa famille dans l'nord. Pourquoi il pense jamais à ça ? On dirait qu'il pense qu'à Moïse, et pis c'est tout ! »

Pearl changea de sujet : « Il est prévu pour quand l'bébé ?

– Bientôt. Elle a envie de sortir ! Quand tu t'marieras !

– Elle ?

– Elle. Quand est-ce que tu t'maries avec Thomas ?

– Dès qu'il a assez économisé pour m'racheter. Maîtresse Ravanel, elle veut bien m'laisser partir pour deux cents dollars.

– Deux cents dollars ?

– Elle dit, elle m'affranchirait bien gratuitement, mais l'colonel Jack, son riz a été mal vanné et il l'a mal vendu, et il est parti s'acheter un nouveau ch'val, très rapide, qui coûte beaucoup d'argent. Alors…

– M'dame Ravanel, elle a une bonne nature.

– L'colonel aussi il est pas mal. À part quand il boit. Quand Maîtresse, elle est pas à la maison, et qu'colonel Jack il commence à boire, j'dois mettre une chaise d'vant ma porte pour la bloquer. Et j'dois sourire quand, après, M'dame Frances elle revient. C'est un grand héros d'guerre, et tout, colonel d'infanterie, et elle le tient dans l'creux d'sa main. Avec elle, on dirait un p'tit garçon. Allez, on rentre ! Le vieux Moïse, il nous f'ra pas d'mal. Il est mort depuis longtemps.

– J'commence à réfléchir à ces Égyptiens. Ils étaient pas si différents du peuple d'Moïse, j'crois. Même qu'certains ils avaient couché avec des femmes d'Moïse, ou qu'des Israélites ils avaient couché avec des femmes de Pharaon. Mais Dieu, il avait "endurci le cœur d'Pharaon", alors Pharaon, il a pas voulu laisser l'peuple de Moïse partir. Il pouvait pas, parc'que Dieu, Il voulait pas ! Dieu avait endurci l'cœur de Pharaon, et après, Dieu Il a envoyé les sauterelles et la peste et puis Il a tué tous les premiers-nés des Égyptiens et même le propre fils d'Pharaon. Alors Pharaon, il a laissé Moïse partir. Pharaon il était content d'être débarrassé d'eux. Mais Dieu, Il a *de nouveau* endurci l'cœur d'Pharaon, et lui il a envoyé ses soldats les chasser. Ils ont galopé comme des fous, et ils sont arrivés à la mer qu'Moïse avait coupée en deux. Un mur d'eau d'chaque côté. Le général, il a crié "En avant !" et les soldats, bah ils devaient obéir, alors ils ont galopé entre les deux murs d'eau, même si leurs chevaux, ils avaient très peur. J'imagine que j'devrais être bien contente qu'les Israélites ils soient arrivés sains et saufs d'l'autre côté d'la mer, mais, des fois, Pearl, bah j'ai l'impression que j'suis comme les Égyptiens. Comme eux, avec des grands murs d'eau autour d'moi qui vont m'écrabouiller.

— T'as peur d'avoir un bébé, c'est tout.

— Ouais. J'ai jamais eu d'bébé avant. »

— Moi non plus. Mais si les femmes elles avaient jamais eu d'bébés, bah toi et moi on s'rait pas là à respirer c't'air à couper au couteau. »

Ruth pouffa de rire. Elles retournèrent à leurs cours bibliques, à Denmark Vesey et à Moïse.

*
* *

Contrairement à la majorité de l'élite de Charleston, les Ravanel passaient tout l'été dans cette ville, malgré la chaleur étouffante. Simple précaution que dictait le bon sens, Jack ne se rendait pas à sa plantation de nuit : tout le monde savait que la fièvre jaune tuait la nuit.

La maison de ville des Ravanel abritait un cuisinier, mais pas de majordome ni de cocher, et la jeune amie de Frances, Eleanor Baldwin Puryear, pressa Mme Ravanel d'acheter davantage de domestiques. « Mais enfin, lui dit-elle, comment peux-tu sinon *jamais* trouver le temps de t'amuser ? »

La jeune Mme Puryear était convaincue que l'immense richesse dont elle avait hérité n'était pas le signe d'une faveur du Créateur, mais plutôt la preuve qu'Il l'appréciait à sa juste valeur.

« S'amuser ? soupira Frances. Nous nous amusons au Jockey Club le dimanche plus souvent que je le voudrais. Ma chère Eleanor, un cheval rapide coûte bien plus que le jockey qui le monte. »

Le mari d'Eleanor, Cathecarte, écrivait de la poésie, et le *Charleston Courier* avait publié plusieurs de ses odes dédiées à sa femme (habilement déguisée en déesse gréco-romaine). Ces poèmes faisaient rougir Eleanor, et elle pouvait « à peine y jeter un coup d'œil », même si, bien sûr, elle pouvait tous les réciter par cœur.

Cathecarte portait parfois une cravate d'un violet éclatant, et était extrêmement fier de la tenue militaire des Rangers de Charleston qu'il portait à toutes les réunions sociales et qu'il avait fait faire sur mesure. Mme Puryear – même si elle n'avait pas encore d'enfants – avait un certain nombre d'opinions sur la manière dont il convenait de les élever, qu'elle partagea gracieusement avec Ruth quand cette dernière fut conviée avec Mlle Penny dans le salon pour distraire les amies de Mme Ravanel. Ruth hochait la tête et souriait : « Oui, Maîtresse Puryear. »

Après une péroraison particulièrement virulente, Mlle Eleanor finit par partir, malgré les simagrées de Frances : « Chère Eleanor, vous n'allez tout de même pas nous priver si tôt de votre compagnie ? » Dès que Frances eut fermé la porte derrière son amie, elle s'effondra contre cette dernière et soupira : « Je dois absolument m'en souvenir : Eleanor ne nous veut que du bien... »

Ruth ne put s'empêcher de glousser, rire qui contamina Penny et sa mère, jusqu'à en avoir mal aux côtes.

En janvier, après la vente de la récolte de riz, quand les Nègres de la plantation eurent reçu les vêtements qui leur étaient alloués pour l'année et bien profité des longues festivités de Noël, leurs maîtres revinrent en ville pour jouir de la saison sociale la plus gaie d'Amérique. Les bals du Jockey

Club et de la Saint Cecilia Society entraient en concurrence avec les réceptions du gratin, parfois deux ou trois par soir. Les ragots et les intrigues allaient bon train, les rivalités se ravivaient, le whisky coulait à flots, et l'orgueil des habitants du bas-pays était encore plus à fleur de peau que d'habitude, d'où une profusion de duels et d'affaires d'honneur. Les chevaux couraient tous les jours sauf le dimanche, et l'on pariait bien souvent des mises folles.

Jehu rongeait son frein. Ceux qui pouvaient se permettre ses services étaient occupés à faire la fête. Leurs maisons bruissaient d'allées et venues, et personne ne semblait apprécier de voir les festivités perturbées par un artisan. Au prix d'un peu de dignité, Jehu trouva du travail à la journée, avec un salaire correspondant à celui d'un esclave « loué », soit cinquante cents par jour pour décharger du bois sur les docks de l'Ashley.

Middleton Butler, planteur d'indigo de son état et fervent patriote de la guerre d'Indépendance, affaibli, quittait rarement sa maison de King Street. Fin février, quand les planteurs regagnèrent leur plantation pour les semailles du printemps, il embaucha Jehu pour remplacer ses cimaises et ses boiseries.

Ruth était si lourde qu'apporter le panier-repas de Jehu était devenu un travail épuisant, et Frances Ravanel suggéra que Jehu emporte tout seul son déjeuner, au moins jusqu'à la naissance de l'enfant.

« Mais, Ma'ame, j'aime le regarder manger. »

Un samedi soir, alors que Jehu venait de rentrer et que Ruth préparait pour le lendemain leurs habits du dimanche, elle se voûta et gémit : « Le bébé arrive ! »

Jehu pensait aux pasteurs de Philadelphie qui étaient spécialement venus pour parler dans l'église de Cow Alley ce soir-là. Il cligna des yeux, bouche bée. Ruth était trempée, comme si elle s'était fait pipi dessus. « Oh », dit Jehu. Il courut dans la rue pour trouver un fiacre et, quelques longues minutes plus tard, Jehu Glen cognait furieusement contre la porte de la cuisine des Ravanel. Un volet s'ouvrit au-dessus de sa tête, et le petit visage de Pearl apparut. Quand elle vit Jehu, elle battit des mains et dévala l'escalier. Jehu porta Ruth à l'étage, sur le lit de Pearl.

« Pose donc un linge avant qu'j'm'allonge, chuchota Ruth. J'fuis.

— Te tracasse pas, chérie, dit Pearl, on a du savon. »

Maîtresse Frances envoya Jehu quérir Dolly, une sage-femme (et, d'après certains, une prêtresse vaudou) chez Butler. Dans le fiacre, Jehu l'assaillit de questions, mais Dolly, cassante, ne daigna pas répondre à une seule d'entre elles.

La petite chambre de Pearl était remplie de femmes qui traitaient le maître constructeur d'escaliers comme s'il n'était qu'un meuble encombrant qu'il fallait éviter.

« Pourquoi qu'tu restes là ? demanda Pearl. Tu veux vraiment être dans nos pattes quand ta femme hurlera ?

— Jehu, ordonna Ruth, va à l'office religieux. T'avais envie. C'est bon. Miss Frances, Pearl et Dotty vont bien s'occuper de moi. »

Si Jehu avait sincèrement envie de rester, force est d'admettre que quand il quitta cette pièce pleine de femmes, il se sentit de nouveau libre.

*
* *

Les joues et le front de Ruth luisaient de transpiration. Dolly approcha sa bouche de son oreille : « Tu vois des choses, non ?

— Des fois, hoqueta-t-elle.

— Moi, des fois, j'en vois aussi. L'bébé va bien.

— J'vous crois. Mais j'ai peur.

— Bien sûr qu't'as peur. Tout l'monde a peur. »

Toutes les femmes priaient, même si Frances Ravanel n'était pas certaine de prier la même divinité que ces femmes noires. Elles attendirent. Maîtresse Ravanel avait amené sa boîte à ouvrage, et Pearl observait le moindre mouvement de la minuscule aiguille. Elle souhaita avoir des doigts moins épais, et dit que seules les dames blanches avaient des mains assez fines pour faire de bons points de croix. Maîtresse Ravanel se contenta de sourire.

Comme une lumière grise et rasante – celle qui annonçait l'aurore – s'infiltrait par la petite fenêtre, elles entreprirent de laver Ruth, d'enduire d'huile son ventre et sa poitrine douloureuse, et de la couvrir d'un drap de lin rapiécé mais propre. Elles discutaient principalement des fruits et légumes de saison, de leur variété, des conditions nécessaires à leur production, ainsi que des différents poissons que l'on pouvait acheter sur le marché. Toutefois, elles déviaient parfois de ces sujets innocents, et Pearl, qui pouvait être fort indélicate, mentionna le terrible accident qui avait eu lieu « pile sur Meeting Street, si tard la nuit d'samedi qu'c'était plus l'samedi, mais plutôt l'matin du jour du Seigneur », quand le jeune et complètement ivre Maître William Bee avait piétiné avec son cheval son domestique Hector.

« Une terrible tragédie. » Mme Ravanel rangea l'incident dans la catégorie « voies impénétrables du Seigneur » un peu trop rapidement au goût de Pearl. Pearl avait des idées arrêtées sur ce genre de question, qu'elle avait souvent bien du mal à garder pour elle.

Elles redressèrent Ruth afin qu'elle utilise le pot de chambre, suite à quoi Pearl l'emporta pour le vider dans la fosse d'aisance dans la cour. Frances Ravanel lisait à haute voix des psaumes réconfortants, et Dolly récitait ceux dont elle se souvenait par cœur. La lumière se faisait plus forte, et elles entendirent la cuisinière[1] s'activer ainsi que le bruit caractéristique d'un feu de cheminée qu'on allume. Pearl alla chercher du thé. Le couvercle de la théière était cassé, et le liquide coulait à côté des tasses. Mme Ravanel eut droit au *mug* avec une anse.

---

1. Toutes les esclaves louées par leur maître pour être cuisinière étaient nommées « Cook » (comme on appelait « Marie » les femmes de chambre en France jusqu'il y a peu de temps). Pour éviter d'introduire des confusions, toutefois, nous avons choisi de traduire ce prénom générique par « cuisinière ».

Quand la poitrine de Ruth devint toute dure, chaude et douloureuse, Dolly tira son lait dans un bol. Elles nettoyèrent son visage et la soutinrent pour qu'elle puisse boire un peu d'eau. Elles lui mirent une sangle de cuir dans la bouche, afin qu'elle la mordît quand la douleur se faisait trop vive. Ruth baignait dans sa transpiration. Quand la tête du bébé émergea, Dolly tira doucement jusqu'à pouvoir glisser son doigt sous son aisselle. Alors le bébé sortit d'un coup. Pearl avait les yeux grands ouverts. Dolly nettoya la bouche minuscule et essuya le petit nez. Le torse barbouillé de rouge se gonfla comme un ballon pour expirer un « Ouiiinnn » colérique. Toutes trouvèrent ce son magnifique. Dolly coupa le cordon et l'emballa dans un bout de coton bleu, tandis que Maîtresse Ravanel tapotait un linge humide sur le visage rouge et perplexe du bébé. Bébé agita ses petits poings et les frotta contre son visage. Dolly la plaça contre les seins de Ruth et glissa le téton de cette dernière dans la bouche du nourrisson. L'enfant connut alors un choc presque aussi puissant que sa première bouffée d'air : sa première tétée.

Pearl, Dolly et Maîtresse Ravanel souriaient comme des simples d'esprit. Le sourire de Ruth, lui, était las et paisible. « J'ai un nom, dit-elle. Elle s'appellera Martine. Bébé Martine. »

Le soleil était déjà haut dans le ciel quand Pearl et Maîtresse Ravanel sortirent dans la cour, où la blanchisseuse remuait le contenu bouillonnant d'un chaudron et où un garçon d'écurie réprimandait un cheval qu'il était en train de nourrir. Pearl leva ses bras maigres au-dessus de sa tête et s'étira.

« Le colonel devrait rentrer demain, annonça Maîtresse Ravanel. Nous serons peut-être les heureux propriétaires d'un ou deux nouveaux chevaux. » Elle pencha la tête de côté, fit craquer les os de son cou, puis les articulations de ses doigts. « Penny va se demander où je peux bien être. Pearl, s'il te plaît, va chercher le mari de Ruth. Quand Dolly sera rentrée chez elle, vous pourrez vous occuper de Ruth, toi et lui. Quand tu auras un moment aujourd'hui, pense à changer mes draps.

– Oui, Maîtresse. »

Frances Ravanel s'étreignit elle-même. « Ah, la bonté de Dieu.

– Oui, Maîtresse. »

Après que sa maîtresse fut partie, Pearl prêta l'oreille pour entendre les pleurs de Martine, mais le bébé resta silencieux. L'excitation de Pearl prit le dessus sur sa fatigue. Elle avait tellement hâte d'annoncer la bonne nouvelle à Jehu ! Ce dimanche matin doux et calme, il y avait très peu de Noirs dans les rues, et ils semblaient tous aux aguets : Pearl devint elle-même prudente. Elle aborda une femme qu'elle connaissait. « J'ai fait naître un bébé toute la nuit. Qu'est-ce qui s'passe ? »

D'une voix étouffée et rapide, la femme lui apprit la manière dont, la veille, vers neuf heures, alors que le service venait à peine de commencer, des gardes avaient forcé la porte de cerisier de Jehu, s'étaient engouffrés dans l'église de Cow Alley et avaient arrêté tout le monde.

Même s'il y avait bien une ordonnance municipale qui édictait que les Noirs n'avaient pas le droit de se rassembler entre le coucher et le lever du soleil, elle n'avait jusque-là jamais été appliquée. Les pasteurs de Philadelphie, le révérend Brown, Denmark Vesey, Jehu Glen, et cent quarante autres étaient enfermés dans la maison de correction.

« Oh mon Dieu ! » gémit Pearl avant de repartir en courant vers la maison des Ravanel. Elle repoussa le plus longtemps possible le moment où elle dut annoncer à Ruth que son mari était en prison.

Le conseil municipal de Charleston condamna le révérend Brown et quatre autres Noirs libres parmi les plus âgés à passer « un mois dans la maison de correction, ou bien à quitter l'État ». Brown et Vesey choisirent la prison. Les pasteurs de Philadelphie repartirent chez eux.

Dix fidèles, dont Jehu Glen, se virent condamnés à payer cinq dollars d'amende ou à recevoir dix coups de fouet. Jehu expliqua à l'homme au fouet : « J'viens d'avoir une p'tite fille, alors vaut mieux pas qu'j'claque cinq dollars.

– Hum, d'accord », dit l'homme, compréhensif, en abattant son fouet.

Jusqu'à la libération des pasteurs, les services du dimanche matin furent assurés par des diacres. De son côté, dès qu'il fut à nouveau en état de travailler, Jehu répara la porte de l'église.

Les choses revinrent progressivement à la normale, et Charleston connut un été calme et doux. Les dimanches après-midi, quand le temps était au beau fixe, les Glen échappaient à la chaleur étouffante de la ville à bord de l'esquif de Thomas Bonneau. Même si le bateau dégageait une puissante odeur de poisson, avec Martine dans ses bras, Ruth se sentait comme une grande dame dans cette petite embarcation qui se glissait entre les barquentins, les ketchs, les goélettes, enfin tous ces navires dont certains avaient déjà traversé l'Océan. Le courant les emportait vers l'aval, vers la propriété que Thomas Bonneau avait reçue de son père blanc. Thomas était aussi fier de son demi-hectare rocailleux que si ç'avait été un domaine de maître. Après avoir accosté, il aidait Jehu, Ruth et Pearl à monter sur le ponton. « Bienvenue chez moi », disait-il à chaque fois.

Thomas vivait dans une petite cabane de pêcheur, mais était en train de construire une maison bien plus grande sur ce terrain. Les quatre amis brûlaient des coquilles d'huîtres et les écrasaient, avant de les mélanger avec du sable et de l'eau. Ils obtenaient ainsi du *tabby*, une sorte de ciment dont ils se servaient pour élever les murs d'une petite maison carrée. « Cette maison, elle tiendra des centaines d'années, se vanta Thomas. La maison d'Bonneau, elle craint ni l'vent, ni la marée, ni même les ouragans.

– Des centaines d'années, dit Ruth. J'arrive pas à imaginer aussi loin.

– Mes escaliers, par exemple… », commença Jehu, avant d'apercevoir le sourire tendrement moqueur de Ruth. Il suspendit sa vantardise, et se contenta de sourire.

Le dos sec de Jehu était encore lardé de coups de fouet, comme de grands sillons blanc-rose. « C'est bien la seule partie de Jehu qu'est blanche », plaisantaient-ils.

À midi, Ruth cuisina des légumes verts et Pearl sortit une miche de pain pour accompagner les prises de Thomas. Après, les couples se séparèrent pour profiter de la langueur de l'après-midi. Thomas et Pearl se faufilèrent dans un bosquet derrière la future maison tandis que Ruth et Jehu s'assirent sur le ponton, balançant leurs pieds dans l'eau fraîche et observant les navires qui, au loin, approchaient ou quittaient le port de Charleston.

« T'as jamais envie d'être ailleurs ? demanda Ruth.

— Y a qu'ici qu'j'ai un nom. Y a pas un constructeur du bas-pays qu'a pas entendu parler d'Jehu Glen.

— J'comprends pas comment les Blanches elles font pour confier leurs enfants à des mamas. Y a pas d'plus belle créature sur terre qu'un enfant.

— C'est parc'qu'les enfants, c'est pas encore des maîtres. Ils sont encore trop chétifs pour magner l'fouet. »

Pendant que Jehu prononçait ces mots, le soleil, qui avait jusque-là brillé si fort, fut éclipsé par un nuage.

*
* *

Les jours de travail, Ruth apportait son panier-repas chez les Butler, emmenant avec elle Martine pour que son papa puisse l'admirer un peu.

Le neveu du vieux Middleton, Langston Butler, qui devait devenir le maître à sa mort, supervisait déjà la plantation et la plupart des affaires concernant la maisonnée. S'il n'avait tenu qu'à lui, il n'aurait pas engagé « un artisan surpayé » pour arracher des boiseries de pin « tout à fait en bon état » et les remplacer par des boiseries de cerisier « extrêmement chères », sans même parler de la cimaise en acajou hondurien. Son oncle Middleton était souvent « fantasque ».

Jehu, Ruth et Martine mangeaient souvent avec Hercules, dans la cour, assis sur des seaux renversés. Hercules était le fils de Middleton, mais personne n'en disait rien. Sa mère avait été vendue après qu'elle l'eut sevré – certains disaient en Géorgie, d'autres en Alabama. « Maître Langston, il attend qu'une chose, c'est que l'vieux il crève. Chaque journée où son oncle respire encore, c'est une journée d'foutu. C'est comme ça qu'il est, Langston. Et c'est pour ça qu'Maître Middleton (Hercules parla à voix basse), il dit, je suis soupçonneux d'tout c'que Langston il peut m'servir à manger. » Et là, Hercules fit à son public un clin d'œil malicieux : « Si vous voyez c'que j'veux dire. Les domestiques, ils voient tout ce qu'on leur cache pas, et si les maîtres ils commencent à cacher des choses, des secrets, alors ça veut dire qu'les domestiques, c'est plus des inférieurs, et qu'ils méritent pas leur condition. Alors faut rien leur cacher. » Hercules décrivit candidement les ambitions de Langston Butler, en des termes d'une précision qui auraient affolé le jeune maître s'ils avaient été proférés par un homme d'un rang égal.

« Maître Langston, il va tout mettre sens dessus dessous. Maître Middleton, il aime bien dépenser d'l'argent. Beaucoup. La seule chose pour laquelle Maître Langston, il aime dépenser d'l'argent, c'est les ch'vaux. Mais pas comme l'colonel Jack. L'colonel, il *aime* les ch'vaux. Maître Langston, lui, il achète des ch'vaux, parc'que, bah c'est c'que font les gentilshommes du bas-pays, c'est tout. »

Langston Butler détestait la prodigalité de son oncle, ainsi que la manière dont il négligeait Broughton, leur plantation sur la rivière Ashley. Langston voulait augmenter la production de riz, mais quand il fit une offre pour racheter le terrain voisin qui appartenait aux Ravanel, le colonel Jack lui demanda : « Votre oncle Middleton est-il au courant de ce projet ? »

Ce n'était pas le cas – ce que Jack, d'ailleurs, savait parfaitement bien, et il semble fort probable que Jack prit un malin plaisir à la déconfiture de Langston. Hercules dit : « Les Blancs sont avides. Ils étaient noirs, avant, mais l'avidité les a blanchis jusqu'à ce qu'ils en deviennent tout blancs. »

Jehu était d'accord. « Maître Langston, il demande, combien il coûte ce bois ? Qu'est-c'que vous allez faire avec les restes ? Alors j'laisse c'qui reste et qui vaut rien, j'en ai fait un beau tas. Il en fera c'qu'il voudra. »

Hercules rit : « La cuisinière, elle utilise c'bon cerisier pour faire le feu.

— Celui qui dit toujours que çui-là ou çui-ci le trompe, continua Ruth, eh bah on sait à coup sûr qu'c'est un trompeur. C'est comme s'il nous avertissait, comme un scorpion qu'agite sa queue.

— Femme, sourit Hercules, mais qui t'a mis c't'idée dans ton joli minois ?

— Et qu'est-ce qui t'permet d'être aussi impertinent ?

— J'suis comme ça, c'est tout. Ils m'envoient pas "recevoir de petite sucrerie" parc'que j'sais comment parler aux ch'vaux. »

Ruth pensa qu'Hercules se pavanait, comme tous les jeunes et jolis garçons, mais Jehu fut jaloux. Ils cessèrent de déjeuner dans la cour.

Si Maître Langston Butler excusait l'impertinence d'Hercules, il y avait un je-ne-sais-quoi en Jehu qu'il n'aimait pas du tout. Il inspectait de près son travail, d'un air soupçonneux. « Vous êtes conscient que des dames utiliseront cette pièce, j'imagine ?

— Oui, M'sieur, répondit Jehu, incapable d'appeler qui que ce soit *Maître*.

— Elles ne remarqueront pas un boulot salopé, mais moi oui. N'en doute pas. » Le jeune Maître Butler allait à quatre pattes le long des boiseries, tapotant les endroits où le vernis semblait légèrement plus brillant, infiltrant son ongle sous chaque cimaise. Il se remit debout et brossa son pantalon au niveau des genoux. *Frit, frit, frit.* Le sourire de Butler donnait envie à Jehu de lui demander : « Mais enfin, vous m'voulez quoi à la fin ? Pourquoi vous m'emmerdez comme ça ? » Évidemment, il n'en faisait rien.

« Ton travail vaut presque celui d'un Irlandais. »

Jehu ne put s'en empêcher : « Les Noirs aussi, ils veulent avoir la tête haute. »

Le jeune Maître Langston sourit à cet adulte de son âge, à cet homme qui était maître artisan et faisait quelque chose que lui-même aurait été incapable de faire ; un homme avec une femme, une enfant et une bonne réputation. Son sourire signifiait clairement à Jehu que si Langston Butler décidait de le frapper – peut-être avec le tisonnier ; le tisonnier, là, qui était si près de sa main – ou de prendre un pistolet et de l'abattre, la seule conséquence qu'aurait pour lui la mort de Jehu serait un peu de sang sur le parquet, et la corvée consistant à trimballer un cadavre de Nègre jusque dans la rue.

Malgré l'horrible sourire de Butler, Jehu s'humecta la lèvre et répéta : « Les Noirs aussi, ils veulent avoir la tête haute. » Comme ses mots semblaient suspendus dans les airs, il plaisanta : « Enfin, au moins aussi haute que celle d'un Irlandais. »

Plus tard, quand Jehu raconta à Ruth cette conversation, elle frémit. « Tu peux pas être impertinent, Jehu. T'es pas l'bâtard d'son oncle, et tu sais pas y faire avec les ch'vaux. Et t'es tout pour moi et Martine. »

Jehu fit tinter les pièces dans sa poche. « L'homme m'a payé, non ? Rubis sur l'ongle, en plus. »

*
* *

Après que Thomas Bonneau eut acheté Pearl à Mme Ravanel, elle continua à travailler pour son ancienne maîtresse pour vingt-cinq cents par jour. Quand le révérend Brown maria Pearl et Thomas, Frances Ravanel assista à la cérémonie, mais ne resta pas pour la fête.

L'affranchissement légal n'était pas chose aisée, mais le colonel Ravanel aida Thomas Bonneau à accomplir les démarches nécessaires, et Pearl devint une femme libre. Quand Pearl demanda à Jehu pourquoi il n'avait pas affranchi Ruth, ce dernier répondit par une boutade : « J'peux pas réduire mon capital. »

En guise de représailles, Ruth lui refusa l'accès au lit conjugal pendant presque un mois, jusqu'à ce que ses propres besoins rendent la chose impossible.

« Face à l'essor rapide du nombre de Noirs et de mulâtres libres dans notre État, que ce soit par migration ou par affranchissement, il est devenu aussi urgent que nécessaire que la législature mette un frein à l'affranchissement des esclaves. […] Par conséquent, les honorables membres du Sénat et de la Chambre des représentants ont décidé, après s'être réunis lors d'une assemblée générale, qu'en vertu de la présente, aucun esclave ne saurait dorénavant être affranchi. »

LÉGISLATURE DE LA CAROLINE DU SUD,
LE 20 DÉCEMBRE 1820

C'est sur Meeting Street, alors que des charrettes étaient bloquées derrière lui et que les conducteurs en colère l'injuriaient, qu'Hercules apprit à Ruth la mauvaise nouvelle. Il ôta son chapeau et, pour une fois, ne flirta pas. Martine demanda : « Maman malade ? »

Le dîner fut silencieux. En chemin pour les cours bibliques de Denmark Vesey, Ruth ne pipa mot, et quand Jehu tenta de se saisir de sa main, il la sentit se dérober. La petite maison de bois de Vesey était calme. Aucun Noir ne s'attardait dans les environs, à l'exception toutefois de Gullah Jack qui taillait un bout de bois sur son perron.

« Une belle nuit, dit Jehu.

– À moins qu'la garde s'ramène. » Jack haussa ses sourcils épais et comiques. « 'lut, Ruth. Les esprits ont d'mandé après toi. »

Ruth fit une moue et le dépassa. Des couvertures occultaient le chambranle de la porte et les fenêtres, et la petite pièce était bondée. Jehu et Ruth trouvèrent un peu de place par terre, tout au fond de la salle. Ils étaient serrés, ils avaient chaud et manquaient d'air.

Denmark Vesey posa sa bible sur un tabouret. Ses lèvres remuaient comme s'il lisait silencieusement. Ruth se demanda pourquoi les lèvres de certains bougeaient quand ils lisaient tandis que d'autres, non.

Certains portaient des chapeaux ou des fichus. Certaines têtes étaient nues, brillantes ou mates, noires, chauves ou grises. Ruth pensa : ceux qui sont pas libres, ils peuvent pas faire c'genre d'choses, ni venir ici.

Elle continuait à réfléchir quand Denmark Vesey brandit un doigt et commença à parler : « Voici, le jour de l'Éternel arrive, Et tes dépouilles seront partagées au milieu de toi. » Il tapota la page de sa grosse main de travailleur. « Pensez-vous qu'Zacharie nous parle à nous, les Nègres ? Que Dieu s'penche et voit combien nous avons d'dépouilles ? Non ! Il ne nous parle pas ; Il parle aux maîtres. "Voici, le jour de l'Éternel arrive." Comment allez-vous vous préparer pour l'jour de l'Éternel ? Allez-vous rester au milieu du chemin, ou allez-vous y prendre part ? "Voici, le jour de l'Éternel arrive"... »

Malgré l'air chaud, renfermé, maintes fois respiré, Ruth sentit un frisson glacial lui parcourir l'échine. Le jour de l'Éternel.

Denmark Vesey se concentra sur sa bible, soulignant certaines phrases de son index. « Voici », chuchota-t-il.

La salle était si silencieuse que son chuchotement se glissa parmi les croyants comme un vieil ami. « Dites-moi, mes frères... Combien d'entre vous s'inclinent devant les maîtres dans la rue ? Combien ? »

Certains regardèrent leurs pieds. D'autres semblaient perdus dans leurs pensées. « Alors ? Personne ? Personne s'incline devant les maîtres ? » Il s'humecta les lèvres. « Est-ce là bien la vérité ? Vous savez comme moi qu'les maîtres sont des ivrognes cruels, des fornicateurs et des mécréants. Vous et moi, nous l'savons. Mais vous vous inclinez quand même quand vous les croisez car – j'le reconnais – ils sont meilleurs qu'vous. Hmmm. » Il passa un index pensif sur son menton. « Miséricorde ! Les Noirs sont donc *pires* qu'des fornicateurs, des mécréants et des ivrognes cruels. J'imagine qu'vous allez tous être damnés. Qu'vous êtes tous sur le chemin de la damnation éternelle. » Son visage sombre et buriné adopta une expression moqueuse. Il dit d'une voix geignarde : « Jésus-Christ, il sauve les maîtres, mais il s'occupe pas d'nous.

» Le maître que vous croisez dans la rue, est-ce qu'il remarque qu'vous faites des courbettes, ou est-ce qu'il passe à côté, comme si vous étiez rien d'plus qu'un poteau d'attache ou une pomme dans la boue ?

» Levez la main. Combien d'entre vous font des courbettes ? Combien d'entre vous s'écartent pour laisser les maîtres passer ? »

Martine gigota dans les bras de Ruth.

« S'il y a une chose qu'le Seigneur déteste par-dessus tout, c'est bien les menteurs ! »

Les têtes se baissèrent, comme si elles n'étaient pas concernées par les mains qui, attachées au même corps qu'elles, commençaient à se lever.

Vesey mima la surprise : « Mais… mais c'est la plupart d'entre vous ! Eh bien… » Le sourire de Vesey évoquait celui d'un oncle affectueux. Il lut en silence, bougeant les lèvres et tapotant le texte avant de relever la tête, comme s'il était surpris qu'il y ait tant de personnes chez lui. « Combien d'entre vous, mes chers "gentilshommes de couleur", prétendent être aussi bêtes qu'la vieille vache qu'le maître vous envoie traire ? Et combien d'entre vous, Mesdames, roulent des yeux et disent : "Maître, j'suis juste une Négresse, c'est trop difficile à comprendre" ? »

La salle résonna de murmures d'assentiment.

« Combien d'entre vous enseignent à leurs enfants : "Si l'maître te d'mande quelqu'chose, tu baisses la tête et tu r'gardes tes chaussures. Si tu connais la réponse, tu la donnes. Et sinon, bah tant pis, tu réponds quand même ! Y a plus d'Nègres qui s'font fouetter parc'qu'ils savaient pas que parc'qu'ils s'sont trompés." Vous dites à vos enfants : "Regarde pas l'Blanc, jamais, et, quoi qu'il fasse, sois pas insolent." Combien d'entre vous disent ça ? »

Il retira ses lunettes et se frotta l'arête du nez. « Les mamans et les papas, alors ? Combien d'entre vous disent ça ? »

Thomas Bonneau se leva et dit : « Les enfants, on leur fait mal s'ils font pas ça.

– Ah, M'sieur Bonneau. J'suis ravi d'entendre votre interprétation de la Bible. Vous avez raison, l'maître, il a le quartier des esclaves, et l'pistolet, et la maison d'correction, et il a toujours à ses côtés son grand ami, m'sieur Fouet. Mais : "Voici, le jour de l'Éternel arrive", M'sieur Bonneau. Voici… »

Vesey serra son gros poing et le regarda : « J'ai longtemps été menuisier. J'me sers aussi bien d'un fil à plomb et d'un niveau qu'n'importe quel Blanc. J'sais vérifier un niveau ou pendre un fil de plomb. C'Nègre à la peau marron, là, Jehu Glen, eh ben c'est l'meilleur constructeur d'escaliers de tout l'bas-pays. Meilleur qu'n'importe quel Blanc. Vous l'savez. Il le sait. Et les Blancs l'savent – alors, j'vous pose la question : pourquoi Jehu devrait-il s'incliner d'vant eux dans la rue ?

» Vous avez entendu parler de Thomas Jefferson – le président des maîtres ? C'était le président d'tous les États-Unis. La semaine dernière, j'ai été travailler sur la *piazza* d'Maître Bee, vu qu'les murs étaient carrément en train d'pourrir d'l'intérieur. Les menuisiers blancs, ils avaient mis les gouttières d'Bee à l'*intérieur* des murs. À l'intérieur, au lieu d'les mettre à l'extérieur ! Et tout ça parc'que c'est comme ça qu'faisait Thomas Jefferson. Eh bah j'vous fiche mon billet qu'ses murs, à Thomas Jefferson, ils pourrissent aussi. Y a pas un menuisier nègre dans tout l'bas-pays assez stupide pour foutre une gouttière dans les murs, parce qu'elles se bouchent et qu'après, y a plus rien à faire, on peut pas les retirer. Faut un Blanc pour avoir une idée pareille ! » Vesey secoua la tête avec tristesse. « Parfois, j'me dis qu'les maîtres, c'est d'vant *nous* qu'ils devraient s'incliner. »

Il laissa les petits rires et les gloussements du fond de la pièce grandir, jusqu'à gagner toute la salle, avant de demander le silence : « Alors j'ai commencé à arracher la gouttière pour la mettre à l'extérieur, comme ça, si elle s'rebouchait à nouveau, on pouvait la déboucher. Mais l'vieux domestique d'Maître Bee, Archimedes – vous l'connaissez tous, un homme à la peau marron qui va à l'église épiscopalienne d'Saint-Philippe –, eh bah, Archimedes, il commence à faire des histoires et à m'dire : "Tu d'vrais pas faire ça. C'est les Blancs qui les ont mises là. C'est qu'ça doit être bon."

» Les gouttières, elles vont pas fuir parc'que c'est des Blancs qui les ont installées ? Miséricorde ! Archimedes, il a commencé comme vous et moi. Il a reçu ses premières leçons sur les genoux d'sa maman. Après, c'est l'maître qui lui a appris. Il lui dit : "Tu sais rien", et qui va s'disputer avec le maître, vu qu'c'est lui qu'a tous les pistolets et les maisons de correction et les fouets ! »

Il s'arrêta, l'air d'un homme détenteur d'un grand secret qui s'apprêterait à le dévoiler pour la première fois, et chuchota : « Les maîtres ont pas toujours raison ! Et c'est pas parc'qu'on est esclave qu'on est moins qu'un homme ! »

Vesey leva les yeux vers le plafond, comme s'il ne leur parlait pas, comme s'il ne s'adressait à personne en particulier. « Je m'écarterai jamais dans la rue pour laisser un Blanc passer. N'importe quel Blanc. Vous l'savez bien. Deux fois, j'ai eu droit à une "petite sucrerie". Deux fois, j'ai serré la paluche de m'sieur Fouet.

» Mais j'suis pas stupide, j'suis pas paresseux, et j'suis pas un petit garçon. J'suis un homme dans la force de l'âge. » Son rire avait tout du grognement. « D'accord, peut-être un *tout petit peu* après la force de l'âge. »

La blague de Vesey fit mouche. Certains en profitèrent pour changer de position afin de soulager leurs membres engourdis. Un vieil homme toussa.

Vesey brandit son index comme le bâton de Moïse. « Vous pouvez pas faire semblant d'être des petits garçons sans devenir vraiment des petits garçons. Vous pouvez pas faire semblant d'être plus stupides qu'les Blancs sans devenir vraiment plus stupides qu'les Blancs. Celui qu'vous faites semblant d'être, vous l'devenez.

» Le Nègre qui fait des courbettes aux maîtres dans la rue, qui joue l'idiot, qui oublie qui il est, cet homme est un esclave. » Il referma sa bible. « Et il mérite d'être esclave ! »

Il chuchota dans le silence : « Le jour de l'Éternel arrive. »

Ils sortirent par groupe de deux ou trois. Au coin de la rue, Thomas attrapa la manche de Jehu. « On doit faire semblant. Si on fait pas semblant, on est fouetté, ou pire. Des fois, j'me dis que Denmark Vesey essaie de nous faire tous tuer. »

Jehu répondit d'un air que Ruth trouva suffisant : « Celui que vous faites semblant d'être, vous le devenez. »

Thomas Bonneau lâcha la manche de Jehu et étudia son visage avant de hocher lentement la tête, sans colère. Les Bonneau ne revinrent jamais aux cours bibliques de l'église de Cow Alley, et les Glen ne naviguèrent plus jamais sur l'esquif de Thomas. Ils ne mangèrent plus jamais ensemble. Les Bonneau terminèrent leur maison sans l'aide de Glen. Les dimanches, après l'église, Jehu, Ruth et Martine pique-niquaient sur la rive du fleuve, mais jamais à White Point, où seuls les Blancs avaient le droit de se rendre.

*
* *

La saison sociale de l'hiver fut décevante. Le prix du riz était bas, et l'argent se faisait rare. Les Ravanel avaient moins de travail pour Ruth. Malgré la recommandation que lui avait faite Frances Ravanel auprès de Mme Puryear, cette dernière se contenta, après un long entretien d'embauche, de lui offrir quelques conseils sur la façon de faire des économies. « Il n'est pas nécessaire de manger de la viande à tous les repas. » Ou encore : « Les chaussettes déchirées peuvent être reprisées. » Pire, en dépit du fait que Middleton avait demandé à Jehu de dresser des plans pour la rénovation de la ferme Broughton, et que Jehu venait d'y consacrer plusieurs semaines, Langston Butler s'opposa au projet et, le chantier n'ayant pas commencé, refusa de payer un cent. Quand Jehu protesta, le jeune Butler lui expliqua que, s'il arrêtait de chouiner, il serait peut-être réengagé quand le cours du riz remonterait.

Pas de travail signifiait davantage de cours bibliques, et Jehu revenait souvent à la maison après minuit. La garde en vint à connaître tous les étudiants de vue et arrêta de leur demander leur laissez-passer.

Hercules n'y allait pas. « Ce Vesey, il travaille trop du ciboulot pour moi, expliqua-t-il à Ruth. C'qu'il dit, c'est p'têt vrai, mais c'est p'têt faux aussi. Et puis, faut qu'j'entraîne mon poulain : ça va être un cheval de compétition.

– Hercules… » Ruth voulait revenir à Vesey.

« J'veux dire, c'poulain, il est spécial. C'est comme si lui et moi, on était jumeaux. »

Pearl accoucha en février. Ruth, Dolly et Mme Ravanel s'occupèrent de l'accouchement. L'enfant de Pearl mourut en quelques heures. L'intimité de Ruth et Pearl mourut en même temps que l'innocente créature. Pearl quitta les Ravanel et traversa le fleuve pour s'installer dans la maison qu'elle avait construite avec Thomas. Ruth ne vit presque plus jamais les Bonneau.

Martine était trop petite pour suivre les cours bibliques du soir, si bien que Ruth et sa fille cessèrent de s'y rendre.

Peu de femmes y assistaient d'ailleurs, et Ruth fut la dernière à le faire. Quand elle arrêta de venir aux cours bibliques, Jehu fut soulagé. « L'étude de la Bible, disait-il, c'est pour les hommes. »

Quand Jehu revenait tard, Ruth faisait semblant de dormir. Elle faisait semblant de ne pas entendre Jehu faire les cent pas et marmonner tout seul dans l'autre pièce.

Elle était toujours heureuse du retour de son mari : il la réveillait presque systématiquement d'un rêve récurrent dans lequel elle était accroupie sous un panier de manioc, un panier de manioc dont le tissage suintait le sang.

– 6 –

Les chaussures du dimanche

Le soleil était haut dans le ciel, les meilleurs produits avaient été vendus, et les marchands ambulants remballaient leurs articles pour rentrer chez eux.

Ruth avait l'œil sur une belle patate douce que les clients précédents avaient négligée. Parfois, les bons produits étaient cachés sous des mauvais, et d'autres fois, un marchand mettait trop tard sur l'étal de bonnes patates douces. Celle de Ruth n'avait pas de taches ni de fissures, et avait été correctement récoltée.

« Tu f'rais bien d'te décider. » Des paniers vides s'amoncelaient déjà dans la brouette de la marchande. « Faut que j'sois rentrée chez moi avant l'coucher du soleil.

– Combien pour cette toute petite patate douce qu'est pas mûre ? demanda Ruth pour la troisième fois.

– Cinq cents.

– J'peux trouver mieux pour c'prix-là. »

La marchande bâilla et mit, un peu tard, la main devant sa bouche. Elle entreposa un panier de poivre invendu au-dessus de ses paniers vides.

« Les temps sont durs, Ma'ame, dit Ruth. Mon homme, il travaille plus depuis avant la Noël. J'vous donne deux cents pour vot' patate. »

Serrant les lèvres et évitant de croiser le regard de Ruth, la femme déposa trois salades dans le panier de poivre qu'elle réarrangea afin que le poivre se trouvât tout en haut. Elle y ajouta deux patates un peu moins désirables. « J'dois pousser c'te brouette sur la route jusqu'à la maison, et la ramener avant d'main matin. Cette patate, elle s'ra aussi bonne demain qu'aujourd'hui. Et l'matin, les bonnes patates, elles coûtent dix cents. J'ai des enfants et un mari affamé. Alors si t'achètes pas la patate, bah p'têt même que j'vais la cuisiner moi-même ! »

Ruth palpa les pennies dans la poche de son tablier. Elle la ferait bouillir, la couperait en petits morceaux pour Jehu et Martine, et garderait la peau pour elle. Elle mourait d'envie d'avoir cette patate.

Elle ne se tourna pas quand elle entendit crier. Les cris, c'est les cris. Mais un hurlement lui fit tourner la tête. Ce hurlement, c'était celui de la Terreur. La Terreur était venue ! La Terreur était là, aujourd'hui !

La Terreur avait pris la forme d'un cavalier blanc qui galopait à toute vitesse entre les étals. Quand son cheval sauta par-dessus une brouette, un sabot s'y accrocha, la brouette se renversa, et des pommes de terre rouges roulèrent sur le pavé. Les Noirs se ruèrent pour se mettre à l'abri. Un conducteur de bestiaux fut déséquilibré par une mule qui se cabrait dans son box et donnait de grands coups contre la cloison : *Crac ! Bam !*

Le cavalier tenait la crinière de son cheval à une main, et de l'autre brandissait un sabre. Il galopait tout droit vers Ruth, comme si elle était la raison même de sa présence. Presque trop tard, il enfonça ses talons dans les étriers et tira sur les rênes. Son gros cheval blanc s'arrêta et plia ses pattes avant. Un garçon blanc sur un gros cheval blanc. Le cheval dégoulinait de sueur. Le regard du cavalier était perdu dans le vide, absent. « Ho ! » Sa voix était fêlée et stridente : « Ho ! Retournez chez vos maîtres ! Ho ! Ordres du gouverneur Bennett ! »

Sa veste verte des Rangers de Charleston était mal boutonnée, et le pistolet à la poignée en forme d'oiseau qui était logé dans sa ceinture semblait terriblement désireux de quitter son nid. « Retournez chez vos maîtres ! hurla-t-il une nouvelle fois de sa voix criarde. Tout Nègre trouvé dans la rue sera considéré comme une cible légitime ! » Il se redressa, s'appuyant sur ses étriers pour agiter son épée au-dessus de sa tête. Le cœur de Ruth battait à tout rompre, mais elle réussit à sourire. « Jeune Maître Puryear, comment allez-vous ? »

Cathecarte Puryear lui lança un regard assassin, comme si elle avait trahi quelque secret. « J'suis Ruth, jeune Maître, la mama de mademoiselle Penny Ravanel. »

Il n'entendit pas. Peut-être en était-il incapable. Ses yeux furetaient partout et nulle part en même temps, comme un animal aux abois. Les jointures de ses doigts étaient devenues toutes blanches à force de serrer comme un dément la garde de son sabre. Ce sabre qui semblait assoiffé de sang. D'une horrible voix monocorde, il demanda à Ruth : « Pourquoi voulez-vous nous tuer ?

– Vous tuer, Maître ? J'vous connais à peine.

– J'ai été un bon maître, insista Cathecarte. Jamais, jamais, je n'ai envoyé un domestique chercher une "petite sucrerie". Jamais. Et je n'ai jamais pris de servante contre sa volonté. » Ses joues luisaient de sueur. La pointe de la lame incurvée de son sabre s'agita comme une langue de serpent. Ruth sentait le vide derrière elle, comme une brise fraîche. La marchande avait abandonné sa brouette et avait disparu sans demander son reste.

Ruth n'osait pas quitter le jeune milicien des yeux. Son gros cheval semblait très dangereux, mais elle n'osait pas non plus reculer.

« Ho ! hurla Cathecarte Puryear au marché vide, retournez chez vos maîtres ! »

Des brouettes étaient renversées sur le côté. Une mule sans conducteur avait tiré son chariot pour pouvoir se goinfrer de haricots tombés par terre. La fronde des palmiers nains commençait à se faner sous la chaleur infernale.

Ruth sentit ses aisselles transpirer ; un filet froid coulait sur ses flancs. « Des problèmes c'matin, Maître Cathecarte ? demanda-t-elle courageusement.

– Des problèmes ! Ah ça, oui, t'as foutrement raison ! » Il fit une pause, réfléchit. « Excuse mon langage. » Il rengaina son épée, prit une grande inspiration et cita : « "Le soldat brave la mort pour un laurier imaginaire[1]"… »

Ses doigts se promenèrent sur le bouton orphelin de sa veste. « Retourne chez tes maîtres, dit-il calmement.

– Chez Maîtresse Ravanel ?

– Chez qui ? Retourne chez ta maudite maîtresse, qui que ce soit. Tout Nègre trouvé dans la rue est passible de… est passible. » Il déboutonna un bouton et le reboutonna.

« Va falloir qu'vous recommenciez d'puis l'début, Maître. » Il la regarda sans la voir.

« Les boutons, j'veux dire. Faut les fermer les uns après les autres, en partant d'en bas. » Sa main se saisit prestement de la patate qu'elle fourra dans son tablier. « J'ai payé pour ça, mentit Ruth. C'est ma patate.

– Une patate », répéta-t-il stupidement. Après un moment, il médita : « Aujourd'hui, dans ma grandeur solitaire, une patate…

– Maître ?

– De la poésie. Le sublime Byron corrompu par un humble rimailleur de Charleston.

– Maître, vous devez pas avoir peur. J'vais pas vous faire d'mal. »

Il secoua la tête, comme pour chasser les vers qui occupaient ses pensées. « Toi ? Me faire du mal ? "Car partout où le regard plonge, Tout n'est que songe dans un songe[2]." Allez ! Ma patience a des limites. »

Le tablier relevé jusqu'aux hanches, Ruth courut à travers la ville aussi vite qu'elle le put. Elle n'était pas la seule à courir : Blancs comme Noirs fuyaient les lieux publics. Des chevaux encore bridés et sellés étaient ramenés à l'écurie, les portes des

---

1. Lord Byron, « La larme », in Œuvres de Lord Byron, traduit par Amédée Pichot, Paris, Furne, 1830.
2. Edgar Allan Poe, « Un songe dans un songe » [« A Dream Within a Dream »], 1827.

calèches claquaient, les volets étaient clos, et les portes étaient fermées à double tour.

La patate suffirait à nourrir sa famille, et Ruth avait encore deux pennies et un demi-dime. Ruth combattit l'envie impérieuse de se débarrasser de la patate. Oui, elle l'avait volée, mais cette marchande n'allait pas revenir de sitôt. Elle avait abandonné sa brouette, non ? Ruth aurait même pu voler plus, mais elle ne l'avait pas fait. Elle tourna dans Anson Street. Sa culpabilité pesait si lourd que sa patate, dissimulée dans la poche de son tablier, avait le poids d'une brique.

Elle se refusait à nommer la Terreur. Les esprits l'avaient avertie de la venue de la Terreur, mais elle n'en avait pas tenu compte. Elle tenta de murmurer pour elle-même : « On s'en sortira, comme toujours », mais sa bouche était sèche comme un vieux parchemin.

Arrivée à la porte, Ruth hésita. À sa propre porte ! Le soleil avait craquelé et écaillé la peinture bleue du chambranle. Pourquoi ne s'en était-elle pas occupée, déjà ? Elle étouffa un gémissement et appuya son front contre le bois grossier et chaud de la porte d'entrée.

Sa main se déroba quand elle tenta de soulever le loquet. Ruth n'avait jamais eu aussi peur de toute sa vie, peur de sa propre porte d'entrée. La Terreur attendait à l'intérieur.

Les rayons du soleil à travers la fenêtre formaient un rectangle jaune pâle sur le mur du fond. Jehu était accroupi dans un coin, la tête dans les mains. Martine était immobile entre ses genoux.

Quand elle croisa le regard de son mari, Ruth faillit défaillir. Il avait des larmes plein les yeux.

« Nous, les Noirs, dit-il comme dans un rêve, on va être libres. Penses-y, ma chérie. Ma propre boutique. Qui sait, j'embaucherai p't'êt même un apprenti. Les riches, à Haïti, ils ont aussi des escaliers, t'sais ? Plus de courbettes parc'que j'suis noir et lui blanc. Le Blanc et le Noir, ils sont pareils. Le bon travailleur, il s'en sort, et l'paresseux, il échoue. » Jehu fit une pause et dit avec la voix familière de Denmark Vesey : « On va être libres.

— Oh, Jehu… Mais tu *es* libre.

— Les Noirs libres, ils sont pas vraiment libres. On va s'soulever comme Moïse, et pis embarquer sur des navires comme l'arche de Noé et faire voile vers Haïti. Nous tous, tous les Noirs, les marrons comme les foncés, on va être *libres*. "Voici, le jour de l'Éternel arrive…"

— Qui t'as tué ? chuchota Ruth.

— Les maîtres, ils sont comme Pharaon. Pharaon, il voulait pas laisser l'peuple d'Moïse partir.

— Maîtresse Ravanel ? Le colonel Jack ?

— Personne encore. Mais j'sais où dort Langston Butler. »

À toute vitesse, Ruth rassembla leurs casseroles, leurs fourchettes et leurs cuillères, leurs tasses, quelques habits de Martine, la veste que Jehu portait à l'église et ses chaussures du dimanche. Elle balança le tout sur une couverture qu'elle roula et attacha pour en faire un baluchon. « Toi, tu portes Martine. Faut qu'tu laisses tes outils.

— Non ! hurla-t-il. Ça m'a pris six ans pour rassembler ces outils. J'les laisse pas.

— Tu veux laisser Martine à la place, c'est ça ? »

Martine pleurnicha, et Ruth lui embrassa le dessus de la tête. « Mon amour, t'es toute trempée. J'crois qu'papa s'est pas très bien occupé d'toi. »

Les yeux de Jehu étaient complètement vides, comme s'il ne savait même plus qui était Ruth.

Elle réussit à sourire. « Mon chéri, faut qu'on s'en aille. Faut qu'on quitte Charleston. Faut qu'on s'enfuie !

— Mais, Ruth, expliqua-t-il patiemment, on peut pas s'enfuir. Gullah Jack vient d'passer. Quelqu'un a *informé* les maîtres, ils ont appelé la milice, et les portes d'la ville sont gardées. Denmark, il a essayé d'quitter la ville, mais il a pas réussi. On est faits comme des rats, Ruth. Comme des rats. »

Elle eut envie de le gifler. « T'as jamais été à Haïti. Moi si ! » Elle prit un lange propre. « Chérie, j'te change, et après, on va manger une bonne patate. »

D'une voix plus douce, elle dit : « Le pot d'terre, il peut pas combattre le pot d'fer, Jehu, tu l'sais. T'es déjà libre, alors pourquoi tu fais ça ? »

L'homme qu'elle aimait répondit : « Je peux plus faire semblant. »

*
* *

Le dimanche, ils ne se rendirent pas à l'église, et Ruth cuisina de l'avoine. Jehu était incapable de manger, si bien que Ruth mit son bol de côté pour plus tard.

Jehu affûtait ses ciseaux et ses lames de rabot. Martine s'accrochait de toutes ses forces à sa mère, apeurée, chaude et transpirante. Quand finalement la petite s'assoupit, Ruth en profita pour se rendre en ville. Elle était la seule Noire dans les rues. Certes, les miliciens la regardaient d'un air soupçonneux, mais elle marchait vite, les yeux rivés au sol, et ils ne l'arrêtèrent pas. Elle sentit qu'elle respirait plus librement quand elle atteignit enfin l'allée familière qui menait à la cour des Ravanel. Elle toqua discrètement à la porte de derrière. Peut-être ne l'avait-on pas entendue. Alors elle toqua un peu plus fort.

Après un long moment, elle entendit un bruit de pas, un froissement et, enfin, un bruit métallique. « Qui est là ?

– C'est Ruth, colonel Jack. J'dois vous voir. »

La porte s'entrebâilla juste assez pour permettre à l'œil injecté de sang du colonel de l'examiner. Quand il se fut assuré que Ruth était bien seule, il ouvrit la porte et baissa le chien de son pistolet. « Ruth ?

– J'dois vous parler.

– Ah oui ? Et de quoi ?

– J'crois bien qu'vous savez.

– Non, je ne sais pas. On m'a dit que nos domestiques avaient planifié une insurrection. Je crois qu'ils ont prévu de nous assassiner pendant notre sommeil. Peut-être que tu as entendu quelque chose à ce propos ? »

Ruth fit oui de la tête d'un air hébété, avant de la baisser, attendant qu'il lui fasse un reproche. Au lieu de cela, il soupira, secoua la tête et l'invita à entrer. « Une sacrée bande d'idiots. Au nom du ciel, mais qu'est-ce qu'ils croyaient ? »

Le local à chaussures était rempli de vestes de chasse et de bottes de cheval. Il puait le cuir. Le colonel Jack prit une lampée de sa flasque. Ruth sentit son haleine alcoolisée. « Quand plus d'une personne est au courant, les secrets ne le restent jamais bien longtemps, pérora-t-il comme s'il faisait la leçon à un enfant.

— Qu'est-ce que...

— Oh, ils seront pendus. Ça ne fait aucun doute. On ne peut pas assassiner les maîtres impunément, tu sais. Frances et Penny ne sortent plus, et je ne me déplace plus sans mes pistolets. Le père de la cuisinière, Jarod, était mon valet de chambre pendant la guerre. Eh bien j'ai quand même enfermé la cuisinière dans sa chambre, et nous nous nourrissons de biscuits en boîte. À qui peut-on encore faire confiance, Ruth ? À qui ? Et puis, qu'est-ce que tu fais là, d'abord ? Je ne conseillerai à aucun Noir de s'aventurer dans la ville par les temps qui courent... »

Le colonel Jack s'étrangla : « Mon Dieu... Ce n'est pas ton Jehu, quand même ?

— Colonel Jack... »

Il leva la main pour lui imposer le silence. « Non. Tu ne dois pas. S'il te plaît, ne dis rien que tu ne pourrais dire à un juge.

— Mais, Colonel...

— Ruth, tu es une bonne mama. Frances chante toujours tes louanges... S'il te plaît, ne me mets pas dans une position... Je ne dois pas...

— Maître Jack, qu'est-ce que j'vais faire ? »

Le colonel Jack prit une autre lampée d'alcool, essuya le goulot de la flasque et la tendit à Ruth : « C'est le meilleur remède que je connaisse. »

Ruth cligna des yeux. « J'ai prêté serment, Maître. D'être tempérante.

— Tu sais, l'orge réconcilie plus facilement avec les voies du Seigneur que John Milton… Ruth, écoute, je suis désolé si… Non ! Ne me dis rien. Il n'y a rien que je puisse faire, et, surtout, je *ne veux pas* savoir ! » Il eut un sourire tordu. « Puisque tu es là, est-ce que tu voudrais bien… Penny est complètement terrorisée… »

Dans l'étouffante salle de séjour, la petite Penny courut vers Ruth et s'accrocha à ses jambes. Les volets étaient fermés, les rideaux tirés, et la pièce puait le pot de chambre qu'on a oublié de vider. Des vêtements, propres comme sales, ornaient toutes les chaises, et le ceinturon et le mousquet du colonel Jack étaient posés sur la table.

Les yeux de Frances Ravanel étaient encore rouges d'avoir trop pleuré.

« Mon Jehu… »

Le colonel la coupa d'un ton brusque : « Pas un mot de plus !

– Je…

– Toi aussi, Ruth ? Non, pas toi ! hoqueta Frances.

– Non Ma'ame, j'ai pas… Non, j'sais rien de rien. » Elle hurla : « Il m'dit rien ! » Comme de sa propre volonté, l'index de Ruth tortillait l'une des boucles de la petite Penny.

« Ne sont-ils pas chrétiens ? demanda Frances. J'ai dit à Jack qu'ils étaient chrétiens et que jamais ils ne… Il y a tant de Blancs qui quittent la ville pendant la saison la plus chaude. Les Bee sont à Southern Pines, mes cousins à Table Rock, en Caroline du Nord. Quasiment tous mes amis sont partis. Tu penses que les comploteurs avaient tablé sur leur absence ? Si c'est le cas, c'est malin ! Qui aurait pu croire ces Noirs illettrés capables d'ourdir un tel complot ? Ou même seulement d'en avoir le désir ? D'ailleurs, est-ce qu'ils n'ont pas commencé à comploter au sein même d'une église ? Une église chrétienne ? J'imagine qu'ils ont *essayé* d'être de bons chrétiens : en se soulevant quand la plupart des Blancs étaient absents de Charleston, ils en auraient forcément moins à… à assassiner.

– Ma'ame…

– Rolla, du gouverneur Bennett. Tu connais Rolla ?

— Nan. Enfin j'veux dire, j'l'ai déjà vu à l'église, mais j'lui ai jamais parlé.

— Rolla sert le gouverneur Bennet. Si cela ne dépendait que de Jack, notre vie sociale serait cantonnée à des courses de chevaux et des après-midi au Jockey Club, mais, parfois, j'ai envie de sortir, et Jack est assez gentil pour m'obliger. Rolla m'a plusieurs fois servie à des dîners du gouverneur. "Un peu plus de ce jambon, Ma'ame Ravanel ? Je sais que vous l'adorez…" Le gouverneur adore Rolla. Il considère même qu'il fait partie de la famille Bennett ! Quand Rolla a été arrêté, il est passé aux aveux. Apparemment… » Maîtresse Ravanel fronça les sourcils. « Apparemment Rolla adore aussi le gouverneur. Il a dit qu'il aurait été incapable de tuer le gouverneur de ses propres mains. Il a fallu demander à un autre conspirateur de le tuer. »

Les Ravanel étaient immobiles, en état de choc. Comment imaginer une chose pareille ?

Ruth chuchota : « Jamais je… »

Frances utilisa son mouchoir pour sécher les joues de Ruth. « J'attends un deuxième enfant. Je ne t'ai rien dit parce que… parce que… Tu ne t'en doutais pas ?

— Non, Maîtresse.

— J'ai fait deux fausses couches. Je ne désire rien de plus au monde que de donner à Penny un petit frère ou une petite sœur avec lequel elle pourra jouer. Je me demande qui avait été désigné pour nous assassiner, moi et Penny.

— Oui, Maîtresse. » La main de Ruth pendait comme un poids mort à ses côtés. Penny mit son pouce dans sa bouche et commença à pleurer.

Le 2 juillet, Peter Poyas, Ned Bennett, Rolla Bennett, Betteau Bennett, Denmark Vesey et Jess Blackwood ont été pendus.

Les jours passèrent. De longues, très longues journées. Ruth vendit son alliance pour acheter de la nourriture. Martine était très calme, trop calme. Ils ne sortaient plus et ne parlaient qu'en chuchotant.

Jehu dit à Ruth : « Certains hommes savent jamais pour quoi ils sont faits. J'ai d'la chance. » Ruth se cacha dans l'autre pièce pour qu'il ne la vît pas pleurer.

Ils ne parlaient pas d'espoir, car ce dernier était trop fragile. Mais ils commençaient quand même à espérer.

Même si les miliciens continuaient à patrouiller dans les rues et que l'église de Cow Alley était fermée, les plantations du fleuve avaient repris leur activité. On avait construit de grandes portes en bois pour mener aux plantations, et la récolte du riz commença. Le marché rouvrit, mais les Rangers de Charleston y patrouillaient en permanence, et les Noirs, s'ils continuaient à y acheter ou à y vendre des produits, évitaient de s'y attarder trop longtemps.

Le mardi, ils vinrent pour le mari de Ruth. La porte était fermée à clé : ils la défoncèrent et passèrent dans l'encadrement bleu. Sept Blancs, armés d'épées et de pistolets. Ils avaient donc peur d'un seul Nègre sans arme ? Leur chef demanda : « Jehu Glen ?

– Jehu Glen, maître constructeur d'escaliers.

– Ça, on s'en fout. »

Jehu releva la tête et, pendant un court instant, il fut à nouveau son Jehu, droit et fier : « C'est pourtant c'que j'suis. »

Quand ils emmenèrent son papa, Martine pleura tellement que Ruth crut que son cœur allait se briser en mille morceaux. « Faut sourire, lui disait-elle. L'monde, il est meilleur avec toi si tu souris. Faut cacher c'que tu ressens d'dans, mon enfant. Si tu souris pas, ils te tuent. »

Cette nuit-là, alors que la lune était haute dans le ciel, Ruth abandonna Martine aux bras de Morphée et se faufila à travers Charleston jusqu'à la cour des Butler. Les chevaux hennissaient ou frappaient de leurs sabots les cloisons de l'écurie. La porte s'ouvrit en grinçant. Un escalier étroit montait dans l'obscurité.

La chambre éclairée par la lumière de la lune était remplie d'hommes qui dormaient sur des paillasses. « Hercules ? » chuchota-t-elle.

L'homme le plus proche s'assit, la poitrine luisante à la lueur de la lune. « P'tain, grommela-t-il, maint'nant v'là qu'tes femmes elles se ramènent jusqu'ici. » Il se rallongea avec un grognement.

Une forme approcha et elle distingua Hercules, nu à l'exception du linge qui lui ceignait les reins. « Putain, p'tite…

– Je…

– J'ai entendu à propos d'Jehu. J'suis désolé.

– Il voulait seulement… »

Hercules la coupa : « On veut tous ! »

Elle hocha la tête, indiquant les dormeurs. « S'il te plaît. »

Il la suivit dans la cour inondée par le clair de lune.

Elle chercha à voir le visage de garçon insolent d'Hercules, mais ce garçon-là avait bel et bien disparu.

« J'ai rien pour toi, Ruth. Tu dois vendre les outils de Jehu…

– Jehu, il en aura besoin quand il rentrera à la maison. »

Hercule respira un bon coup et annonça : « J'ai vingt-cinq cents planqués. J'vais les chercher. »

Pendant qu'il farfouillait dans ses affaires, un dormeur gémit : « Comment qu'on fait pour dormir dans c'bordel ! »

Une autre hurla : « Ferme cette putain d'porte ! L'air d'la nuit apporte la fièvre ! »

Quand Hercules redescendit, il portait un pantalon en loques. « Qu'est-ce qu't'as entendu ? demanda Ruth.

– Ils ont pendu l'pasteur Vesey, Peter Poyas…

– J'sais, ça. Tout l'monde sait ça. Qu'est-ce qu't'as entendu ? »

Hercules fit une pause. « Les Blancs ont peur. Ils savent pas qui est avec Vesey. Ils sont morts d'trouille. Maître Langston, il dort avec ses pistolets. Il m'a prévenu pour les pistolets, pour qu'j'puisse l'dire aux Nègres qu'auraient l'envie d'le tuer. » D'une manière inattendue, Hercules se fendit de son charmant sourire enfantin. « J'lui ai dit, personne veut tuer Maître Butler. On est des Nègres contents.

– Qu'est-ce qu't'as entendu ? répéta Ruth une nouvelle fois.

– À la maison d'correction, ils demandent qui d'autre était avec Vesey. La plupart, ils parlent pas. Vesey, il a jamais dit un mot.

Et Peter Poyas, il a pas moufté alors qu'ils l'ont fouetté jusqu'à c'qu'il tienne plus d'bout. Mais Gullah Jack, il a tout balancé. »

Il faisait lourd, chaud et humide. « P'têt bien qu'ils en ont vendu certains au lieu d'les pendre. Maître Langston, il dit, pendre des Noirs, c'est comme pendre d'l'argent.

— Mais à quoi ils pensaient, bon sang ! En tout cas, sûr qu'ils pensaient pas à Martine, ou à leur femme et à leurs enfants. »

Hercules haussa les épaules : « Moi, j'aime trop les ch'vaux. »

Le 2 juillet, Jack (Gullah Jack) Pritchard et Monday Gell ont été pendus.

Ruth ne savait pas trop si elle oserait porter ses chaussures. Ses chaussures du dimanche étaient sobres comme un dimanche matin, mais… Elle se garderait bien en revanche de porter son petit crucifix en bois. Ces jours-ci, il ne faisait pas bon être un Nègre chrétien à Charleston.

De nombreux maîtres étaient mal à l'aise face au christianisme de leurs esclaves. Bien sûr, ils étaient contents qu'ils soient sevrés de leurs superstitions païennes et, en tant que protestants, ils croyaient que tout croyant devait être capable de lire la Bible, mais bon, les Nègres qui savaient lire et écrire étaient dangereux.

Quelques planteurs dévots parvenaient à surmonter leurs craintes, mais la plupart se contentaient de prêcher aux analphabètes. Leur texte favori était cette phrase de saint Paul : « Serviteurs, obéissez à vos maîtres selon la chair, avec crainte et tremblement, dans la simplicité de votre cœur, comme à Christ[1]. »

Les Philadelphiens qui avaient encouragé l'église du révérend Brown étaient, comme le soulignait le *Charleston Courier*, « un clergé blanc philanthrope et sincère qui avait malheureusement excité chez les Nègres un esprit de révolte ».

---

1. Nouveau Testament, Épître aux Éphésiens, 6:5.

Les maîtres du bas-pays respirèrent plus librement quand l'église de Cow Alley fut rasée.

En des temps plus paisibles, les chaussures du dimanche de Ruth (ainsi que son crucifix) auraient signifié la docilité qu'appelait Maître Butler de ses vœux. Si elle ne pouvait changer la couleur de sa peau, elle n'en avait pas moins le désir. Le corsage blanc de Ruth avait été amidonné au point de devenir raide comme une planche, et son foulard à carreaux était immaculé. Sa jupe ample était taupe. Elle était pieds nus. Amener Martine était risqué – et si elle faisait un caprice ? Mais la présence de l'enfant exciterait sans doute la pitié du maître, et cette pitié représentait son seul espoir. Peu importe si le jeune Maître Langston Butler n'avait jamais de sa vie montré le moindre signe de compassion. Peu importe ce qui était arrivé. La seule chose qui comptait, c'était ce qui, dorénavant, ARRIVERAIT !

Les Noirs ne pouvaient pas témoigner *en faveur* d'autres Noirs, seulement *contre* eux. Même si la plupart des conspirateurs gardaient le silence, Gullah Jack n'avait malheureusement pas été le seul à citer des noms dans l'espoir d'échapper au bourreau.

Ruth les haïssait encore plus qu'elle ne haïssait les hommes qui avaient pendu Vesey et jugeraient son Jehu le jour même.

Elle n'avait pas le droit de témoigner devant une cour de justice, eh bien, qu'à cela ne tienne, elle témoignerait en dehors ! Elle avait récuré Martine jusqu'au bout des ongles et tressé ses cheveux. Les Blancs avaient tendance à penser que les Noirs dans de beaux habits étaient insolents, mais Martine était tout simplement adorable. Les hommes blancs pouvaient très bien fouetter un homme noir jusqu'au sang tout en tombant sous le charme de son enfant.

Elles attendirent en bas de Meeting Street, devant la porte d'entrée des Butler. Martine s'était assise sur une pierre et faisait la leçon à sa poupée de chiffon. La veille, Ruth l'avait entendue l'avertir : « Silly, faut être sage ! Les mauvais Nègres, ils sont pendus ! »

Le trottoir de brique avait retenu un peu de la fraîcheur de la nuit, contrebalançant la brûlure du soleil matinal. Dans les maisons, les domestiques circulaient de pièce en pièce sur la pointe des pieds, fermant les volets qui donnaient sur l'est et ouvrant ceux qui donnaient sur l'ouest pour tenter de rafraîchir les maisons. Qu'est-ce qu'les Blancs feraient sans nous ? se demanda Ruth. Qui ouvrirait et fermerait tous ces volets, si on n'était pas là pour l'faire ?

Il serait bientôt là. Il ne serait pas en retard. Middleton l'aurait certainement fait attendre, mais Langston, son neveu qui n'avait pas encore fait ses preuves, se devait, lui, d'être ponctuel à tous ses rendez-vous.

Ruth ne pensait pas qu'il se souviendrait d'elle, même si elle était souvent venue dans cette maison pour apporter le panier-repas de Jehu. Non, il ne fallait pas qu'elle pense à Jehu, sinon, elle allait pleurer.

Martine chantait à sa poupée : « La la la… » Ruth avait l'impression que son âme s'était desséchée à tel point qu'elle avait maintenant la taille d'un raisin sec.

Butler se matérialisa si rapidement qu'on aurait pu croire qu'il avait toujours été là. La proie de Ruth était là, devant elle ! « Martine. » Sa fille enfonça son pouce dans sa bouche. « N'oublie pas Silly. »

Le jeune maître portait une redingote à l'ancienne mode et un pantalon gris et moulant. Il regarda sa montre.

Hercules lui avait promis qu'il aurait cinq minutes de retard. Il avait déposé un baiser sur le front de Ruth. « J'entraîne Valentine pour les courses du Jockey Club, et j'suis l'seul capable d'm'occuper d'ce cheval. Maître Langston, il veut battre le ch'val du colonel Jack. Il va s'dire qu'j'suis en retard exprès, mais il m'fouettera pas avant la course. S'il gagne, il oubliera l'fouet. Et sinon, j'serai fouetté quoi qu'il arrive, que j't'ai aidée ou pas. » Hercules avait haussé les épaules. « J't'ai obtenu cinq minutes, Ruth. Utilise-les bien. »

Quand Ruth se retrouva devant lui, son regard la traversa comme si elle était transparente. Ruth s'exclama : « Maître Butler ! »

Comme il ne répondait pas, elle bredouilla : « Maître Butler, j'suis Ruth, la femme d'Jehu Glen. J'sais pas si vous vous souvenez, mais j'apportais l'repas à Jehu quand il travaillait à vot' beau salon. Maître Butler, vous jugez mon Jehu aujourd'hui. »

Ses yeux étaient froids et vides comme ceux d'un serpent. Il l'étudia de haut en bas, comme il l'aurait fait d'une espèce d'insecte inconnue. Il fronça les sourcils. Était-ce à cause de ses pieds nus ?

Ruth supplia : « Jehu Glen est un bon mari, Maître. C'est l'papa d'la p'tite Martine. Jehu, il essaye d'faire c'qu'est juste, mais c'Vesey… c'Vesey… » Ruth secoua la tête d'un air dégoûté. « Vesey, il a rendu Jehu fou. Mon Jehu, il a terriblement peur de c't'homme. »

Le jeune maître ferma sa montre à gousset et dirigea son attention vers le point où son attelage devait apparaître.

« Vous connaissez mon Jehu, Maître. Il vous a fait d'belles cimaises. Et puis des plans pour vot' maison. Mon Jehu, c'est un bon Nègre, Maître. Si vous pouviez vendre Jehu, j'pense bien qu'il vous rapport'rait sept cents, voire même huit cents dollars. J'sais qu'il a fauté. J'vous demande pas d'faire comme s'il s'était rien passé. Non, Monsieur, non. Mais il vaut huit cents dollars, Maître. C'est ça qu'j'vous demande, Maître. De l'vendre. Faut pas gâcher huit cents bons dollars. »

Comme s'il avait été touché par cette plaidoirie, Maître Butler se pencha pour l'attraper par le menton et plonger ses yeux bleus et froids comme de l'acier dans ses yeux marron plein d'effroi. « Si je suis en retard à la cour de justice, je te ferai fouetter. » Sa voix douce était la chose la plus dure que Ruth eût jamais entendue. Malgré le soleil qui lui calcinait presque les épaules, elle sentit un grand froid la gagner.

Elle entendit un martèlement de sabots dans son dos. C'était l'attelage d'Hercules. « Allez, bande de fripouilles ! » hurla Hercules, comme s'il était furieux contre les chevaux qui l'avaient mis en retard.

Dans un élan de désespoir, Ruth souleva Martine, comme si son enfant constituait un argument. « Elle aime tellement son papa ! Son papa, c'est tout c'qu'elle a ! »

Martine était si impressionnée qu'elle resta muette. Puis elle hurla.

Une expression de dégoût traversa le visage pâle du jeune Maître Butler. « Si ton mari est précieux, imagine combien tu vaux, toi : une nourricière, avec la preuve vivante de ta fécondité à tes côtés. »

Ruth en eut le souffle coupé. Langston Butler mit un pied sur la marche de la calèche et leva la tête vers son cocher pour lui faire comprendre qu'il n'était pas dupe et était parfaitement conscient des raisons de son retard.

Il ferma la porte et fit un sourire à Ruth. « Ton mari – Jehu, c'est ça ? Est-ce qu'il ne veut pas avoir la tête *haute* ? Je crois que nous allons pouvoir arranger ça. »

Le véhicule partit. La rue résonna longtemps du ricanement de Langston Butler.

Par la suite, pendant des années, Ruth se demanda ce qu'elle aurait bien pu dire pour changer les choses. Peut-être aurait-elle dû porter ses chaussures du dimanche.

– 7 –

Martine

Le 26 juillet, Mingo Harth, Lot Forrester, Joe Jorre, Julius Forrest, Tom Russell, Smart Anderson, John Robertson, Polydore Faber, Bacchus Hammett, Dick Simms, Pharaoh Thompson, Jemmy Clement, Jerry Cohen, Dean Mitchell, Jack Purcell, Bellisle Yates, Naphur Yates, Adam Yates, Jehu Glen, Charles Billings, Jack McNeil, Caesar Smith, Jacob Stagg et Tom Scott ont été pendus.

« On va être séparées, ma chérie. Y a rien à faire », expliqua Ruth à Martine. Ruth l'avait habillée de ses plus belles frusques, et ses cheveux brillants avaient été tressés avec des rubans verts. Ruth les avait échangés, la veille, dans la prison des esclaves, contre son dîner. « T'es si jolie, mon enfant. Faut qu'ils voient comme t'es jolie. Ma Martine. Ils vont t'aimer, autant qu'moi j't'aime. Ta nouvelle maîtresse, elle va t'adorer. »

Ruth et sa fille attendaient avec d'autres esclaves sur une plate-forme de bois située à côté des escaliers qui menaient à la maison de change, au bureau des douanes de Charleston et au bureau de poste. Les chevaux seraient mis aux enchères après les esclaves. Diverses marchandises étaient censées clore la vente – des licous, des selles, des moulins à manivelle, quelques petits outils et deux grandes valises vert vif.

Le matin même du jour où Jehu fut pendu, la garde toqua poliment à la porte bleue délabrée de Ruth. Les autorités de Charleston, prudentes, avaient décidé d'amortir une partie de leurs dépenses en confisquant les outils de Jehu, son esclave et ce que cette dernière pouvait bien posséder. Ses rabots, ses ciseaux et ses instruments de mesure furent vendus à un constructeur, tandis que le capital humain fut livré à la maison de correction pour y être vendu aux enchères.

Si Ruth parvint à cacher à Martine ce qu'il était advenu de son père, en revanche, elle ne pouvait cesser d'y penser, les images se bousculant dès qu'elle fermait ses yeux fatigués.

Les autorités avaient décidé de faire une pendaison exemplaire, et comme les potences étaient incapables d'accueillir vingt-quatre hommes d'un coup, ils les firent s'aligner le long du mur de pierre qui avait protégé la ville des Anglais en 1812. Là, on accrocha vingt-quatre cordes de chanvre au mur. Les condamnés montèrent sur de petits bancs attachés entre eux qu'on avait savamment disposés sous les cordes. Une foule bruyante, noire comme blanche, s'attroupait autour des miliciens, menaçant régulièrement de les déborder au moment où le bourreau ajustait les nœuds coulants. Quand, d'un coup de pied, ce dernier fit valser les bancs, la chute ne suffit pas à briser les cous, et les vingt-quatre hommes commencèrent à s'étrangler. Ils dansaient, ruaient, tournoyaient et se convulsaient. Bacchus Hammett leva les genoux dans l'espoir d'abréger ses souffrances, le bourreau dut disperser quelques badauds. Cicero, le jeune fils de Jemmy Clement, se précipita vers son père, mais fut cueilli en pleine course par la ruade d'un cheval de milicien. Il mourut plus tard dans la soirée.

*
* *

Le commissaire-priseur chargé de la vente de Ruth, un gentilhomme barbu portant une veste en lin et un impeccable chapeau à large bord, relisait encore une fois les documents de la vente tandis que des acheteurs potentiels et des curieux désœuvrés étudiaient ses marchandises. À la demande d'un planteur, un jeune Nègre courut sur place, fit pivoter ses hanches et ses bras, s'accroupit avant de se relever pour montrer qu'il était parfaitement adapté aux travaux des champs. La jeune femme à la peau marron à côté de Ruth montrait les dents et se tournait de-ci de-là. Quand un jeune homme lui demanda de soulever sa robe, le commissaire l'interrompit : « T'achètes, mon garçon ? Ou tu veux juste te rincer l'œil ? »

Le commissaire rangea ses papiers, se racla la gorge, et commença son baratin : « Ce garçon, là, il va vous faire gagner de l'*argent*. Mais alors, plein de pognon. Il sait planter, désherber, récolter et battre. Il nous vient de la plantation Anderson, et il sait tout ce qu'il y a à savoir sur le riz, "l'or de la Caroline". »

Ruth ne ressentait rien. Contrairement à l'enfer, cette journée s'achèverait bien à un moment ou à un autre.

Après que le travailleur agricole et une jeune femme à la peau claire eurent été vendus, les assistants du commissaire poussèrent Ruth et Martine sur l'estrade. Même si Ruth avait *appartenu* aux Fornier, aux Evans et à Jehu, elle ne leur avait jamais réellement *appartenu*. Elle avait été Ruth, ou Mama Ruth, ce qui n'était pas la même chose que leur *appartenir*. Maintenant, tout était plus simple.

À six mètres à peine de Ruth et de sa fille, un planteur entra dans la salle des ventes. Il vérifia un manifeste, rédigea un document ; peut-être avait-il une lettre à poster. En tout cas, il ne la vit pas. Ruth ne se manifesta pas : elle avait peur de l'effrayer ou de l'irriter. Ruth, Jehu et sa Martine adorée : mais comment avaient-ils pu exister ? Si ce n'est au regard des hommes, peut-être avaient-ils tout de même occupé une toute petite place dans le cœur du bon Dieu ?

Le commissaire continua : « Messieurs, je vais maintenant solliciter toute votre attention. J'ai ici une excellente domestique à vendre ! Vingt ans et des poussières, en excellente santé, avec une grande expérience en tant que domestique et que mama, et, de plus, obéissante et travailleuse. Messieurs, croyez-moi, elle ne mouftera jamais, en aucune langue ! Elle en est tout simplement incapable. Elle n'a jamais été malade, pas un jour de sa vie, et peut être vendue avec son adorable fille de cinq ans. L'enfant est bien nourrie, pas de cicatrice ni de plaie, et la mère est une nourrice confirmée. À l'unité, ou les deux ensemble ; combien pour les deux ? Deux cent cinquante dollars ; très bien, Monsieur, deux cent cinquante pour commencer. Monsieur Smalls a enchéri de deux cent cinquante. Vraiment, Messieurs, c'est une affaire à ne pas louper. Deux cent cinquante ? Pas mieux ? Regardez donc ses yeux, observez la finesse de ses membres ! Oui ? Deux cent soixante ? Essayez d'imaginer cette jeune femme en train de, hum, *nettoyer* votre chambre à coucher. »

Une cascade de rires entendus.

« Oui, Monsieur ? Combien ? Nous en sommes à deux cent soixante, je répète, deux cent soixante. Est-ce que je viens d'entendre deux cent soixante-quinze ? Messieurs, si vous en croyez mon expérience, vous avez là une servante qui vaut bien cinq cents dollars ! Allez, Messieurs ! Encore un effort ! Deux cent quatre-vingts pour la meilleure mama du bas-pays ? Pensez à la manière dont vos chères femmes vous remercieraient pour ses *services* ! »

L'accent qu'il mit sur ce dernier mot raviva les rires entendus, même si quelques chrétiens trouvèrent la remarque d'un goût douteux.

« Est-ce que je dois vraiment les vendre pour deux cent quatre-vingts dollars ? Trois cents. Merci, Monsieur, j'ai trois cents là-bas… »

Un rustaud fit un pas en avant. « C'est l'une des succubes de Vesey. Son propre mari a été pendu c'mardi. Cette salope partageait sa couche et complotait pour trancher la gorge des Blancs ! Elle, ou son mari, ou Vesey, c'est pareil, c'est Satan et compagnie. M'sieur, vous croyez vraiment qu'ma femme m'remerciera de nourrir c'te vipère dans not' sein pour s'occuper d'nos bébés blancs innocents ? »

Une bande de joyeux cavaliers se pressaient à l'arrière de la foule. L'un deux, l'air plus intéressé par l'ambiance que par la vente, éclusait sa flasque ; un autre s'agrippait à sa selle, peut-être pour s'assurer de ne pas tomber après tout ce qu'il avait bu.

Le commissaire coupa le paysan : « Monsieur ! Si vous permettez ! J'ai trois cents ici...

— Que dalle ! hurla le dernier enchérisseur. Vous avez jamais dit qu'elle était de la bande à Vesey !

— Monsieur, j'ai déjà vendu aux enchères deux loyaux domestiques impliqués dans cette triste affaire. Ils ont été sévèrement interrogés, et il a été prouvé qu'ils ignoraient totalement le complot de Vesey. Livrés à eux-mêmes — sans agitateur —, nos Nègres sont heureux et respectueux. Cette femme a servi des familles respectables à Savannah et à Charleston. Elle n'est pas une Judas ! Aucune femme n'a d'ailleurs été impliquée dans le sombre complot de Vesey. Pourquoi s'en seraient-elles donné la peine ? Les femmes ne sont-elles pas "un sexe plus faible" ? »

L'enchérisseur à trois cents dollars quitta la salle. L'un des cavaliers qui venaient d'arriver mit pied à terre pour retirer un caillou qui s'était logé dans sa botte.

Le commissaire, qui avait plus d'un tour dans son sac, avait déjà eu affaire à l'« objection Vesey ». Il fit un fin sourire. « Femme, tourne-toi et retire ta chemise. »

La chemise tomba, légère comme une plume. Les esclaves qui lui faisaient face regardèrent tout à coup leurs pieds.

« Est-ce que vous voyez la moindre cicatrice sur son dos ? Non ! Est-ce qu'elle a déjà été fouettée ? Non ! Et je vais vous dire pourquoi. Son homme était peut-être un rebelle, mais cette femme connaît sa place ! Allez, tourne-toi maintenant. »

Les garçons les plus jeunes gloussèrent. Quelqu'un s'esclaffa.

« Cette servante n'a peut-être pas la peau assez claire pour le commerce de luxe, mais des gentilshommes sophistiqués ont su me faire comprendre que, dans l'obscurité, cela n'avait plus beaucoup d'importance. Tout à l'heure, on m'a proposé trois cents. Je recommence à zéro. Qui est prêt à débourser deux cent cinquante dollars pour cette jeune Négresse et sa petite ? Deux cent cinquante ? Est-ce que j'ai bien entendu deux cent cinquante ?

– J'vous donne quarante pour la morveuse, proposa le rustaud qui aimait bien donner son avis. Ma cuisinière a perdu la sienne, et j'en ai marre de l'entendre pleurnicher.

– J'ai quarante. Quarante. Vous, Monsieur, au fond, vous êtes prêt à monter à quarante-cinq ? Non ? Alors c'est quarante. Adjugé au numéro seize. Monsieur, mon associé, monsieur Millen, va s'occuper de la transaction et vous dresser l'acte de vente. »

La main de Ruth était si engourdie qu'elle ne sentit même pas celle de Martine la lâcher – être arrachée, plutôt. Elle n'entendit pas le hurlement de Martine. Elle ne la vit pas partir. Ruth avait du maintien : ce qu'elle ne touchait pas, n'entendait pas, ne voyait pas ou ne ressentait pas, n'existait pas.

Un moment de noirceur. Quelques secondes de mort. Son cœur blessé à jamais. Voilà, c'était tout.

Un homme blanc brailla : « C'est midi, Monsieur Smithers ! Je suis venu m'acheter un cheval. Ils sont où, ces foutus chevaux ?

– Patience, Jack. Je vends d'abord les Nègres, puis les chevaux.

– Et merde ! Merde ! » Le colonel Jack détela et s'approcha de l'estrade. « Smithers, espèce de fils de… Ruth ! Mon Dieu, c'est toi ? Mais qu'est-ce que c'est que ces histoires ? »

Ruth chuchota : « Martine.

– Que je sois maudit. Maudit ! Est-ce que Frances est au courant ? »

Ruth fit non de la tête.

Jack ouvrit son portefeuille et compta son argent.

« Smithers, où en est mon crédit ?

– Jack…

– Combien je te dois ?

— T'as pas fini de régler ce que tu me dois pour la jument baie. Tu te souviens ? Celle avec les pattes avant blanches. Ni pour le poulain noir que tu as acheté en décembre. Jack on sait tous les deux que tu l'as quasiment volé, ce poulain. »

Jack pointa sa poitrine du doigt. « Voler un poulain ? Smithers, tu serais pas en train de traiter Jack Ravanel de voleur de chevaux ? »

Les amis de Jack éclatèrent de rire, et celui qui tenait les rênes de son cheval lança : « Que je sois maudit si t'en es pas un, Jack, que je sois maudit. » Nouveaux rires.

Après de longues tractations, il fut établi qu'il n'était pas possible de faire crédit à Jack avant qu'il eût remboursé ses arriérés, ou qu'un privilège soit enregistré sur certaines terres rizicoles, auquel cas un crédit serait volontairement – que dis-je, avec joie ! – accordé à Jack par Smithers et Fils, commissaires-priseurs d'esclaves, de chevaux et de marchandises en général.

« Frances va me tuer », dit Jack.

Ruth se demanda combien il existait de mots, et pourquoi il en existait autant.

Le colonel Jack multiplia les suppliques et les promesses de remboursements auprès de ses compagnons férus de chevaux. Il invoqua même Frances.

Normalement, les deux cent dix-sept dollars que Jack avait réussi à réunir n'auraient pas suffi à acheter une jeune mère, mais la réputation de la femme était entachée, le marché encombré, et le vendeur n'avait qu'une envie, passer à une autre vente.

*
* *

Soixante-dix ans plus tôt, Nathaniel, l'arrière-grand-père de Jack Ravanel, avait investi les bénéfices qu'il avait faits dans le commerce de peaux de daim dans une plantation d'indigo sur les rives de l'Ashley. Le grand-père de Jack, Josiah, avait dix-huit ans quand il avait été tué au cours d'un duel, et son frère William commença à cultiver du riz sur les terres des Ravanel et construisit une ferme en cyprès sur les hauteurs, de l'autre côté du fleuve. L'« or de la Caroline » était léger, transportable, et pouvait se conserver presque éternellement. Les quartiers généraux de Napoléon et de Wellington avaient investi des fortunes dans le bas-pays, et les planteurs qui venaient de s'enrichir firent dorer leurs calèches et détruire les fermes de leurs grands-pères pour construire à la place des « maisons de planteurs » dans le plus pur style géorgien. Les Ravanel étaient heureux dans leur grosse ferme démodée, coincée entre la route qui longeait le fleuve et le fleuve lui-même. La maison n'était pas exactement en haut du monticule, si bien que, quand la tempête faisait rage, elle avait beau être aux premières loges, elle n'en souffrait pas. Quand Jack faisait la fête en ville avec ses amis qui adoraient les chevaux, Frances préférait rester là où, pour reprendre son expression, elle pouvait entendre chanter les oiseaux et les termites. Les salles de séjour étaient égayées par une multitude de bibelots, et le mur de la salle à manger était recouvert de couvertures indiennes creeks à motifs rouge vif, verts et orange. Si dix-huit travailleurs, qualifiés ou non, peinaient de l'autre côté du fleuve dans les champs rizicoles de Jack, seule la cuisinière vivait dans la maison. Les garçons d'écurie et les jockeys de Jack dormaient à côté, dans une écurie de douze stalles.

Le colonel Jack n'était pas un planteur assidu ni passionné, et traitait ses Nègres comme il aurait traité ses soldats. Par conséquent, s'ils travaillaient bien sous ses ordres, dès que ce dernier n'était plus là, ils s'occupaient de leur jardin, pêchaient ou chassaient. Les amis de Jack lui conseillèrent d'engager des contremaîtres, mais celui-ci était trop mou, celui-là trop dur, et, en fin de compte, aucun d'entre eux ne resta plus d'un mois ou deux.

Dans la mesure où Jack était souvent en vadrouille pour acheter des chevaux, Frances et sa fille Penny n'avaient qu'elles deux pour se tenir compagnie.

Quand Jack arriva avec Ruth à l'arrière de son cheval, il avait les yeux mi-clos à cause d'une migraine et Ruth était grise comme de l'eau sale. Son faible sourire était terrible.

« Je nous ai acheté une autre domestique, dit Jack. Je sais, je sais, je n'aurais pas dû, mais qu'est-ce que je pouvais faire ? Je ne pouvais pas laisser Ruth être vendue à n'importe qui, si ?

– Vendue ? Vendue ? Mais où… Bien sûr que tu ne le pouvais pas, mon chéri. Tu as bien fait. Entre, Ruth, tu dois être épuisée. »

Penny, qui s'était précipitée dehors pour accueillir sa mama et son amie Martine, fourra son pouce dans la bouche.

« C't'une belle maison, réussit à dire Ruth.

– C'est une vieille ruine, mais c'est chez nous. » Frances lança un regard interrogateur à son mari qui, fronçant les sourcils, lui indiqua qu'il ne fallait pas parler de Martine.

Ruth s'assit, ahurie, sur la balancelle de la véranda. Au bout d'un moment, Penny réussit tant bien que mal à se glisser sur ses genoux. Et, au bout d'un moment encore plus long, Ruth lui caressa les cheveux.

Cette nuit-là, agenouillée auprès de son lit, Penny pria pour que Martine soit heureuse et en bonne santé. Alors Ruth regarda l'enfant avec tant de tendresse et d'intensité que Frances fut obligée de détourner le regard.

Le matin, Jack partit pour Beaufort, où une veuve était susceptible de vendre les chevaux de son mari.

À la fin de la semaine, Ruth était de nouveau capable de dormir, au maximum par tranches de trente minutes.

Jack avait assez de courage pour affronter le feu des canons, mais pas ça. Quand le colonel Ravanel ne voyageait pas, il se débrouillait pour rester en ville.

Ruth faisait tout ce que lui demandait Frances en se traînant dans sa triste robe marron et son fichu vert tout effiloché. Il arrivait souvent que Frances lève les yeux et découvre Ruth dans un coin de la pièce. Elle se demandait alors quand elle était entrée, et depuis combien de temps elle était assise là sans bouger.

Ruth était muette et, quand Frances essayait de faire la conversation, son faible sourire disparaissait aussi sec. Seule Penny mentionnait Martine, et encore, uniquement dans ses prières du soir. Même si aucun adulte n'en parlait, ils auraient immédiatement remarqué si, un soir, Penny avait oublié de prier pour Martine.

Les fièvres s'avéraient souvent fatales pour les nouveaux venus au bas-pays. Ceux qui y étaient nés, Blancs et Noirs – les ancêtres de ces derniers avaient déjà affronté ce type de fièvre en Afrique – contractaient souvent la maladie sous une forme plus bénigne. Ils l'avaient tous eue à un moment ou à un autre, et Frances ne s'attendait qu'à deux ou trois jours difficiles, jusqu'à ce que la fièvre tombe, le matin où Penny s'avéra incapable de se lever du lit, le front en feu.

Ruth lui administrait du thé à l'écorce de quinquina et une décoction de feuilles de radis, et, pendant trois jours, Penny alla mieux. Le lendemain, alors que Frances pensait que Penny se lèverait enfin, sa fille se plaignit de maux de tête ; la fièvre était revenue. À la tombée de la nuit, l'enfant était si faible qu'il était devenu indispensable de la transporter jusqu'à son pot de chambre.

Frances envoya chercher Jack, ainsi qu'un médecin. « La fièvre est particulièrement dangereuse pour les enfants », dit le médecin, chose que tous les parents du bas-pays savaient déjà.

Penny reposait dans le lit, brûlante. Sa mère, Ruth et Jack se relayaient pour la rafraîchir avec du linge humide.

Après une longue nuit passée au chevet de sa fille, Jack tomba sur Ruth, assise sans expression dans la cuisine. Il explosa : « Une jeune femme dans la force de l'âge ne peut pas abandonner comme ça ! Frances a besoin de toi, Ruth. »

Le regard de Ruth était trouble et vide.

« Mais merde ! » Jack avait réussi à crier en chuchotant. « Penny a besoin de toi ! »

Ruth sourit de son horrible sourire éteint, désormais le seul qu'on lui connaissait. « Oh, colonel Jack. Y a tellement d'gens qu'ont besoin d'moi. »

*
* *

 Ruth ou les parents de Penny étaient à son chevet nuit et jour, et, si leurs prières ne la guérirent pas, quelque chose en tout cas le fit : en décembre, une mademoiselle Penny au visage certes bien pâle profita d'un calme Noël et de son nouveau cheval à bascule qu'elle appela Gabby.
 Jack retourna en ville pour les courses hippiques. Valentine, le cheval de Langston Butler, écrasa le favori de la course. Butler emmena son dresseur au club-house où James Petigru lui porta un toast : « Les Noirs comprennent les chevaux mieux que nous, grâce à leur nature animale. » Hercules ne fut pourtant pas franchement la coqueluche de la soirée. Un homme noir, si excellent dresseur de chevaux qu'il fût, mettait les autres maîtres mal à l'aise. Maître Butler renvoya son domestique aux écuries.
 Jack retourna à la plantation pour les semailles. Il avait l'impression d'être toujours en travers du chemin de quelqu'un dans sa maison. Il alla même jusqu'à dire à Frances qu'il avait l'impression d'« être de trop dans le coin ».
 « Si tu étais un peu plus souvent "dans le coin", justement, peut-être te sentirais-tu plus utile. »
 Ils éclatèrent tous deux de rire.
 Il se blottit contre le cou de sa femme. « Notre maison n'a jamais été aussi lugubre. Pourquoi ne sommes-nous pas heureux. Est-ce à cause de Ruth ?
 — Ça ne fait même pas un an que Ruth est avec nous. Elle fait bien plus que ce que je lui demande, et elle ne se plaint jamais. Penny l'adore. Notre fille lui fait tous les soirs la lecture.
 — Oui, mais…
 — Nos amis ont pendu son mari et vendu son enfant. »
 Jack haussa les épaules. « Si on l'avait laissé faire, Vesey aurait assassiné tous les Blancs de Charleston. Dont Penny et toi. »
 Un silence.
 « Et Martine ?

– Madame, c'est là quelque chose de tout à fait regrettable. » Il offrit à sa femme un verre de sherry, qu'elle refusa. Cette nuit-là, elle se refusa également à son mari.

*
* *

Les grosses pluies de printemps firent déborder l'Ashley de son lit. Les digues furent rompues et les ponts en rondins emportés par le courant. Jack travailla avec acharnement jusqu'à ce qu'il entende parler d'un étalon de Virginie qui prenait six secondes au *mile* à Valentine. Il continua les réparations encore trois jours, puis partit. Le travail que Jack n'avait pas accompli dans la plantation resterait à faire.

Penny ne laissait aucun répit à Ruth : « Ruth, tu as vu ces canards ? Pourquoi est-ce qu'ils volent en V ? » ; « Ruth, si Gabby était un vrai cheval, à ton avis, à quelle vitesse il irait ? Je *sais bien* que ce n'est pas un vrai cheval ! Je ne suis pas idiote ! »

Exactement comme sa mère lui avait fait la lecture quand elle était petite, Penny, juste avant les prières du soir, faisait la lecture à la femme noire et silencieuse qui se tenait à son chevet :

> « Le fermier Meanwell, le père de la petite Margery et de son frère Tommy, était depuis de nombreuses années déjà un homme riche. Il possédait une grande ferme, de bons champs de blé, des troupeaux de moutons et beaucoup d'argent. Mais sa fortune l'abandonna et il devint pauvre. Il fut alors contraint de trouver des gens pour lui prêter de l'argent pour payer le loyer de sa maison et le salaire des domestiques.
>
> » Les choses allaient de mal en pis pour le pauvre fermier. Quand vint le temps de rembourser ses dettes, il n'avait plus un sou. Il fut bientôt obligé de vendre sa ferme ; mais elle ne lui rapporta pas assez d'argent, si bien que, bientôt, sa situation fut encore plus désastreuse qu'auparavant.

» Il déménagea dans un autre village, emmenant femme et enfants. Mais s'il s'était ainsi libéré de ses créanciers, les problèmes qu'il devait affronter étaient trop pour l'homme ruiné. Il tomba malade, et s'inquiéta tant et tant pour sa femme et ses enfants que sa maladie empira et qu'il mourut en quelques jours. La femme ne supporta pas la disparition de ce mari qu'elle aimait de tout son cœur. Elle tomba malade à son tour et s'éteignit en trois jours.

» Alors Margery et Tommy se retrouvèrent seuls au monde, sans père ni mère pour les aimer et prendre soin d'eux. Leurs parents reposaient dans une seule tombe ; il ne leur restait plus que le Père de tous les orphelins, qui demeure dans les cieux et prend pitié des enfants sans foyer. »

Penny se pelotonna encore plus profondément dans son lit. « Mama, comment Dieu il laisse ce genre de choses arriver ? »

Pendant un moment, Mama fut incapable de parler. « C'est juste un livre, ma chérie. On met toujours plein d'choses dans les livres, des choses qu'arrivent jamais.

— Mais elles *peuvent* arriver, non ? »

Comme si elle récitait un poème à moitié oublié, Ruth chuchota : « T'es si jolie, mon enfant… Faut qu'ils voient comme t'es jolie… Ils vont t'aimer, autant qu'moi j't'aime. »

Après un profond silence, Penny referma le livre. « Embrasse-moi, Mama. Donne-moi des beaux rêves. »

*
* *

Frances avait eu beau mener son enquête, les circonstances de la vente de Martine n'étaient pas très claires. Apparemment, elle avait été achetée par un fermier du haut-pays qui n'avait pas de famille dans le bas-pays.

Ses recherches portèrent leurs fruits un jour d'août, vers midi, alors que les oiseaux chantaient et qu'il n'y avait plus une ombre sur le sol. De la transpiration tombait goutte à goutte sur une lettre qu'elle avait reçue d'une cousine au troisième, ou peut-être même au quatrième degré du côté de sa mère. Elle leur envoyait toute son affection et espérait leur rendre visite, si jamais elle arrivait à s'arracher à sa morne ferme du haut-pays pour se rendre dans cette grande ville diabolique dont elle avait tant entendu parler. C'était un début de piste. La transpiration brouillait l'encre, et Frances posa la lettre à côté de sa tasse de thé, sur une table en rotin. Avant qu'elle ait pu prendre une décision – n'importe laquelle –, Ruth vint sur la véranda. « Penny fait une p'tite sieste. »

Frances affronta le regard de sa domestique sans ciller. Elle toucha la lettre du bout des doigts.

Le regard de Ruth se fixa sur le papier plié comme s'il s'agissait des dernières paroles du Christ. « Martine… ? »

Frances n'eut pas besoin de répondre. Son expression suffit. « Oh, j'sais bien, Ma'ame. J'sais bien qu'ma Martine, elle est morte. Les bébés, ils vivent jamais longtemps sans leur maman. Ils s'dépêchent d'monter au ciel. Y a qu'les mamans qui peuvent les garder ici, sur terre. »

Quand Frances se leva pour la prendre dans ses bras, Ruth leva une main. « Non, Ma'ame. J'ai besoin d'rien. Et j'veux rien.
– Ruth, je suis…
– Oui, Ma'ame. Et j'vous remercie. M'est avis qu'on l'est toutes les deux. »

Pour le reste de l'été, la grande et accueillante véranda de la vieille ferme n'offrit plus qu'une chaleur étouffante, et une profonde tristesse.

*
* *

Un matin, si tôt que Frances était encore en peignoir, une grande clameur annonça le retour d'une patrouille fière de ramener un jockey de Jack qui avait pris la fuite, Ham, et qui espérait quelque libation en plus de leur récompense de cinquante dollars. Frances, énervée, leur fit apporter les deux. Après leur deuxième verre de fine, hilares et amicaux, ils proposèrent gentiment d'enchaîner eux-mêmes le fugitif. Peut-être méritait-il une « petite sucrerie » ?

« Non, je ne crois pas que cela sera nécessaire. »

La patrouille partit sous l'œil brûlant et inflexible du soleil. « Pourquoi, Ham ? Est-ce que je ne t'ai pas bien traité ?

– Oui, j'le reconnais.

– Alors pourquoi ? Bon sang ! Tu vas me répondre à la fin ?

– Maître Butler, il va vendre ma Martha, dans le Sud. Sans m'dire où elle va. »

Deux mois plus tôt, Ham s'était marié avec une domestique de la plantation Broughton. « L'maître, il a dit, Martha est "insolente", alors elle s'en va. Dites-moi c'que vous voulez, Ma'ame. Fouettez-moi, ou vendez-moi, ou aut'chose, j'm'en fiche. Mon cœur, il est brisé et tout c'que j'veux, c'est mourir. »

Frances perdit patience : « Comment oses-tu penser que tu es le seul ici à avoir le cœur brisé ! »

*
* *

Jack avait acheté quatre beaux chevaux du Tennessee qu'il revendit un bon prix. Il se demandait même pourquoi il s'embêtait avec le riz. Il n'était pas planteur, vraiment. Promis, il ferait le tour de la plantation demain. Promis, il engagerait un bon contremaître. Promis, il s'occuperait enfin de ces ponts de bois qui avaient besoin de réparations. Promis, il parlerait à Langston de la femme de Ham. « Je lui parlerai. Je ne le ferai pas changer d'avis, mais je lui parlerai.

– Peut-être que tu peux acheter Martha ? »

Un reniflement. « Langston en voudra plus que ce qu'elle vaut. Plus que ce qu'il l'a achetée au marchand d'esclaves. Et nous n'avons pas besoin de davantage de problèmes de domestiques.

– C'est vrai, Jack, mais réfléchis : quand tu trouveras un bon cheval, tu auras besoin d'un bon jockey pour le monter. »

Jack racheta Martha, et Ham promit qu'il gagnerait la course suivante, promis juré. Jack pouvait parier les yeux fermés.

Ruth souriait en permanence. Ses os faisaient saillie sous sa peau, et sa poitrine se dégonfla jusqu'à disparaître. Elle marchait comme si cela la faisait souffrir. Mais elle souriait en permanence. Elle disait les choses les plus joyeuses d'une voix morte. La maîtresse et la domestique habitaient la même maison comme des étrangères. Plus ou moins consciemment, elles mirent en place un système qui leur évitait de se croiser. Un jour, Frances perdit patience : « Ruth, tu dois manger. Tu dois prendre des forces. Penny a besoin de ta force. »

Avec un sourire joyeux et fantomatique, Ruth répondit : « Ou quoi, Maîtresse ? Vous allez m'envoyer recevoir une "p'tite sucrerie" ? Ma'ame, j'en ai trop qui sont partis de l'autre côté. J'suis seule. Toute seule. »

*
* *

Jack était quelque part en Géorgie du Nord quand la fièvre de Penny revint. Le médecin dit : « Elle a le grand avantage de la jeunesse », ainsi que : « Voilà qui est tout à fait inhabituel. » Ham conduisit Frances à la plantation Broughton, où elle trouva Dolly en train de travailler dans la nursery. Frances n'y alla pas par quatre chemins : « Mama Ruth veut mourir.

– Le bon Dieu veut Mama Ruth ?

– Je suppose... Je suppose qu'il faut le Lui demander. »

Dolly dit avec impatience : « Non, Ma'ame. Ça marche pas comme ça. On demande aux esprits pour qu'ils demandent au bon Dieu. Ils interfèrent pour nous. »

Frances pensa que Dolly avait voulu dire « intercèdent », mais finalement, peut-être pas. « Peux-tu... »

Farouchement : « J'suis une bonne chrétienne, Ma'ame. J'pratique pas la sorcellerie.

— Ma Penny… Je… » Comme si quelqu'un d'autre, un esprit, avait pris possession de sa voix, Frances dit : « Si Ruth meurt, ma fille mourra. Je le sais. »

Alors Dolly soupira, et dit qu'elle verrait ce qu'elle pourrait faire.

Ham conduisit alors Dolly en ville pour divers achats et emprunts, et ils ne revinrent qu'à la nuit tombée. Dolly avait calé sous son bras un sac de farine dont le mystérieux contenu dégageait une odeur caustique, qui faisait plisser le nez. « Vous voulez aider ? », demanda Dolly à Frances.

L'âme profondément protestante de Frances Ravanel frissonna à la vue du sourire édenté de la sorcière.

« J'ai b'soin d'l'aide de quelqu'un, répéta Dolly.

— Ah… et pourquoi pas Ham ? Enfin quelqu'un… quelqu'un comme vous ?

— Ham. » Elle repoussa l'idée : « Ham, il veut une potion d'amour. C'est la seule chose qu'il veut. Pour rendre sa femme folle de lui. »

Après que Martha, la femme pas si folle de Ham, eut fermé la porte derrière les deux femmes, Frances, qui parfois buvait un verre de sherry à Noël, se servit un verre à ras bord de ce whisky sombre et sucré que le colonel Jack avait ramené du Kentucky. Le deuxième verre lui permit de devenir sourde aux bruits étranges qui perçaient derrière la porte, des bruits auxquels, en tant que chrétienne, elle ne voulait pas penser et qu'elle ne voulait pas entendre : ni les chants, ni les incantations, ni les trop nombreuses voix.

Elle gagna la chambre de Penny et s'endormit sur une chaise à côté de sa fille.

Le soleil du matin teintait de rose le brouillard qui recouvrait le fleuve. Un rayon atteignit une fenêtre de la vieille ferme. Frances se réveilla brusquement et toucha le front froid de sa fille. Les yeux bleus de Penny étaient grands ouverts. « Maman ? De l'eau. » Frances attrapa le pichet qui reposait près du lit et aida sa fille à boire.

« J'ai fait un rêve très étrange, dit la petite fille. Mais je n'arrive pas à m'en souvenir… »

Une larme coula sur la joue de Frances.

Elle aida sa fille à enfiler une chemise de nuit propre. « Pouah ! » Penny gloussa. « Qu'est-ce que je sens mauvais ! »

Frances ouvrit les volets pour faire entrer la brise qui venait du fleuve. « Je suis tellement reconnaissante », dit-elle.

Penny fit une grimace. « Reconnaissante de quoi ?

– Après, on va te laver. »

Frances monta une théière et toqua à la porte de Ruth. Elle entendit un bruissement à l'intérieur. Un grognement. Un pied se posant sur le plancher.

La porte s'ouvrit. Dolly ne portait plus son chemisier, et ses tresses étaient défaites.

Son visage était doux, comme si elle avait passé la nuit à faire l'amour. La chambre était plongée dans l'obscurité, rideaux fermés et volets tirés. Des objets étranges étaient accrochés aux chandeliers muraux, et Dolly dégageait une forte odeur d'épices musquées. Frances était incapable de dire s'il y avait une ou deux femmes allongées dans le lit de Ruth. « Un nouveau jour se lève », annonça Dolly. « Ma'ame, est-ce que vous d'manderiez à Ham d'me conduire chez moi ? J'suis trop crevée pour marcher.

– Et Ruth ?

– Oh, Ruth, elle a juste besoin d'dire au revoir. On peut pas laisser les morts partir si on leur dit pas au revoir. C'thé, il est pour moi ? »

Dolly prit la théière et ferma la porte. Penny, avec l'aide de sa mère, gagna la véranda, où la cuisinière lui servit des flocons d'avoine. Elle les dévora comme si elle n'avait jamais rien mangé d'aussi bon.

Elles contemplèrent le paysage matinal pendant une heure ou deux, sans discontinuer.

Ruth sortit, frottant ses yeux comme si elle émergeait d'un sommeil profond et bienheureux. « 'lut, Miss Penny. Comment ça va ?

– Je me sens terriblement faible.

– Moi aussi, j'me sens faible. Mais maint'nant, j'vais m'occuper d'toi.

— Ruth, tu veux petit-déjeuner ? »

Elle acquiesça. « Miss Penny ?

— Je ne peux pas avaler une bouchée de plus », déclara fièrement Penny.

L'enfant resta tout de même assise entre sa mère et sa mama, tandis que Ruth mangeait et que des péniches remplies de gerbes de riz remontaient le fleuve jusqu'aux tarares. Les chants d'oiseaux ponctuaient les mélopées solennelles des marins.

« Tout a l'air si… ordinaire, dit Frances.

— Y a ordinaire et ordinaire, répliqua Ruth en reprenant un autre gâteau à la farine de maïs.

— Qu'est-ce que tu…

— Toute ma vie, les esprits, ils ont demandé après moi. Mais j'les ai fuis. J'suis pas africaine. J'ai été baptisée à l'église catholique d'Saint-Jean-le-Baptiste.

— Je ne savais pas…

— J'ai jamais aimé Gullah Jack, mais Dolly, elle l'a amené pour qu'il m'parle. Jack, il veut pas que j'parte là-bas, et qu'j'y mène les esprits à la baguette et tout. Il veut que j'reste là pour un bout d'temps encore.

— Alors dans ce cas, grâce soit rendue à Jack.

— Gullah Jack, il est pas meilleur maint'nant que quand il était un homme. » Ruth prit une longue inspiration. « M'est avis que j'dois vivre aussi longtemps qu'des enfants auront besoin d'moi. Les mamas, elles font c'qu'elles doivent faire. »

*
* *

Le cours du riz remonta, et les bourses des planteurs, quelles que soient leurs compétences, se gonflèrent à nouveau. Jack acheta trois chevaux, l'un après l'autre, qu'il paya un bon prix. Malheureusement, malgré tous les efforts de Ham, ils continuaient à arriver deuxième, alors que tout ce qui importait était d'arriver premier.

Jack essaya également de racheter Hercules, qui avait dressé un certain nombre de chevaux qui avaient battu les siens. À cette fin, il écouta pendant des heures le vieux Middleton Butler radoter à propos de la fois où, membre de la délégation de la Caroline du Sud, il avait voyagé pour se rendre à la Convention de Philadelphie : « J'ai l'honneur d'avoir fait partie des patriotes qui se sont battus pour que l'esclavage soit conservé dans la Constitution des États-Unis, affirmait-il. Les yankees avaient besoin des votes de la Caroline du Sud. James Madison, distant et si fier de son érudition ; John Adams et sa femme, une véritable harpie ; oh oui, ils s'en remettaient tous à un humble planteur de riz de la plantation Broughton. » Alors Middleton gloussa, puis toussa jusqu'à ce que son visage devienne écarlate.

Langston raccompagna Jack. « Vous savez, mon oncle ne vendra jamais Hercules, et je n'en ai pas non plus l'intention, déclara-t-il.

– Nous verrons bien, n'est-ce pas ? » répondit joyeusement Jack.

Pendant que Jack flattait la vanité du vieux Middleton, Ruth et Penny visitaient les écuries, où Hercules s'empressa de flirter avec Ruth : « J'crois qu'on s'rait bien ensemble, toi et moi, lui proposa Hercule.

– J'ai d'jà eu mon homme, répondit-elle Et j'en veux pas d'autre. »

Ce ne fut pas tant ce qu'elle dit que la manière dont elle le dit. Hercules se redressa, siffla et, s'il continua à flirter, cela n'eut plus jamais le même sens.

Frances Ravanel donna naissance à un fils, un enfant actif, mais sujet aux coliques, et qui hurlait pour avoir le sein de sa mère même après la tétée.

« Bébé Andrew, z'allez être un homme terrible, disait Ruth. Mais les femmes elles vont vous adorer. »

Middleton mourut avant d'avoir succombé aux flatteries de Jack. Et si son héritier vendit deux cents esclaves pour éponger les dettes de son oncle, Hercules ne fit malheureusement pas partie du lot. Deux mois plus tard, Langston épousa Elizabeth Kershaw : elle avait quinze ans et, en tant que seule héritière de William R. Kershaw, était très riche, et tout aussi banale. Elle donna un héritier à son mari dix mois après leur nuit de noces. Les Nègres firent tout un foin parce que le fils premier-né était venu au monde avec son placenta serré dans son petit poing : c'était un présage aussi puissant qu'ambigu.

Les choses suivirent leur cours, du moins le cours habituel de la vie des planteurs : leurs joies, leur travail et leurs peines étaient dictés par les récoltes, les tempêtes et les caprices de marchés à l'autre bout du monde.

Quand Penny eut sept ans, elle eut de nouveau la fièvre, mais elle retomba, laissant seulement le temps à ses parents de se faire un sang d'encre.

On était à la mi-août, et, de mémoire d'homme, personne ne se souvenait qu'on ait eu un été aussi pluvieux. Langston Butler rendit visite aux Ravanel et discuta une heure avec Jack sur la véranda.

« Qu'est-ce qu'il te voulait ? demanda Frances.

— Nos champs en aval du fleuve — ces champs où mon arrière-grand-père cultivait de l'indigo —, eh bien Langston prétend que sa "chère Elizabeth les veut". Apparemment, Elizabeth s'est mis en tête d'aller pique-niquer sur les bords du fleuve avec son mari. » Jack ricana. « "Viens vivre avec moi, viens sois mes amours, Et nous goûterons plaisirs tous les jours, Que peuvent donner bosquets ou vallées, Ou monts escarpés, ou bois ou feuillées[1]"...

— Merci, Jack... Que voulait-il réellement ?

— Les ambitions de Langston sont en réalité assez modérées. Il ne convoite que ce qui "est adjacent". J'ai déjà vendu davantage de terres que j'aurais dû. J'aurais aimé que tu gères nos affaires. Tu es je crois plus douée que moi.

---

1. Christopher Marlowe, « L'Amoureux Berger à sa bergère », traduit par François de Chatelain.

– Jack, tu m'as rendue très heureuse.

– Je n'arriverai jamais à comprendre ce que tu as bien pu voir dans un vieux soldat épuisé et obsédé par les chevaux comme moi.

– Tu es peut-être bien des choses, Jack, mais s'il y a bien une chose que tu n'es pas, c'est épuisé. »

*
* *

Dans le bas-pays, dire d'un homme qu'il était mauvais cavalier revenait presque à le traiter de sous-homme. Si les voleurs allaient en prison, les voleurs de chevaux, eux, étaient pendus haut et court. Les chevaux galopaient aux carrefours des routes, aux marchés aux bestiaux, aux meetings politiques et aux fêtes patriotiques ; en somme, ils galopaient partout où des chevaux et des parieurs pouvaient se rendre. Les compétitions les plus courues se tenaient pendant la Semaine de la Course, sur le champ de courses Washington de Charleston : elles attiraient les meilleurs chevaux, jockeys et propriétaires, qu'ils viennent du Sud, de l'Ouest, ou même du pays yankee. Les journaux new-yorkais faisaient la réclame pour des « excursions pour les dames et les gentilshommes », leur promettant une traversée rapide à bord de navires dernier cri, un logement luxueux à Charleston et, bien sûr, les précieux billets donnant accès à la tribune du Jockey Club pour les courses les plus importantes.

Les paris étaient frénétiques, et les mises prodigieuses. Il était attendu que Valentine, la jument de Langston Butler, réitère ses prouesses de l'année précédente.

Cet automne-là, Jack buvait dans un club-house aussi sordide qu'humide à côté du champ de courses de Knoxville. Malgré la pluie, la course avait été maintenue, et le cheval sur lequel Jack avait parié était tombé, estropiant au passage son jockey noir. Le cheval fut abattu avant même que le jockey – à qui on reprocha l'accident – fût tiré hors de la piste. Morose, Jack Ravanel était assis sur un tabouret et contemplait la bruine à travers la fenêtre touchée par la pluie. Sur son rebord étaient posés son verre et son cigare. La pluie fouettait le clubhouse, et la fumée du feu ajoutait à la puanteur de ses vêtements de laine trempés.

Jack avait beaucoup de dettes et, cette année-là, la récolte de riz avait été encore plus catastrophique que la précédente. Il faisait tournoyer le liquide sombre comme si un bon génie allait en sortir pour partager avec lui un peu de sa sagesse. Les chevaux, les chevaux, les chevaux.

À une table juste derrière lui, deux types du coin parlaient à voix basse. « J't'ai parlé de Red Stick.

— Ouais, j'crois bien. » Et, en un chuchotement à peine audible : « Seigneur. Quatre *miles* en huit minutes dix.

— Junior, il dit qu'Andy va l'vendre.

— Ouais, c'est ça. Mon œil. On vend pas un cheval comme ça.

— J'suis pas l'cousin d'Junior, peut-être ? On était p'têt même pas tous les deux à Mutton Creek ? Y en a pas beaucoup qui sont au parfum pour Red Stick. Andy, il cache bien son jeu. »

Comme s'il avait été alerté par la raideur soudaine de Jack, l'autre souffla : « Tais-toi maintenant, Henry. C'est ni l'endroit ni l'moment d'causer d'ça. »

Deux jours plus tard, le colonel Jack Ravanel trotta sur un petit chemin sinuant entre des champs de coton, jusqu'à une maison en briques à deux étages située sur les hauteurs, qui avait plus l'allure d'une ferme que le manoir d'un grand seigneur du Sud. Après que le garçon d'écurie eut pris son cheval, Jack fut accueilli dans l'entrée par une Négresse plantureuse. « J'suis Hannah, M'sieur. Vous pouvez m'dire c'que vous voulez et qui vous êtes ?

— Colonel Jack Ravanel. J'ai servi avec le général.

— Oh, bah il va être bien content d'vous voir, M'sieur. Asseyez-vous, M'sieur. L'général Jackson, il est toujours disponible pour les anciens combattants. »

Jack n'attendit pas longtemps. Jackson était un petit homme malingre dont la tête semblait trop grosse pour le reste de son corps, un corps, selon ses propres dires, qui « avait souffert ». Deux balles y étaient toujours logées – souvenirs de duels –, et, deux ans à peine auparavant, il avait gagné l'élection à la présidence des États-Unis, mais on avait triché pour l'évincer. Il ne s'en était jamais plaint.

« Mais c'est le colonel Jack Ravanel ! Excellent, excellent. Qu'est-ce qui a bien pu vous pousser à quitter ce lieu de débauche qu'est la Caroline ?

– Je me suis amendé, mon général.

– N'avez-vous pas prêté serment ?

– Je suis réformé, certes, mon général, mais je ne suis pas encore mort.

– Alors vous devez absolument goûter mon whisky. Venez dans mon bureau. »

Dans une petite pièce, Jackson présenta Jack à M. Harmon, de New York, et à M. Fitzhugh, de Virginie, ses « conseillers ». Le whisky de Jackson était excellent, mais la conversation s'essoufflait. L'épée d'or qui traînait sur le bureau avait été offerte à Jackson par la législature du Tennessee, en récompense de ses services en tant que commandant en chef de la milice.

Les conseillers de Jackson avaient effectivement l'air extrêmement désireux de donner leur avis ; ce besoin irradiait de tous les pores de leur peau.

« Général, il y a de nombreux très bons chevaux le long de la Cumberland, dit Jack, et je crois que la plupart d'entre eux sont à vous.

– Je garde tout de même quelques vieilles carnes. » Jackson sourit en découvrant ses dents et se tourna vers le New-Yorkais : « Vous y connaissez-vous en chevaux, Monsieur Harmon ? »

Le yankee retroussa les lèvres avec impatience. Non, il n'y connaissait rien.

« Quel dommage. Colonel Ravanel, si vous êtes venu voir mes chevaux, je préférerais vous les montrer moi-même, mais, vous me comprenez, je ne veux pas non plus ennuyer ces messieurs. Si vous permettez… »

Hannah envoya un jeune garçon chercher Ira Walton, un contremaître, qui déboula à toute vitesse, irrité qu'on l'arrache à la supervision des récoltes.

Tandis qu'ils chevauchaient vers les écuries, Walton demanda à Jack comment il se débrouillait pour faire des récoltes, avec ces Noirs qui n'avaient aucun respect pour les Blancs. « Faut pas dorloter les Nègres, Monsieur, dit-il. La récolte du général Jackson, faut qu'elle soit chargée à temps. Alors faut pas les dorloter. » Le regard de Walton passait en revue chaque tâche non finie, chaque petite entorse au règlement, dans ce qui semblait à Jack être l'une des plantations les mieux gérées qu'il ait vues de sa vie. Arrivé à l'étable, le contremaître hurla : « Dunwoodie ! Viens par ici, espèce de vaurien ! » Le Nègre qui était en train de ferrer un cheval ne leva pas la tête. Un Noir à la peau claire arriva, la main en visière au-dessus des yeux pour se protéger du soleil. « Maître Walton, que puis-je pour vot' service ? »

Les mots étaient certes respectueux, mais quelque chose dans le ton…

« Montre nos chevaux au colonel Ravanel, dit le surveillant d'un ton sec. Je suis très occupé.

— Mais bien sûr qu'vous l'êtes, contremaître. J'sais même pas comment on pourrait faire des récoltes sans vous. »

Un visage blanc dur, un visage noir souriant ; le Blanc jura, tira sur le mors de son cheval et repartit là où son devoir l'appelait.

« Toutes les récoltes, elles demandent beaucoup d'attention, dit solennellement Dunwoodie.

— Et un surveillant prudent est une "perle de grand prix", répondit Jack tout aussi solennellement.

— Dites-moi, Maître Colonel Ravanel, que puis-je pour vous ? Que désirez-vous voir ?

— J'aimerais voir Red Stick. »

Dunwoodie siffla doucement, et, sur un ton grave : « Oh, çui-là.

— Oui, celui-là. Je crois qu'il est rapide.

– Oh, oui, M'sieur. Ça, il est rapide.
– Mais… ?
– Y a pas de "mais" quand on parle de Red Stick. C'est l'pur-sang l'plus rapide qu'j'aie jamais vu et, de toute façon, l'général, il garde aucun cheval lent.
– Mais… ? » l'invita à nouveau Jack.

Un lent sourire se dessina sur le visage de Dunwoodie. « Z'allez voir par vous-même. Ou pas, ça dépend. Il est dans l'pâturage arrière, avec nos hongres. »

Des esclaves chantaient, fauchaient et rassemblaient des balles de foin dans un champ à côté d'un pré dans lequel broutaient de magnifiques chevaux.

« Qu'est-ce qu'ils ont l'air heureux ! dit Jack.
– Red Stick, il cherche Bertrand, alors Bertrand l'prend en chasse, et Red Stick, il le laisse presque le rattraper. Presque. Et Bertrand, il tombe à chaque fois dans l'panneau. »

Certains chevaux étaient si beaux qu'ils donnaient l'impression d'être dotés d'une âme. Les rayons du soleil faisaient luire la croupe de Red Stick.

Il bougeait la tête dans tous les sens, tentant de faire fuir les insectes délogés par les faucheurs de foin. Un esclave commença un chant, un appel. D'autres répondirent. Chœur aussi triste et ancien que leur labeur.

Alors le cheval tourna la tête, hennit et chargea les hommes qui se tenaient près de la barrière. Il galopait avec la force d'un ouragan, ses sabots martelant le sol avec fracas et la crinière au vent. Jack finit par se dire qu'il n'allait pas s'arrêter et s'apprêtait à bondir sur le côté pour sauver sa peau lorsque, contre toute attente, Red Stick freina et s'arrêta. Le visage de Jack était maculé de poussière, de crottin et de touffes d'herbe. Il éternua et plongea son regard dans les grands yeux d'un marron limpide qui se trouvaient à quelques centimètres de son visage : « Mais qui diable es-tu ? »

Red Stick était un rouan à la crinière noire, à la queue noire et aux boulets noirs. Une gorge mince, une assise parfaite, une queue haut placée, une belle croupe, des os solides, des naseaux frétillants, des yeux intelligents et méfiants.

« Il vous dit bonjour, dit Dunwoodie.

— Salut. » Jack flatta l'impressionnant naseau rouge-brun. Le cheval renâcla, s'ébroua puis galopa vers ses congénères. Jack était tombé amoureux. Son cœur battait à cent à l'heure, et il avait du mal à avaler sa salive. « Quatre *miles* en huit minutes dix.

— J'l'ai chronométré moi-même.

— Plus rapide que Bertrand ?

— Et pas qu'un peu !

— Pourquoi au nom du ciel le général veut-il le vendre ? »

Le Noir fit une grimace. « C'est pas qu'il veut.

— C'est-à-dire ?

— Le général Jackson, il est très occupé parc'qu'il veut devenir président. Il a plus l'temps pour les ch'vaux. » Dunwoodie sourit. Le colonel Jack déglutit. Il sentait qu'il commençait à transpirer sous les aisselles.

« Red Stick, il va être vendu à un cavalier, ou alors à un attelage. » Dunwoodie renifla. « Un attelage, vous vous rendez compte ! On pourrait aussi lui tirer d'ssus à la fusée Congreve. Ce s'rait du gâchis pareil. »

Le colonel chuchota : « Il va être vendu très cher, non ? »

Dunwoodie eut un sourire dur. « Pour sûr, M'sieur. Va être vendu très cher. »

*
* *

Enfin seuls après le départ de ses alliés politiques, le général Jackson servit de nouveau un peu de son excellent whisky à Jack, sans toutefois se resservir lui-même. « Ah, colonel. Alors vous l'avez vu ? Je pense être le vendeur le plus réticent de tout le Tennessee. Ce cheval est capable de faire la réputation d'un homme. Mais, d'après ma chère Rachel, c'est le prix à payer pour gagner Washington : le président des États-Unis ne doit pas être impliqué dans les courses de chevaux. Sans offense, évidemment. J'ai toujours adoré ce sport, c'est un sport de rois. Ça remonte à mes tout débuts, quand j'étais encore un jeune avocat. Pour faire plaisir à Rachel, je vais vendre Red Stick. Mais pas à n'importe qui. Ce cheval doit être vendu à un homme que je dois pouvoir considérer comme mon ami. »

Quand Jackson annonça le prix qu'il en voulait, Jack tressaillit.

« Colonel, il n'est pas question de savoir si Red Stick *peut* gagner les courses : il *va* les gagner. C'est l'animal le plus rapide de tout le Sud.

— C'est en tout cas le prix que vous en demandez. Là d'où je viens, on peut pour le même prix acheter une belle plantation.

— Eh bien, Monsieur, si vous n'êtes pas intéressé… J'ose espérer que vous voudrez bien nous honorer de votre présence à dîner ? Notre cuisinière est une perle. » Jackson se leva pour lui serrer la main.

« Accepteriez-vous un billet à ordre ? J'aurai le liquide d'ici la fin du mois.

— Mais bien sûr que je l'accepte, mon cher colonel. Après tout, nous avons servi ensemble. »

*
* *

Une semaine et deux jours plus tard, Jack Ravanel était assis dans un attelage au milieu de sa cour. Il était tout simplement rayonnant.

« Il est nerveux, Ham. » Jack vérifia la longe qui retenait le cheval au poteau d'attache. « Apprends à le connaître en le caressant un peu, là. Et, dès qu'il sera habitué à toi, emmène-le à l'écurie. »

Jack s'étira. Quelle magnifique journée ! Jack Ravanel n'était pas un maudit planteur de riz qui gagnait sa vie en donnant des ordres à des esclaves dans la boue. Ça non ! D'ailleurs, comment un homme pouvait-il être bon dans un travail qu'il méprisait ? Les chevaux – il n'y avait rien de petit, de médiocre ou de mesquin à propos des chevaux. Rien. Quand un bon cheval filait comme une flèche sur la piste, c'était comme si lui-même, Jack Ravanel, était le corps du cheval : tendu, joyeux et magnifique !

Son retour à la maison avait été retardé par ses négociations avec Langston Butler. Jack pensait que ce dernier était le seul homme qu'il connaissait à être d'ores et déjà damné.

« Un seau d'eau et un tout petit peu d'avoine. Juste un tout petit peu, hein ? Laissons-le s'habituer à nous. Pas de gestes brusques. »

Frances s'avança sur la véranda. « Bonjour, Jack. Tu ne devais pas rentrer hier ?

– Des affaires en ville. » Il gravit les marches qui menaient à la véranda. En l'embrassant, il sentit sa réserve.

« Est-ce que j'ai déjà vu ce cheval avant ?

– Il était au général Jackson. Il ne voulait pas le vendre, mais...

– Je vois. Penelope a encore été malade, mais la fièvre est retombée hier et elle a retrouvé l'appétit. Mama lui donne de l'« herbe des jésuites ». C'est très amer, mais c'est nécessaire, je crois.

– Et Andrew ?

– Il est infernal. Ton portrait craché, Jack.

– Et pas une once de ta douce nature.

– Pas une – elle évita son étreinte –, mais il est adorable.

– Comme son papa », tenta Jack.

Elle rit. « Oui. J'en ai bien peur. » Une ombre passa dans son regard. Elle soupira. « Ton nouveau cheval est magnifique.

– Dès que la saison des courses recommencera, je me rembourserai. »

Frances leva un sourcil interrogateur qu'il fit semblant de ne pas voir. Dans la salle de séjour, Mama aidait le petit Andrew à construire un château avec des cubes alphabet. Penny se précipita dans les bras de son père et Andrew, qui ne voulait pas être en reste, renversa sa construction pour se ruer dans ses jambes.

Frances lança un regard étrange à Jack. « Ils sont magnifiques aussi, tu sais.

— Je le sais, ma chérie. Crois-moi, je le sais. » Jack serra Penny si fort qu'elle en gloussa. « Mama, comment ça va ?

— Maître Jack, quand est-ce qu'vous allez rester à la maison pour vous occuper d'vos affaires ?

— Mes affaires sont là où je pose mon chapeau. Et j'ai *fait* des affaires.

— Hum. Allez, les enfants. C'est l'heure d'la sieste.

— Oh Mama, s'il te plaît ! pleura Penny.

— Mets Andrew au lit, Mama, dit Frances. Penny peut encore rester un peu. » Elle agita un doigt vers sa fille. « Mais seulement cette fois, hein ? »

Même s'il était évident qu'elle se considérait trop âgée pour une telle entreprise, Penny se saisit des cubes et composa le mot C-H-E-V-A-L. « Le fruit ne tombe jamais bien loin de l'arbre, gloussa Jack.

— Pendant ton absence, mon chéri, monsieur Bell, notre agent pour le riz, nous a déposé sa facture.

— Que nous paierons dès que nous aurons vendu la récolte.

— Bell dit qu'il a pris notre récolte en compte dans son calcul, et que cela ne suffira pas.

— Ma chère Frances, je viens de passer deux jours à parler affaires avec Langston Butler, et je dois t'avouer que là, c'est au-dessus de mes forces.

— Jack, j'ai peur qu'il soit devenu nécessaire de vendre à Langston le terrain de pique-nique que veut sa femme. Nos dettes…

— Mais tu es extraordinaire ! s'exclama-t-il. On dirait que tu anticipes chacune de mes décisions. »

Un demi-sourire. « Langston ?

— C'est signé, scellé et conclu en bonne et due forme.

— Alors tu t'occupes de monsieur Bell ? »

Il fit un geste négligent de la main. « Après la saison des courses, je serai heureux de m'occuper de monsieur Bell.

— Mais, Jack, si tu as déjà vendu… » La bouche de Frances s'arrondit en un O silencieux. « Oh non, Jack, tu n'as pas osé ! Cette parcelle est notre meilleure terre ! Où iront pâturer nos chevaux ?

— Le grand-père de Red Stick, Sir Archy, a gagné plus de soixante-dix mille dollars rien qu'en prix de saillie. Il va vite nous permettre de racheter notre pâture. »

Frances avait la voix étranglée : « Combien… combien as-tu…

— Chérie, la maison est ta responsabilité, mais, en ce qui concerne les affaires, je suis libre d'agir comme bon me semble. »

Jack Ravanel échappa à sa femme désespérée en s'enfermant dans la bibliothèque. Là-bas, il poussa une grosse pile de factures pour exhumer une carafe. Le whisky lui mit la gorge en feu. La main de Jack tremblait.

Il tripotait des papiers sur son bureau comme un chien aurait gratté la terre. Red Stick lui ferait gagner des milliers de dollars ! Il était cavalier. Il n'avait jamais prétendu être un planteur. La boue. Les Nègres. Les moustiques. Une mortalité horrible. Barbare. Ennuyeuse.

Il vida son verre en quatre grosses gorgées et s'en servit un second. Il entendait le cliquetis des chevaux, et Frances dire distraitement « Tiens-toi bien, ma chérie. » Puis un « Hé ! » alarmé, suivi d'un fracas de fer à cheval. Il se rua à la fenêtre, le cœur dans les chaussettes.

*
* *

Certains prétendirent que Jack était ivre quand il atteignit le lieu de la catastrophe. Une chose est sûre, c'est qu'il le fut parfaitement peu de temps après, et resta dans cet état pendant tout le temps que dura l'enterrement de sa femme. Personne ne pouvait l'approcher, et Cathecarte Puryear, qui s'était rendu chez les Ravanel pour prendre les choses en main, se fit pousser dans l'escalier et s'en sortit avec quelques ecchymoses. Quand Penny mourut trois semaines plus tard (ce qui, au regard de la gravité de ses blessures, était presque une bénédiction), le très jeune frère de Penny et sa mama représentèrent la famille Ravanel à l'enterrement. « Peut-être que Jack est malade, suggéra monsieur Puryear.

— Il est surtout dégoûté de la vie, et la vie est également dégoûtée de lui, dit Cathecarte, dont les bleus avaient pris une magnifique teinte violette. Il a été stupide d'acheter cette maudite bête, et encore plus stupide de la laisser aux mains de sa femme.

— Je ne serais pas aussi triste si Jack s'était fait tuer, déclara Eleanor. Ç'aurait été sa faute, point.

— Il devrait abattre ce maudit cheval », dit Cathecarte.

Une grande partie de la haute société de Charleston partageait son opinion, et une certaine histoire — sans doute apocryphe — poussa plus d'une épaule élégamment habillée à être haussée :

William Bee était dans la salle des archives de l'hôtel de ville quand Jack demanda les actes des Ravanel, dont celui de l'ancienne culture d'indigo qu'il venait de vendre à Langston Butler.

Sur le ton de la conversation, Jack demanda à William quels étaient ses projets pour la Semaine de la Course.

William Bee lui fit remarquer poliment que, pour beaucoup, trois mois sembleraient une période de deuil étonnement brève.

Les yeux de Jack étaient injectés de sang. « De deuil ?, dit-il perplexe. Vous n'êtes pas au courant ?

— Au courant de quoi ?

— Red Stick s'en est sorti sans une égratignure ! »

Pour la haute société de Charleston, cette anecdote ne fit qu'amplifier la désapprobation générale dont Jack était l'objet. Elle amusa en revanche beaucoup ceux qui couraient les courses de chevaux.

Certains disaient que Jack aurait dû abattre ce cheval. Mama Ruth savait bien qu'il aurait été incapable de supporter la perte d'un autre être cher.

*
* *

Cathecarte Puryear surnomma Red Stick « le cheval du diable », mais son surnom fit long feu.

Eleanor Puryear fit remarquer à tout hasard que le ménage des Ravanel était maintenant composé de Jack, de son fils Andrew, et d'une belle et jeune mama noire.

Si l'insinuation d'Eleanor parut aux uns déplacée, elle enflamma l'imagination des autres, qui se mirent à rêver à toutes sortes d'intrigues qui, « ma chère », seraient révélées « en temps et en heure ». Oui, « en temps et en heure » !

Des parieurs et des gentilshommes à la réputation douteuse gravitaient autour de la maison du colonel Jack. Ils y buvaient, parlaient chevaux et faisaient montre d'une paillardise qu'ils se seraient bien abstenus de faire voir chez eux. Une fois, une seule fois, un jeune homme brailla : « Négresse, sers-moi un verre ! », ce à quoi Ruth répondit : « J'suis la mama du p'tit Andrew. Si vous voulez une bonniche, m'est avis qu'vous devez l'apporter. »

Aucune bonniche ne vint. Même si les parieurs buvaient et pariaient chez le colonel et se répandaient en grands serments d'ivrognes, ils s'abstenaient d'y emmener leurs bonniches. Certains plaisantaient à propos de Mama, lui faisaient des œillades ou lui jetaient des regards entendus – mais jamais quand Jack était dans la même pièce.

Deux jours après l'enterrement de Frances Ravanel, Langston envoya ses travailleurs sur les terres qu'il venait d'acheter à Jack. Il attendit un mois après l'enterrement de Penelope pour demander à Jack quel était son prix pour les autres terres qu'il possédait sur la rive ouest du fleuve.

« Vous n'en avez pas encore assez, Langston ?

— Colonel, je ne vous ai jamais demandé d'acheter cette bête. Et je n'ai jamais eu de querelle avec madame Ravanel. J'admirais Frances, et jamais je n'ai suggéré qu'elle et sa fille se risquent sur un cheval qu'elles étaient incapables de maîtriser. J'ai entendu dire que vos créanciers s'impatientaient aussi, pour vous venir en aide, je me proposais de vous racheter quelques terres. Je compte également vous faire une offre pour le cheval. Red Stick ne peut certes pas rivaliser avec Valentine, mais je n'ai personnellement rien à reprocher au… (Langston fit une pause pour savourer l'expression de Cathecarte)… cheval du diable. »

Les yeux fatigués de Jack s'étrécirent jusqu'à n'être plus que deux fentes. Il sortit sa flasque, retira le bouchon, but, puis la reboucha sans en proposer à Langston. « La piste Washington, quatre *miles*. Trois mille que Red Stick bat votre tireur de charrette.

— Cinq mille. Contre ce qui vous reste de terres rizicoles.

— Je suppose que votre parole est suffisante ?

— Si vous le désirez, mon secrétaire peut mettre tout ça par écrit. »

*
* *

Ni la ferme ni la maison de ville des Ravanel ne semblait assez grande pour accueillir la tristesse de Mama. Le petit Andrew continuait à demander quand sa maman allait rentrer à la maison. Il était trop petit pour comprendre. Il hurlait dès que Mama sortait de son champ de vision, et Dolly préparait des potions pour l'aider à trouver le sommeil. Mama n'arrivait pas plus à dormir que l'enfant, mais se refusait à prendre quoi que ce soit pour y remédier.

La Semaine de la Course, cet hiver-là, s'avéra particulièrement pauvre en scandales, au grand dam des femmes de la haute société de Charleston, qui enviaient à celles de Savannah la joyeuse désapprobation dont elle pouvait couver un certain riche Français. À Charleston, hélas, même si les jeunes hommes avaient tendance à boire jusqu'à s'écrouler où à persuader des femmes de chambre de les suivre là où elles n'auraient pas dû, aucun de ces fauteurs de troubles n'était assez important pour qu'on le mentionnât.

C'est Constance Venable Fisher qui tua dans l'œuf ces scandales potentiels : « Mais, personne *ne les connaît* ! »

La seule discussion un tant soit peu *intéressante* tournait autour de la course qui allait opposer Red Stick, du colonel Jack Ravanel, à Valentine, de Langston Butler. La mise, énorme, avait été confiée à un avocat respecté, James Petigru. Jack était populaire parmi les jeunes hommes, tandis que Langston avait les faveurs de leurs parents. Les familles étaient déchirées par cette rivalité. Des milliers de dollars furent également pariés à cette occasion.

Les deux chevaux étaient célèbres. Red Stick venait du haras du nouveau président, Jackson, et Valentine était la fille de la fameuse Lady Lightfoot. Il se trouvait que les chevaux étaient, de plus, des cousins éloignés.

Quelques planteurs, très peu nombreux, restèrent sur leurs terres pour préparer les semailles, mais la plupart d'entre eux, ou en tout cas tous ceux qui comptaient, étaient venus en ville pour la course. Tous les jours, à midi, les dernières festivités de la veille étaient racontées – et fermement condamnées – par la gent féminine dans la plupart des salons de Charleston. Les mercredis et les vendredis, la ville entière était présente avant midi sur le champ de courses Washington.

Mama se demandait comment elle avait pu un jour apprécier Charleston. Elle ne pouvait plus descendre une rue sans tomber sur une porte bleue. Dès qu'elle entendait la scie d'un menuisier, elle était prise d'une subite envie de pleurer. Elle se souvenait de tant de visages de l'église de Cow Alley. L'édifice avait été rasé, et ces visages familiers avaient disparu sans dire au revoir. Les Noirs qui allaient encore à l'office s'installaient tout au fond de Saint-Philippe, derrière les mulâtres. Mama n'y allait pas. Elle ne pouvait pas y aller. Le pire était le marché. Cette ombre fugace qui se cachait derrière un étal… Était-ce… ? Et ce rire enfantin et joyeux ? Et là, derrière les jambes de ce marchand… Était-ce… ?

Les Butler étaient en ville, mais pas chez eux. À la plantation Broughton, Hercules préparait Valentine pour sa grande course. Dolly ajoutait des herbes et des potions à ses rations.

D'habitude, la maison des Ravanel était calme jusqu'à midi, heure à laquelle Jack se levait et Ham le rasait. Laissant dans leur sillage une odeur de lotion capillaire et de whisky de la veille, le colonel Jack et Ham se rendaient ensuite au champ de courses, où un cousin de confiance armé d'un pistolet avait passé la nuit devant le box de Red Stick.

Jack dirigeait les exercices, l'entraînement et l'alimentation de Red Stick pour l'amener au maximum de ses capacités. Ham goûtait toute sa nourriture, et un second cousin Ravanel, également armé, surveillait le cheval quand il broutait dans le pré derrière le champ de courses.

Au bar de Bonner, sous une tente, Jack buvait avec ses amis jusqu'au petit matin, avant d'aller en bande chez Mlle Polly. Si Jack y dépensait beaucoup d'argent, jamais il n'entraînait une Chypriote à l'étage.

Souvent, ceux qui avaient survécu à leur nuit de débauche terminaient leur périple chez Jack, pour y admirer le lever de soleil depuis sa piazza. Une fois, deux Chypriotes de Mlle Polly les accompagnèrent : Mama les chassa immédiatement. Face aux récriminations des camarades de Jack, Mama expliqua : « Votre fils est là, Monsieur Jack. Bébé Andrew, il a pas besoin d'voir c'genre d'choses. »

Andrew se cramponnait aux jambes de Mama. Quand elle le remit au lit, elle lui murmura : « Les femmes, elles vont toujours prendre soin d'toi, mon chéri. Faut pas qu'tu t'fasses du mouron. »

Le jour de la course arriva. Des jockeys montés sur des pur-sang bardés de rubans firent la parade sur Meeting Street. Mama contempla la scène depuis la piazza, Andrew confortablement installé sur ses genoux. Il faisait froid, et Mama avait enroulé son châle autour de ses épaules. « Mon enfant, j'pense bien qu'vous aussi, z'allez devenir connu grâce aux ch'vaux, quand vous s'rez grand. Z'allez voir, ces ch'vaux, ils peuvent rapporter beaucoup.

— Maman ?

— Oui, mon enfant. Vot' maman, elle veille sur vous. Vous pouvez p'têt pas la voir, mais elle veille sur vous. »

Une larme coula sur la joue de Mama. « Vot' papa, il a tout parié sur c'maudit Red Stick. Tout c'qu'il a, et sans doute c'qu'il a pas. P'têt que vot' maman, elle veille aussi sur l'colonel Jack ? En tout cas, moi, j'prie pour ça. »

À midi pile, les commissaires de courses chassèrent les spectateurs de la piste. Les rampes étaient à moins de un mètre des gradins, et les bars bien placés faisaient des affaires florissantes. À la ligne d'arrivée, des planteurs buvaient du champagne ou du punch tandis que des rabatteurs hurlaient les cotes : « Orbit, un contre deux ! », « Mister Sully's Fancy Foot, quatre contre un ! »

Six chevaux s'alignèrent pour la première course d'un *mile*, tandis que les quatre suivants se mettaient en position. Seuls Red Stick et Valentine devaient courir la quatrième et dernière course, à cinq heures.

*
* *

Un peu plus tard, dans le club-house, Wade Hampton empocha ses gains et porta un toast : « À Red Stick et Old Hickory[1] ! Si nous avons perdu un immense éleveur de chevaux, nous avons gagné un excellent président.

— Au général Jackson !

— À Red Stick ! Hourra ! »

---

1. Surnom donné au septième président des États-Unis, Andrew Jackson.

Cathecarte, bon prince depuis qu'il avait gagné trois cents dollars grâce à la course, pardonna tous ses torts à Jack : « Red Stick, s'enthousiasma-t-il, s'est complètement racheté. »

Langston Butler envoya Hercules chercher une « petite sucrerie ».

Le soleil d'hiver se coucha enfin. Des lanternes illuminaient le Jockey Club, dans lequel le colonel Jack s'évertuait à payer tournée sur tournée. Même si Jack n'avait jamais dit à personne combien Red Stick lui avait coûté, on affirmait sans crainte de se tromper que Red Stick avait au moins doublé son prix d'acquisition.

Dans l'obscurité, les jockeys flattaient l'encolure de leur monture et les guidaient tranquillement sur Meeting Street en direction de leurs écuries. Leur crinière était emmêlée, et leurs rubans avaient été perdus ou déchirés ; leurs pattes étaient bandées et douloureuses.

Ham tira sur la manche de son maître : « Maître Jack, Red, j'l'ai bien dorloté. Vous voulez qu'j'le laisse aux écuries ou qu'j'le ramène à la maison ?

– Selle-le. Une petite promenade m'éclaircira les idées.

– Maître Jack, j'vais ram'ner moi-même Red à la maison. Et j'dormirai dans l'box d'à côté.

– Ham, prétends-tu me dire ce que je dois faire avec mon propre cheval ? Continue comme ça, et bientôt, ce seront les Nègres qui diront aux Blancs ce qu'ils doivent faire. »

Tout le monde s'esclaffa en entendant cette absurdité. Pour faire passer la pilule, Jack tapota l'épaule de son jockey et lui donna un demi-aigle d'or. « Tu as bien monté aujourd'hui. Tu veux toujours t'enfuir ? »

Ham, qui venait de faire la course de sa vie, baissa la tête et contempla ses pieds. La compagnie rit à nouveau.

« Rentre à la maison. Si une patrouille t'arrête ce soir, dis-leur que c'est toi qui as mené Red Stick à la victoire. »

Jack offrit une dernière tournée avant de mener un Red Stick épuisé sur Meeting Street pour rentrer chez lui.

Mama était en train de coudre dans la salle de séjour quand elle entendit la clé de Jack s'escrimer sur la serrure. Il entra en titubant, jeta son chapeau sur un banc et sourit.

« J'ai entendu c'que vous avez fait, vous et vot' ch'val.

— Est-ce que tu es en train de me féliciter ?

— Andrew, il a dit, il va prier pour vous et aller s'coucher. J'imagine qu'moi aussi, j'peux aller m'coucher, maint'nant.

— Langston Butler était furieux.

— On nous d'mande d'aimer nos ennemis. Mais certains ennemis sont plus difficiles à aimer qu'd'autres. »

— J'ai rappelé à Langston que c'est grâce à son prêt que j'ai pu acheter Red Stick. » Jack leva sa flasque jusqu'à ses lèvres, sans résultat. D'un œil légèrement fermé, il inspecta la flasque, remit le bouchon, et la jeta près de son chapeau. Il tituba jusqu'au buffet pour se servir un verre et, après quelques secondes de réflexion, en servit un autre pour Ruth.

Alarmée, elle dit : « Maître Jack, vous *savez bien* que j'bois pas.

— Juste cette fois. Pour célébrer notre victoire sur Butler. »

Elle balaya l'idée d'un geste : « Maître Jack, j'y suis pour rien, moi. C'est vot' ch'val qu'a battu son ch'val. Moi, j'ai pas d'ch'val. Et j'en veux pas. »

Il posa son verre et s'assit près d'elle. Trop près. « Ruth, je me sens si seul depuis que Frances est morte.

— J'sais bien. »

Il passa un bras derrière son épaule. « Ruth, tu as perdu ton mari, toi aussi. »

Elle se dégagea et se mit debout : « Maître Jack, j'suis plus m'dame Jehu Glen. J'suis même plus Ruth. J'suis Mama ! Juste Mama ! J'ai été la mama de mademoiselle Penny, et j'suis la mama du jeune Maître Andrew. C'est ça qu'j'suis. Et rien d'autre ! »

Il se leva également, avec difficulté. « Ruth, tu es… Tu es une ravissante jeune femme. Toute cette maudite ville pense que tu es ma maîtresse. »

Elle recula et se retrouva dos au buffet. « Eh bien je l'suis pas !

– Est-ce que je dois vraiment te rappeler… te rappeler qui est ton maître ? »

Il lui pelota les seins. « Une pêche, dit-il, une appétissante pêche noire. Je *t'aurai*. » Il arracha son corsage, libérant ses seins. « Mon Dieu, qu'est-ce que tu es jolie.

– Maître Jack… MAÎTRE JACK ! »

Il lui agrippa la tête pour essayer de l'embrasser. « Si seul… »

Elle lui frappa le crâne avec la lourde carafe de cristal. Il vacilla, tituba en arrière vers la causeuse et s'écroula. Maître Jack Ravanel était étalé de tout son long sur le sol, la jambe gauche à moitié recouverte par un meuble renversé. Du bout du doigt, Mama tamponna une goutte de sang sur la carafe de cristal, et, d'un air absent, porta ce doigt à sa bouche.

Alors retentit un cri effrayé. Andrew s'était réveillé, terrorisé, et son cri se transforma en un terrible hurlement.

« L'fruit, dit Mama pour elle-même, tombe jamais loin d'l'arbre. »

Cette nuit-là, elle rêva d'un certain panier de manioc.

Dans la matinée du samedi, trois des jeunes amis de Jack vinrent prendre des nouvelles, mais Mama les informa à travers la porte close que « Maître Jack, il veut voir personne. Il s'sent pas bien. »

Ils émirent quelques hypothèses salaces sur les raisons de son état, gloussèrent, et finalement repartirent.

Jack arriva en claudiquant dans la cuisine vers trois heures et demie. Il but de longues gorgées d'eau à même le pichet, couvrit sa bouche, lança des regards désespérés autour de lui, et vomit dans l'évier.

Mama emmena Andrew à la nursery pendant que la cuisinière remettait la salle de séjour en ordre. « Vous inquiétez pas, mon chéri. Vot' papa, il s'est pas fait mal. Il a juste trop bu.

– Je sais », répondit l'enfant.

*
* *

Mama trouva le colonel Jack dans le salon, sans lumière, assis à côté d'un pichet d'eau fraîche et d'un verre de whisky.

Il hésita, faillit se lever, pour finalement se contenter de décocher à Ruth un sourire pitoyable. « Mama…

— Oui, z'avez bien fait c'que vous pensez avoir fait. Z'avez rien fait de plus. Moi, j'm'en vais. J'sais pas où, mais j'm'en vais. Vous allez m'écrire un papier pour qu'j'sois achetée par quelqu'un qui fera pas c'que vous avez fait, c'que vous allez refaire pour sûr la prochaine fois qu'vous aurez bu un coup d'trop. »

Le colonel Jack Ravanel parla plus qu'il n'en avait l'intention. Chacun de ses mots semblait tomber de sa bouche pour s'écraser au sol dans un bruit sourd. Il ne voulait pas la perdre. Mais il savait qu'il l'avait déjà perdue.

– 8 –

Des relations utiles

Antonia Sévier marmonna : « Louisa aurait tellement aimé cette journée ! »

Solange, qui n'était que très rarement surprise par les idées *tellement originales* d'Antonia, sentit son armure se fendiller. « Tu crois vraiment qu'elle serait contente de voir son mari épouser une autre femme ?

— Oh, arrête de bouger. Comment veux-tu que j'attache ce collier si tu continues à gigoter comme ça. Bien sûr que Louisa serait contente. Tu vas rendre son cher Pierre si heureux…

— Est-ce que Louisa n'était pas terriblement jalouse ?

— Bien sûr qu'elle l'était ! Mais c'était quand elle était *vivante*, et qu'elle pouvait y *faire* quelque chose ! » Antonia recula pour avoir une meilleure vue d'ensemble et posa un doigt sur son menton. Elle tira sur l'une des manches de Solange. « Tu aurais dû porter le tulle bleu. Je préfère le tulle bleu.

— Ma chère Antonia, il se trouve que, moi, je ne l'aime pas. »

Antonia, concentrée, tira la langue.

Solange continua : « Nous devons faire avec ce que nous avons sous la main : je suis une veuve de… euh… trente ans et des poussières, enceinte. Nous allons faire au mieux. »

En son for intérieur, Antonia pensait que « quarante ans et des poussières » aurait été plus proche de la vérité. Elle applaudit, mimant l'enthousiasme : « Et tu t'en sors remarquablement bien, ma chérie. Est-ce qu'on ne devrait pas se dépêcher un peu ? Tout le monde va nous attendre.

— Laissons-les attendre. Ils profitent d'un scandale délicieux. » Solange soupira d'une manière théâtrale. « Si seuls mes vrais amis assistaient à mon mariage, il y aurait moi, Pierre, les filles – et toi, ma chère. »

Antonia Sévier, à qui la position privilégiée qu'elle avait occupée au sein dudit scandale avait ouvert la porte des meilleures maisons de Savannah, objecta : « Ma chère Solange, tu as tellement de relations… utiles.

— C'est *sans doute** la raison pour laquelle tant de personnes m'ont proposé leur aide après la mort de ce pauvre Wesley. Sans les quelques dollars que je suis parvenue à récupérer auprès de ses créanciers, il ne fait nul doute que mes enfants et moi aurions fini sous les ponts. »

Pauline, la plus âgée de ses filles, se précipita dans la chambre de sa mère. « Maman ! Je ne trouve pas mes boucles d'oreilles !

— Eh bien tu feras sans, voilà tout.

— Mais, maman ! Je pense que l'un de ces affreux ouvriers de Jameson me les a volées ! Ma vie est fichue ! Je n'irai pas sans mes boucles d'oreilles !

— Comme tu veux.

— Maman ! C'est ton mariage ! » Elle lorgna le ventre légèrement arrondi de sa mère. « Ou peut-être devrais-je plutôt dire *votre* mariage ? »

Le visage inexpressif, Solange la gifla. « Va chercher tes bijoux. » Puis, s'adoucissant légèrement : « Tu as de si jolies oreilles, ma chérie. Tu dois les mettre en valeur. »

Pauline quitta la pièce en se frottant la joue. Peu de temps après, Solange l'entendit crier au rez-de-chaussée : « Eulalie, si tu as égaré mes boucles d'oreilles, je vais te pincer jusqu'à te faire crier !

— Ah, les enfants, souffla Antonia. C'est une telle bénédiction. À ce propos, ma propre fille… »

Le manoir à moitié construit qu'avait connu Pauline petite était devenu méconnaissable. Le salon abritait des piles de bois, et les fenêtres, recouvertes de toile, laissaient passer la lumière mais n'offraient pas de vue. Un tiers de l'escalier circulaire possédait des rampes vernies. Sur le deuxième tiers, les rampes étaient en bois brut. Et sur le troisième tiers, il n'y avait tout simplement pas de rampe. M. Jameson avait promis que les rénovations seraient terminées *avant* le mariage. Ah, les constructeurs étaient sans doute les plus décevants des hommes.

Antonia avait envié l'autorité avec laquelle Solange avait traité sa fille. Elle soupira théâtralement. « Notre mama passe à la petite Antoinette tous ses caprices ! Mais qu'est-ce que je peux y faire ? Ma fille est *tellement* attachée à elle ! »

Solange émit l'idée que son amie n'avait tout simplement pas une bonne approche de la situation : « Les mamas sont là pour procurer aux enfants l'affection que la mère ne veut pas ou n'a pas le temps de leur donner. Je n'aime pas mes filles, et je m'attends, sans surprise – elle tapota son ventre – à ne pas plus aimer Bébé Ellen. Les hommes sont bien plus amusants que les conséquences de leurs attentions. »

Mme Sévier tapota le bras de son amie. « Tsss.

– Comment est mon visage ? » Solange se tourna d'un côté, puis de l'autre.

« Tu vas faire une mariée magnifique.

– C'est la pratique, ma chérie, c'est la pratique. Eulalie, Pauline ! Est-ce que ta mère doit devenir une honnête femme sans toi ? »

*
* *

Par goût comme par habitude, Pierre Robillard était conservateur, à tel point qu'il aurait été possible de régler une montre sur sa routine. Les matins, il arrivait à L'Ancien Régime à neuf heures tapantes. Là, il parcourait les journaux du jour en buvant un café et en fumant son premier cigare. Si, par malchance, il n'avait pas reçu ses journaux, il en relisait des vieux. Après avoir digéré les affaires du monde, il se mettait à sa correspondance professionnelle et à sa comptabilité jusqu'à midi pile. Il déjeunait de midi à deux heures, et, tous les jours, dînait à sept heures. Contrairement à l'usage de nombreux habitants de Savannah qui, à neuf heures, n'étaient toujours pas passés à table, à cette heure-là, Pierre Robillard était déjà au lit.

Il était donc difficile d'imaginer ce parangon de la prévisibilité se tenir debout devant l'église de Saint-Jean-le-Baptiste, entouré d'Irlandais bruyants avec, à la main, un gigantesque bouquet de fleurs d'oranger. Il avait d'ailleurs bien du mal à le faire lui-même. Pierre Robillard ne comprenait pas trop comment il en était arrivé là, et n'avait aucune idée de ce qu'il allait bien pouvoir devenir. Une sorte de Pierre Roméo ? Il avait servi sous le regretté Napoléon Bonaparte, sous les ordres directs de l'Empereur ! Alors, des fleurs d'oranger, vraiment ?

Comment lui, un veuf d'âge mûr béni par l'absence de toute perturbation domestique, doté d'une rente tout à fait satisfaisante et entouré de tant d'amis, avait-il pu se laisser prendre dans les rets du désir ?

Pierre Roméo ? Un captif de l'amour ? Mon Dieu…

Les O'Hara, les femmes O'Hara, les enfants O'Hara, et même les petits-enfants O'Hara entouraient le futur marié, tandis que ses pairs, ceux (ou leurs petits-enfants) qui se seraient autrefois battus pour être invités aux bals des Robillard, se cachaient dans des calèches alignées sur Drayton Street. Pierre ressentit soudain le violent besoin de donner de grands coups dans toutes ces calèches soigneusement vernies. Il était redevenu un vrai jeune homme !

Solange Evans avait rallumé un feu que Pierre pensait depuis longtemps éteint. Louisa – comme il l'avait aimée, sa Louisa – obtempérait à ses désirs conjugaux somme toute extrêmement modérés ; Solange, elle, avait enflammé en lui des désirs qui n'avaient décidément rien de conjugaux. Une flamme qui le consumait, pensa-t-il en rougissant, parfois jusqu'à deux fois la nuit. Même à l'occasion de cette cérémonie sacrée et très publique, Pierre Robillard sentait des mouvements inconvenants agiter des zones on ne peut plus profanes de sa personne. Alors qu'il était protestant, il avait même consenti à se marier selon le rite catholique et à éduquer ses enfants selon les lois papistes. Impensable, se dit Pierre avec un grand sourire.

« Ça va aller, Maître », dit Nehemiah. Aussi resplendissant dans la redingote que lui avait donnée Pierre que ce dernier dans la sienne, toute neuve, Nehemiah soulignait la dignité de l'événement de son visage solennel.

*
* *

Le prophète avait écrit : « Apprenez à faire le bien, recherchez la justice, protégez l'opprimé ; Faites droit à l'orphelin, défendez la veuve. »

Il avait fallu un peu de temps à Pierre pour comprendre cela.

Wesley Evans était mort trop peu de temps après Louisa et Clara, et Pierre à l'époque était incapable d'aider qui que ce fût. À l'enterrement de Wesley, quand Solange lui avait demandé de racheter R & E Cotton Factors, Pierre, endeuillé, lui avait assuré qu'il était satisfait de ses affaires d'import, car Nehemiah faisait tout le travail. Solange n'avait pas eu l'air d'apprécier la plaisanterie.

Puis, juste quand le chagrin de Pierre commençait à s'émousser, son cousin Philippe mourut et, à sa grande consternation, il réalisa que ce dernier avait fait de lui son exécuteur testamentaire.

Même si Philippe avait introduit son épouse indienne dans la haute société de Savannah, il n'avait pas pris la peine de lui assurer une position pérenne, et les places que pouvait occuper une Indienne dans la société de Savannah étaient encore moins nombreuses que par le passé. On avait découvert de l'or en Géorgie du Nord, et des chercheurs se ruèrent vers les terres muscogee qui, par la force des choses, devinrent des villes et des plantations. La princesse indienne, considérée jusque-là avec bienveillance et curiosité, perdit tout intérêt. Elle n'était plus qu'une femme étrange.

Même ainsi, Savannah restait une ville plus accueillante que Charleston et, pour peu que l'épouse de Philippe eût été plus sociable, elle aurait été en mesure de se faire des amis. On aurait éprouvé de la compassion pour l'enfant qu'elle avait perdu, et la richesse de Philippe aurait largement excusé son incapacité à respecter les conventions sociales. Hélas, Osanalgi était timide et, après que sa famille indienne eut quitté la Géorgie, elle se claquemura dans le lugubre manoir de Philippe. À ceux qui désiraient la voir, il était annoncé qu'elle n'était pas chez elle.

La défense des Indiens, combat cher à Philippe, embarrassait ceux qui profitaient de leur éviction et, après la signature du traité d'Indian Springs, plus jamais la législature ne fit appel à ses lumières. Philippe se consacra alors corps et âme à cataloguer sa collection d'objets artisanaux muscogee, ainsi qu'à sa correspondance avec le Columbian Institute for the Promotion of Arts and Sciences, à Washington, D.C., correspondance qu'il entretenait dans le but de trouver aux Indiens un foyer permanent.

Si l'on s'était réellement intéressé à elle, il aurait été possible, à l'époque, de voir Osanalgi bien plus souvent. En effet, tous les jours, le cocher de Philippe la déposait à l'orée de la forêt de pins qui bordait la ville, et ne la récupérait qu'à la nuit tombée. Les chasseurs de Fig Island la prenaient parfois pour une esclave marron, et se montraient toujours déçus quand ils réalisaient que leur captive ne leur rapporterait pas un sou.

En mars, les habitants de Savannah accueillirent le marquis de Lafayette, le vieux héros de la Révolution. L'orchestre de cuivres Jasper Greens interpréta une magnifique *Marseillaise*, et Philippe, en souvenir, offrit au marquis une massue red stick. Osanalgi n'était pas là et, quand bien même elle l'aurait été, elle n'aurait pu empêcher Philippe d'attraper froid : il mourut deux semaines plus tard, et Pierre se retrouva soudainement impliqué jusqu'au cou dans les affaires de son cousin. La femme de Philippe assista à l'enterrement entièrement voilée, et certains murmurèrent qu'elle s'était taillé les joues dans le cadre d'un rituel de deuil païen. Pierre organisa l'enterrement. La réception qui suivit, et à laquelle ne se rendit pas la veuve, eut lieu chez Pierre Robillard.

Pierre, Nehemiah et M. Haversham consacrèrent des semaines à établir l'inventaire de la succession. Dans des tiroirs et des dossiers inattendus, on trouva des obligations d'État et des titres de propriété prouvant que Philippe possédait plusieurs fermes en Normandie. Dans une malle qui n'avait pas été ouverte depuis l'arrivée de Philippe à Savannah, des dizaines d'années plus tôt, on trouva le titre d'une plantation à la Martinique qui valait bien cinquante mille dollars. Le secrétaire du Columbian Institute était intéressé pas la collection de Philippe si – et seulement si – elle était correctement référencée. « J'ai un bien trop grand nombre – que dis-je, une flopée – d'objets indiens non référencés. »

Pierre mit plus d'une semaine à réaliser qu'Osanalgi avait disparu, et sa première réaction, avant l'inquiétude, fut une grande irritation. Le cocher muscogee en savait plus qu'il ne voulait bien l'avouer, mais ni les menaces ni les promesses ne suffirent à lui faire révéler la cachette d'Osanalgi. Un matin, six semaines après la mort de son mari, Osanalgi réapparut avec un bébé dans les bras. Elle se dévoua corps et âme au bien-être du nouveau-né.

Même les pires choses ont une fin et, un après-midi d'hiver, Pierre et Nehemiah, après avoir réuni tous les actifs de Philippe en un fonds, en confièrent la gestion à la banque de M. Haversham. Ils sortirent de l'horrible maison d'Osanalgi, soulagés, en se félicitant mutuellement. Pierre se frottait les mains. Bientôt, ce serait Noël.

Dans cet esprit, avec les motifs chrétiens les plus charitables, Pierre renvoya Nehemiah chez lui et, comme il était dans le coin, décida de rendre visite à la veuve de son ancien associé.

Il était trop tard pour le déjeuner et trop tôt pour le dîner ; ainsi, Pierre n'abuserait pas de l'hospitalité de Mme Evans. De plus, R & E Cotton Factors venait de connaître quelques très bonnes années. De très, très bonnes années.

Son hôte l'accueillit dans cette maison qui, depuis plusieurs décennies, n'était toujours pas terminée. La famille vivait dans la partie achevée – le salon et la salle de séjour du premier étage. On pouvait y voir les lattes des boiseries non vernies vaguement accrochées à un plafond de plâtre jaunissant. Il manquait des rampes au magnifique escalier. Ce dernier menait à un deuxième étage dont Pierre ne pouvait que supputer l'état.

Nul feu ne brûlait dans l'immense âtre, et les filles de Solange gardaient à l'intérieur leurs manteaux – de mauvaise qualité (Pierre, spécialiste de l'importation, avait l'œil pour ces choses-là). Pierre s'empara d'une chaise branlante, dont les barreaux ne tenaient ensemble que grâce à des lacets de cuir. La ravissante veuve s'en excusa : « J'ai vendu tous les bons meubles. Nous bivouaquons dans un château de Versailles en construction. Je n'aurais jamais dû laisser Wesley commencer à la construire. »

En dépit du caractère désolé de la pièce, ils discutèrent à bâtons rompus jusqu'à ce que Pierre se perde dans les platitudes les plus attendues, accompagnées des soupirs d'usage : « Les voies du Seigneur sont impénétrables. Nous devons accepter ce que nous sommes incapables de comprendre.

– Et pourquoi ça ?

– Madame ?

– Mon mari a glissé sur un morceau de coton et s'est brisé le cou. Votre Louisa et votre chère Clara, qui ont survécu à de nombreuses saisons de fièvre, ont succombé sans crier gare. Que nous ne puissions rien faire à ces tragédies, la chose est suffisamment claire. Mais les accepter comme faisant partie de quelque plan divin, ah ça, non, la chose est bien trop répugnante. »

Pierre resta bouche bée : cette femme était donc une libre-penseuse ? Son malaise ne fit que grandir quand

Mme Evans rompit un peu plus avec les conventions sociales, et blâma son cher disparu pour son indigence présente : « Que le commerce du coton fût par trop étendu, la chose était évidente pour quiconque avait des yeux pour le voir. D'ailleurs, vous avez vous-même habilement évité le piège. Mais Wesley faisait fi de la logique – dans sa ravissante bouche, la logique évoquait quelque brute au mauvais caractère et armée d'un fouet – et allait coûte que coûte de l'avant. Persister dans des jugements erronés, Monsieur, ne fait qu'empirer les choses !

– Maman, avertit Pauline. S'il te plaît.

– Je faisais confiance à Wesley ! Je ne savais rien ! »

Pierre essayait de lui pardonner, à elle, à lui, à tout le monde : « Comment auriez-vous pu ? Une femme…

– Peuh ! Qui a jamais dit que la capacité à porter un enfant diminuait une fois pour toutes l'intellect ? »

Les propres capacités intellectuelles de Pierre étaient grandement diminuées, tant il était déboussolé. Il s'excusa et, en partant, glissa discrètement un double aigle d'or sous la corbeille poussiéreuse destinée à accueillir les cartes de visite.

Il avait parcouru la moitié du pâté de maisons quand une Solange sans manteau le rattrapa en courant : « Monsieur, je crois que vous avez oublié ceci.

– Madame ? »

Elle lui rendit la pièce d'or, avec une certaine brusquerie. Une femme prudente, et il savait que Mme Evans en était une, pouvait nourrir sa famille un mois avec cet argent ! « Mais… »

Elle se calma : « Cher Pierre. Monsieur. Je sais que vous ne pensiez pas à mal. Vous avez bon cœur. Mais vous devez prendre conscience de la manière dont votre générosité pourrait être interprétée par les mauvaises langues. »

*
* *

En fin de compte (comme Pierre s'en fit ironiquement la remarque), pour éviter d'exciter les commérages, ils avaient scandalisé la société. Lors de sa seconde visite à la veuve, Nehemiah apporta un grand panier de provisions, une coutume qui s'établit toutes les deux semaines. Comme le temps se réchauffait et qu'ils pouvaient s'installer dehors, les visites de Pierre furent de moins en moins dictées par le devoir, jusqu'à ce qu'un après-midi, il effectuât sa visite sans Nehemiah (en dépit de ses objections tout à fait sensées). Peu de temps après, ses visites eurent lieu plus tard dans la journée, bien plus tard, le soir, après que les enfants de Solange furent couchés.

Il avait pensé ne plus jamais pouvoir éprouver de désir. Il avait pensé que plus jamais ses doigts et ses lèvres ne caresseraient les voluptueux contours d'un corps féminin. Ne plus jamais connaître cette merveilleuse et lumineuse insouciance !

Solange, loin de réagir comme on aurait pu s'y attendre et de se refuser à son séducteur, l'accueillit à bras ouverts. Elle s'étira langoureusement : « J'avais oublié ce que pouvait être le plaisir. Merci, mon Pierre chéri. »

Pierre Robillard avait dû attendre l'orée de la vieillesse et atteindre cet âge respectable où l'on renonce généralement à l'amour pour être pour la première fois convoqué par l'implacable démon de la passion.

Il embaucha des ouvriers pour finir la Maison Rose et commanda à Thomas Sully – dont le portrait de Lafayette remportait tous les suffrages – une œuvre rendant justice à la beauté de Solange.

Ils connurent alors trois mois de bonheur absolu. La seule ombre à ce tableau idyllique était le mépris ostentatoire de Pauline – Eulalie, la seconde enfant de Solange, était encore trop jeune pour se permettre ce genre de jugement moral. Tous les quatre partirent un dimanche en calèche pique-niquer sur Fig Island. Ils semblaient n'attacher aucune importance à la discrétion, et visitèrent les plantations d'amis comme une famille. Le père John passa à L'Ancien Régime pour s'enquérir des intentions de Pierre.

« Mes intentions ? demanda Pierre, confus.

– Vous comprenez bien que je ne peux pas donner l'absolution à madame Evans si elle continue à vivre dans le péché.

– Le péché ? » Il ne lui était jamais venu à l'esprit que leur amour était un péché.

Quand Solange lui annonça qu'il allait être à nouveau père, Pierre fut aux anges. Enfin, sa vie s'épanouissait comme une fleur de printemps. « Épouse-moi, dit-il.

– Non. »

Cette réponse sidéra Pierre. Sa mâchoire tomba ; son visage passa du rose à l'écarlate. « Mais… »

Solange éclata d'un rire cristallin et l'embrassa sur le front. « Mais bien sûr que je vais t'épouser, idiot ! Tu es l'homme le plus charmant, le plus drôle et le plus gentil du monde.

– Hmmm, je pensais que tu m'aimais pour ma force, ma présence dominatrice, ma guerre avec Napoléon, tout ça. Pour ma brutalité… ? »

Elle gloussa comme une toute jeune fille.

Savannah adorait Pierre, cet homme si aimable et si riche, mais, plus la grossesse de Solange devenait impossible à ignorer, et plus les ragots ravivèrent les souvenirs de son premier mariage et du duel qui y avait mis fin. Mme Haversham la surnommait la Veuve noire française, et malgré – ou à cause de – la mortelle araignée, le surnom resta. On cita également allégrement l'inquiétude de cette vieille fille issue d'une grande famille – et désespérément laide : « Cette femme a déjà enterré deux maris. On va vraiment la laisser en épouser un troisième ? »

Solange n'avait pas la chance d'être, comme Pierre, complètement sourde à ce genre de remarques. Et Nehemiah, de son côté, entendait tous les apartés chuchotés par les Blancs, ainsi que tous les secrets dont aucun Blanc n'osait parler, mais qu'aucun domestique n'ignorait.

Pierre, contrarié et embarrassé, dit à Solange : « Ma chérie, apparemment, d'après Nehemiah, nous sommes victimes de médisances.

– Ne t'en offense pas, surtout. J'ai connu un peu trop d'"affaires d'honneur" pour une seule vie.

– Mon Dieu, non. Enfin oui. Ce que je veux dire, c'est que même si je… »

Elle le fit taire d'un doigt sur ses lèvres. « Pierre, quand la veuve de Philippe est-elle apparue la dernière fois dans le monde ?

– Je ne sais plus. Même si mon cousin l'a proprement introduite, la pauvre créature n'a pas… elle… C'était tout simplement atroce. Mon pauvre cousin Philippe. Et lui qui croyait que les Indiens avaient des choses à apprendre aux hommes civilisés !

– Dans une certaine mesure, nous nous ressemblons, elle et moi.

– Toi ? Et elle ? » Pierre enchaîna comme si Solange n'avait rien dit : « Son patrimoine est entre de bonnes mains, et elle ne manque de rien. Elle adore son fils. Les dimanches matin, quand tout le monde est à l'église, elle en profite pour se promener en ville avec petit Philippe. Osa, le gosse et le cocher. Et ils ne saluent personne, jamais. »

De sa mère, l'enfant avait hérité les traits sévères et les pommettes hautes de son peuple ; de son père, des yeux bleus et froids comme un ciel d'hiver. « Philippe est un magnifique enfant, dit Pierre. Mon devoir… Je crains de ne pas avoir fait mon devoir envers lui et sa mère.

– Eh bien en voici justement l'occasion. Pierre, je veux que ce soit elle qui m'accompagne à l'autel.

– Osa ? » Il imaginait déjà comme ça jaserait dans la société scandalisée de Savannah. Il entendait presque le chuintement des ragots. Par bonheur, le visage de Pierre était fait pour que ne s'y épanouissent que des sourires espiègles. « Que c'est gentil… Que c'est gentil de ta part, ma chérie.

– Ah. Et aussi ces Irlandais avec qui tu fais parfois affaire…

– Les O'Hara ? Leur jeune frère vient de débarquer d'Irlande. Il paraît que Gérald O'Hara est encore plus débrouillard que ses frères.

— Oui, eh bien invite-les. Tous, les femmes, les enfants, les frères – enfin tous les Féniens[1] que tu pourras trouver. »

Le sourire de Pierre s'élargit. « Mais, ma chère Solange, les gens vont être *scandalisés*. »

Le sourire de Solange était aussi diabolique que celui de Pierre était bon enfant. « Mais, mon cher futur mari, c'est bien là mon intention ! »

*
* *

Le matin de son mariage, alors que les fleurs de printemps embaumaient l'air et qu'il était entouré de Féniens, tandis que ses pairs se cachaient dans leurs calèches, Pierre Robillard se demanda s'il était si malin de provoquer des gens qui n'avaient pas l'habitude des provocations. Un sourire vague mais courageux était accroché à ses lèvres, un sourire signifiant « Je préférerais être n'importe où plutôt qu'ici ». Un Irlandais négligé et mal rasé lui attrapa la main. « J'parie qu'vous serez un mari heureux. Que Dieu fasse qu'vous ayez des enfants, et qu'vos enfants aient à leur tour des enfants.

— Merci.

— Gérald O'Hara, M'sieur. Il y a peu, j'travaillais dans l'entreprise de mes frères, mais, la nuit dernière, à quatre heures trente-sept du matin exactement, juste avant que ce soleil – béni soit-il – ne décide de se lever, j'suis devenu planteur. »

Confus, Pierre ne put s'empêcher de demander : « Si tôt ?

— Non, M'sieur. Si tard ! À l'heure où le coq s'égosille et où l'alcool commence à troubler le jugement de l'homme joueur. »

Gérald O'Hara était plus petit que Pierre d'une quinzaine de centimètres, et ressemblait énormément au volatile qu'il venait de mentionner.

---

[1]. « Les Féniens » sont depuis la fin du XIXe siècle les nationalistes irlandais qui choisissent la violence pour lutter contre la présence britannique. Dans ce contexte, il s'agit d'un terme péjoratif désignant tout Irlandais catholique.

Il n'y avait aucune trace de ruse sur son grand visage souriant, un visage qui irradiait tant la conviction que le monde allait partager sa joie, que Pierre, malgré ses sombres ruminations (et peut-être justement parce qu'il voulait leur échapper), lui demanda : « Avez-vous eu le temps de dormir un peu, Monsieur O'Hara ?

— Non, M'sieur. Tout d'abord, je l'pouvais pas — parce que je jouais au poker —, ensuite parce que j'osais pas — j'étais en train de gagner —, et enfin parce que j'pouvais pas laisser seul c'gentilhomme qui, après avoir sacrifié l'contenu d'son portefeuille, m'a pressé d'accepter comme mise l'acte de propriété d'une plantation du haut-pays ! J'avais un full aux neuf par les valets, et j'croyais ferme qu'il n'avait qu'une suite, même si, avec les cartes, M'sieur, on peut toujours s'tromper. »

Pierre approuva, même s'il n'avait pas joué aux cartes depuis les guerres napoléoniennes, quand il était soldat.

James, le frère de Gérald, intervint : « Eh bah mon gars, j'te rappelle qu'c'est le jour de la noce de Maître Robillard, hein ? Cornebleu ! Arrête un peu de l'embêter avec tes histoires ! »

Pas un seul des invités *plus chic* de Pierre n'avait mis un pied à l'extérieur de son attelage. Eh bien, peut-être se marierait-il en leur absence, finalement. « J'ai eu quelques difficultés à comprendre l'accent de votre frère, James, mais j'ai trouvé son histoire tout à fait savoureuse, dit Pierre.

— C'est seulement deux cents acres, hein ? » Gérald, les yeux injectés de sang, enchaîna comme si son frère n'était jamais intervenu : « En tant qu'Irlandais, M'sieur, j'ai toujours rêvé d'avoir un lopin de terre rien qu'à moi. Pas besoin qu'ça soit grand, hein ? Mais une terre dont aucun seigneur ou puissant n'aurait le droit d'nous chasser, moi et les miens. »

Gérald décrivit sa nouvelle propriété comme s'il dressait l'acte de vente : « ... Et cinq cents depuis le chêne blanc qu'est au coin d'la rivière Flint[1]. C'est pas un super nom, ça ? Dur

---

1. Le mot anglais « flint » signifie « silex », en français.

comme le silex, mais doux comme l'eau ? J'ai extrêm'ment hâte de la voir.

— La rivière Flint...

— C'est le haut-pays, M'sieur. Les terres cherokees mises aux enchères. Certaines ont été achetées par des colons honnêtes, et d'autres — comme la mienne, j'm'en suis rendu compte — par des spéculateurs qui s'intéressaient pas aux terres mais seulement aux bénéfices qu'ils pouvaient en tirer.

» Je viens, M'sieur Robillard, d'un pays où les hommes s'battent pour quelques misérables mètres carrés d'une terre incapable de faire pousser aut'chose que des fichues pommes de terre. Ces terres indiennes ont jamais vu l'ombre d'une charrue ! On peut y faire pousser n'importe quoi.

» Je vais l'appeler Tara, M'sieur. D'après cet endroit grandiose où régnèrent les rois irlandais. »

Abasourdi par l'expansivité du petit homme, Pierre lui serra la main de nouveau : « Monsieur, permettez-moi de vous féliciter. Il est bon de devenir roi ! »

Le visage de l'Irlandais s'illumina : « Faut avoir la foi, c'est tout. Pour vous, votre honneur, je vous souhaite que c'que vous désirez aujourd'hui soit le minimum qu'vous recevrez. »

Le fils de Philippe sortit en courant de sa calèche de mauvaise réputation, se cogna la cheville contre une pierre et lança un cri qui aurait réjoui n'importe quel sauvage.

Le garçon était comme souvent vêtu d'un pantalon court, d'une chemise et d'un feutre. Sa mère portait un bandeau rouge et vert incrusté de perles, ainsi qu'un collier qui semblait être composé de sortes de griffes d'animaux. Elle portait la même robe que celle qu'elle avait mise quelques années plus tôt au cours de ce terrible bal de Noël.

Pierre se précipita vers elle, tendant la main : « Osa ! Osa ! C'est si gentil de votre part... si gentil... »

Nehemiah tenta de calmer l'enfant qui hurlait. Le petit Philippe le frappa à l'oreille, juste au moment où l'attelage de la future mariée passait le coin de la rue et où les calèches de la bonne société, enfin, se dégorgeaient de leur contenu.

Comme elles s'approchaient de la mêlée, Antonia Sévier demanda à Solange : « Vous me semblez bien distante, ma chère. Des regrets ?

— Il faut faire ce qui doit être fait.

— Bien sûr, mais…

— Pierre est honorable. Peut-être trop honorable. Il n'y a pas une once de fourberie en lui.

— Mais ?

— Ma chère amie, il n'y a pas de mais. Je n'ai aucune réserve. Nous serons heureux ensemble. Ma Maison Rose sera enfin terminée, et mes chères filles – la plus jeune souriait tandis que son aînée montrait toute la répugnance qu'elle ressentait pour ce que pouvait dire une créature telle que sa mère – jouiront de tous les avantages qu'il est possible d'avoir quand l'on a deux parents. Nous serons heureux. Tu m'entends, Pauline ? Nous *serons* heureux. »

Pauline lançait des regards noirs aux mains gantées de sa mère.

Antonia faillit s'étrangler : « Madame Haversham, madame Lennox, le vieux Birdy Prentis – mais, mais *tout le monde* est là !

— Ma chère Antonia, bien sûr qu'ils sont là. Tout Savannah est venu assister à la rédemption de la prostituée. »

*
* *

Le père John, rayonnant, accueillit les invités tandis que Nehemiah attrapa fermement le bras de l'enfant qui continuait de brailler. Le jeune Maître Philippe eut un hoquet et cessa immédiatement de pleurer.

Osa, la veuve de son cousin, fit à Pierre un sourire hésitant, mais il ne pouvait quitter sa future épouse des yeux. Il s'inclina pour lui faire un baisemain, et ses yeux tout enamourés croisèrent le regard amusé de Solange.

« Rentrons, voulez-vous bien ? » dit Solange.

L'entourage des mariés était suivi par le jeune maire de Savannah, William Thorne Williams, par les Haversham, ainsi que par d'autres dignitaires de la ville qui, par leur bavardage insistant, semblaient avoir à cœur de montrer que ni l'événement ni l'église de Saint-Jean-le-Baptiste n'étaient plus importants que leur personne. Après l'entrée de ceux qu'ils appelaient entre eux les « richards », les O'Hara s'engouffrèrent dans l'église pour en occuper les trois derniers rangs.

*
* *

Osa accomplit parfaitement ses modestes devoirs, tandis que son fils s'escrimait, en faisant un tapage de tous les diables, à ouvrir la porte qui menait à son banc d'église. Nehemiah avait eu la bonne idée de la fermer à clé.

Mme Haversham glissa à l'oreille de Mme Sévier : « Ce garçon est plus sauvage que sa mère. »

– Il est d'une étonnante beauté, au repos, chuchota Mme Sévier.

– Et cela arrive-t-il parfois ? »

Lorsqu'ils furent traditionnellement unis par les liens sacrés du mariage, Pierre Robillard embrassa la mariée avec un enthousiasme qui, en d'autres circonstances, lui aurait très certainement valu des applaudissements.

Pierre s'accrochait au bras de Solange comme si elle avait été la vie même et, par ce beau matin baigné de félicité conjugale, ils menèrent la procession jusqu'à la porte de l'église.

Quand les mariés apparurent, les cochers cessèrent leurs commérages pour se mettre à la disposition de leurs maîtres.

Les bras croisés sous la poitrine, une femme noire modestement habillée attendait sur les marches du parvis.

« Comment... s'étrangla Solange.

– Bonjour, Ma'ame, dit Mama, j'vous souhaite tout l'bonheur du monde.

– Mais. Ruth... », commença Pierre.

Pauline dépassa le couple en pleurant : « Mama ! Mama ! Mama ! »

Eulalie, bien qu'elle n'eût jamais vu cette femme, fondit en larmes. Le père John demanda : « Pouvons-nous vous aider, madame ?

– J'veux revenir, dit Mama. Maître Pierre et Ma'ame Solange, ils ont besoin d'leur Mama, maint'nant. »

Embouteillés derrière eux, dans la nef centrale, des cous importants se tordaient pour mieux voir, et l'on entendait des voix poser des questions impatientes.

Ruth prit Pauline qui sanglotait dans ses bras, et dit par-dessus sa tête : « J'veux rev'nir à la maison. »

– 9 –

Le don de prophétie

« Ma pauvre chérie, vous avez pas d'sein à sucer ni d'maman à aimer. Regardez-vous, Miss Ellen Robillard ! Toute chiffonnée, avec la tête un peu bizarre là où l'docteur il vous a attrapée. Vot' papa, il voulait pas d'sage-femme, ça non. Il l'aurait pas toléré. C'est ça, la modernité, pour les richards. Maître Pierre, il a voulu engager un "obstétriste". C'te gars, il a étudié la médecine, et tout, j'sais pas combien d'années il a étudié. Assez en tout cas, on dirait, pour qu'on croie qu'il s'y connaît mieux en bébés qu'la sage-femme noire qu'a eu des bébés et qu'a aidé à en sortir, alors qu'lui, jamais il a eu d'bébé dans son ventre ou à sortir ! Mais l'homme médecin, il a fait des études sur les bébés – paraît même qu'il a été à Philadelphie !

» Miss Ellen, vous, vous étiez encore en train d'vous demander s'il était temps d'sortir ou pas, histoire d'voir comment c'était dehors ou alors d'profiter encore un p'tit peu d'votre douce vie d'bébé dans l'ventre. Mais l'docteur, non, il voulait pas ! Il était impatient. P'têt il y avait d'autres bébés qu'avaient besoin d'lui, ou bien il devait aller à un rendez-vous important. En tout cas, il vous a attrapée avec ses pinces brillantes, et vot' maman, elle a pissé l'sang comme un cochon à l'abattoir. Ma p'tite chérie, moi, j'ai vu assez d'sang comme ça. J'veux pas en voir plus. »

La Maison Rose trembla quand retentit un cri perçant, celui d'un vieil homme à la voix chevrotante.

Mama berçait la petite Ellen en lui parlant à voix basse : « Nehemiah, il va vous trouver une bonne nourrice, et bientôt, z'allez voir, z'allez téter, et ce s'ra chaud et doux et tout. Ma'ame Solange, elle vous a serrée très fort dans ses bras avant d'rejoindre les esprits. Vot' maman, elle vous sourit, Bébé Ellen. J'la vois !

» Vot' papa, il est perdu. Il avait trouvé l'amour quand il pensait plus jamais l'trouver, et pouf, l'amour est parti. Alors il est perdu. Maître Pierre, il avait déjà perdu sa femme et ses enfants avant Ma'ame Solange. Maint'nant, elle aussi elle est partie, et Maître Pierre, il s'dit, il a plus beaucoup d'raisons d'vivre, quand la vie, ça fait si mal. Parfois, p'tite Mam'zelle, l'chagrin, pour moi, c'est tout c'qu'existe. »

Le médecin passa, affairé, à côté de la femme et du bébé. Il s'arrêta, peut-être pour dire quelque chose, ou pour examiner une dernière fois le nouveau-né, mais dut se raviser, étouffa un juron et descendit à toute vitesse le magnifique escalier de Jehu.

Mama était censée utiliser les escaliers de service, à l'instar des autres domestiques, mais, parfois, le matin, quand les Blancs n'étaient pas encore levés, elle se promenait un peu dans le grand escalier, caressant la rampe d'acajou dans laquelle elle reconnaissait la griffe de Jehu. La rampe était magnifique, le bois, glissant ; on aurait dit une invitation à l'emprunter.

Bébé Ellen reposait sur ses genoux, à la fois légère et lourde. Sa respiration était également à la fois douce et forte.

« Bébé, j'dois bien dire, Ma'ame Solange, c'était aussi ma maman à moi. J'l'ai connue toute ma vie et, d'ailleurs, si c'était pas pour elle, j'm'occuperais pas d'vous aujourd'hui. J'me rappelle presque rien d'ma maman, l'autre. Parfois, les souvenirs sont si brumeux qu'j'ai l'impression qu'elle est dans une autre pièce, très loin. J'l'entends dire *"Ki kote pitit-la ?"* On jouait à c'jeu, toutes les deux. *"Ki kote pitit-la ?"*…

» *"Il est où bébé ? Il est où bébé ?"* Maman, elle vient jamais m'voir comme Martine, ou Gullah Jack, ou Miss Penny, ou les autres esprits. Mais elle m'parle des fois. J'crois bien qu'ma maman d'naissance, elle m'aime ; mais elle vient pas m'voir. Et mon Jehu, il… il vient pas non plus. Les esprits, ils sont occupés à faire des trucs d'esprits. Il y a des endroits pour les esprits, et ils font des allers-retours. P'têt bien qu'un jour, Ma'ame Solange aussi, elle viendra m'voir. Mais p'têt pas. P'têt qu'elle est occupée à s'occuper d'Martine. »

Elle recala l'enfant sur ses genoux. « Vot' maman, elle était gentille quand elle s'rappelait d'être gentille, et elle m'aurait jamais vendue, à part qu'si j'voulais être vendue. J'crois bien qu'elle m'aimait, à sa manière bien à elle. Et vous, Miss Ellen, vous écoutez vot' Mama raconter toutes ces bêtises… »

Mama tendait l'oreille, dans l'attente de Nehemiah et de la nourrice. Le nourrisson n'avait tété qu'une fois avant que les seins de sa mère ne deviennent froids.

Mama était épuisée, sur les rotules. « Tout ceux qu'vous allez aimer, ils vont mourir, mon enfant. Tous, sans exception. Si l'bon Dieu, il vous a à la bonne, vous mourrez avant eux. C'est la vérité, mon enfant. Tout l'monde le sait, mais personne veut l'entendre, parc'que ça améliore pas les choses. Parfois, entendre la vérité, ça rend les choses pires, même. C'est pas comme si mourir, c'était un truc tout nouveau et qu'personne savait qu'ça existait.

» Des fois, j'peux voir des choses. J'voulais pas, j'ai rien d'mandé, et même, j'ai souhaité d'pas les voir, ces choses. Voir, ça m'a jamais rapporté rien d'bien. Avant vot' naissance, j'ai vu Maîtresse Solange comme si elle avait une sorte de brouillard autour d'elle. Elle était toute brouillée, pas solide comme nous. Est-ce que j'aurais dû lui dire : "Maîtresse Solange, z'en avez plus pour longtemps ici-bas" ? En quoi ç'aurait fait du bien ? En quoi ç'aurait rendu meilleurs ses derniers jours ? P'têt qu'elle savait d'jà elle-même, mais qu'elle refusait d'l'admettre. Des fois, les gens ils font comme ça. P'têt qu'elle était prête à partir. »

Pierre, sanglotant, émergea de la chambre de sa défunte épouse. Il fixait du regard les genoux de Ruth, comme si le bébé était devenu une sorte d'étranger particulièrement indésirable.

« Mama…

— Maître Pierre.

— Je…

— Elle va terriblement nous manquer. Ma'ame Solange, elle est au royaume des cieux, maintenant.

— Oh, mon Dieu ! » Pierre fut secoué par un sanglot. Il tenait à peine debout.

Mama caressa la veine bleutée qui palpitait dans la dépression qui déformait la tête du bébé. « Comment ça peut nous aider d'savoir quand les êtres aimés, ils vont mourir ? On sait qu'ils vont mourir, et on sait bien qu'pleurer quelqu'un, c'est pire qu'mourir. Alors on a pas besoin d'savoir quand. Quand on est parti, on est avec les esprits, et les esprits, ils connaissent pas ça, l'deuil. Martine, elle est pas en deuil. Elle est pas… »

Mama se pencha pour embrasser Bébé Ellen. « Faut qu'on fasse comme si c'était vrai, même si ça l'est pas : comme si on allait vivre longtemps et heureux, et qu'demain, il fera beau, et qu'plus jamais y aura une tempête, plus jamais. Les tempêtes, c'est du passé ! Vous serez heureuse, Miss Ellen. Z'allez être invitée à des bals, à des pique-niques, à toutes les fêtes. Les gens, ils verront qu'vous êtes heureuse, et ils s'diront, p'têt que j'me trompe. P'têt qu'Miss Ellen, elle sait quelqu'chose que j'sais pas. P'têt qu'mes proches, ils vont pas mourir. P'têt même qu'mes proches, ce seront les premiers depuis Jésus à vivre aussi longtemps qu'ils veulent. P'tite Mam'zelle, vous devez faire semblant, vous comprenez. Ceux qui font semblant, ils sont bienvenus partout. Faire semblant, ça permet d'vivre un jour après l'autre. » Mama plissa les yeux. « On dépend d'ça, d'notre capacité à faire semblant. »

Elle sentait la vie du bébé vibrer sous sa main. « J'le sais bien, après aujourd'hui, j'recommencerai à faire semblant. Mais pas aujourd'hui. J'pourrai pas l'supporter, d'faire semblant aujourd'hui. »

Les larmes de Mama tombaient sur la couverture du nourrisson. « P'tite Mam'zelle, le monde, il a pas commencé en même temps qu'vous. Ça fait un bout d'temps, maint'nant. Ça va pas être facile d'être Miss Ellen Robillard. Z'avez deux sœurs plus grandes, et elles vont vous commander comme si vous étiez une d'leurs poupées. Elles vont l'faire, aussi sûr que vous êtes allongée là, sur mes genoux. Maître Pierre – z'avez vu comment il vous regarde ? À chaque fois qu'il vous regarde, il voit qu'il a plus la femme qu'il aimait. Il va apprendre à vous aimer, pour sûr, mais, tout au fond d'son esprit, y aura toujours une sorte d'coin sombre, et là, ça répète en boucle que vot' maman elle est partie, et pas vous.

» Et pis les gens d'Savannah : ils vont s'rappeler que vous avez tué vot' maman. J'pense bien qu'ils vous diront jamais rien en face, mais ils vous regarderont et ils s'souviendront d'vot' maman, qu'était toujours si joyeuse et si vive, et ils s'diront, ça valait pas la peine d'l'échanger contre une morveuse d'deux kilos et demi. Qu'c'est pas juste. Ils le diront pas, hein, mais ils le penseront. Jusqu'à c'que tous ceux qu'ont connu vot' maman soient morts, ils penseront tous qu'vous l'avez tuée. Non, c'est pas juste. Pas juste ! La justice, y a qu'les pasteurs qu'ça intéresse.

» C'est pas juste qu'ils croient qu'une toute p'tite fille a tué sa maman, mais ils le pensent – ils peuvent pas s'en empêcher –, et vous verrez dans leurs yeux qu'ils vous reprochent quelqu'chose, quelqu'chose de mystérieux, et vous vous d'manderez, mais qu'est-ce que j'ai fait ?, et puis trouverez tout d'suite la réponse. P'têt vous vous direz, mais, c'est pas vrai, c'est pas comme ça. J'ai jamais fait ça. Probablement qu'vous vous rebellerez, tellement c'est pas juste. P'têt même qu'vous vous battrez. Mais leur regard, il changera jamais et, au bout d'un moment, vous vous direz, p'têt que j'voulais pas la tuer, mais c'est moi qui l'ai fait, et vous goberez c'mensonge, vous l'ferez vôtre. Vous pourrez pas vous en empêcher. P'têt qu'aucun d'nous peut. On vient dans c'monde tel qu'il est, et faut essayer d'faire au mieux avec. »

L'enfant s'agita, rota, mais ne se réveilla pas. La porte d'entrée s'ouvrit doucement, et Nehemiah invita une jeune femme à gravir les marches de l'escalier de Jehu.

Mama dit : « Si l'bon Dieu et les esprits l'veulent, on trouvera un peu d'bonheur sur cette terre. Vous avez p'têt plus d'maman, mais z'avez une mama. Et, ma chérie, j'peux bien l'avouer, maint'nant, avec vous, j'ai un enfant. »

– 10 –

Vies des pères, martyrs, et autres principaux saints

« Les passions ne peuvent être contrôlées en étant apaisées : leur laisser libre cours est toujours une invitation à aller plus loin et, bientôt, leur tyrannie devient incontrôlable. »

Révérend Alban Butler

Ellen Robillard était une enfant tranquille, dans une maisonnée tranquille. Son premier mot fut *mam*. Mama expliqua à tout le monde qu'Ellen essayait de dire « maman », car sa mère lui manquait énormément. Personne n'avait pourtant remarqué que la petite fille fût spécialement attachée à une mère morte, dont la place semblait de surcroît avoir été définitivement usurpée par une domestique noire.

La sœur aînée d'Ellen, Pauline, était obsédée par le mariage, et ne voyait sa sœur – les rares fois où elle la voyait – que comme une vague distraction. Pour Mama, le maintien imparfait de Pauline était la cause de la faible qualité de ses soupirants : des fils cadets de riches planteurs ou des fils aînés de planteurs ruinés.

Carey Benchley n'avait pas de chapeau haut de forme, portait une vieille redingote qui sentait le moisi et des bottines passées de mode, et l'on pouvait confondre légitimement sa voix stridente avec celle d'une femme hystérique. Il considérait avoir été « sauvé » lors d'une « réunion de camp[1] », et ânonnait des lieux communs moralistes comme s'il les avait inventés lui-même.

Pauline se fiança donc à M. Carey Benchley.

La cadette, Eulalie, avait bien du maintien, mais elle était un peu trop rêveuse. Quand Mama la surprit en train de lire un roman – *Oliver Twist*, de Charles Dickens –, elle lui expliqua que jamais un gentilhomme de Géorgie n'épouserait une fille plus intelligente que lui.

Pauline ne pouvait pas épouser Carey avant que son père n'ait émergé de son deuil, qui semblait interminable : Ellen savait déjà marcher et parler depuis quelques années quand le tailleur de Pierre lui fit livrer son troisième costume noir. Un an plus tard, alors qu'Ellen commençait à lire, Nehemiah échangea discrètement la sombre tenue de deuil de son maître contre un costume violet un tantinet plus joyeux. Pierre ne fit aucune objection. Peut-être ne s'était-il d'ailleurs même pas rendu compte de l'échange. Peu après, M. Carey Benchley et Mme Pauline Robillard se marièrent dans la nouvelle église baptiste de Chippewa Square. Si le banc familial était quasiment vide, le reste de l'église était rempli des amis de Pierre, ravis de le voir revenu dans le monde. Antonia Sévier, qui portait elle aussi du violet en mémoire de son mari décédé dix-huit mois plus tôt, se montra particulièrement aimable. À la réception qui suivit à l'hôtel de ville, Pierre, déçu par l'absence d'alcool dans le punch, ne resta pas aussi longtemps que Mme Sévier ne l'avait espéré.

Le dimanche suivant, bien qu'elles n'eussent pas été invitées, Mme Sévier et sa fille, Antoinette, furent reçues à la Maison Rose. Mme Sévier expliqua à Pierre que des enfants de rangs et d'espérances similaires devaient naturellement devenir amis. En dépit du côté pressant et indélicat de

---

1. Au XIXᵉ siècle, les *« camp meetings »* étaient des réunions de « réveil » religieux qui se tenaient à l'extérieur, sur la frontière américaine : l'église temporaire prêchait pendant trois ou quatre jours d'affilée. Encore courante de nos jours, cette pratique concernait à l'époque la plupart des sectes protestantes.

Mme Sévier, les enfants s'adorèrent. Leurs caractères étaient pourtant tout à fait opposés : Antoinette était aussi volubile et irrespectueuse qu'Ellen était calme et obéissante. Lors de la troisième visite des Sévier, alors que les filles admiraient la collection de poupées françaises en porcelaine d'Ellen, Antoinette annonça qu'elle avait soif et ordonna à Mama d'aller lui chercher de l'eau. Mama répliqua qu'une enfant en bonne santé pouvait descendre toute seule l'escalier, aller au puits et remonter un seau d'eau. Ce soir-là, Antoinette expliqua à sa mère que Pierre Robillard possédait une Négresse effrontée. Désireuse que Pierre Robillard puisse profiter d'un service de meilleure qualité, Mme Sévier expliqua à Pierre que, en l'absence d'une maîtresse pour les discipliner, les domestiques avaient tendance à prendre leurs aises.

Si la remarque passa au-dessus de la tête de Pierre, Nehemiah et Mama ne l'oublièrent pas et, malgré tous les efforts de Mme Sévier, sa relation avec Pierre ne s'épanouit pas au point de donner le délicieux fruit qu'elle avait appelé de ses vœux. Pierre était souvent absent quand elle venait le voir, et sa carte de visite (dont elle cornait toujours le coin pour indiquer qu'elle était passée *en personne*) avait tendance à disparaître quelque part sur le chemin qui la menait de la corbeille jusqu'à Pierre. Sa lettre, sincère et qui lui demanda beaucoup de travail – l'avait-elle offensé d'une façon ou d'une autre ? – ne reçut aucune réponse.

Durant la semaine, chaque matin, la mama d'Ellen et la mama d'Antoinette emmenaient les filles à Reynolds Square. Un matin, Mme Sévier se leva plus tôt que de coutume et se rendit à Reynolds Square pour demander à Mama de lui expliquer la *nature exacte* de ce qu'il se passait.

Hélas, Mama était si *stupide*, si complètement *ignorante* des intentions et des sentiments de son maître ! Le dimanche suivant, Mme Sévier, qui avait de la ressource, assista à l'office de l'église presbytérienne de South Broad Street et, après un office protestant pénible, aborda Pierre. Le veuf, légèrement décontenancé mais toujours charmant, accepta gracieusement d'être le cavalier de l'adorable veuve à la réception du maire qui devait se tenir le samedi suivant chez le gouverneur Lumpkin. Dans la semaine, en dépit de quelques factures impayées, la couturière d'Antonia lui fit livrer une nouvelle robe avec des manches gigot. Pour la mettre en valeur, Antonia fit également l'acquisition d'un chapeau piqué de plumes d'aigrette.

La calèche des Robillard ne vint pas chercher Antonia à l'heure prévue. Elle pensa qu'il ne s'agissait que d'un simple malentendu et se rendit par ses propres moyens à la réception, où elle expliqua au maire Gordon que son cavalier était retardé par ses affaires. Elle passa la soirée assise sur une chaise.

À dater de ce moment, elle évita Pierre qui, perplexe, croyait qu'Antonia avait annulé leur rendez-vous. Ne l'avait-il pas entendu de la bouche même de Nehemiah ? Pierre ne découvrit jamais le secret qui se cachait derrière les silences lourds de sous-entendus et les œillades assassines que lui décochait Antonia Sévier.

Six mois plus tard, Antonia Sévier épousa un certain Angus Wilson. Pierre leur offrit un ravissant pot de crème en argent, mais ne reçut aucun mot de remerciement.

Le 30 janvier 1835 fut un jour important pour la nation et, pour d'autres raisons, pour la Maison Rose. Ce jour-là, à Washington, D.C., un peintre en bâtiment sans emploi, Richard Lawrence, tenta d'assassiner le président Jackson. Le même jour, à Savannah, en Géorgie, la petite Ellen Robillard attrapa sur une étagère *Vies des pères, martyrs, et autres principaux saints* du révérend Butler. Ce livre allait avoir une plus grande influence sur la vie de l'enfant que les pistolets enrayés que l'assassin avait braqués sur Jackson. La *Vie des pères* devint « le livre de mademoiselle Ellen ». Elle le traînait partout comme s'il s'était agi de sa poupée préférée, étudiant des heures ses histoires et ses gravures macabres. La jeune Maîtresse Ellen parlait de sainte Thérèse, de sainte Agathe et de sainte Marguerite comme si elle les avaient connues.

Quand Ellen demanda si sa mère, Solange, serait un jour reconnue comme une sainte, Mama répondit : « Bien sûr, ma chérie. Vot' maman, c'était la plus sainte d'toutes les femmes. »

Même si elle ne faisait jamais aucun commentaire sur le livre de Mlle Ellen, Mama ne l'appréciait pas beaucoup. Toutes ces images de saints percés de flèches, ou bien sur le point d'être découpés en morceaux ou d'être jetés en pâture aux loups – quiconque avait la moindre idée de la quantité de sang qui pouvait s'écouler d'un corps humain aurait été incapable de faire des gravures aussi mensongères. Tel était du moins l'opinion de Mama. De toute façon, ces saints n'avaient pas l'air d'individus sur le point d'être percés de flèches ou de se faire trancher la tête ; ils avaient plutôt l'air d'avoir bu beaucoup trop de whisky. Ou d'avoir déjà fait la moitié du chemin les séparant du paradis. De toute sa vie, le seul homme qu'elle avait vu et qui ressemblait un peu aux saints de Mlle Ellen avait été Denmark Vesey.

Désirer mourir pour la foi était une idiotie, mais pas une de ces idioties quotidiennes. C'était l'une de ces idioties honorables que les mamas louaient auprès de leurs enfants, tout en priant secrètement qu'il ne leur vienne pas à l'idée de les essayer.

Mama avertit Ellen : « Ça sert à rien d'être pauvre et bon. Suffit d'avoir un visage joyeux, et z'aurez tout c'que vous voulez. »

*
* *

Ellen Robillard devint une Sainte-en-attente-de-canonisation. Sans consulter son père, elle demanda au père Michael de la préparer pour la confirmation. Bien que le bon père fût débordé par une invasion de nouveaux immigrants irlandais et la construction d'une magnifique nouvelle église, l'ardeur enfantine que montrait Ellen à explorer sa foi revigora la sienne et, à moins d'être appelé au chevet d'un malade ou d'un mourant, il se rendait toujours disponible les lundis et les jeudis, après le dîner, pour discuter avec cette petite fille si sincère. Pierre faisait préparer un bon repas et, deux soirs par semaine, le père dînait à la Maison Rose.

Si Pierre regretta jamais la promesse qu'il avait faite à Solange d'éduquer leur enfant dans la foi catholique, il n'en dit mot, et le père Michael était si gentil et si érudit que M. Robillard en vint à attendre ses visites avec impatience.

*
* *

La communauté française de Savannah s'était réduite à peau de chagrin, et le Frère Jacques était redevenu la Taverne de Gunn, avec une population majoritairement irlandaise. Les compatriotes de Pierre prononçaient maintenant les « r » à la manière douce et languide du bas-pays. En même temps que l'influence française diminuait et que le commerce du coton devenait de plus en plus lucratif, l'appétit des habitants de Savannah pour la mode, la soie et les vins français augmenta : sous la houlette rigoureuse de Nehemiah, les affaires de L'Ancien Régime prospérèrent.

Quand le père Michael annonça à Pierre que sa fille avait peut-être la vocation, Pierre ne put s'empêcher de glousser. « Oh, Mama ne va pas apprécier. Elle croit que, pour accomplir leur destinée, les jeunes filles doivent épouser un jeune homme.

— Mama ?

— C'est elle qui s'occupe de mon foyer, vous ne la connaissez pas ? Elle me donne des ordres comme si j'étais *son* esclave. Quand je regimbe, Nehemiah et moi avons une "petite discussion" et, après, je rentre dans le rang.

— Mais vous êtes le maître, non ?

— Effectivement », dit Pierre avec suffisance, comme s'il ne percevait pas le paradoxe de son affirmation.

*
* *

L'amitié d'Antoinette et d'Ellen prit fin le jour où Antoinette ricana quand Ellen lui proposa de l'accompagner à ses cours de préparation à la confirmation.

Antoinette était devenue amie avec le petit Philippe Robillard qui, disait-on, avait été élevé par sa mère « comme un véritable petit sauvage ». (Quand Pierre proposa à la veuve de son cousin de lui donner des conseils et de l'aider, cette dernière lui ferma la porte au nez.) Le petit Philippe n'allait pas à l'église. « Apparemment, répétait une dame de la haute société d'un air outré, le dimanche est pour lui un jour comme les autres. »

Franklin Ward, un jeune homme qui était tout sauf exceptionnel, commença à faire la cour à Eulalie.

Comme M. et Mme Carey Benchley venaient en ville le samedi pour le marché, et restaient pour l'occasion à la Maison Rose, ils étaient à chaque fois présents lors des visites de Franklin. Dans la mesure où M. Ward était millerite[1], les Benchley, de confession baptiste, le trouvaient hilarant. Le père et l'oncle de Franklin Ward étaient des yankees, avaient été médecins, et Franklin avait également embrassé cette vocation avant d'être séduit par les prédictions du révérend William Miller. Selon ce dernier, le Christ allait revenir, en chair et en os, entre mars 1843 et octobre 1844 – dates qui avaient été calculées de façon précise en se fondant sur certaines prophéties du Livre de Daniel. Carey Benchley n'avait jamais rien entendu d'aussi risible et, pendant la semaine qui suivit leur première rencontre, il pensa à une question cocasse qu'il avait l'intention de poser au jeune illuminé le

---

[1]. Les Millerites forment un mouvement religieux issu du message de William Miller, qui prédisait le retour du Christ pour 1844. Après la *grande déception*, ce courant continua d'avoir une certaine importance. La plupart des Millerites deviendront adventistes. Leur doctrine eut une grande influence sur celle des Témoins de Jéhovah.

dimanche suivant. « Quand Jésus reviendra, demanda le mari de Pauline, qui va le conduire en calèche ? Qui va lui faire à manger ? »

Une autre fois, Carey s'esclaffa : « Pourquoi courtisez-vous Eulalie, puisque de toute façon, tout sera bientôt fini pour de bon ? » Il répéta, satisfait de lui-même : « Fini pour de bon. »

Même si Franklin Ward savait reprendre à son compte l'argumentation du révérend Miller, et appelait à la rescousse quantité d'essais de théologiens célèbres, Carey et Pauline ne pouvaient s'empêcher de rire aux dépens du prétendant d'Eulalie.

Ellen, elle, l'écoutait avec une certaine attention. Que le Christ mette un terme à ce monde impie et corrompu, voilà qui lui semblait tout à fait plausible.

Ils vivaient, expliquait Franklin Ward, les « derniers jours ».

*
* *

Onze mois avant la première date prévue pour la fin du monde, Ellen remisa son catéchisme et ses *Vies des saints*. Elle inventa toutes sortes de raisons pour expliquer pourquoi le père Michael ne devait plus être invité, ni pour son édification, ni aux dîners que son père aimait tant. Quand le prêtre demanda à Ellen quand elle désirait être confirmée dans sa foi, la jeune fille resta désespérément vague.

Mama n'eut pas besoin des ragots des blanchisseuses pour comprendre ce qu'il s'était passé. « Mon enfant, dit-elle dès qu'elles furent seules, vous êtes pas joyeuse comme avant.

— Et pourquoi serais-je joyeuse ? Ma vie est médiocre, sans le moindre intérêt. Je n'ai pas d'amie…

— Pas une ?

— Tu ne comptes pas. » À contrecœur, elle ajouta — car Ellen disait toujours la vérité : « Tu es bien plus qu'une amie.

— Vous changez, c'est tout. Ma chérie, vous êtes en train de devenir une vraie femme.

– Je ne veux pas devenir une "vraie femme". »

Mama sourit. « En tout cas, pour sûr, vous allez pas devenir un homme. Vous avez votre cardinal et, à chaque fois qu'la lune elle sera grosse, le cardinal, il vous rendra visite. »

Mama lui donna des serviettes de coton. « Rangez-les dans vot' tiroir et changez-les chaque fois qu'c'est nécessaire. Quand elles sont sales, laissez-les dans l'seau, à côté d'la porte noire. Et couvrez l'seau. Vot' papa, ça l'regarde pas, tout ça. »

Ellen fit la grimace : « Oh, Mama ! Je suis vraiment obligée ?

– Oui, mon enfant. M'est avis qu'vous l'êtes. »

Elle se trémoussa : « Je me sens si sale ! »

Mama ne sourit pas cette fois. « Vous êtes pas sale, mon enfant. C'qui vous arrive, c'est normal, c'est prévu comme ça. Vot' maman, il lui est arrivé tout pareil, et à moi aussi. Vous vous habituerez, vous allez voir.

– Je me sens si sale », chuchota encore une fois Ellen.

Un ou deux mois plus tard, Antoinette Sévier réapparut. Elle était maigre et très pâle. Elle savait qu'elle ne devait pas asticoter Mama, mais ne put s'en empêcher.

Les deux jeunes filles reprirent le cours de leur amitié comme si de rien n'était, et les amis d'Antoinette devinrent ceux d'Ellen. Leurs journées étaient faites de pique-niques, de bals, de courses de chevaux et de promenades en bateau. Ellen dormait souvent chez Antoinette et, bientôt, Mama ne sut plus si elle devait ou non mettre son couvert à table. Ellen accueillait les mises en garde et les reproches de Mama le visage fermé, comme si on lui avait fait des propositions douteuses.

Un samedi matin, très tôt, en revenant du marché, Mama dut faire un saut de côté pour éviter la calèche de Philippe Robillard. Antoinette Sévier était affalée sur les genoux du « petit » Philippe, et tous deux riaient aux éclats.

Les enfants. Quand Mama essayait de visualiser ce qu'ils étaient, ce qu'ils pensaient et ce qui comptait pour eux, les images qui lui parvenaient étaient aussi lointaines et éthérées que les nuages charnus qui planaient au-dessus de sa tête.

Mama mit son panier sous son bras et rentra à la maison, où Nehemiah prenait son petit déjeuner.

Nehemiah ne voulait pas savoir : « Y a pas un Nègre qu'a jamais gagné quoi qu'ce soit en s'attirant l'courroux des Blancs.

— Mais Miss Antoinette, elle se promène sans chaperon ! » insista Mama.

Nehemiah porta prudemment une cuillerée brûlante de flocons d'avoine à sa bouche. « C'est pas notproblème. On peut r'garder ça comme on veut, c'est pas not'problème.

— Quel qu'soit l'chemin qu'emprunte cette enfant, j'ai bien peur qu'elle y aille pas toute seule », prédit tristement Mama.

Mama reprochait à Mlle Antoinette les changements déplaisants qui avaient affecté le comportement et l'apparence d'Ellen. Son attitude se détériora, et l'enfant qui avait été si méticuleuse et soignée devint extravagante et fantasque. Mama, habituée à des répliques pleines d'esprit, ne se voyait désormais répondre que par des marmonnements vagues et vides de sens. Elle avait abandonné tout maintien.

Par une chaude nuit d'été, Mama fut réveillée par un rêve. Son cœur battait la chamade, ses yeux étaient grands ouverts. Mama se glissa dans la chambre mal rangée de Mlle Ellen et s'assit sur le lit vide jusqu'à ce que l'horloge du rez-de-chaussée sonnât trois heures et qu'une calèche s'arrêtât devant la maison. Claquement du fouet du cocher ; grincement des roues ; bruits de clés dans la porte ; pieds montant à pas de loup l'escalier de Jehu. L'enfant entrouvrit la porte de sa chambre et s'y faufila.

« B'jour », dit Mama.

Le mur du fond était à peine éclairé par la lune. Ellen se retrouva sous ses rayons, s'essuya la bouche et réarrangea le col de son chemisier. « Je…

— Me mentez pas, jeune fille ! »

D'un coup de pied, Ellen envoya valdinguer une chaussure dans un coin de la pièce. L'autre suivit le même chemin l'instant d'après. « Dis-moi, Mama, est-ce que tu crois que c'est la fin du monde ? Antoinette, elle pense que non, mais Philippe, lui, il y croit. Nous, les humains, on a commis tellement d'atrocités. Tu ne crois pas que le monde se porterait mieux sans nous ?

— *L'bon Dieu**...

— Parle anglais, Mama. Tu veux dire Dieu. Celui qui voit même le moineau.

— Dieu voit c'que nous faisons, et c'qu'Il voit pas, vot' maman l'voit.

— Désolée. Je ne vois même pas de qui tu parles.

— Mademoiselle Ellen...

— Mama, si tu oses interférer, je vais devoir te...

— Et vous allez devoir m'faire quoi, Mam'zelle ? Qu'est-ce qu'vous pouvez m'faire qu'on m'ait pas fait en dix fois pire avant ?

— Mama, c'est juste que... je ne sais plus rien. Je ne sais *plus rien du tout.* »

Mama se remit sur pied avec raideur. Ses genoux lui faisaient un peu mal.

« Prenez soin d'vous, Mam'zelle. Vous êtes pas aussi mauvaise qu'vous voudriez l'faire croire. Vous avez pas ça en vous. »

*
* *

Nehemiah ne voulait pas en parler avec M. Robillard. « Mais qu'est-c'que Maître Pierre pourrait y faire ?

— Il pourrait lui parler, par exemple. »

Nehemiah hocha la tête. « Et alors ? Quel bien ça peut faire ? » Il se racla la gorge. « Si elle était noire, y aurait quelqu'chose qu'on pourrait faire. Une jeune fille noire, on lui attacherait une clochette autour d'la taille, comme ça, on la choperait dès qu'elle essaierait de filer. Ou bien on pourrait lui enchaîner les chevilles, pour qu'elle soit trop entravée pour courir.

« – Ou l'envoyer chercher une "p'tite sucrerie", suggéra Mama.

– Mais on peut pas. Cette fille, elle file un mauvais coton et, Mama, y a pas un truc au monde qu'toi et moi on peut faire pour l'arrêter. »

Ils ne dirent rien à M. Robillard.

Quand Franklin, le soupirant d'Eulalie, passa à la Maison Rose, Pierre les rejoignit dans le grand salon pour s'asseoir sous le portrait de Solange. Peu de temps après que les Benchley furent descendus pour les rejoindre, Pierre s'échappa pour faire sa petite sieste dominicale. Au dîner, il fit un sort à une bouteille de bordeaux, et Nehemiah dut l'aider à rejoindre sa chambre à l'étage. Si de vieux amis passaient, Pierre les accueillait comme autrefois de manière charmante, mais s'excusait au bout d'une demi-heure et s'esquivait dans ses appartements. Il avait légèrement lâché prise sur le réel, et si ce gentilhomme si charmant et si distrait remarqua un jour les changements qui affectaient sa plus jeune fille, il n'en pipa jamais mot.

Ellen ne manquait pas de soupirants respectables. Par exemple, Robert Wilson était le fils d'un capitaine de navire à vapeur et avait de beaux yeux lunaires. Mama le découvrit un matin – aux premières lueurs – assis sur le perron, l'air d'attendre que Mlle Ellen sorte de chez elle. Ou Gérald O'Hara, qui passait régulièrement avec des fleurs, des bonbons et toutes sortes de petits cadeaux. Certes, c'était un Irlandais, mais c'était un Irlandais respectable !

Philippe Robillard, lui, n'était pas du tout respectable. Mais alors pas du tout. C'était un scandale sur pattes.

Ce n'était pas sa faute : il n'avait pas eu de Mama pour l'élever, et avait suffisamment d'argent pour mal tourner. Avant même qu'il ne porte des culottes courtes, sa mère avait arrêté de l'emmener à Saint-Jean-le-Baptiste. Les autres paroissiens, fatigués par ses hurlements, ses crises perpétuelles et ses coups de pied, furent surtout soulagés de sa disparition. À quinze ans, le jeune Philippe avait déjà épuisé cinq précepteurs, dont un yankee venu spécialement de Boston.

Savannah adorait être scandalisée par le jeune maître. Quand il n'y avait pas de nouveau fait d'armes à raconter, on s'en rappelait des vieux : la manière dont il avait épuisé un bon cheval jusqu'à le tuer, ou dont il avait insulté une nonne, ou encore dont ce « vaurien avait envoyé Charles se faire fouetter à la maison de correction parce qu'il avait été incapable d'effacer des éraflures de ses chaussures. Ses chaussures étaient en cuir, comment diable Charles aurait-il pu faire disparaître les éraflures ? »

En tant que chef des domestiques de la maison des Robillard, Mama attendait de la déférence et un minimum de courtoisie. « C't'une belle tortue verte. J'sais à quel point Maître Pierre, il aime sa tortue verte, alors promis, j'vais bien m'en occuper, Mama. »

Mama n'était donc pas habituée à l'impertinence. Pourtant, un matin, Mama Antigone (dont les maîtres blancs vivaient du mauvais côté de Jackson Square) osa lui dire ses quatre vérités : « Ta Miss Ellen, Mama Ruth, elle et ce sale type, Philippe, ils ont une conduite scandaleuse. Scandaleuse !

— Et t'es inquiète pour la famille Robillard, c'est ça ? » Mais même une bonne répartie ne suffit à dissimuler la vérité.

Mama Antigone posa une main condescendante sur le bras de Mama Ruth. « T'as fait tout c'que tu pouvais, ma fille. Ma pauv'chérie. »

Mama se débarrassa de cette main comme si elle avait été empoisonnée. Mama Antigone était désolée pour Mama Ruth ! Comment osait-elle !

Mlle Eulalie portait encore des bigoudis quand Mama déboula dans sa chambre. « J'ai entendu causer d'Miss Ellen, dit-elle. Les gens parlent ! »

Eulalie eut un sourire rêveur. « Philippe et ma sœur sont très amoureux. C'est ce que tout le monde dit.

— C'est c'que *tout l'monde* dit ?!

— C'est *tellement* romantique.

— Vous voulez seulement c'que vous avez pas. Si vous l'aviez, bah, vous en voudriez plus. »

Même une aveugle aurait pu voir les ennuis arriver : l'humeur capricieuse d'Ellen, son indifférence à l'égard de ses passe-temps préférés, son air supérieur, arrogant – comme si elle était détenait un secret que personne n'était digne d'entendre... Comme de nombreuses jeunes filles avant elle, Mlle Ellen pensait avoir inventé l'amour. « Je suis amoureuse » était écrit en toutes lettres sur son front.

Les jeunes gens pensent que l'amour est simple comme une aurore, évident comme le nez au milieu de la figure. Ils ne veulent qu'une chose, se laisser fondre dans les yeux de l'être aimé.

Mama savait que l'amour n'était jamais simple ou évident, et qu'il était toujours gros d'innombrables souffrances. Mlle Ellen avait quinze ans. Assez mûre pour tomber sérieusement amoureuse. Le problème, c'était la personne pour laquelle elle éprouvait ces tendres sentiments. N'importe qui, mais pas le cousin Philippe ! Après une nuit où les esprits ne cessèrent de jacasser, Mama se rendit dans la chambre d'Ellen et la secoua par les épaules pour la réveiller. « Qu'est-c'que vous faites avec c'garçon, hein ? Vous voulez attirer l'déshonneur sur la famille Robillard ? »

Bien qu'elle eût les yeux légèrement injectés de sang et que ses cheveux fussent en bataille, Ellen se leva, passa une robe de chambre, s'assit à sa coiffeuse et commença à se poudrer les joues.

« J'vais être obligée d'tout dire à Maître Pierre, ma chérie. Vous m'laissez pas d'autre choix. »

Ellen haussa les épaules si légèrement qu'il eût été facile de ne pas même s'en rendre compte.

Mama attendit que Maître Pierre eût fini sa toilette, se fût rasé, et eût petit-déjeuné d'un œuf poché et d'une petite tasse de chicorée amère, avant de lui dire ce qu'elle avait sur le cœur. Pendant qu'elle faisait son rapport, la colère, la détresse et l'inquiétude qu'exprima son visage lui rappelèrent à quel point, des années plus tôt, il avait été un bon parrain. Mais bien vite, son visage revint à son expression habituelle, celle d'un vieil homme fatigué. « Que veux-tu, il faut que jeunesse se passe. On ne peut pas y faire grand-chose.

– Alors vous allez rien faire ? »

Le haussement d'épaules de Pierre fut encore plus léger que celui de sa fille.

Le 12 mars était la première date à laquelle pouvait se réaliser la terrible prédiction du révérend Miller, et une grande partie de la jeunesse dorée de Savannah avait décidé de fêter dignement la chose. « S'il nous reste si peu de temps, il faut que nous en profitions au maximum ! », expliquait Antoinette Sévier. Mama avait du mal à résister à l'envie de lui nettoyer la bouche avec du savon.

Quand Mama était en embuscade à la porte de derrière, Ellen s'éclipsait par la fenêtre. Quand Mama attendait aux écuries, le prétendant de Mlle Ellen passait par la porte principale. Mama courait alors dans la rue, juste à temps pour voir Mlle Ellen et Philippe disparaître au loin sur un cheval : Ellen avait les cheveux au vent et serrait fort la taille du garçon, tandis que le cheval dévalait la rue au galop.

Mama comprenait très bien comment une fille comme Ellen pouvait se sacrifier, sacrifier sa virginité et sa réputation à un vaurien, pour peu que ce vaurien soit magnifique et débordant de vie. Mais comprendre ne signifiait pas accepter.

*
* *

À minuit, le 10 mars, Mama frappa à la porte de Nehemiah : « Amène le cocher, ordonna-t-elle. Vite. C'est à propos d'Miss Ellen et d'ce garçon. Miss Eulalie, elle sait c'qu'ils vont faire. Ils ont pas d'secret pour Miss Eulalie.

– J'ferai pas ça ! C'est des histoires d'Blancs. Ça t'concerne pas, et moi non plus.

– Si tu viens pas, j'dirai aux esprits qu'tu fais pas l'bien.

– J'y crois pas, aux esprits africains. » Toutefois, ceci étant dit, Nehemiah s'habilla en vitesse et partit atteler la calèche.

*
* *

Encore une vingtaine d'années plus tôt, la Taverne de Farnum était une respectable ferme à deux étages. La lanterne rouge accrochée à sa fenêtre semblait désormais bien pâle à la lueur froide de la lune.

Abritée par d'immenses chênes non élagués, sa grande véranda était bordée d'une rangée de fûts blanchis par le temps. Des chevaux particulièrement beaux somnolaient près de leur poteau d'attache. La Taverne de Farnum avait été élue par les jeunes gens à la mode pour faire la fête.

« À l'arrière, ordonna Mama. Attends-moi à l'arrière.

— J'vais pas t'attendre ! maugréa Nehemiah à voix basse.

— Si, tu vas l'faire. J'vais ramener Miss Ellen, et on aura besoin d'toi pour rentrer à la maison.

— J'la vois pas.

— Bien sûr qu't'u la vois pas, puisqu'elle est d'dans ! » Les ornières dans la cour semblaient manquer de profondeur sous la pâle lumière de la lune. Debout devant la porte de derrière, Mama remonta sa jupe et murmura une prière. La situation pouvait mal tourner et ce, de tant de façons différentes…

Après avoir soulevé le loquet, elle se glissa dans une cuisine répugnante. Les bras croisés, un mulâtre au visage couvert de balafres somnolait contre un évier recouvert d'écume sale. Un monceau de chopes crasseuses attendaient sur l'égouttoir. Il ouvrit brusquement les yeux. « T'es qui, toi ?

— Mama Robillard. J'suis venue pour Miss Ellen. »

L'homme leva les mains comme s'il s'apprêtait à parer un coup.

Derrière la porte qui menait à la brasserie, elle entendit des rires gras d'hommes. Mama rajusta son corsage amidonné et remit bien en place son fichu à carreaux rouges.

« Que Dieu m'vienne en aide », pria-t-elle.

Des lanternes enfumées éclairaient tant bien que mal des murs de plâtre tachés. Des bougies mal assorties, de toutes tailles, semblaient disposées comme au hasard sur une grande table. L'air empestait le tabac froid et le whisky. Si la Taverne de Farnum était, comme le prétendaient certains baptistes, le vestibule de l'enfer, Satan avait bien besoin de recruter un nouveau majordome.

Les jeunes maîtres, à différents stades de l'ivresse, étaient affalés autour de la table. Mama Ruth les connaissait tous. Elle les connaissait depuis qu'ils étaient enfants.

Elle aurait dû être surprise de voir l'homme qui présidait cette joyeuse assemblée, mais tel ne fut pas le cas. Ce fut seulement un crève-cœur.

Philippe Robillard était assis à côté du colonel Jack, et Mlle Ellen se pressait contre Philippe comme une seconde peau. Avec son chapeau haut de forme sur le côté et sa chemise en lin à jabot ouverte jusqu'au nombril, Philippe était une magnifique épave. Une couronne de délicats camélias violets ceignait le front pâle d'Ellen : une couronne de future mariée. Elle avait le regard absent, brouillé. Ces adolescents allaient continuer à trop boire, trop longtemps, jusqu'à ce que meure ce qui leur avait semblé si vivant, si lumineux et si plein d'espoir au coucher du soleil, avec le premier verre.

« Apporte-nous une chope, servante ! » Dans l'obscurité, Jack n'avait pas reconnu Ruth. « Les Nègres de Savannah, ils sont pas rapides pour apporter la bibine, hein ? »

– Ils étaient tout à fait efficaces jusqu'à ce que Philippe en frappe un », objecta le jeune Maître Billy Obermeier. « Même les Nègres ont des limites. Il ne faut pas trop tirer sur la corde. »

Philippe caressait tendrement – mais d'une manière absente – la main de Mlle Ellen. « Bon, tu célèbres mon mariage, Jack ? Ou est-ce qu'on doit attendre que tu aies bu la dernière goutte de mon vin ? »

Le colonel Jack Ravanel sourit. « Célébrer, Philippe ? Ce soir ? » Il recula sa chaise, se mit péniblement debout, et s'adressa à la compagnie. « Mes chers amis… »

– Je suis pas ton ami, Jack », l'interrompit le jeune Maître Fleet.

« Alors je te plains, Jimmy », répondit Jack d'un air matois.

Billy brailla : « Servante, elles sont où, ces satanées chopes ! »

Mama s'avança dans la lumière : « J'suis pas une servante, et z'avez bien assez bu comme ça. Et vous, jeune Maître Fleet : qu'est-ce qu'il penserait, vot' papa, s'il vous voyait là, hein ? »

Le colonel Jack s'étrangla : « Ruth !

— J'suis Mama Robillard, maint'nant, colonel Jack. J'suis venue ramener Maîtresse Ellen à la maison. »

Philippe se leva en titubant. « Tu oublies ta place, Négresse !

— Z'allez m'frapper, Maître Philippe ? Z'allez m'frapper jusqu'à c'que j'tombe dans les pommes, c'est ça ? Qu'est-c'qu'elle penserait d'ça, vot' pauv'maman ? M'dame Osa, elle a jamais fait d'mal à personne. Qu'est-c'qu'elle penserait d'toutes ces manigances, hein ?

— Ruth… balbutia le colonel Jack.

— J'suis la Mama d'la jeune Maîtresse Ellen Robillard, maint'nant. C'est censé être le mariage d'Miss Ellen ? Ils sont où, les invités ? Elle est où, sa famille ? Et l'église ? Et l'prêtre ? C'est vous, colonel Jack ? Z'êtes repenti, et pis z'avez confessé vos péchés, et z'avez été ordonné pour pouvoir sacrer des liens qu'après, aucun homme sur terre peut défaire ? Dieu soit loué ! Miss Ellen, vos saints, ils en pensent quoi d'toute cette histoire ? Et Jésus-Christ, Il en pense quoi ? Vous pensez vraiment qu'Il s'est laissé clouer sur la croix pour qu'les jeunes maîtres, ils puissent boire et forniquer ? »

Philippe se débarrassa du bras de Jack qui le retenait. « Je vais régler ça », dit-il les dents serrées en s'avançant lentement vers Mama.

Mama ne céda pas d'un pouce. « Jeune Maître Fleet, dit-elle sans faire attention à Philippe, z'allez dire quoi, à vot' papa, à propos d'ce soir ? Vous pensez qu'il sera fier ? Et vous, Maître Obermeier, trois semaines après la disparition d'vot' papa, qu'est parti au ciel, et vot' maman qui pleure et tout ? Vous pensez qu'vot' maman, elle va sourire quand elle va apprendre c'que vous avez fait c'soir ?

— J'ai jamais…

– Z'avez jamais dit non, non plus. Z'avez jamais dit : "Faut pas s'moquer du Seigneur !" S'il était là, c'soir, il penserait quoi, papa Obermeier ? »

Mlle Ellen retint le bras de Philippe. Ses toutes petites mains avaient anticipé sa réaction : « Mon chéri, c'est ma Mama ! »

Les vapeurs de whisky montèrent aussi vite que le brouillard matinal à la tête de Philippe. « Nègresse ! » bêla-t-il comme si ce mot résumait tout ce qu'il fallait savoir à propos de Mama.

« Maître Philippe, dit Mama avec un grand calme, j'vous ai connu quand vous portiez des couches, et z'étiez déjà un gamin difficile. Mais z'étiez aussi adorable, et j'dois bien admettre que, c'soir, Miss Ellen, elle a l'air d'vous aimer d'amour. Mais z'avez plus d'couches maint'nant : z'êtes un homme ! P'têt qu'un jour, vous serez même un homme important, un gouverneur, ou même un sénateur. Vous voulez vraiment qu'à c'moment-là, on vous rappelle c't'*affaire* ? » Mama imita la voix traînante, typique du bas-pays, de Langston Butler : « "Philippe Robillard ? Ah, c'gars-là ! Il s'est pas marié dans une taverne ?" Vous voulez qu'ce soit ça qu'on s'rappelle de vous ? Qu'on s'rappelle d'Miss Ellen ? »

Le gros rire du colonel Jack rompit le charme : « Seigneur, qu'est-ce que j'aime les femmes qui ont du tempérament ! »

Froidement, Mama répliqua : « Oui, M'sieur. J'me souviens à quel point z'aimez ça. Ou au moins, vous essayez d'les aimer. Mais j'dois vous demander, Jack, et faut m'répondre sincèrement, avec le cœur (les flammes des bougies, qui vacillaient depuis déjà un moment, s'éteignirent) qu'est-ce que M'dame Frances, elle aurait pensé d'tout ça ? »

Le front de Jack se plissa. Il eut du mal à déglutir. Il s'essuya les yeux avec sa manche, porta une bouteille à ses lèvres. Sa pomme d'Adam tressauta. Puis il essuya sa bouche et reposa la bouteille. « Bon, je crois que c'est assez pour ce soir, messieurs. Le coq va bientôt chanter. Philippe, permets-moi de te servir un dernier verre, le verre de l'amitié. »

Les jeunes maîtres restèrent assis, immobiles comme des statues, pendant qu'Ellen ôtait sa couronne de fleurs et la déposait sur la table. Elle la toucha du bout des doigts d'un air absent et dit : « Il est terriblement tard, messieurs. » Elle sourit à Philippe. « Bonne nuit, mon amour. »

Mlle Ellen Robillard ne prononça pas un seul autre mot cette nuit-là. Elle pleura sur tout le chemin du retour.

– 11 –

S'endurcir le cœur

Le gâteau qui devait couronner la fête s'avéra être un véritable désastre.

Eulalie Robillard piochait joyeusement dans les cartes de visite qu'avaient laissées les invités l'après-midi. Certaines appartenaient à des compatriotes de Maître Pierre – toujours solennels, et généralement dotés d'une bonne position sociale –, d'autres à des clients de L'Ancien Régime. Des jeunes célibataires tout frétillants, dont l'insistant Gérald O'Hara, étaient restés toute la journée : en effet, c'était le seul jour où toutes les grandes maisons de Savannah ouvraient leur porte à quiconque y frappait. Franklin Ward, le soupirant d'Eulalie, était venu tôt et était reparti tard. Faisant montre d'un esprit charitable dont il était peu coutumier, Carey Benchley ne taquina pas Franklin à propos de la fin du monde.

Sur le plateau de Nehemiah, il y avait tout un tas de verres vides, de tasses à moitié bues et de cendriers débordants de mégots. Eulalie fit langoureusement courir un doigt sur la carte gravée de Franklin, et Nehemiah fit semblant de ne pas l'entendre murmurer : « Il m'aime, un peu, beaucoup… »

Six heures sonnèrent. Il faisait froid à Savannah, en Géorgie, en ce dimanche qui était le premier jour de la nouvelle année. Juste devant les fenêtres du grand salon, les allumeurs de réverbères illuminèrent Oglethorpe Square. Maintenant que les invités étaient partis, le salon reprenait progressivement son aspect familier, en dépit de l'odeur tenace de parfum, de tabac et de whisky qui saturait l'air. Maître Pierre était parti se coucher. Ces derniers temps, il avait tendance à éviter les événements mondains dès que cela lui était possible.

Mlle Ellen avait gracieusement accompli son devoir d'hôtesse tandis que Mama et Nehemiah servaient aux invités du thé, des boissons et des mets délicats que la cuisinière avait spécialement concoctés pour la fête.

Quand la sonnette retentit, Nehemiah bâilla à s'en décrocher la mâchoire : « Juste ciel, mais qui ça peut bien être encore ? » demanda-t-il sans s'adresser à quiconque en particulier.

Eulalie le précéda dans l'entrée pour ranger les cartes de visite dans la corbeille. Après un rapide coup d'œil au miroir mural, elle remit un peu d'ordre dans sa coiffure, s'assit sur une chaise du vestibule et se plongea dans un vieux numéro de *Godey's Lady's Book*.

Si l'inconnue s'était présentée à une heure de visite décente, on aurait pu considérer la courbette que fit Nehemiah en ouvrant la porte comme tout sauf accueillante. « Bonsoir, Ma'ame. Oh, mon Dieu ! »

Les cheveux noirs d'Osa Robillard avaient été arrachés par touffes entières. Un sang sombre exsudait des griffures qui lardaient ses joues. Ses orbites étaient gonflées et ses yeux injectés de sang.

« Mais qu'est-c'qu'il s'est passé, Maîtresse Osa ! Entrez, s'il vous plaît, entrez. Désirez-vous du thé ? Quelqu'chose de plus fort, p'têt ? »

Elle tenait dans sa main tremblante un petit paquet.

« Entrez, Maîtresse. Asseyez-vous, tenez, là, pendant qu'j'vais chercher Maître Pierre. »

Eulalie reposa son magazine, bouche bée.

« Ne désiriez-vous pas prendre un peu d'repos, Miss Eulalie ? » demanda Nehemiah.

Eulalie s'exécuta sans demander son reste.

Nehemiah arborait son sourire mielleux et rassurant qu'il réservait aux personnes au bord du gouffre. « Permettez-moi d'insister, Ma'ame Robillard. Venez dans la maison. S'il vous plaît. »

Aussi immobile que les statues d'Indiens en bois que les buralistes placent devant leur boutique, Osa Robillard semblait comme tiraillée entre les derniers rayons de la froide lumière d'un soir d'hiver et les lueurs chaleureuses que dégageaient les bougies de fête dans la Maison Rose. Nehemiah essaya une nouvelle approche : « Z'avez quelque chose pour Maître Pierre ? »

Elle secoua la tête.

« Pour... ?

— Pour elle.

— Ma'ame ?

— Elle. Cette fille. Celle de Philippe.

— Si vous pensez à mademoiselle Ellen, elle a pas vu vot' fils depuis qu'il a quitté Savannah. » Il chercha une expression toute faite : « Amour d'jeunesse dure qu'un temps, comme on dit. »

L'Indienne attendit, immobile, jusqu'à ce qu'enfin Nehemiah lui prenne le paquet des mains.

« Z'êtes sûre d'pas vouloir entrer ? Vous... je... enfin Maître Pierre... Merci, Maîtresse Osa. J'vous souhaite une année pleine d'bonheur... »

Quand la mère de Philippe fut partie, Nehemiah verrouilla la porte, fit courir son pouce sur le paquet pour essayer d'en deviner le contenu et marmonna : « Oh la la. Oh la la la la... »

... Je suis au regret de vous informer que votre fils a connu une fin tragique. Il y a quelques mois, lorsque M. Philippe Robillard est arrivé à La Nouvelle-Orléans, il s'adonna avec un peu trop d'assiduité à des passe-temps que les gentilshommes plus âgés ou plus prudents s'efforcent en général d'éviter. Grâce à ses moyens considérables, il a fallu peu de temps pour qu'il se retrouve entouré de nombreux amis partageant les mêmes inclinations.

Le jeune homme m'a choisi pour être son confesseur. S'il s'est livré à des actes pervers, il n'y avait pas de perversité dans son cœur. Je crois encore aujourd'hui que s'il lui avait été donné de mieux connaître les commandements du Seigneur, il les aurait suivis avec autant de facilité que celle avec laquelle il s'est plongé dans une vie de vice et de débauche. Pour moi, qui suis devenu son ami (et peut-être son seul véritable), Philippe m'a toujours paru étrangement innocent – pas plus responsable de ses actes que ne l'est un animal sauvage. L'âme de Philippe était tournée vers la lumière, et sa foi en la bonté divine n'a jamais faibli. Il a été abattu lors d'une querelle de joueurs de cartes et, grâce à Dieu, il a vécu assez longtemps pour se repentir de ses péchés et recevoir l'absolution.

Philippe n'a pas eu le temps de devenir l'homme qu'il aurait pu être. Je prie pour lui, et pour vous, qui êtes dans la peine.

Que Dieu vous garde,
Fr. Ignace, Cathédrale de Saint-Louis, La Nouvelle-Orléans

Le paquet contenait également quatre lettres d'Ellen ainsi qu'une miniature la représentant, qui avait été peinte l'année précédente.

*
* *

Mama dit : « J'le savais. Rien qu'en regardant l'garçon, j'le savais. L'jeune Maître Philippe, il était trop beau pour vivre. » Elle remit le tout dans le paquet et, le cœur brisé, monta péniblement l'escalier de Jehu pour annoncer à Mlle Ellen la triste nouvelle.

*
* *

Mama ne parla pas beaucoup au cours de cette longue, très longue nuit. Parfois, elle tenait son enfant dans les bras. Parfois, elle séchait ses larmes. Ce qu'Ellen dit cette nuit-là, ces cris, ces pleurs, ces mots terribles qu'elle prononça, Mama ne les répéta jamais. Et ils ne seront pas non plus répétés ici. La nouvelle âme d'Ellen s'épanouit cette nuit-là, tandis que l'autre, l'ancienne, mourut dans la douleur, les récriminations et les larmes.

*
 * *

Sous les premiers rayons du soleil, les feuilles de magnolia passèrent du noir au vert. Un passereau courageux gazouilla un instant, bravant l'hiver. Mama essuya le visage d'Ellen baigné de larmes. « Ma chérie, pour sûr, vous pouvez vous engourdir, mais au final, s'engourdir, ça revient presque à s'allonger par terre pour s'laisser mourir. Miss Ellen, faut jamais s'endurcir l'cœur. Y a des gens dans l'monde, des gens ici même, à Savannah, ils ont perdu tous ceux qu'ils aimaient. Et eux, alors même qu'ils ont tout perdu, ils doivent continuer, tout comme si ceux qu'ils avaient aimés étaient encore là. Alors faut qu'ils apprennent à aimer à nouveau. Faut qu'ils apprennent à ouvrir leur cœur. On sait pas – aucun d'nous l'sait – quel est l'prochain malheur qui va nous piétiner. Mais on est pas sur c'te terre pour s'rebeller. On doit porter not' fardeau, et on peut l'refiler à personne. Qu'vous l'vouliez ou non, faut s'lever et faire c'qu'on a à faire. »

Au bout d'un moment, Mlle Ellen se moucha et ouvrit les portes-fenêtres. L'air parfumé et doux du Sud s'engouffra dans la pièce, chassant l'amertume. Le courageux passereau dut trouver des compagnons, et un chœur se forma. Mlle Ellen s'assit à sa coiffeuse et entreprit de se brosser les cheveux.

« Passe-moi ma tenue grise, s'il te plaît, dit-elle en se mettant un peu de fard sur les joues. Et Mama, demande à Nehemiah de faire chercher le cocher. Je vais rendre visite à monsieur O'Hara.

– Miss Ellen... rendre visite à un gentilhomme ! À c't'heure ! »

Ellen se tourna pour prendre entre ses mains le visage de sa domestique. « Quand j'accepterai la demande en mariage de monsieur O'Hara, il me pardonnera, j'en suis sûre, l'incongruité de l'heure de ma visite. Ah et, Mama – ne remets plus jamais mes choix en question. Plus jamais. »

TROISIÈME PARTIE

LA RIVIÈRE FLINT

– 1 –

Comment Pork et moi avons pris feu

Nehemiah m'demande si j'me marierai avec lui. Il dit, Maître Pierre a besoin d'nous pour s'occuper d'lui. Et Miss Ellen ? J'lui dis, qui s'occupera d'Miss Ellen ? Maint'nant qu'elle est mariée à c't'Irlandais d'O'Hara et qu'elle va s'installer à la campagne, où des serpents et des alligators et des Indiens peaux-rouges et plein d'choses désagréables attendent qu'une gentille fille d'Savannah comme elle ? Nehemiah dit, si Miss Ellen est assez grande pour s'marier, elle est assez grande pour s'occuper d'elle-même. Maître Gérald s'occupera d'elle. Maître Gérald est un malin. Il a gagné aux cartes et maint'nant, il a gagné Miss Ellen. J'dis, j'aime pas les cartes ; jouer aux cartes, c'est l'œuvre du diable, ç'a tué Maître Philippe.

Nehemiah répond, l'jeune Maître Philippe, c'est l'problème d'Satan maintenant, et j'lui dis, qui t'es pour l'juger, et Nehemiah dit, il a failli détruire Miss Ellen et briser l'cœur d'sa maman, et j'lui dis, Nehemiah, j'croyais qu't'étais chrétien.

Il m'dit, qu'importe et m'demande si j'marierai avec lui. Nehemiah, c'est un homme bien. Il s'occupe des affaires d'Maître Pierre depuis si longtemps qu'on dirait qu'c'est lui l'maître du magasin. Mais moi, j'ai été mariée et c'tait autre chose, croyez-moi. Quand Jehu et moi on s'est mariés, y avait pas d'maître pour brandir un vieux manche à balai pour qu'on saute par-d'ssus. Nous, on s'est mariés d'vant un vrai prêtre à l'église épiscopale méthodiste africaine chrétienne d'Charleston, avec l'bon Dieu et tous les saints qui veillaient sur nous. J'ai épousé Jehu jusqu'à c'qu'la mort nous sépare et la mort nous a pas séparés. Jehu et moi, on est toujours mariés d'vant l'bon Dieu et tous les saints. J'ai pas dit tout ça à Nehemiah. Il est pas au courant d'choses comme ça, sinon il m'aurait déjà fait plein d'commentaires. J'lui ai dit, j'vais aller à la campagne avec Maître Gérald et Miss Ellen et c'prétentieux d'Pork, et on va s'faire une vie nouvelle sur la plantation d'Maître Gérald, et on s'ra heureux et bénis d'Dieu. Nehemiah dit, là-bas à la campagne, ça s'ra pas différent d'ici à Savannah, mais j'lui dis, bien sûr que si. N'est-ce pas un endroit différent ? N'est-ce pas un nouveau départ ? T'es vexé parc'qu'j'ai pas voulu m'marier avec toi.

Alors il dit qu'j'vais lui manquer et qu'sa vie s'ra plus la même quand j'serai partie, et j'ai pensé qu's'il m'avait parlé comme ça dès l'début, ma réponse elle aurait était différente. Mais p'têt pas après tout.

Miss Ellen a jamais r'parlé d'Maître Philippe, même pas quand elle est rentrée après avoir vu Maître Gérald, même pas après c't'après-midi dans l'salon avec Maître Pierre quand çui-ci a demandé à sa fille c'qu'elle voulait faire. Miss Ellen a répondu qu'elle voulait être bonne sœur. Maîtresse Solange, elle, était catholique et Miss Ellen a été élevée comme une catholique, mais Maître Pierre en est pas un. Il pense qu'les catholiques doivent s'courber d'vant l'pape à Rome. Maître Pierre dit à Miss Ellen qu'elle devrait pas tout quitter pour être bonne sœur. Elle dit rien. Elle reste assise avec l'visage triste, mais c'est comme si elle s'était déjà décidée.

C'soir-là après l'dîner, qu'personne a touché, Maître Gérald s'présente à la Maison Rose. Nehemiah l'installe dans l'salon. Il s'assied sur une des chaises raides et hautes. Il porte sa veste noire. Son chapeau noir est sur ses genoux.

Maître Pierre arrive et Nehemiah apporte une carafe et des verres et Maître Pierre offre un verre à Maître Gérald et Maître Gérald dit « juste un doigt », c'qui j'suppose est une expression parc'qu'il est irlandais. Maître Gérald remercie Nehemiah, c'qui veut dire qu'il peut partir. Nehemiah s'en va, mais lui et moi nous restons derrière la porte du salon à écouter.

Ils parlent du temps et ils parlent du prix du coton et ils parlent d'qui s'ra le prochain président et si l'Texas s'ra accepté dans l'Union. Soudain Maître Pierre ouvre la porte du salon mais nous avons déjà décampé parc'qu'nous l'avons entendu s'approcher sur la pointe des pieds.

Miss Ellen est dans sa chambre avec *La Vie des saints*, c'vieux livre qu'elle a ressorti d'un placard j'suppose. J'lui demande si elle veut du thé mais elle dit non. J'voudrais lui parler mais elle veut rien entendre, alors j'vais dans la cuisine et j'me fais un thé pour moi-même.

Quand la clochette sonne dans la cuisine, Nehemiah et moi retournons dans l'salon où ces m'ssieurs sont debout comme s'ils avaient décidé où et quand ils vont s'battre en duel. Maître Gérald est tout rouge. Maître Pierre est tout courbé : vieux et fatigué. Il m'demande d'aller chercher Miss Ellen.

Miss Ellen descend les marches d'l'escalier d'Jehu, fière et belle comme ces reines françaises qui vont à la guillotine. Maître Pierre veut tout régler, ici et maint'nant. Et dans l'salon, avec Nehemiah et moi qui faisons semblant d'être du papier peint, il d'mande à Miss Ellen si elle veut épouser Gérald O'Hara. Maître Pierre commence par appeler Maître O'Hara « cet Irlandais », mais c'est un homme avec des manières, alors il s'retient. Miss Ellen est blanche comme un linge, sa lèvre inférieure tremble et elle regarde au loin, là où s'trouvent l'jeune Maître Philippe et Maîtresse Solange et tous les autres esprits. Miss Ellen Robillard dit : « Je vais épouser monsieur Gérald O'Hara. »

Et voilà, c'était réglé.

L'lendemain, Miss Pauline vient à la Maison Rose et fait une scène. Elle piétine lourdement jusqu'à la chambre d'Miss Ellen et dit à sa sœur qu'elle peut pas épouser un Irlandais car ça déshonorera la famille Robillard aux yeux d'tous ceux qui comptent. Depuis qu'elle a épousé Carey Benchley,

Miss Pauline va à l'église baptiste cinq jours par semaine. Miss Pauline demande à sa sœur comment elle rendra compte à Dieu si elle s'marie avec c't'Irlandais. Miss Ellen est la p'tite sœur d'Miss Pauline, elle est pas bien grande et sa réputation est presque ruinée à cause d'son aventure avec l'jeune Maître Philippe, mais elle dit quand même à Miss Pauline qu'elle va épouser Gérald O'Hara et merci d's'occuper d'ses propres affaires au lieu d'fourrer son nez dans celles des autres.

Miss Pauline est encore plus bigote qu'Moïse lui-même mais Miss Ellen a l'regard noir et elle refuse d'en entendre plus alors Miss Pauline commence à pleurnicher et à dire qu'elle veut rien d'autre qu'le meilleur pour sa p'tite sœur, qu'elle et Maître Carey prieront pour elle tous les jours. Miss Ellen lui dit qu'elle s'occupera d'ses prières elle-même !

Miss Eulalie est pas contente non plus mais c'est une hypocrite. Elle prétend avoir honte qu'sa sœur épouse un Irlandais, mais en vérité Miss Eulalie est impatiente qu'Miss Ellen quitte la Maison Rose et s'en aille l'plus loin possible ! Quand les m'ssieurs viendront à la Maison Rose, y aura plus d'Miss Ellen à admirer, juste Miss Eulalie.

Maître Pierre est morose. Ses amis viennent lui rendre visite, l'chapeau à la main. Tout l'monde marche sur la pointe des pieds.

Miss Antoinette vient aussi à la Maison Rose. Elle est toute souriante et pimpante mais elle halète comme un chien reniflant un bon os. Elle dit qu'elle est l'amie d'Miss Ellen. La plus vieille amie d'Miss Ellen. Qu'elles se connaissent depuis l'enfance. Miss Antoinette a plein d'idées pour l'mariage d'Miss Ellen. Miss Ellen la remercie d'être passée, la remercie d'son aide et la remercie encore jusqu'à c'que Miss Antoinette comprenne qu'en réalité Miss Ellen lui dit non merci. Les bonnes manières, c'est comme un couteau à double tranchant.

Maître Pierre s'morfond toute la journée car il va perdre sa fille préférée, et moi aussi dans l'affaire. Mais l'jour du mariage, il r'devient lui-même. C'est une belle journée d'printemps, l'soleil brille et tout l'monde est content d'voir des jeunes gens s'marier. Dans l'église Saint-Jean, les Français et les amis d'Maître Pierre s'mettent du côté d'Miss Ellen et les Irlandais du côté d'Maître Gérald. L'cuisinier, Big Sam, Pork et moi on est en haut, sur l'balcon. Ensuite, les Blancs vont à l'hôtel en ville où ils boivent, s'saoulent et sont si heureux qu'ils oublient qui est irlandais et qui est français.

Si les sœurs d'Miss Ellen croyaient qu'elle s'rabaissait en épousant un Irlandais, elles s'sont bien trompées. Maître Gérald est pas français et il est pas distingué, mais il est un bien meilleur mari qu'Maître Philippe l'aurait jamais été. Il est meilleur aux cartes aussi. Maître Philippe, lui, buvait du whisky en jouant aux cartes car c'est c'que font les m'ssieurs du Sud. Maître O'Hara en boit pas une seule goutte quand il joue et, la plupart du temps, il gagne. Les cartes, c'est comme les affaires pour lui. Y a quelques années, au cours d'une partie d'cartes, il a gagné Pork qu'est censé être l'meilleur « gentleman de gentleman » d'tout Savannah. Quelque temps après, Maître Gérald a gagné une plantation à la campagne qui appartenait à un spéculateur qui l'avait lui-même gagnée à la loterie des terres.

Après avoir arrangé Tara comme il faut, Maître Gérald est venu à Savannah accompagné d'Pork et d'Big Sam, l'contre-maître d'la plantation Tara. Maître Gérald venu s'chercher une épouse, la meilleure qui soit, et c'était tout naturellement Miss Ellen. Ma Miss Ellen était la célibataire la « plus en vue » du Sud.

Comme cadeaux d'mariage, Maître Pierre Robillard a offert à Miss Ellen l'service à thé français bleu d'sa maman, et moi. J'crois qu'j'suis la seule femme au monde à avoir été offerte deux fois en cadeau d'mariage.

*
* *

Après leur mariage, Maître Gérald est un tourbillon et Miss Ellen l'suit partout. Quand Pork traîne des pieds, ils l'laissent derrière. Ils achètent tout l'nécessaire pour s'installer à la campagne où c'est pas civilisé. Maint'nant qu'elle est mariée, Miss Ellen pense aux choses pratiques. Elle demande au cuisinier quelles marmites et quelles casseroles acheter et elle m'pose des questions sur les bébés. Elle rougit quand elle m'demande ça alors j'suppose qu'Maître Gérald et elle s'entendent bien.

Pork dit qu'à Tara y a des grosses marmites pour ébouillanter les cochons, faire du sirop et d'la compote, mais il dit qu'à Tara y a pas d'p'tite casserole, d'poêle ni d'rôtissoire. Pas l'moindre métier à tisser, rouet ni peigne à carder. Pas d'herbes, ni épices ni médicament. Y a plein d'haches et d'scies mais Maître Gérald découpe son rôti avec son propre couteau d'poche.

Tara a besoin d'sel, d'tonneaux, d'fûts. Tara a besoin d'draps, d'lampes et d'huile pour les lampes. Tara a besoin d'tout c'qu'il faut pour être une plantation civilisée !

Miss Ellen achète du coton, d'la laine, du bon fil et des aiguilles anglaises. Maître Gérald achète du cuir d'veau pour les sangles et les chaussures, du cuir d'bœuf pour les entraves et les harnais. Il achète une énorme vis en métal pour sa presse à coton et une charrue à trois pièces qu'est la première charrue à trois pièces jamais vue à Savannah. Maître Gérald regarde les graines d'coton comme s'il avait jamais vu d'graines d'coton avant, il tâte et renifle et examine et pose des questions et goûte aux graines avant d'choisir. Il achète une jument rouanne pour Miss Ellen et une selle gravée d'roses pour monter en amazone. Il achète des serviteurs d'maison pour la plantation. Big Sam charge les serviteurs et toute la marchandise dans trois chariots et ils s'mettent en route pour la campagne.

L'lendemain d'leur départ, on dit au revoir Savannah, au revoir hôtel de ville, au revoir église baptiste Saint-Jean. Au revoir place Oglethorpe. Au revoir Maison Rose. Au revoir escaliers d'Jehu.

Maître Pierre, les Benchley, Miss Eulalie et Nehemiah nous accompagnent à la gare ferroviaire. Miss Pauline dit à sa sœur comment s'habiller, comment s'comporter et comment s'brosser les ch'veux. Miss Pauline croit qu'elle est distinguée mais en vrai elle l'est pas. Elle dit à Miss Ellen comment voyager en train alors qu'elle a jamais pris l'train elle-même. Maître Gérald fait comme si aller à la campagne dans une machine à vapeur qui fume, qui crisse et qui siffle est la chose la plus naturelle au monde. Au moment d'monter dans l'train, Maître Pierre prend Maître Gérald à part sur l'quai où personne peut les entendre. J'suppose qu'Maître Pierre lui dit d'prendre bien soin d'sa fille et j'suppose qu'Maître Gérald promet d'le faire. Nehemiah m'demande d'lui écrire. Il sait pas qu'j'sais ni lire ni écrire. J'embrasse Nehemiah comme s'il était mon mari.

J'pense à tous ces gens qu'j'connais et qu'j'vais plus jamais revoir et j'commence à pleurer et Maître Pierre est tout rouge et agite ses mains parc'qu'il sait pas quoi faire d'autre. C'est Miss Ellen qui dit : « C'est l'heure de monter dans le wagon. Le temps et la compagnie ferroviaire de Géorgie n'attendront pas. »

L'train est composé d'une locomotive, d'un compartiment en bois, d'un wagon d'passagers et trois wagons d'marchandises. Nous montons dans l'wagon passagers et l'conducteur nous installe, Pork et moi, sur la première banquette. La locomotive siffle et tremble comme si elle allait exploser d'une minute à l'autre, et j'suppose qu'c'est pour ça qu'les Noirs sont à l'avant.

Maître Gérald et Miss Ellen ont pas encore terminé leurs adieux aux Robillard quand soudain y a une secousse qui m'brise presque la nuque et un sifflement strident qui m'vrille les oreilles puis une seconde secousse qui m'fait basculer à l'avant et une autre encore qui m'plaque à mon siège et nous démarrons ! Nehemiah et Miss Pauline courent l'long du quai. Miss Pauline a encore quelques derniers conseils pour sa sœur.

Bientôt Miss Pauline disparaît et Nehemiah aussi. Au revoir Savannah ! Au revoir Bay Street ! Au revoir tout l'monde !

Nous traversons l'canal et l'marais, nous allons d'plus en plus vite et j'comprends pourquoi nous sommes à l'avant : la fumée noire et la cendre brûlante nous attaquent d'abord avant d'attaquer les Blancs et y a plein d'cendre et ça pique comme des frelons !

J'me tamponne partout avec mon mouchoir pour pas prendre feu.

Quand l'vent tourne, la fumée s'éloigne. L'train craque et claque et j'vois les lèvres d'Pork bouger mais j'entends pas un mot. L'vert des marais file à toute allure. Nous allons plus vite qu'un ch'val. Nous allons plus vite qu'Lucifer quand il a dégringolé du Paradis et si c'train déraille, c'est sûr qu'on va rencontrer Lucifer ou Jésus : c'est soit l'un, soit l'autre. Quand j'éteins pas les braises, j'm'agrippe au banc comme si j'm'agrippais à la vie. Mon nouvel uniforme est couvert d'brûlures !

Avant midi, l'train s'arrête dans une ville. Miss Ellen dit qu'on a fait la moitié du chemin. Cette moitié m'suffit amplement. C'voyage en train contrarie pas du tout Miss Ellen. Son manteau contre la poussière est couvert d'taches noires, ses ch'veux sont en bataille mais Miss Ellen s'en soucie pas. Maître Gérald peut plus s'arrêter d'rire : « Magnifique ! il dit, cornebleu ! N'est-ce pas magnifique ! »

Il dit qu'le monde change, qu'les chemins d'fer vont tout changer. Maître Gérald dit qu'les gens vont arrêter d'se battre parc'qu'ils seront plus proches les uns des autres et apprendront à s'connaître. Maître Gérald est fier comme s'il avait inventé lui-même l'chemin d'fer et j'ai pas l'cœur d'lui dire qu'parfois on s'bat parc'que justement, on s'connaît très bien. Mes mains sont douloureuses à force d'avoir agrippé l'banc et mes genoux tremblent. J'suis bien contente d'm'éloigner d'ce train !

Nous sommes à Louisville qui voulait être la capitale d'la Géorgie mais y'est pas arrivée. La ville est presque aussi jolie qu'Savannah. Y a des grandes avenues et des grandes maisons et des voitures chic et des centaines d'balles d'coton qui attendent l'train. En face du dépôt, d'l'autre côté d'la rue, s'trouve un grand hôtel avec colonnes blanches et véranda ombragée. Maître Gérald soulève Miss Ellen et, avec elle dans ses bras, il monte les marches et traverse la véranda où les hommes applaudissent. Miss Ellen sait plus où s'mettre. Maître Gérald a vraiment aucune distinction. La distinction, ça veut rien dire à ces Irlandais !

Pork m'conduit derrière l'hôtel et pendant qu'il s'lave à la pompe j'entre dans la cuisine où la cuisinière et ses servantes préparent l'souper pour les Blancs. Sans attendre, la cuisinière m'donne un tas d'légumes à éplucher.

Après un moment, Pork revient, pinaillant comme d'habitude. Pork est un « gentleman de gentleman ». Une fois, j'lui ai demandé pourquoi un gentleman aurait besoin d'un gentleman si lui-même en est un, et Pork s'est vexé. Il m'dit qu'si j'pose c'genre d'questions, c'est qu'j'comprendrai jamais rien. C'est l'genre d'choses qu'disent les hommes quand ils ont rien à dire.

Après l'souper, la cuisine retrouve son calme et la cuisinière et moi allons dehors où y a pas d'fourneaux chauds. Elle m'dit qu'elle travaille à l'hôtel depuis qu'elle est toute p'tite et qu'l'hôtel a jamais été aussi rempli. Les maîtres blancs sont riches d'coton et ils achètent des ch'vaux et des serviteurs d'maison.

J'lui dis qu'nous allons dans les terres mais qu'j'sais pas où exactement. Elle m'dit qu'les maîtres d'la campagne jurent et boivent et fouettent leurs serviteurs sans raison. J'dis qu'j'ai jamais vu Maître Gérald avec un fouet et elle m'répond qu'j'suis pas encore arrivée à la campagne. La campagne endurcit les maîtres, elle dit, et ils savent plus qui ils sont ni c'qu'ils font. Les maîtres d'la campagne sont pires qu'des sauvages, elle dit. Pork a fini d'souper, il bourre sa pipe et dit qu'il connaît Maître Gérald depuis beaucoup d'années et qu'çui-ci a fouetté un Noir qu'une fois et que c'Nègre l'avait bien cherché. Pork fait craquer son allumette, l'odeur m'fait éternuer, il allume sa pipe et s'met à fumer comme une locomotive.

Maître Gérald déteste fouetter son ch'val et s'il fouette même pas son ch'val, pourquoi il fouetterait un homme, ajoute Pork.

La cuisinière dit qu'y a beaucoup d'maîtres qui sont plus gentils avec les ch'vaux qu'avec les Noirs. Elle connaît un maître qui vient souvent à l'hôtel et qui a pleuré comme un bébé quand son ch'val s'est cassé une jambe et qu'il a dû l'faire abattre. L'lendemain même il a fouetté un jeune garçon, d'seize ans à peine, jusqu'à c'qu'çui-ci puisse plus tenir sur ses jambes.

Pork dit qu'Maître Gérald est un bon maître. Les Nègres qui travaillent dans les champs profitent d'lui. Ah, ils profitent pas du contremaître Wilkerson, ah c'est certain ! Pork a l'air si content d'lui qu'j'lui demande si c'est lui qui a embauché un contremaître et si c'est lui qui a donné au contremaître la responsabilité d'la plantation. La fumée d'sa pipe l'fait tousser et Pork dit à la cuisinière qu'la plantation Tara est tout aussi civilisée qu'Louisville. Elle renifle et refuse d'y croire.

Cette nuit-là j'dors dans la cuisine et Pork dort dans l'couloir d'vant la porte d'la chambre d'Maître Gérald et d'Maîtresse Ellen. Pork avait l'habitude d'dormir au pied du lit d'Maître Gérald, mais cette époque est finie !

L'lendemain matin, Pork est vexé car Maître Gérald s'est rasé lui-même sans attendre qu'Pork apporte l'eau chaude et l'savon et les blaireaux et les serviettes et le cuir à rasoir comme il l'fait chaque jour. Maîtresse Ellen est silencieuse comme à son habitude, mais elle sourit comme si elle avait un secret rien qu'à elle. On quitte l'hôtel pour reprendre un autre train, un train différent d'hier, mais la fumée pue tout autant et la cendre brûle pareil. J'comprends pas les maîtres. Quand on peut voyager sans cendres dans les ch'veux, pourquoi payer si cher pour s'faire brûler ?

L'train était rapide comme l'éclair mais c'est dans la soirée seulement qu'on est arrivés là où on devait arriver, à Macon. Pork est déjà venu à Macon et il sait tout sur la ville. Aujourd'hui, Maître Gérald porte pas Miss Ellen jusqu'à l'hôtel. Miss Ellen lui a sûrement dit quelqu'chose. Aujourd'hui, Maître Gérald a des manières.

Pork m'demande d'l'accompagner à l'écurie où Maître Gérald garde ses ch'vaux. J'dis qu'j'ai assez vu d'écuries pour toute une vie et Pork m'dit qu'il voudrait m'montrer quelqu'chose qu'j'ai jamais vu. Derrière l'écurie, y a une vieille maison en pierre avec la partie supérieure en bois. Les herbes d'l'été dernier entourent la maison, les portes sont condamnées et les planches tiennent plus. Qu'est-ce qu'c'est, j'demande. Pork répond qu'c'est un fort. J'en ai rien à faire des forts, j'dis. C'est un fort contre les Indiens, il dit. J'regarde autour d'moi et demande, quels Indiens ? Ils sont partis, ils ont fui mais j'vais t'montrer où ils sont, dit Pork. On marche jusqu'à une p'tite colline verte qui ressemble à une crêpe épaisse et Pork dit qu'c'est là qu'ils ont enterré leurs morts.

Ça s'pourrait bien. La colline bourdonne comme les abeilles autour des fleurs d'acacias au printemps. Pork entend pas l'bourdonnement mais moi, oui. Pork voit pas l'brouillard qui s'accroche à la colline indienne au coucher du soleil mais moi, oui. J'ai des frissons et j'dis à Pork qu'j'ai vu assez d'Indiens comme ça et qu'j'ai froid. On rentre à l'hôtel. Pork dort d'vant la porte d'la chambre cette nuit-là encore et il aime toujours pas ça.

C'est fini les trains pour nous. Fini l'odeur, la fumée et l'feu. J'dis hourra. Hip, hip, hip, hourra ! Maître Gérald veut qu'Pork et moi on monte à ch'val tandis qu'Maîtresse Ellen et lui prennent la calèche, mais j'dis qu'j'ai jamais vu une femme noire à ch'val et qu'c'est pas aujourd'hui qu'ça va arriver. Les ch'vaux sont bons qu'à tuer les gens.

Maître Gérald devient tout rouge et dit qu'il en a assez des serviteurs insolents et où est son fouet. J'dis qu'son fouet est dans la housse à fouets, là où tout l'monde peut l'voir facilement. Alors Maître Gérald décide qu'Pork et lui monteront à ch'val, et Maîtresse Ellen et moi dans la calèche.

On est côte à côte. Miss Ellen conduit. C'est moi qui la portais quand elle était bébé. J'suis la première personne à l'avoir prise dans les bras. Miss Ellen m'parle d'la terre rouge.

Elle s'est renseignée. L'coton peut pousser dans la terre rouge, oui il peut ! Miss Ellen dit qu'la campagne, c'est pas comme Savannah et combien elle est contente d'arriver à Tara et qu'nous devons être reconnaissantes d'c'que nous avons. J'dis oui Ma'ame et oui Ma'ame et oh oui qu'ce s'rait bien mais tout a changé entre nous. Elle est Maîtresse Ellen maint'nant et moi, Mama. C'est comme si elle avait jamais été un bébé dans mes bras et qu'j'avais jamais changé sa couche. J'dois sourire et accepter et apprécier ça parc'qu'c'est ainsi maint'nant.

On arrive à la rivière Ocmulgee où l'marinier connaît Maître Gérald et ils parlent d'la campagne qui est proche. L'marinier voudrait acheter le cheval d'trait. Qui va tirer la calèche, demande Maître Gérald et l'marinier répond, « les Nègres peuvent marcher » et il s'tord d'rire. Pork rit pas. J'ris pas. Maître Gérald rit pas non plus.

On passe toute la matinée à grimper et descendre des collines. Y a des forêts d'pins partout. Les arbres sont penchés sur la route et barrent la lumière du soleil. J'ai si froid que j'remonte mon châle jusqu'au cou. J'demande à Miss Ellen si y a des Indiens dans la forêt et elle m'dit, sois pas bête, mais j'suis pas bête, j'dis, si y a des Indiens dans la forêt ils nous scalperont et nous tueront. D'temps à autre, y a une piste qui mène dans les bois. Y a des gens qui vivent ici et ça m'fait pas m'sentir mieux. Parfois on passe des champs d'terre rouge où rien pousse. Maître Gérald arrête pas d'nous importuner, « Est-ce que ma chère Ellen est à l'aise », et elle lui sourit et dit qu'elle va parfaitement bien, merci. On traverse des fumées si épaisses que j'me mets à éternuer, c'sont des parcelles d'bois qu'on brûle pour pouvoir cultiver la terre. Les Noirs d'la campagne nous dévisagent comme s'ils avaient jamais vu personne d'leur vie.

À midi on mange du fromage et quelques biscuits et on s'remet en route. Pork conduit la calèche maint'nant et Miss Ellen est avec Maître Gérald. On les perd pendant un moment et quand ils nous rejoignent Miss Ellen a des aiguilles d'pin accrochées à ses vêtements.

On arrive dans une p'tite ville dont j'me souviens pas du nom. Y avait pas grand-chose, mais au moins un hôtel pour Maître et Maîtresse. L'hôtel appartient à Maître Hitchens. Y a son nom d'ssus. Les Noirs d'la cuisine étaient gentils et nous ont donné, à Pork et à moi, du lard et des légumes. Ils nous ont posé des centaines d'questions sur Savannah car ils ont jamais été dans un endroit civilisé. Encore un autre jour à voyager à travers les collines. Les forêts d'pins s'font rares, et j'vois par-ci par-là une plantation. Quand on traverse la rivière Flint, l'soleil s'couche et transforme l'eau en or. Y a une dernière montée et Maître Gérald est debout sur ses étriers l'doigt pointé vers l'avant et puis à travers les arbres j'vois un toit et c'est Tara.

Les champs défilent. Ils ont été bien labourés et les sillons sont droits et propres. On les contourne et l'soleil est dans not' dos et on trotte à travers les cèdres, certains aussi grands et gros qu'moi. Maître et Maîtresse galopent d'vant nous. Pork dit qu'Maître Gérald galope toujours quand il rentre à la maison comme s'il avait peur d'pas retrouver Tara à son retour. La maison est en haut d'une colline, elle est grande et blanche et y a un attroupement d'vant avec les Noirs qui viennent accueillir Maître Gérald et la nouvelle mariée. Pork et moi on continue jusqu'aux écuries. Pork crie « Toby » et voilà qu'arrive en courant un garçon aux jambes maigres comme des clous, il prend les rênes et demande à Pork comment Maître Gérald a fait pour trouver une maîtresse pour Tara et comment elle est cette maîtresse, et j'me demande comment Toby sait qu'Tara a une nouvelle maîtresse.

Pork dit que c'que l'maître fait ou fait pas, c'est à son domestique personnel d'savoir et ça regarde pas les stupides garçons d'écurie. J'crois qu'Pork est toujours contrarié d'dormir d'vant la porte du maître.

Toby dit qu'il a prié pour qu'Pork rentre sain et sauf, c'qui rend Pork désolé d'avoir dit c'qu'il a dit, mais il peut pas s'excuser car c'est un gentleman de gentleman. J'explique qu'j'suis la mama d'Miss Ellen et qu'elle est bonne et gentille. Toby fait la révérence comme les maîtres et dit : « Bienvenue à Tara, Mama. »

Toby raconte à Pork c'qui s'est passé en son absence, c'qu'les laboureurs ont fait et c'qu'les serviteurs d'maison ont fait. Pork veut pas en entendre parler. Avant qu'ils partent pour Savannah, Maître Gérald a fait d'Pork l'chef des serviteurs d'maison. L'chef dit aux serviteurs d'faire ça, d'aller ici, d'aller là, mais Pork veut pas être l'chef. Il est heureux d'être l'domestique personnel d'Maître et veut être l'chef d'personne, ni du garçon d'écurie, ni d'la laitière, ni d'la femme d'chambre, ni du cuisinier, ni l'chef d'l'arrière-cuisine, du maréchal-ferrant ou du cocher. Pork est heureux qu'Maître Gérald ait trouvé une femme pour diriger les Noirs. Maint'nant qu'Maîtresse Ellen est là pour s'occuper des serviteurs d'maison, Pork peut revenir à c'qu'il sait faire.

Pork a l'visage triste quand Toby raconte qu'les Noirs se sont fait fouetter en l'absence d'Maître Gérald. Phillip et Cuffee ont été fouettés à cause du contremaître Wilkerson, il était saoul et les a fouettés sans raison, il dit. Pork demande à Toby c'qu'il peut bien y faire. Les garçons fouettés n'peuvent pas être défouettés, n'est-ce pas ?

Toby dit qu'y a aucune excuse à fouetter ces garçons, « pas d'excuse du tout ».

J'les laisse discuter et j'entre dans la maison qui a une cuisine à l'intérieur. Moi j'aime avoir la cuisine dehors, là où il fait pas si chaud en été et si elle prend feu, la maison prend pas feu avec.

La cuisine d'Tara est plus récente qu'celle d'la Maison Rose mais y a pas assez d'casseroles pour faire des bons repas et l'évier est sale ! Louches, cuillères et fouets sont en désordre dans un tiroir alors qu'les autres tiroirs sont vides ! Tara a une d'ces cuisinières à étage modernes mais ça semble pas avoir déjà servi. Y a des casseroles qui sont depuis si longtemps sur l'poêle qu'elles ont commencé à rouiller. L'cuisinier fait encore les repas dans l'âtre comme jadis.

J'crois qu'j'dois parler au cuisinier. Et j'crois qu'j'dois parler à la servante d'l'arrière-cuisine aussi.

Au bout du vestibule, y a une petite pièce avec un tas d'papiers posés sur une grande table ancienne, comme celle où Maître Pierre déposait des rouleaux d'tissus. Sur une étagère y a une carafe à décanter du whisky et quelques verres sales. Sur l'mur y a un tableau d'une prairie brumeuse qui semble pas être d'la terre rouge d'Géorgie, donc j'suppose qu'c'est irlandais.

La peinture des moulures s'écaille, y a des traces d'doigts sur l'plâtre et des araignées dans tous les coins d'ombre. J'crois qu'j'dois parler à la femme d'ménage aussi. L'escalier d'chêne clair qui va directement jusqu'au palier du premier étage a aucune courbe. Au revoir, Maison Rose !

Dehors, c'est la joie ; les Noirs sont tout excités. Maître Gérald est d'retour ! Maître Gérald est d'retour ! Hip, hip, hip, hourra ! Y a rien d'plus joyeux ou d'plus bête qu'des Noirs excités.

J'sors sur la véranda où y a des balancelles et des fauteuils à bascule, j'me dis qu'c'est là qu'Maître Gérald passe tout son temps.

Maître Gérald est heureux comme un coq en pâte. Miss Ellen demande aux p'tits comment ils s'appellent, quel âge ils ont et même les plus timides répondent. Miss Ellen en installe un sur l'siège d'la calèche et voilà qu'tout l'monde y passe, chacun à son tour, comme s'ils étaient des Blancs en voyage.

La grosse femme au tablier sale doit être la cuisinière. La femme d'ménage doit être la vieille sans dents, tellement infirme qu'elle peut même pas s'tenir debout toute seule. La plantation Tara a qu'deux serviteurs d'maison sans compter Pork ? J'remercie l'bon Dieu qu'Big Sam ramène des serviteurs pour Tara !

Un homme blanc s'approche au galop, r'couvrant les Noirs d'poussière. Il lance les rênes à un garçon et saute du ch'val. Il enlève son chapeau pour saluer Maître Gérald et s'incline d'vant Miss Ellen disant combien il est honoré, etc. L'homme parle pas comme les gens d'ici. Il parle comme un yankee. L'contremaître Wilkerson est grand et poisseux comme un haricot vert frit dans l'lard.

Les visages des Noirs s'crispent et les p'tits descendent d'la calèche. Maître Gérald demande au contremaître comment ont été les choses pendant son absence et il remarque pas les visages fermés mais Miss Ellen, elle voit tout ça. Presque rien échappe à Miss Ellen.

L'contremaître Wilkerson tape un garçon dans l'dos et dit qu'Cuffee voulait « lâcher la bride » quand Maître Gérald était pas là, mais Cuffee est un bon Nègre maint'nant. Cuffee tressaille mais il hoche la tête, sourit et dit qu'il a compris « son erreur » et qu'il recommencera pas, non m'sieur, il recommencera pas.

Dans un coin d'ma tête, y a une voix qui vient d'loin et qui dit « tu finis par devenir c'que tu prétends être », mais j'veux pas entendre cette voix, j'déteste cette voix et j'me bouche les oreilles.

Une main touche la mienne. Personne pourrait deviner c'que Miss Ellen a voulu dire par c'geste, mais moi j'sais.

L'contremaître parle et c'est comme s'il voulait dire qu'Maître Gérald aurait dû rester à Tara au lieu d'aller s'chercher une épouse à Savannah. L'contremaître a pas vraiment dit ça mais c'est c'qu'il voulait dire.

Après avoir appris qu'rien a brûlé, rien a été inondé, rien a été emporté et qu'rien est mort, Maître Gérald s'occupe plus d'c'que dit l'contremaître. Maître Gérald bombe le torse et regarde tout autour d'lui comme si l'bon Dieu vivait ici même, à Tara. L'contremaître Wilkerson continue d'parler, d'dire qu'il a fait ci et ça jusqu'à c'qu'Maître Gérald l'interrompe. Cette femme, il lui dit, c'est Mama. Elle est avec Miss Ellen depuis que celle-ci est née.

La bouche du contremaître s'arrête d'bouger à toute vitesse et il dit lentement qu'les Noirs d'Géorgie sont « réjouissants de loyauté ». J'sais pas d'quoi il parle. Il dit qu'il commande tous les Noirs sur la plantation d'Tara. J'suis sur l'point d'objecter mais Miss Ellen m'serre la main et dit : « Merci Monsieur Wilkerson. Je suis sûre que vous commanderez les domestiques de maison mieux que moi mais, de toute évidence, ceci est le devoir d'une maîtresse de maison et donc, je les gérerai moi-même. J'imagine que vous avez déjà tant à faire avec les laboureurs. » L'contremaître peut plus rien dire. La distinction est un couteau si aiguisé que vous l'sentez même pas vous rentrer d'dans.

– 2 –

*Comment Miss Ellen et moi apportons d'la distinction
à la campagne*

La campagne est pas du tout comme l'avait dit la cuisinière d'Louisville. La ville la plus proche est Leaksville et y a deux magasins, une forge, une tannerie, un saloon, une égreneuse à coton pour qu'les planteurs qui en ont pas égrènent quand même leur coton. Leaksville a une église baptiste avec une mansarde pour les Noirs, une école et un champ d'courses où les Blancs vendent des cochons et des poules et des ânes et des esclaves l'samedi matin et font courir leurs ch'vaux l'samedi après-midi. Les rails du chemin d'fer arrivent jusqu'au milieu d'la rue d'Broadway, mais y a jamais eu d'trains. L'chemin d'fer a fait faillite avant d'arriver à Leaksville et les herbes poussent maint'nant entre les rails. Y a pas d'Indiens peaux-rouges et les maîtres d'la campagne sont pas différents des maîtres d'Savannah. Certains sont meilleurs, d'autres pires ; la plupart s'trouvent dans la moyenne. La plantation Tara est à côté d'celle des Macintosh dont s'fiche totalement Maître Gérald et d'celle des Slattery qui sont qu'une bande de p'tits Blancs, et en aval d'la rivière Flint, y a la plantation des Wilkes. La plantation des Wilkes s'appelle Les Douze Chênes. Et leur maison est construite d'un seul bloc. Y a pas une pièce qu'a été ajoutée ou retirée depuis qu'elle a été construite. Y a même un escalier en courbes, mais il est pas aussi raffiné qu'celui d'Jehu.

Les Wilkes viennent d'Virginie, c'qu'est vraiment l'mieux qu'on puisse faire, et ils ont une roseraie et des précepteurs pour les enfants. Maître John Wilkes est souriant et doux comme une brise d'été, mais la plupart du temps il dit rien. Il ressemble à sa maison : grand, calme et il a tellement d'argent qu'il a pas besoin d'en parler. Il chique pas et crache pas. Ses ch'vaux pourraient ruer s'il leur demandait, mais il l'fait pas. Il parle si doucement qu'les autres maîtres baissent d'un ton. Quand il raconte une blague, tout l'monde est ravi. Maître John a plus d'distinction qu'qui c'soit à la campagne à l'exception d'Miss Ellen. Les autres planteurs l'respectent et veulent son conseil. Même Maître Gérald lui demande son avis, bien qu'la plupart du temps il fasse c'qu'il avait prévu d'faire. Maîtresse Eleanor Wilkes est jolie mais bien nerveuse. C'est elle qui a expliqué les manières d'la campagne. La campagne, elle a dit à Miss Ellen, est « vitale » c'qui est, j'suppose, une façon d'défendre la campagne quand elle est à Boston ou à New York.

Aux Douze Chênes ils ont une pièce pour les livres et rien qu'pour les livres.

L'jeune Maître Ashley Wilkes est presque aussi distingué qu'son père. L'jeune Maître Ashley accompagne son père au marché d'coton, aux courses, aux barbecues et même à la législature d'Géorgie, mais l'jeune maître est pas vraiment intéressé par tout ça. L'jeune Maître Ashley est plutôt un grand rêveur qu'un jeune homme. Quand les autres garçons chassent, pêchent, montent à ch'val ou s'battent, Ashley Wilkes, lui, lit ses livres. Il trouve tout c'qu'il veut dans les livres !

Depuis qu'Miss Ellen s'est installée à Tara, les gens d'la campagne veulent rencontrer la femme qu'Maître Gérald a trouvée à Savannah. Pork leur sert du whisky et moi j'leur sers du thé ou d'l'eau fraîche ou un jus d'sassafras, mais personne va plus loin qu'la véranda où les visiteurs sont reçus. Miss Ellen veut personne à l'intérieur d'la maison Tara. Maître Gérald est pas content. J'crois qu'c'est l'premier désaccord d'leur mariage : Miss Ellen veut personne dans la maison avant qu'elle l'ait arrangée, et Maître Gérald voudrait qu'Tara soit comme avant quand les gens venaient quand ils voulaient et essuyaient même pas leurs bottes. Évidemment, c'est Miss Ellen qui l'emporte.

Tara est la fierté d'Maître Gérald. Il fait faire l'tour à Miss Ellen, lui montrant tout. Il lui montre les champs rouges qui attendent d'être cultivés, il lui montre la presse à coton et lui explique comment la nouvelle vis achetée à Savannah est beaucoup mieux qu'l'ancienne et Maître Gérald maudit Big Sam d'être pas encore arrivé mais c'est pas la faute d'Sam vraiment, on est venus en train et Big Sam fait la route en calèche. Maître Gérald s'excuse pour les gros mots.

Maître Gérald montre à Miss Ellen l'étable et l'écurie et la laiterie. Il s'vante du printemps à Tara qui est « le printemps le plus doux de ce côté-ci de Limerick » qui s'trouve en Irlande. Miss Ellen dit, « Que c'est merveilleux ! » et « Vous avez fait tant en si peu de temps ». Et Maître Gérald enfle comme ces vessies d'cochons qu'les enfants gonflent à Noël.

D'la semoule d'maïs, des légumes brûlés et du lard composent nos soupers. Miss Ellen dit rien mais elle aime pas ça.

Miss Ellen s'revigore quand Maître Gérald la conduit au p'tit bureau au bout du couloir. Il lui montre l'tas d'papiers, « des registres d'la plantation », il dit. J'peux voir qu'ça démange Miss Ellen d'regarder d'plus près ces papiers.

Les grosses bottes du contremaître tonnent dans l'couloir et il apparaît dans l'bureau sans demander la permission. À part enlever son chapeau, il s'occupe pas d'Miss Ellen.

L'contremaître a des laboureurs qui nettoient un champ derrière la plantation Tarleton, et la plupart des souches ont été arrachées et brûlées. D'autres mains préparent les ch'vaux pour l'semis et Maître Gérald a acheté une charrue à trois pièces n'est-ce pas ? Comment ces laboureurs ignorants pourraient comprendre comment fonctionne la nouvelle charrue ? Maître Gérald rit en disant qu'si lui peut comprendre, tout l'monde peut. L'contremaître s'mord la lèvre et demande c'qui allait pas avec l'ancienne charrue et Maître Gérald est plus aussi souriant qu'avant et il dit qu'il faut faire des changements pour produire plus d'coton et arracher les mauvaises herbes qu'il a vu pousser dans certaines parcelles qui étaient bien propres avant son départ pour Savannah. Maître Gérald dit pas que l'contremaître aurait dû faucher les mauvaises herbes, mais c'est c'qu'il veut dire. Maître Gérald aime rire, faire l'idiot et s'emporter de c'qui pèse pas un grain mais quand les choses sont sérieuses et qu'Maître Gérald a c'regard d'Irlandais dans les yeux, même les plus durs flanchent.

L'contremaître Wilkerson dit qu'les herbes sont en train d'être fauchées et qu'ce s'ra terminé très bientôt. Prophet, un laboureur, est trop malade pour travailler, il dit, alors il a emprunté Dilcey des Douze Chênes. Dilcey a donné des médicaments à Prophet, et çui-ci s'ra aux champs dès l'endemain. L'contremaître Wilkerson a surpris Phillip en train d'voler des jarrets d'porc du garde-manger à viande. Phillip a enlevé une planche et comme il la r'met en place à chaque fois, personne sait d'puis combien d'temps il vole, p'têt bien avant qu'Maître Gérald parte pour Savannah. L'contremaître aurait bien fouetté Phillip lui-même mais Maître Gérald est rentré maint'nant. Maître Gérald veut fouetter personne et Miss Ellen l'regarde avec l'air d'dire qu'il a pas intérêt à l'faire. Maître Gérald demande pourquoi Phillip vole d'la nourriture s'il a assez à manger.

L'contremaître s'agite et dit qu'tous les Noirs sont des voleurs. Ils peuvent pas s'empêcher. Moi j'pense que l'contremaître a diminué les rations pour revendre la part des Noirs. Tous les contremaîtres sont des voleurs. Ils peuvent pas s'empêcher.

Peut-être qu'Maître Gérald pense la même chose qu'moi, car il demande au contremaître d'fixer la planche et d'le laisser s'occuper d'Phillip. Phillip est pas très malin, mais c'est un bon fermier. Les vaches obéissent comme des bons chiens à Phillip.

L'contremaître dit qu'il doit discuter des factures avec Maître Gérald, pensant s'débarrasser d'Miss Ellen et d'moi. Maître Gérald s'racle la gorge et lui dit qu'Maîtresse Ellen fera dorénavant les comptes d'Tara.

Maîtresse Ellen sourit et demande au contremaître d'lui amener les factures et les reçus.

Dorénavant.

L'contremaître aime pas ça. Miss Ellen dit qu'elle est ravie d'pouvoir partager l'fardeau du contremaître et qu'çui-ci la trouvera très arrangeante pour l'travail. C'qui s'ra pas le cas, tout l'monde le sait.

Donc, Miss Ellen devient la maîtresse d'Tara et l'contremaître a rien à dire.

Dorénavant.

Miss Ellen ment pas à propos d'partager l'fardeau. Elle et moi, on passe trois jours à explorer la maison d'haut en bas, inspectant coins et recoins qu'les rats connaissent bien mieux qu'les femmes d'ménage.

Plus de quinze jours passent avant qu'Big Sam arrive enfin à Tara avec les serviteurs d'maison. Miss Ellen les inspecte. Tout l'monde va bien ? Quelqu'un a mal aux dents ? Elle les mène vers leurs cabines aux murs blanchis à la chaux, là où ils vont vivre, et elle leur explique qu'ils auront leur ration à la fin d'chaque journée sauf le dimanche, car l'samedi soir ils auront une double ration. L'chariot d'Tara pour l'église baptiste démarre à neuf heures l'dimanche et après, ils peuvent rentrer et s'occuper d'leur jardin et d'choses comme ça. Miss Ellen dit, « Mama va répondre à vos questions », et s'en va.

Les nègres d'Savannah sont très inquiets. La route était difficile, ils ont pas aimé dormir dehors, les repas étaient pas bons et ils aiment pas la campagne qui est pas civilisée. Où est not' marché ? ils demandent. Les Noirs doivent avoir leur propre marché et leur propre église. Ils craignent les Indiens et les serpents et les ours. J'en ai pas vu, j'dis. Ici c'est pas Savannah, ils disent, et j'réponds qu'n'importe quel imbécile peut voir ça. Deux femmes ont été arrachées à leur mari et vendues. C'qui est fait est fait, j'dis. Trouvez-vous un autre mari si vous voulez. Une jeune femme commence à pleurer et j'lui demande si ç'a déjà servi à quelqu'chose d'pleurer. C'qui est fait est fait. Ils devraient être contents d'être à Tara, Maître Gérald aime pas les fouets et Miss Ellen a un bon cœur. Ils auront assez à manger et auront pas à travailler l'dimanche sauf si c'est la saison des plantations ou des récoltes, et Maître Gérald il achète des Nègres mais il en vend pas. J'demande si quelqu'un a eu des enfants vendus dans l'Sud. Deux femmes disent oui. Ici, à Tara, aucun enfant est vendu. Une dernière chose, j'dis. Ici, à Tara, aucun Blanc viendra s'glisser l'soir dans les quartiers pour vous ou vos filles. Miss Ellen est catholique, et les catholiques ils aiment pas c'genre d'comportement. C'est c'que j'leur ai dit. C'est la vérité.

Qu'est-ce qu'on a nettoyé ! Ça en finissait pas ! Miss Ellen, les servantes Teena et Belle et moi on a commencé dans l'grenier, où y avait plus qu'des vieilles tuiles, et on a continué jusqu'à la trappe qui mène à la chambre d'Maître et d'Maîtresse. Là, on a enlevé tous les meubles avant d'frotter les murs d'bois peint. À la Maison Rose, ils étaient couverts d'papier peint. Les filles battent l'tapis pendant une heure et Miss Ellen nettoie elle-même les vitres. Dans la chambre y a des portes-fenêtres qui s'ouvrent sur un balcon où on peut admirer la grande pelouse d'Tara qui descend jusqu'à la rivière. Miss Ellen dit : « Oh Mama ! C'est si beau ! » J'suis heureuse d'la voir heureuse.

Les autres chambres avaient été utilisées par d'autres maîtres quand ils avaient trop bu. On trouve des hauts-d'chausses en cuir qui puent sous l'chiffonier, une chaussette humide enroulée dans les moutons d'poussière sous l'lit et un cure-dents en or entre les lattes d'plancher. Maître Gérald dit : « Bon Dieu ! Hugh Calvert recherchait ce cure-dents. Ivre comme un lord il était c'bon vieux Hugh. Ivre comme un lord. »

L'sourire d'Miss Ellen fait disparaître l'sien.

À part des rouleaux d'copeaux d'bois dans les coins datant d'l'époque d'la construction d'Tara, y a rien dans la chambre du milieu, ni meuble ni tapis ni rien. « Ça fera une belle chambre d'enfants », dit Miss Ellen.

Cuffee avait peint l'écurie d'Tara, alors Miss Ellen le fait revenir des champs où il était en train d'arracher des souches. Cuffee est ravi d'faire autre chose mais l'contremaître s'plaint auprès d'Maître Gérald de l'interférence d'Miss Ellen. Une jeune mariée doit pouvoir faire c'qu'elle veut dans sa maison, dit Maître Gérald. L'contremaître continue d'se plaindre, mais Maître Gérald l'écoute plus.

Miss Ellen demande à Cuffee d'faire du lait caillé pour la peinture au lait et çui-ci demande si elle a des colorants. Miss Ellen a ramené des pigments d'Savannah : bleu, vert, gris et rouge. Elle veut des murs bleu ciel et des moulures gris kaki dans la chambre d'enfants et si Cuffee travaille bien, il pourra même s'occuper du rez-d'chaussée une fois qu'çui-ci s'ra nettoyé. Miss Ellen a pas encore décidé d'toutes les couleurs, mais l'vestibule s'ra jaune soleil. Maître Gérald, lui, galope à travers ses champs, surveille son contremaître, visite ses voisins et au crépuscule, il chevauche jusqu'aux Douze Chênes, s'installe sur la véranda avec Maître John et boit du whisky. Maître Gérald allonge ses jambes et, avec Maître John, ils parlent de la course d'ch'vaux d'samedi et des plantations d'coton et si l'gouvernement fédéral « annexera » l'Texas à la Géorgie et à la Caroline du Sud et tous les autres États. Puis, ils boivent un autre whisky.

Parfois, Maître Gérald rentre à la maison en chantant et Toby doit l'aider à descendre d'son cheval. Une fois il a couché dans l'étable car il voulait pas déranger Miss Ellen. Au matin, Miss Ellen prétend qu'elle savait pas qu'il avait pas couché dans leur lit. « Mon cher Gérald elle lui dit, vous vous réveillez si tôt. Il faut apprendre à vous reposer de temps en temps. »

Maître Gérald regarde ses chaussures.

Maître Gérald dit pas un mot sur les travaux qu'nous faisons à Tara et si quelqu'un lui demande, il répond, « Demandez à Ellen… » comme s'il était content d's'en être débarrassé.

Mais il est pas content quand il découvre qu'son fauteuil préféré a été mis dans l'chariot destiné aux quartiers des Noirs et qu'c'est Big Sam qui s'y installera désormais. Miss Ellen et lui s'disputent. Il a l'visage tout rouge et Miss Ellen parle doucement tandis qu'il hausse la voix.

« Monsieur O'Hara, vous vous réapproprierez le fauteuil de votre contremaître noir et vous vous installerez dessus ? »

Voilà qui a réglé l'problème. Miss Ellen a fait fabriquer pour Maître Gérald un nouveau fauteuil à quatre pieds et qui a les coutures intactes, mais Maître Gérald dit qu'çui-ci est pas aussi confortable qu'l'ancien.

Miss Ellen envoie une jeune fille chez les Wilkes pour apprendre à cuisiner. L'cuisinier des Wilkes sait préparer toutes ces choses délicates qui plaisent aux Blancs et la cuisinière d'Maître Gérald est certes convenable pour un célibataire, mais maint'nant qu'Tara a une nouvelle maîtresse, y aura d'la visite.

On attaque la cuisine d'Tara avec des brosses à récurer, des seaux et du savon à la soude. La cuisinière moderne est déjà rouillée par endroits et Teena la cire. Dans l'garde-manger, la farine est moisie, l'sel dur comme la pierre et les feuilles d'thé sont depuis si longtemps dans les pots qu'elles s'émiettent entre les doigts. Miss Ellen trouve rien d'utile dans l'garde-manger et tout c'qu'y est est bon seulement pour les cochons.

Miss Ellen sourit. « J'inspecterai le garde-manger à viande plus tard. » Elle s'tourne vers la cuisinière : « La clé ? »

La cuisinière tend la clé à Miss Ellen comme s'il s'agissait d'son propre bébé.

L'lendemain matin, Miss Ellen met son chapeau, et moi mon fichu du dimanche sur la tête. Big Sam nous conduit jusqu'à Leaksville. On doit arrêter derrière l'magasin Kennedy parc'que des hommes sont en train d'poser rails et traverses l'long d'Main Street. Quelqu'un a racheté l'chemin d'fer et installe des rails jusqu'à Atlanta pour rejoindre d'autres voies ferrées.

Miss Ellen entre directement dans l'magasin Kennedy et j'la suis. Un Nègre passe le balai, un autre arrange d'nouveaux sacs d'farine. Maître Frank Kennedy tient pas en place.

Il passe sa main dans ses cheveux, s'pétrit les mains, s'touche les joues. Il est si heureux d'faire la connaissance d'Maîtresse O'Hara et si y a quoi qu'c'soit qu'il puisse faire…

Mais quand elle dit qu'elle signera dorénavant toutes les commandes qui arrivent au magasin, il grogne comme un âne d'Californie.

« Le contremaître Wilkerson…
— Est notre employé…
— Mais il…
— Monsieur Kennedy. J'ai tellement de choses à acheter que je suis réticente à aller ailleurs. »

Il comprend qu'elle est sérieuse et Maître Frank sourit comme s'il était amoureux. Il salue bien bas Maîtresse. « Maîtresse O'Hara, le magasin Kennedy est reconnaissant de vous compter parmi ses clients. Auriez-vous besoin d'une facture avec chaque commande ?
— Ce serait mieux, dit Miss Ellen. C'est plus professionnel, n'est-ce pas ? »

Moi, j'avais pas idée que l'flair d'Miss Solange coulait dans ses veines.

Leaksville s'appelle plus Leaksville. C'est Jonesboro désormais, mais c'est bien la même ville qu'avant.

*
* *

Miss Ellen écrit à Maître Pierre : « Envoyez du papier peint de Savannah. » Nous sommes quatre à brosser, poncer et plâtrer les murs du salon, mais l'papier arrive à Tara avant l'travail terminé. Miss Ellen, Teena, Pork et moi on transporte les rouleaux dans l'salon et on les déroule pour voir c'que Maître Pierre et Nehemiah ont choisi pour nous. C'sont des bouquets de p'tites fleurs rouges emmêlées sur un fond brun clair. J'ai jamais vu d'telles fleurs mais Miss Ellen approuve l'choix.

Miss Ellen et moi on a jamais posé d'papier peint avant, mais Pork si. Il fabrique d'la colle de blé et installe la tapisserie d'façon à c'qu'on voie pas les coutures. Miss Ellen a la main la plus sûre donc c'est elle qui découpe les bandes d'vant moi et Teena les maintient. Réussir à les coller proprement autour d'la cheminée et des fenêtres est un travail infernal. Quand toute la pièce est faite, il reste quelques rouleaux d'papier peint alors Miss Ellen découpe une bande pour faire une moulure couronnée comme à la Maison Rose. Quand Maître Gérald entre dans la pièce, il est plus que content. Il est fier : « Même John Wilkes n'a rien de si élégant ! »

Il accroche un tableau d'une verte prairie irlandaise au-d'ssus d'la cheminée et dit : « Maintenant, Tara est notre maison ! »

On est déjà en septembre et l'ventre d'Miss Ellen commence à s'arrondir. Elle voudrait inviter les voisines à prendre du thé. Mais Maître Gérald dit qu'c'est à Savannah qu'on prend l'thé, à la campagne on fait des barbecues et on danse, mais Miss Ellen dit : « Monsieur O'Hara, j'ai besoin de me faire plaisir. »

Il la soulève dans ses bras mais la repose très vite en disant : « Qu'est-ce qui m'a pris ? Bon sang, qu'est-ce qui m'a pris ? »

Donc, Miss Ellen envoie des invitations aux dames pour l'thé l'dimanche, c'dont personne a entendu parler avant. Les planteurs d'la campagne ont l'habitude d'sortir tous ensemble. Quand y a un barbecue, tout l'monde y va : les enfants, les bébés, les tantes encore célibataires, les grands-mères et les Noirs aussi. Donc quand Miss Ellen invite les dames à Tara pour faire connaissance, la moitié du comté s'présente à Tara.

Maîtresse Ellen les accueille sur la véranda, mais elle invite qu'les dames à l'intérieur, pas les maris, pas les enfants, et les Noirs se dirigent à l'arrière, vers les quartiers.

Maître Gérald est confus : les hommes blancs sont debout sans rien à faire. Il décide d'les emmener chasser, tandis qu'Dilcey et moi on surveille les enfants. Les hommes s'éloignent à ch'val, Dilcey et moi on prend nos aises sur la véranda. Les aînés des enfants ont huit ou neuf ans, les plus jeunes sont encore à quatre pattes et mettent d'la terre dans leur bouche. Boyd et Tom Tarleton décident des jeux pour les garçons, et la rousse Betty Tarleton est la reine des p'tites filles. Les jumeaux Tarleton, qui ont deux ans, courent aussi vite qu'ils peuvent derrière Jeems le p'tit Noir, et Joe et Alex Fontaine jouent avec des bâtons. Quand y a assez d'enfants ensemble, ils forment leur propre p'tite famille et s'occupent les uns des autres jusqu'à c'qu'ils soient fatigués et commencent à s'chamailler.

Dilcey a du sang indien. Ses cheveux sont si raides et si noirs qu'on dirait qu'ils sont violets. Elle a un nez pointu, des lèvres fines et des pommettes saillantes. Elle appelle l'sumac « qua lo ga » mais quel qu'soit son nom, c'est bien la plante qui guérit d'la fièvre. Les catholiques vaudous et les Cherokees ont des croyances différentes, mais les deux s'transforment en esprits à la mort.

Quand les enfants sont fatigués, on les emmène à la cuisine pour un biscuit sucré. Ensuite on les installe pour la sieste dans la chambre d'enfants. Dilcey m'dit qu'elle les surveillera alors j'descends pour voir c'que deviennent ces dames.

Les dames sont dans l'grand salon, elles boivent du thé et mangent les biscuits au miel d'la cuisinière. Elle les a pétris et pétris ces biscuits ! Elle a étalé la pâte, l'a repliée et a pétri encore jusqu'à ce qu'elle puisse plus rien pétrir.

Les dames utilisent les tasses bleues d'Maîtresse Solange. Maîtresse Ellen boit dans celle avec l'anse cassée.

Teena porte une robe propre et un tablier blanc et elle est debout les mains derrière l'dos au cas où une des dames aurait besoin d'quelqu'chose.

Maîtresse Eleanor Wilkes a été à Savannah et Boston et New York. Maître Wilkes et elle achètent des tableaux et des livres. Ils sont éduqués.

Miss Ellen a pas fait c'genre d'choses et elle a pas c'genre d'choses non plus. C'est une jeune femme mariée à un Irlandais et qui attend un enfant d'lui. Mais y a peu d'femmes à la campagne qui peuvent rivaliser avec elle.

Maître Gérald l'a tellement flattée qu'ces dames savent qu'Miss Ellen est pas irlandaise mais française. Son papa a servi sous Napoléon et sa maman s'est échappée d'Saint-Domingue. Elles savent qu'son papa est riche. Même si les dames d'la campagne aiment bien Maître Gérald, les Irlandais sont des Irlandais, les Français des Français, donc les dames pensent qu'Miss Ellen s'est mariée en dessous d'sa condition. Maîtresse Calvert était la gouvernante des enfants d'Hugh Calvert et à la mort d'la vieille Maîtresse Calvert, elle a épousé Maître Hugh. Elle est une yankee. Les yankees articulent pas quand ils parlent, comme s'ils avaient peur qu'on leur vole leur langue s'ils ouvrent trop grand la bouche.

À côté d'elle sur l'fauteuil, la vieille Miss Fontaine, grand-mère Fontaine, ronfle et une bulle d'salive s'forme sur ses lèvres. Quand elle m'voit remarquer ça, la jeune Miss Fontaine tapote les lèvres d'la vieille Miss avec un mouchoir.

Miss Ellen est en train d'parler d'accouchement sans avoir l'air d'vraiment s'en faire, non, non ; mais les dames s'laissent pas berner. Maîtresse Monroe raconte comment son dernier enfant a failli la tuer et qu'six enfants c'est bien assez pour une femme et Miss Béatrice Tarleton s'vante d'en avoir sorti sept telle une poulinière. Faut juste qu'l'étalon soit pas trop gros. Les dames sourient et la vieille Miss s'réveille en s'esclaffant. Teena ressert du thé et ramène du sherry pour Miss Eleanor. Pour qu'personne remarque qu'elle est la seule à boire du sherry, Miss Eleanor demande si Henry Clay a une chance d'être président et Miss Munroe, contrariée par la tournure d'la conversation, lance qu'si les présidents assistaient aux accouchements, ils feraient les choses différemment et toutes les dames sont d'accord.

Miss Eleanor m'sourit comme pour demander « vous êtes qui ? » et Miss Ellen dit qu'j'suis sa Mama et qu'j'suis « avec elle » depuis toujours. Miss Ellen raconte comment l'premier mari d'Miss Solange m'avait sauvé des rebelles et des marrons d'Saint-Domingue, et Miss Eleanor demande, avec un sourcil levé, « premier mari ? » et Miss Ellen dit, sans battre un cil, que sa maman a eu trois maris.

Les dames sont en train d'digérer cette information quand Miss Tarleton dit en riant : « D'habitude les maris enterrent leurs femmes. Votre maman devait être solide comme un pacanier pour survivre à trois d'entre eux. »

Miss Ellen dit : « Je regrette de n'avoir jamais connu ma mère. Jusqu'à ce jour, mon père, Pierre Robillard, garde son portrait drapé de noir. » Quelques dames murmurent leur approbation mais Miss Tarleton dit, « Je déteste garder le deuil. À quoi bon perdre une année entière pour quelqu'un qui ne peut pas savoir que vous êtes en deuil ? » Elle voit à mon expression qu'j'suis pas d'accord et m'demande : « Mama ? »

C'était pas ma place ici, à discuter avec des Blanches alors j'lui dis : « Le mur est très fin entre les morts et les vivants », et j'me tais.

« Rescapée des rebelles et des marrons, dit Miss Eleanor. Quelle chance pour vous. »

J'réponds : « Oui Ma'ame », sans vraiment savoir c'que j'dis. Les dames blanches sont fortes pour poser des questions qui ont pas vraiment d'bonnes réponses.

Miss Calvert dit : « Saint-Domingue – quelle terrible, terrible tragédie. N'était-ce pas très riche à une époque ? On n'entend plus parler de Saint-Domingue de nos jours.

– Ça s'appelle Haïti maintenant, dit Miss Munroe.

– Ça sera toujours Saint-Domingue pour moi », déclare Miss Eleanor en reniflant. Elle s'tourne vers Miss Ellen : « Comment vont les choses à Savannah ? La joie, les bals, la cuisine française… Savannah est une ville tellement européenne. »

Les autres dames ont l'habitude d'entendre Miss Eleanor parler comme ça et réagissent pas.

Maîtresse Amy Hamilton est la belle-sœur de Maître Wilkes. Elle est habillée tout en noir, portant l'deuil d'son mari et portant aussi son enfant. Miss Hamilton dit qu'Atlanta s'développe vite.

« Il faudra attendre très, très longtemps avant qu'Atlanta ne soit vraiment européenne », dit Miss Eleanor.

Les dames sont désolées pour Miss Hamilton qui est enceinte et qui a perdu son mari alors personne dit si Atlanta est européenne ou pas. La vieille Miss leur dit qu'avant Atlanta était l'terminus du chemin d'fer. Personne y vivait.

Maîtresse Hamilton dit : « Si Atlanta n'est pas européenne, alors elle est cosmopolite. » J'pensais qu'ces deux mots voulaient dire la même chose mais j'sais pas lire.

Maîtresse Béatrice Tarleton fait claquer ses doigts pour attirer l'attention d'Teena qui tend la main vers la théière, mais Maîtresse Béatrice lui fait non d'l'index. Teena sert alors un sherry à Miss Béatrice qui lève son verre à Miss Eleanor qui fait semblant d'pas comprendre pourquoi alors qu'elle a déjà bu quatre verres.

Toutes les dames sont en crinoline à l'exception d'Miss Béatrice qu'est en hauts-d'chausses en tweed avec une veste trop p'tite pour la maintenir au chaud et des bottes qui lui arrivent aux cuisses. Pork m'a déjà parlé d'Miss Béatrice. Miss Béatrice a pas d'manières.

Miss Béatrice préfère être avec les hommes, à sauter par-d'ssus les clôtures avec les ch'vaux, faisant tomber les barrières. Alors les vaches s'dispersent et c'est aux Noirs d'aller les ramener et d'remettre les barrières en place.

La plantation Fairhill est d'l'autre côté des bois d'Tara. Ils sont arrivés à Fairhill quand les Indiens creeks étaient encore dans les parages et les Tarleton ont dormi portes verrouillées et mousquets chargés à côté d'leur lit. Les Tarleton sont les premiers pionniers et ont obtenu la meilleure terre. Maître Jim est plus riche qu'les Munroe ou les Wilkes ou les Calvert, et peu importe comment s'habille Miss Béatrice, les dames disent toujours « c'est bien » ou « c'est vrai » à tout c'qu'elle dit.

Miss Béatrice est une dure à cuire. Miss Ellen fait pas attention à elle mais moi si. Tout comme Miss Solange, quand elle a quelqu'chose à dire, elle l'dit sans s'soucier où ça tombe ni sur qui.

Les dames s'demandent de quoi parler maint'nant. Elles ont admiré la « renaissance » d'Tara (c'est Miss Eleanor qui a dit ça). Elles ont fait la connaissance d'Miss Ellen et comme elle a pas encore eu son bébé, elles peuvent pas parler d'bébés.

Miss Eleanor s'fait servir un autre sherry et parle d'New York qui est plus grandiose qu'toutes les autres villes qu'ces dames ont jamais visitées. Miss Tarleton s'approche tout à coup d'la fenêtre. « Regardez, voilà les messieurs ! Gérald va faire écumer son cheval. »

Les dames l'disent pas mais elles sont ravies du retour d'leurs maris, elles peuvent récupérer leurs enfants, leurs Noirs et rentrer chez elles avant la nuit. Teena en a assez d'servir ces dames, elle appuie son derrière contre l'nouveau papier peint et s'gratte là où elle devrait pas.

– 3 –

Comment Katie est arrivée à la place d'Jésus

Les Millerites ont prédit l'retour d'Notre Seigneur Jésus le 22 octobre d'l'année mil huit cent quarante-quatre. Y aura des anges et des trompettes et des chariots ardents avec des roues en forme d'yeux et des piliers d'feu et tout c'qu'y faut. Les Millerites ont pas précisé si Jésus viendrait du côté d'Lovejoy ou du côté d'Fayetteville, alors personne sait vraiment d'quel côté regarder et les Millerites ont pas précisé non plus quand exactement viendrait Jésus : quelqu'part entre l'aube et l'crépuscule, y avait pas plus précis qu'ça. Les mécréants et les pécheurs regardaient par-d'ssus leurs épaules en c'temps-là.

Maître John et Maître Gérald s'moquent des Millerites car la plupart d'entre eux sont des yankees et depuis quand est-ce qu'les yankees sont au courant d'quoi qu'ce soit ? Mais Maître Hugh Calvert, lui, pense qu'il pourrait y avoir du vrai là-d'dans. Les Millerites ont étudié le Livre d'Daniel, s'sont assis et ont essayé d'comprendre jusqu'à c'qu'leur visage devienne tout bleu. Maître Hugh dit : « Ces calculs ont été faits par des hommes très intelligents. » Quelques Noirs d'Maître Hugh commencent à paniquer mais Maître Hugh les calme en leur disant qu'il plaisantait. L'soleil s'lèvera bien chaque matin, comme il l'a toujours fait.

Quand octobre arrive, l'air se rafraîchit, les feuilles changent d'couleur plus vite qu'd'habitude, les chenilles poilues ont pas d'bande d'couleur sur l'dos et Maître Gérald s'moque plus aussi fort. Maître Gérald pensait qu'il en savait plus qu'Maître John parce qu'il jouait mieux aux cartes, qu'il montait mieux à ch'val et faisait pousser un meilleur coton mais, ces jours-ci, Maître Gérald commence à s'demander si y aurait pas quelqu'chose dans les livres qu'Maître John aime tant. Maître Gérald galope jusqu'aux Douze Chênes et demande à Maître John si ça peut être vrai, si la fin du monde est proche. Maître John rit et tape Maître Gérald dans l'dos et lui dit qu'il lui prêterait bien mille dollars avec un intérêt d'cinquante pour cent l'jour où les Millerites sauront la date d'la fin du monde.

Vous voulez la vérité ? Maître Gérald veut pas s'inquiéter pour Miss Ellen et l'bébé alors il s'inquiète pour la fin du monde. C'est moins inquiétant.

Miss Ellen reçoit une lettre d'Maître Pierre. Il dit qu'Nehemiah m'envoie ses salutations. Franklin Ward et Eulalie croient aux prédictions des Millerites et, ces jours-ci, les Benchley se font discrets. Maître Pierre dit qu'Franklin et Eulalie arrêtent pas à propos d'Jésus. Ils donnent pas leur argent ni leurs biens, mais au coucher du soleil le 22 octobre, ils seront dans l'église, tout là-haut dans l'beffroi, et comme ça ils verront en premier les chariots ardents avec les roues en forme d'yeux.

Moi, j'pense pas qu'Jésus va venir. Sinon, pourquoi y a pas d'brume autour d'nous, comme autour des gens qui vont bientôt mourir ? J'vois d'la brume nulle part à part autour du vieux Amos qui est né en Afrique et qui peut plus s'lever d'sa paillasse. Y a pas d'brume autour du contremaître Wilkerson qui pourtant devrait être l'premier pécheur à être puni par Jésus.

Miss Ellen fait pas attention aux Millerites. Jésus viendra ou viendra pas. Elle a des nausées terribles l'matin et peut plus rien avaler et s'inquiète comment on va s'débrouiller quand elle s'ra au lit avec l'bébé. Les placards d'Tara sont si remplis d'linge d'maison qu'y a même plus d'place pour un mouchoir en soie ; les jambons fumés et le bacon sont comptés et Pork détient la clé ; la cuisinière a reçu des instructions pour les quinze prochains repas d'Maître Gérald. Quand tout ça est fait, Miss Ellen s'allonge et fait appeler Dilcey.

Maître Gérald voudrait l'meilleur médecin d'Atlanta pour la naissance du bébé mais Miss Ellen l'entend pas d'cette oreille. Elle veut des femmes : Dilcey et moi et Miss Béatrice car elle a mis au monde tant d'poulains et d'bébés.

L'sang irlandais d'Maître Gérald fait qu'un tour et il dit qu'Miss Ellen est bien plus précieuse qu'aucun autre poulain qui soit venu au monde et quand Maître Gérald entend ses propres mots, il s'exclame : « Par la Sainte Vierge, je ne vais pas vous perdre, ni vous ni le bébé ! » Maître Gérald dit qu'il va faire appeler l'vieux docteur Fontaine et Miss Ellen relève l'menton pour dire : « Monsieur O'Hara. Un docteur a tué ma mère avec sa science arrogante et son impatience masculine. La femme convenable obéit à son mari, comme je l'ai déjà fait et comme je continuerai à le faire. Mais pas quand cela va à l'encontre de sa conscience chrétienne ni quand elle va accoucher de l'enfant qu'elle porte depuis la conception. »

Maître Gérald bégaye et regimbe et son visage vire au rouge ; malgré ça, elle l'embrasse sur la joue et dit : « Je sais que vous voulez le meilleur – la crème de la crème même – pour moi et le bébé. Mais mon chéri, maintenant, vous devez me faire confiance. » J'suppose qu'j'en sais autant qu'Dilcey pour guérir les gens, mais comment faire naître les bébés, ça j'sais pas. Dilcey et Miss Béatrice ont déjà assisté à des accouchements avant et elles s'comprennent sans s'parler.

Miss Béatrice lave ses mains, les sèche, soulève l'drap qui recouvre les parties intimes d'Miss Ellen, regarde d'très près et dit : « Pas encore Miss Ellen. Reposez-vous autant que vous pouvez. » Elle quitte la pièce et j'l'entends dire à Maître Gérald : « Laissez-nous nous occuper de votre femme. Vous avez fait tout ce qu'un homme pouvait faire dans ces cas-là. » Les hommes devraient pas s'approcher d'trop près des femmes sur l'point d'accoucher.

À l'aube, Miss Katie Scarlett vient au monde. Elle est pas Jésus mais elle est certainement mieux accueillie qu'Il le s'rait. En route vers la plantation Fairhill, Miss Béatrice saute toutes les barrières, c'qu'aurait été parfait si Dilcey était pas derrière elle, s'accrochant à la vie d'toutes ses forces. L'vieux docteur Fontaine vient voir Miss Ellen après la naissance du bébé. Il dit qu'il vient souvent après l'passage d'Miss Béatrice et d'Dilcey. L'docteur dit qu'elles ont jamais perdu ni maman ni bébé. Son fils, l'jeune docteur Fontaine, n'apprécie pas les sages-femmes. L'jeune docteur est un « scientifique ». L'vieux docteur, lui, s'satisfait d'c'qui fonctionne.

Comme tous les papas, Maître Gérald voudrait un fils, mais la première fois qu'il prend sa fille dans ses bras et qu'il ressent son petit corps tout chaud, il en tombe amoureux. À partir d'c'moment, Maître Gérald donnerait sa vie pour Miss Katie Scarlett O'Hara. C'est Maître Gérald qui a choisi ces prénoms, Katie était l'prénom d'baptême d'sa mère, et Scarlett l'nom d'famille d'sa grand-mère. Maître Gérald, il aime à dire : « De toute sa vie, Martha Scarlett ne s'est jamais éloignée de plus de quatre-vingts kilomètres de Ballyharry. Et maintenant, son nom est en Amérique ! »

L'vieux docteur Fontaine recommande à Miss Ellen d'rester au lit pendant quinze jours, mais l'lendemain d'la naissance du bébé, elle est debout et s'affaire. J'enterre l'cordon d'Miss Katie dans l'jardin derrière la cuisine pour qu'Tara soit à jamais la maison d'Katie Scarlett.

Certaines personnes disent qu'un bébé qui vient au monde, c'est comme un rouleau d'tissu. Elles disent qu'un bébé est quelqu'chose qu'vous pouvez découper, coudre et transformer en c'que vous voulez : un tablier, un fichu ou un manteau, mais moi j'vous l'dis, c'est pas vrai. La première fois qu'une nouveau-née ouvre les yeux, y a déjà en elle la vieille vieille femme qu'elle s'ra plus tard.

Certains bébés sont calmes. Miss Katie peut pas rester tranquille : ses p'tits pieds et ses p'tites mains sont toujours en train d's'agiter. Tous les bébés sont gourmands mais Miss Katie, elle, s'accroche au téton d'sa maman et veut plus l'lâcher. Pas d'nourrice pour elle, non. Dilcey a trouvé une jeune Noire très convenable qui avait plus d'lait qu'nécessaire, vous croyez qu'Miss Katie en serait satisfaite ? Elle hurle et hurle encore et refuse c'téton, même si elle est en train d'mourir d'faim ! Maître Gérald dit, « Une fois qu'on a goûté au meilleur… – puis il rougit et bégaye –, je veux dire… », mais arrive pas à expliquer c'qu'il veut dire mais moi j'crois qu'Maître Gérald est fier qu'Miss Katie refuse d'boire au sein d'cette pauvre fille !

Quand elle commence à ramper, elle voudrait aller vers l'avant mais ses bras et ses jambes la font reculer jusqu'à ce qu'elle heurte quelqu'chose et s'arrête là. Elle s'énerve contre elle-même et braille jusqu'à c'que j'la soulève et la repose au milieu d'la pièce et elle m'regarde comme si elle allait venir à moi mais voilà qu'elle recule à nouveau et ses p'tites lèvres commencent à trembler et y a rien d'pire pour elle d'pas pouvoir aller là où elle veut. Elle m'en veut pas, elle en veut pas à sa maman. Miss Katie s'en veut à elle-même. Elle a compris qu'les bras et les pieds sont ses serviteurs et qu'ils devraient lui obéir et non pas faire c'que bon leur semble.

Les papas oublient les bébés dès qu'ceux-ci ont un nom. Les nommer c'est leur grande affaire, et après les papas retournent à d'autres choses importantes.

Maître Gérald et Maître John Wilkes sont pas favorables à la guerre contre l'Mexique, mais la plupart des gens d'la campagne sont pour. Maître Jim Tarleton qui est dans la législature d'Géorgie dit qu'l'Amérique a « la destinée manifeste », c'qui veut dire qu'elle prend c'qui est pas déjà pris.

En juillet, Miss Katie s'déplace un peu mieux. Elle explore à quatre pattes l'potager quand j'désherbe et, assez vite, elle s'met debout et marche. Quand Miss Katie tombe, elle braille mais s'remet debout aussi vite.

Quand l'contremaître Wilkerson transporte l'coton d'Tara à Jonesboro pour qu'il soit vendu, Maître Gérald l'accompagne. Peut-être qu'Maître Gérald a peur que l'contremaître vole l'argent du coton, s'enfuie au Texas et s'refasse une vie là-bas.

Après qu'l'argent du coton est remis au coffre d'Maître Kennedy, Maître Gérald va aux courses.

Tous les maîtres, jeunes ou vieux, aiment les courses de ch'vaux. Le samedi matin, ils viennent à Jonesboro en chariot, à cheval ou à pied vendre leur coton, leurs cochons, leurs Noirs et acheter tout c'qu'il leur faut, puis ils vont aux courses jusqu'à c'qu'il fasse trop nuit pour voir qui gagne.

Parfois, la p'tite Miss Katie et moi accompagnons Maître Gérald et l'contremaître doit nous ramener à la maison avant les courses. Il sourit quand Maître Gérald lui dit d'partir, mais en route, il sourit plus.

La course d'midi est une course sur trois kilomètres entre deux ch'vaux réputés des environs, y en a qui viennent même d'Macon. Tous ces messieurs étudient les ch'vaux et les jockeys et donnent leur avis et les avis d'champ d'courses valent pas grand-chose. Jonesboro est peut-être pas si grand qu'Charleston mais, les samedis soirs, certains hommes rentrent à la maison et peuvent pas regarder en face leurs femmes et leurs enfants. Maître Gérald, lui, il crie et il encourage mais il parie jamais. « Ma foi, pourquoi je parierais sur le cheval d'un autre gars ? » Il hausse les sourcils quand il dit ça.

Après la course d'midi, les maîtres rentrent et la piste revient aux contremaîtres et aux Blancs pauvres. Certains ont des jockeys noirs. Oh, c'qu'ils sont prétentieux ceux-là ! Les Blancs montent aussi, sauf pendant la course des mules.

Les Noirs ont l'droit d'parier sur les mules et, s'ils ont pas d'argent, ils jouent leurs chapeaux ou leurs manteaux.

J'comprends pas l'jeu. La vie est dangereuse et on est même pas sûr d'être vivant pour voir l'prochain jour s'lever. Pourquoi les hommes parient leurs manteaux, j'sais pas. Rajouter du sel au sel l'rend pas sucré pour autant !

L'premier mot d'Miss Katie a été « Ma ». Elle m'l'a dit un matin dans sa chambre mais son deuxième mot était « Pa », qu'elle a dit à son papa quand çui-ci l'a mise au lit. J'ai laissé Maître Gérald croire qu'c'était « Pa » l'premier mot d'sa fille. Il l'a dit à tout l'monde !

L'prix du coton est bas, alors Maître Gérald pousse l'contremaître qui pousse les Noirs à travailler plus durement encore et Dieu bénisse les pauvres Noirs qui doivent rien gaspiller, ni la moindre graine, ni la moindre coque d'coton, ni la boucle du harnais cassé. Plus ils travaillent dur, plus l'prix du coton baisse. On peut gagner d'l'argent dans l'coton mais, pour les Noirs, plus vous travaillez, moins vous gagnez.

L'deuxième nouveau-née, Miss Susan Elinor O'Hara, est prénommé comme Miss Eleanor Wilkes, mais l'prénom s'écrit différemment parc'que Maître Gérald voulait pas être redevable. Miss Suellen, c'est comme ça qu'on l'appelle, est aussi calme et souriante qu'Miss Katie est curieuse, et voit aucune différence entre l'téton d'la nourrice et c'lui d'sa maman. Miss Suellen n'a rien d'spécial.

Les maîtres parlent d'la guerre contre l'Mexique. C'est la première fois qu'l'Amérique envahit un autre pays. Avant, c'était nous qui étions envahis. Les maîtres s'pavanent comme si l'Amérique était devenue un meilleur pays maint'nant qu'elle fait la même chose qu'l'Angleterre et la France. Maître Jim Tarleton dit qu'la guerre fera forcément grimper l'prix du coton, qu'la guerre c'est bon pour les planteurs.

« Ce n'est pas bon pour nos fils », dit John Wilkes.

Y a un train pour Atlanta deux fois par jour. Les joueurs achètent un billet à un dollar pour venir parier aux courses de Jonesboro.

Moi et Miss Béatrice et Miss Ellen on reste avec Dilcey pendant qu'elle accouche d'son bébé, Prissy, et Miss Ellen donne naissance à sa troisième fille, Caroline Irene, qui a des coliques. Elle s'agite, pleure et rien la satisfait. J'dors pas pendant six mois.

Pour Noël, Maître Gérald donne un tonneau d'whisky aux quartiers et quelques Noirs s'saoulent et Miss Ellen dit à Maître Gérald qu'il est maintenant un homme marié avec trois enfants et qu'il a pas besoin d'Noirs vomissant et tombant par terre. J'dis rien. Pas besoin. Maître Gérald sait très bien c'que j'pense !

Miss Katie ressemble à Maîtresse Solange. À l'exception d'ses yeux, qui sont verts comme les feuilles au printemps,

Miss Katie est pas jolie. Ses yeux et son sourire dévoilent c'qu'elle pense. Toute petite déjà, Carreen est aussi sérieuse qu'sa maman, et j'prie pour qu'personne lui donne un évangile à étudier. Si j'connaissais pas Suellen, j'pourrais pas dire d'quelle famille elle est. Contrairement à sa maman et à son papa, Suellen est sournoise. J'suppose qu'elle tient ça d'un ancêtre, peut-être la grand-mère d'Maîtresse Solange ou l'père d'grand-mère Scarlett O'Hara. Quand elle ment sans raison, j'peux presque voir une vieille femme aux vêtements d'jadis rôdant autour d'elle.

Parfois, quand Miss Katie fait quelqu'chose ou penche la tête d'un côté comme ça, c'est comme si j'entendais Miss Solange discuter avec Maître Augustin à propos d'argent ou d'j'sais pas quoi, mais quand j'regarde Suellen et qu'j'aperçois cette grand-mère en vieux habits, j'ai à moitié envie qu'la vieille dise c'qu'elle a en tête.

Tout l'monde est content quand la guerre avec l'Mexique s'termine. Les Blancs sont toujours enthousiastes pour aller à la guerre et heureux quand c'est terminé. L'neveu d'Maître Gérald, qui vit à Savannah, a combattu dans la milice et a été nommé officier. Les amis d'Maître Gérald parlent d'lui offrir une épée pour l'féliciter mais ils l'font pas finalement.

Un matin, alors qu'Big Sam répare les bardeaux d'la grange à tabac, Maître Gérald grimpe sur l'toit parce qu'pour lui y a rien d'mieux que d'surplomber Tara, admirer ses champs et ses bois et ses cultures et ses granges et la maison et l'garde-manger à viande et tout c'qu'il possède.

Quand Maître Gérald entend la p'tite voix appeler « papa », il cherche mais voit aucun enfant sur l'chemin, ni dans la cour, ni dans l'étable. Il s'retourne et ses yeux sortent d'ses orbites quand il aperçoit Miss Katie sur la dernière marche d'l'échelle, tout en haut, tendant l'bras pour grimper sur l'toit. Plus tard, Maître Gérald dira à Miss Ellen : « Par la Sainte Vierge ! Mon cœur a failli s'arrêter ! »

Maître Gérald parle tout doucement à Miss Katie pendant qu'il s'approche d'elle, et avec ses p'tites mains, elle s'accroche à son cou. Big Sam descend en premier, suivi d'Maître Gérald au cas où Miss Katie relâche l'cou de son papa. Quand Maître Gérald touche l'sol ct pose Miss Katie par terre, celle-ci rit comme si elle s'était jamais autant amusée d'sa vie ! Les genoux d'Maître Gérald tremblent tant qu'il doit s'asseoir !

Quand Maître Gérald raconte l'incident à Miss Ellen, son visage à elle devient tout pâle et elle demande qui surveillait Miss Katie à c'moment-là. Teena est renvoyée à la laiterie et Rosa est appelée pour la remplacer à Tara.

Plus tard, dans la soirée et alors qu'les lucioles scintillent, j'entends fredonner une des chansons d'Maître Gérald et j'regarde dans le hall et ils sont là, Maître et Maîtresse, enlacés, en train d'danser. Ils ont plus jamais été heureux comme ça.

– 4 –

Nous sommes en deuil

    Ces jours-ci, il m'semble qu'j'suis la mama d'tout l'monde : Maître Gérald, Miss Ellen, Miss Katie, Miss Suellen, Miss Carreen, Pork, Rosa, Cookie, le p'tit Jack qui veut apprendre à être domestique et les Noirs qui viennent à la porte d'la cuisine parc'qu'y en a un qu'est malade, un autre qu'est ensorcelé, encore une autre qui veut des herbes pour qu'les hommes tombent amoureux d'elle. Les mamas doivent être là et les mamas doivent tout savoir. Les maîtres s'font des illusions. Maître Gérald croit qu'il est plus grand qu'c'qu'il est vraiment, Miss Ellen croit qu'elle est moins importante qu'elle est vraiment. Maîtresse Béatrice croit qu'ses fils grandissent très bien sans une mama et elle est plus maternelle avec ses chevaux qu'avec ses garçons. Maîtresse Eleanor croit qu'bien dresser une table suffit pour être distinguée et Maître John, lui, il croit qu'bien s'comporter et s'occuper d'ses affaires et lire ses livres empêcheront l'malheur d'arriver aux Douze Chênes ou à ceux qu'il aime.

    Les mamas doivent être là et les mamas doivent tout savoir. Qu'on sache pas comment ou qu'on veuille pas, les mamas doivent l'faire. Les idioties, c'est pas pour nous.

    Les mamas peuvent pas dire tout c'qu'elles savent. Plein d'fois Maître Gérald m'demande c'que j'sais de c'Noir-ci ou de c'Noir-là, mais j'secoue la tête et j'fais semblant d'pas être au courant.

C'vieux Denmark Vesey avait pas complètement tort. Un idiot prétend savoir plus qu'c'qu'il sait, Mama prétend en savoir moins. J'savais c'qu'j'savais et j'l'ai dit à personne. C'que j'suis pas supposée voir, j'ai pas vu, mais c'que j'veux savoir j'sais. Les mamas doivent tout savoir.

Maîtresse Ellen passe son temps à rendre visite à des gens malades, à des vieux et tous les dimanches elle est à l'église baptiste, même si elle est pas baptiste, et avant l'dîner, elle réunit les enfants et les domestiques autour d'elle pour la prière.

Les maîtres fêtent l'élection du président Taylor parce qu'il est sudiste : il possède une centaine d'Noirs et il a combattu les Mexicains. Les maîtres croient que l'général Taylor leur ressemble même s'ils ont jamais combattu aucun Mexicain d'leur vie.

Miss Ellen a réussi à mettre l'contremaître Wilkerson à sa botte et, quand les factures arrivent, Miss Ellen les règle et quand l'argent rentre, elle le compte ; elle examine chaque reçu d'coton et d'tabac et les factures d'vente pour chaque veau, chaque cochon, chaque agneau qu'on envoie au marché. Avec ses lunettes en demi-lune sur son petit visage, Miss Ellen est si sérieuse qu'elle fait peur au contremaître qui ose pas la contrarier.

Même si parfois Miss Ellen est malade et même si parfois elle s'étire et gémit et s'tient l'dos, elle porte son enfant comme si d'rien n'était et s'allonge qu'une fois l'bébé descendu bien bas. Deux heures plus tard, elle perd les eaux.

Maître Gérald a un fils ! Il est si heureux qu'il offre du whisky au vieux docteur, à Miss Béatrice, à Pork et m'verse même un verre, même si j'bois jamais d'alcool. Il berce l'bébé – c'qu'il a jamais fait pour aucune des filles – et il soulève la couverture pour vérifier qu'c'est bien un garçon. Miss Carreen est trop p'tite pour savoir c'qui s'passe, mais Miss Suellen vient embrasser l'bébé sur l'front. Miss Katie vient pas. Elle s'assied sur la balancelle et s'balance si fort que les chaînes claquent. Quand il s'est assuré qu'Miss Ellen et l'bébé vont bien, Maître Gérald galope jusqu'aux Douze Chênes et jusqu'à Fairhill avec sa bouteille d'whisky et rentre au milieu d'la nuit en chantant quelqu'chose sur « un jeune ménestrel en guerre » qui est une chanson triste mais qu'Maître Gérald chante comme une chanson gaie. Pork l'aide à grimper les marches et il s'endort dans la chambre à l'autre bout du couloir.

L'jeune Maître Gérald gazouille et s'balance dans son berceau mais la brume autour d'lui l'quitte jamais et j'fais semblant d'pas voir. Les mamas disent pas tout c'qu'elles voient.

Y a un gala à Tara pour Noël. Maître Gérald fait l'punch lui-même et Maîtresse Ellen boit du thé avec ses amies dans l'salon. Les hommes chantent des chants d'Noël et s'tapent dans l'dos, et Maître Buck Munroe maudit les yankees comme d'habitude mais Zachary Taylor est à la Maison Blanche et c'est Noël alors les injures d'Buck Munroe sont couvertes par la voix des hommes qui chantent « Que Dieu vous rende fort messieurs ». Les dames chantent « Ô petite ville de Bethléem ». Maîtresse Béatrice boit du thé avec les dames mais aurait préféré boire du whisky avec les hommes.

À dix heures, j'fais descendre les enfants et toutes ces dames admirent l'bébé et Miss Katie, elle grimpe sur les genoux d'Maître John Wilkes et veut plus en descendre. Maître Gérald prend l'bébé dans ses bras et demande à tout l'monde s'ils se ressemblent.

« Il a l'air encore plus petit que toi, Gérald », dit lentement Maître Jim et les oreilles d'Maître Gérald rougissent.

Le p'tit Maître Gérald joue et gazouille comme tous les bébés, et j'sais pas s'il voit la brume autour d'lui et j'suppose qu'moi aussi j'finis par l'oublier cette brume car j'me réveille en sursaut cette nuit-là quand j'entends c'bruit faible qu'j'ai jamais aimé entendre. J'me précipite vers l'berceau du p'tit Maître Gérald. Il est mort. L'bébé est encore tiède alors j'lui parle et j'prie pour lui et j'supplie les esprits d'nous l'rendre mais la brume s'en va et l'petit maître s'en va aussi. J'supplie Miss Frances et Miss Solange et même Martine, pourquoi vous l'prenez, mais elles répondent pas.

C'était dur d'traverser l'couloir jusqu'à la chambre d'Maître et d'Maîtresse.

C'était dur d'frapper à leur porte. Dès qu'Miss Ellen voit mon visage, j'ai rien à dire. Elle prend l'pauvre p'tit Maître Gérald dans ses bras, l'cajole et lui chante une berceuse.

Elijah, l'menuisier d'Tara, fabrique un petit cercueil d'cèdre qui embaume l'air du matin quand les voisins et nous sommes debout à côté d'la tombe. Maître Gérald a fait venir un prêtre catholique d'Atlanta pour l'enterrement. Nous sommes anéantis. Nous sommes tous anéantis. Maître Gérald va plus aux Douze Chênes comme avant, Miss Ellen a l'regard qui s'perd au loin comme si elle pouvait voir son bébé dans l'monde des esprits.

Mais c'est la saison des semis et les graines doivent être mises en terre et Maître John a un accès d'fièvre alors quand Maître Gérald est pas à Tara il est aux Douze Chênes à semer les champs des Wilkes. Il y est du matin au soir et rentre à la nuit tombée et s'lave pas avant d's'installer sur la véranda où Miss Ellen l'attend pour dîner. Il boit d'l'eau directement du pichet et s'en verse sur son visage rouge et ses mains et il dit : « Vous savez, Maîtresse O'Hara, si John meurt je pense que je ferai une offre pour son champ à côté de la rivière. » Miss Ellen est choquée mais quand elle remarque la bouche d'son mari qui tressaille, ils s'mettent tous les deux à rire et c'rire était la chose la plus douce qu'j'ai entendue c'printemps-là.

En juillet, Maître Wilkes est encore un peu faible mais il va mieux et les choses reviennent un peu à la normale. Tous les dimanches, Miss Ellen et Maître Gérald vont visiter la tombe du petit Maître sous les cèdres.

Maître Gérald était pas un maître en Irlande. J'l'ai entendu dire à Miss Béatrice que c'qu'il avait vu qui ressemblait l'plus à un ch'val était « le bout d'la queue d'un poney d'charrue », mais Gérald est un maître désormais et c'sont pas des poneys d'charrue qu'il chevauche.

Les juments d'Maître Gérald sont montées par les étalons d'Miss Béatrice. Miss Béatrice et lui enchérissent sur les mêmes beaux spécimens qui sont vendus à Jonesboro et si un cheval convient pas à l'un, il est vendu à l'autre. Y a rien qu'Maître

Gérald aime plus qu'sauter les barrières. Les barrières entre Les Douze Chênes et Tara sont difficiles à franchir pour les ch'vaux car elles sont sur la montée ; et les premières barres s'retrouvent si souvent en bas qu'les domestiques d'Maître Wilkes gardent des barres de rechange pour pas avoir à les r'monter à chaque fois.

*

* *

Bientôt, l'ventre d'Miss Ellen s'arrondit à nouveau. Oh, qu'est-ce qu'ils font attention ! J'ai jamais vu des gens faire aussi attention. Maîtresse pouvait plus monter à cheval et pouvait plus marcher sans Pork à ses côtés et l'cheval d'sa calèche a été remplacé par la vieille Betsy qui est trop vieille pour galoper.

Miss Eulalie Robillard envoie une invitation à son mariage, elle épouse l'docteur Franklin Ward d'Charleston, mais Miss Ellen peut pas voyager si loin. Miss Katie s'ennuie et quand elle s'ennuie, elle fait des bêtises alors Maître Gérald est content quand Miss Béatrice propose d'lui montrer comment monter à ch'val. Toby nous conduit à l'aube à Fairhill parc'qu'Miss Béatrice aime commencer la journée tôt. Quand l'garçon d'écurie amène l'poney pour elle, Miss Katie dit : « Non. »

« N'aie pas peur, Katie, dit Miss Béatrice. Pinky est doux comme le lait. »

Peureuse, Miss Katie ? Personne peut dire ça ! « Mais… c'est un nain ! Je veux monter un vrai cheval.

– Oh ?

– Comme papa.

– Je ne suis pas certaine que tu sois prête à monter comme Gérald. »

Miss Béatrice est en train de rire et pas un jour d'sa vie Miss Katie a toléré qu'on s'moque d'elle.

« Comme papa », répète Miss Katie et quand Miss Béatrice fait pas sortir l'ch'val qu'elle veut, Miss Katie remonte dans la calèche, croise les bras et demande à Toby d'nous ramener à la maison.

Miss Béatrice éclate de rire comme si elle avait jamais rien vu d'pareil d'sa vie.

« Tu es sûre que tu es une fille ? Même mes garçons ne sont pas comme toi !

– Oui, je suis une fille », répond Miss Katie d'une voix si haute et fière qu'Miss Béatrice s'remet à rire. Elle est même pliée en deux.

« Je le jure, je n'ai jamais rencontré un enfant comme ça ! »

Miss Katie la regarde d'haut en bas, froidement. Elle dit : « Mon père m'a promis que vous m'apprendriez à monter à cheval. Je suis hautement déçue.

– Bien, dit Miss Béatrice. Je ne serai pas celle qui décevra une fille aux yeux verts. Billy, selle Trinket. Des étriers courts. »

L'cheval est vieux et digne et il en a vu des enfants avant. J'peux presque l'entendre penser, ah non pas encore, mais il s'tient immobile pendant qu'Miss Katie prend appui sur les mains d'Miss Béatrice et grimpe sur l'cheval.

Elle a l'air vraiment p'tite, perchée si haut. Miss Katie est en train d'regarder autour d'elle comme si l'monde avait l'air différent. J'la vois penser ça. L'cheval renifle et baisse la tête pour que Billy lui frotte l'nez. Miss Katie aime pas ça alors elle tire sur les rênes. Trinket secoue et relève la tête, faisant claquer la bride. Il renifle et piétine.

« Miss Katie, dit Maîtresse Béatrice, tu es une petite fille et Trinket est un cheval. Il faut laisser Trinket être ce qu'il est et aussi longtemps que tu voudras faire selon tes désirs avec lui, il faut lui laisser ses petits plaisirs. Être cavalier, c'est être en duo, pas en solitaire. » Contente de ses paroles, elle les répète encore : « En duo, pas en solitaire. »

Elle attache une corde à la bride du ch'val et Trinket décrit un cercle, ses gros sabots soulevant la poussière au passage.

Bon, eh bien les ch'vaux la tueront pas, c'est tout c'que j'lui souhaite. Quand nous rentrons à la maison, sa mère lui demande comment s'est passée sa leçon et Miss Katie répond,

« je suis en duo, pas en solitaire », comme si c'était une chose exceptionnelle.

Les ch'vaux et moi, ça fait deux. J'suppose qu'c'est, comme on dit, « un mal nécessaire ». Les Noirs sont jockeys et garçons d'écurie et ils sellent, brossent, nourrissent les ch'vaux, mais les ch'vaux appartiennent pas aux Noirs. Les ch'vaux, c'est comme les plantations : ils appartiennent aux Blancs.

Dès qu'j'suis certaine qu'les ch'vaux vont pas tuer Miss Katie, j'l'accompagne plus. Carreen and Suellen ont plus besoin d'Mama qu'elle, donc Miss Katie va toute seule à Fairhill et bientôt, elle y reste toute la journée.

Autour d'Noël, Miss Suellen attrape la varicelle, évidemment sa sœur l'attrape aussi. Miss Carreen s'gratte tellement qu'on est obligés d'lui mettre des gants d'coton et elle pleure tellement d'frustration qu'ses yeux gonflent. Maître Gérald va à Atlanta pour acheter des cadeaux pour les filles, et revient avec des oranges qu'j'avais plus revues depuis Savannah.

En février, Maître Hugh Calvert est énervé parc'qu'les sudistes ont rencontré l'président Taylor à Washington et l'président leur a dit qu's'ils faisaient sécession, il commanderait lui-même les troupes contre eux. Maître Hugh est si remonté qu'il lui faut trois whiskys pour l'calmer.

Au printemps, Miss Ellen est sur l'point d'accoucher et on est là, Dilcey, Miss Béatrice et moi. On est pas confiantes alors on parle d'aut'chose. Miss Béatrice arrête pas d'parler d'Miss Katie et d'ses ch'vaux.

L'bébé naît vingt minutes après la perte des eaux, il glisse comme une anguille hors d'Miss Ellen. Il est déjà mort. Il est roux. Ses p'tits doigts et ses p'tits orteils sont pas normaux, je l'remarque quand j'le lave pour l'mettre dans son cercueil, mais j'dis rien. J'sais pas pourquoi Maître Gérald l'prénomme Gérald. Pour moi, il s'ra toujours Red.

L'bébé est mis en terre à côté d'son frère, à l'ombre. Tara continue. Quelque temps après la naissance d'Red, l'président Taylor meurt. Y a aucune guerre. L'prix du coton s'maintient. On est en deuil.

L'hiver suivant, Miss Ellen est enceinte à nouveau mais personne dit rien comme si les mots portaient malheur.

Gérald O'Hara naît un samedi en septembre. Il fait très beau. Il fait pas froid encore. L'travail dure une heure et l'voilà. J'coupe l'cordon mais j'l'enterre pas derrière la porte d'la cuisine parc'qu'même si l'bébé est né avec tous ses doigts et ses orteils contrairement à Red, il est entouré d'la même brume que l'premier Gérald. Miss Ellen est fatiguée mais heureuse et j'peux rien dire d'la brume alors j'fais semblant d'être contente comme une idiote. Dilcey m'regarde du coin d'l'œil comme si elle avait vu la brume aussi. C'est une femme Cherokee. Pas moyen d'savoir c'que Dilcey voit ou voit pas.

L'lendemain d'la naissance d'Gérald arrive une lettre d'Nehemiah annonçant la mort d'Maître Pierre Robillard. Dans son dernier souffle, il a envoyé sa bénédiction à Miss Ellen.

Maître Gérald apporte la lettre dans la chambre d'Miss Ellen et ferme la porte. Il ressort une heure plus tard et dit qu'Miss Ellen s'repose et j'apporte le thé, la théière et les tasses bleues d'Maîtresse Solange.

Après toutes ces années, l'regard d'Miss Ellen a pas changé. Nous pleurons et j'pose l'plateau avant qu'il tombe.

« Oh, dit Miss Ellen.

– Chérie…

– Il…

– Il est mort. Maître Robillard, il…

– Mama, il est parti. Oh comme j'aurais voulu…

– Maître Pierre est heureux pour l'bébé. Il est si heureux. »

C'était dur à dire parce qu'j'voyais la brume autour du petit Gérald à côté d'elle. J'hais cette brume ! J'voudrais la faire disparaître !

Miss Ellen est si fatiguée qu'elle peut à peine garder les yeux ouverts mais elle dit : « Nous partons à Savannah dès qu'le bébé peut voyager. » J'réponds : « Oui, Ma'ame. »

Qu'est-ce qu'j'peux dire d'autre ?

Miss Ellen m'dit d'dire aux enfants qu'ils vont bientôt visiter Savannah, mais j'suppose que j'oublie de l'faire.

Miss Béatrice offre à Miss Katie un poulain et Miss Katie a pas l'temps d's'occuper d'son p'tit frère. Suellen et Carreen veulent voir l'bébé mais j'les autorise pas.

Les Blancs sont en guerre en Crimée qui est quelqu'part en Europe et quand les enfants dînent, Maître Gérald leur explique où s'trouve la Crimée parce qu'il veut pas parler du bébé qui a une semaine à peine et qui s'affaiblit d'jour en jour. Miss Ellen peut rien y faire. L'jeune docteur Fontaine peut rien y faire. Les herbes de Dilcey font aucun effet. J'mélange du soufre et du saindoux, j'trempe mon doigt d'dans et l'donne à sucer au bébé mais il est trop chétif.

Miss Ellen dort quand l'bébé meurt. Bébé Gérald est blotti contre elle avec sa petite bouche ouverte. J'ferme ses yeux bleus mais quand j'essaie d'le dégager des bras d'Miss Ellen, elle s'réveille et resserre son étreinte. Mais elle comprend vite et ses mains retombent comme les feuilles à l'automne. Elle dit : « Plus de bébé, Mama. Je n'en peux plus. »

« Oui, Miss. » J'dis pas qu'Maître Gérald aura jamais d'fils parc'qu'j'ai pas à l'faire.

J'lave l'petit corps qui a pas été avec nous assez longtemps pour s'salir. J'chante des vieilles chansons aux bons esprits qui prennent soin des bébés et des petits êtres sans défense. J'voudrais pas appeler c'bébé Trois, mais c'est l'nom qui m'reste dans la tête.

Cette nuit-là, Maître Gérald s'retire dans l'salon avec sa carafe et personne ose l'déranger.

Le lendemain, Miss Ellen s'met debout. Elle est pâle et chétive, mais même quand son bébé meurt, l'travail attend pas.

Big Sam creuse une tombe pour l'bébé à côté d'celles d'ses frères, et Elijah fabrique un cercueil en cèdre. Y a pas d'prêtre mais j'suppose qu'Gérald et Ellen l'auraient pas supporté. La brume du matin s'élève des arbres quand nous nous réunissons. La récolte du coton attend, les ch'vaux et les carrioles attendent, les ballots attendent, les hommes sont debout leur chapeau à la main, les femmes ont sorti leurs plus beaux fichus. Pork porte l'cercueil jusqu'à la tombe, aussi solennellement qu'possible. Maître Gérald tient Miss Ellen par l'bras et Big Sam s'tient juste derrière au cas où elle s'évanouirait. Vêtu d'son plus beau pantalon, Pork met un genou à terre et dépose l'cercueil dans la tombe. Carreen est sur l'point d'crier mais Miss Katie lui serre la main comme si celle-ci allait s'échapper. Après, Maître Gérald retourne surveiller l'égrenage, Miss Ellen au bureau et aux livres d'comptes d'la plantation, et j'emmène les filles dans leur chambre. À la porte, Miss Katie s'retourne et m'dit : « Mama, je crois que je vais appeler mon poulain Belzébuth. »

J'm'arrête net et j'me dis qu'si j'bouge pas, ses mots vont peut-être s'en aller. Miss Katie grelotte comme une feuille dans la tempête. Ses p'tites épaules tremblent et elle évite de m'regarder dans les yeux. La pauvre enfant sait plus comment faire face au chagrin. J'la prends dans mes bras. « Belzébuth est un bon nom, ma chérie. Un très bon nom. »

– 5 –

Quand l'jeune Maître Wilkes rentre à la maison

Donc on va pas à Savannah. Pauline, la sœur d'Ellen, écrit pour dire qu'Maître Pierre a divisé son héritage entre ses filles mais qu'il a fait bénéficier d'L'Ancien Régime à Nehemiah et l'a affranchi. J'sais pas comment Nehemiah va faire sans Pierre. C'est une chose d'prétendre être l'maître quand vous avez un maître, mais c'en est une autre d'en être vraiment un.

En décembre, une caisse arrive au dépôt de Jonesboro ; Big Sam et Prophet vont la chercher. C'est l'portrait d'Maîtresse Solange qui était au-d'ssus de la cheminée à la Maison Rose et qui, selon la note d'Pauline, est légué à Miss Ellen.

Miss Ellen fait accrocher le tableau irlandais d'Maître dans leur chambre à coucher et remplace l'Irlande par Maîtresse Solange. Maître O'Hara est pas convaincu. Il croise les mains dans l'dos et dit : « Je ne sais pas, Maîtresse O'Hara. Est-ce que je vais m'installer ici à la fin d'la journée et sentir ses yeux sur moi comme si elle était une grande dame et moi, son garçon d'écurie ?

— Monsieur O'Hara, dit Miss Ellen. Tout grand cultivateur a besoin d'un ancêtre français au-dessus de sa cheminée. »

Mais Maître Gérald s'laisse pas convaincre si facilement, alors elle dit : « Cher Monsieur O'Hara, Solange O'Hara est morte pour que je puisse voir le jour. »

Voilà c'qui a réglé l'affaire. Parfois, quand il croit qu'personne l'regarde, Maître Gérald lève son verre à Maîtresse Solange. Maître Gérald est reconnaissant de c'qu'il a.

La première fois qu'elle voit sa grand-mère accrochée au-d'ssus d'la cheminée, Miss Carreen a l'souffle coupé comme si elle avait vu un fantôme. Miss Katie regarde Miss Solange pendant un long moment avant de m'demander : « Est-ce que je serai comme grand-mère, Mama ? »

Quelqu'chose vacille derrière mes yeux. C'est comme si j'étais éveillée mais qu'j'rêvais en même temps. J'rêve qu'j'suis à un grand carrefour, y a tant d'routes que j'peux pas les compter toutes. J'peux choisir celle que j'veux mais j'prends celle d'Miss Katie et la voilà, dans une robe verte assortie à la couleur d'ses yeux, ses cheveux sont ramenés en arrière avec un peigne et elle a grandi. Mais Miss Katie est pas heureuse. J'sens qu'elle est pas heureuse.

J'frotte mes yeux et m'arrache à c'rêve et m'agrippe à c'vieux fauteuil en cuir. Si j'serre fort, j'm'évanouirai pas.

J'lui dis : « Non, ma chérie. Pas encore. »

Un frisson m'envahit et Miss Katie m'demande c'qui va pas.

« Rien. Juste une drôle d'impression. C'est rien, ma chérie. T'inquiète pas. »

J'comprends pas pourquoi ceux qui veulent savoir y voient pas et ceux qui veulent pas savoir y voient.

*
* *

La jeune Miss Katie O'Hara veut pas être une femme. Si elle avait pu être un ch'val, elle aurait été un ch'val. Elle est toujours avec c'Belzébuth et parle que d'lui. Miss Ellen s'fait du souci pour les manières d'sa fille, car les filles sont censées admirer les cavaliers mais pas être des cavalières elles-mêmes. Miss Katie a pas d'temps pour les jolies robes qu'Rosa lui confectionne, et les cols délicatement crochetés et les coiffes qu'ses tantes lui envoient à Noël s'retrouvent à jamais dans l'armoire. Miss Katie porte des pantalons d'garçons, des chemises d'velours d'garçons et des bottes d'cheval. Parfois elle oublie d'enlever ses éperons et l'pied du fauteuil qui est sculpté comme la patte d'un grand lion a perdu un orteil et une griffe.

Elle est sur c'cheval d'l'aube au crépuscule. J'arrive pas à lui faire faire quoi qu'c'soit à la maison.

Suellen et Carreen grandissent sans problème. Elles ont d'bonnes manières, c'qui est pas l'cas d'Miss Katie. Apprendre à Miss Katie les bonnes manières, c'est comme pétrir une pâte sans levain. Vous pouvez grogner et malaxer tout c'qu'vous voulez, mais ça s'ra toujours un pain tout plat.

Miss Katie pense qu'elle a assez d'manières comme ça et au lieu d'la surveiller et d'la réfréner, Miss Béatrice la laisse totalement libre. C'est pas Maître Gérald qui va discipliner sa fille. Tout c'qu'les filles doivent pas faire, il les laisse faire.

Après les trois bébés Gérald, quelqu'chose s'est cassé en Miss Ellen. Elle est toujours active : elle gère la maison, visite les malades, aide ceux qui en ont besoin. Tous les jours, elle organise des prières en famille et parfois elle prend l'train jusqu'à Atlanta pour aller à l'église catholique. Mais son cœur est pas avec nous. Son cœur est avec ses bébés.

En août, Miss Eleanor Wilkes meurt. L'jeune Maître Ashley est en Europe quand sa maman décède. L'corps d'Miss Eleanor est installé dans l'salon aux Douze Chênes, et les femmes sont assises autour du cercueil tandis qu'les hommes boivent du whisky et chuchotent sur la véranda. Miss Honey Wilkes, la fille d'Miss Eleanor Wilkes, s'évanouit souvent donc c'est Miss India qui devient la maîtresse des Douze Chênes. Les enfants Wilkes ont jamais eu d'mama et ça s'voit.

Un soir, quelques jours après l'enterrement d'sa femme, Maître Wilkes vient à Tara et, avec Maître Gérald, ils s'asseyent sur la véranda. Ils parlent jusqu'à tard et la carafe est vide quand Maître John rentre chez lui. Maître Gérald est tout triste et à l'intérieur, il serre fort Miss Ellen dans ses bras comme s'il avait peur qu'elle disparaisse.

*
* *

Peu d'temps après, j'reviens d'l'église et j'suis encore endimanchée quand Miss Katie entre dans la cuisine avec l'tapis d'selle autour d'elle et elle m'fait un signe d'tête pour m'dire, « Mama, j'ai besoin d'toi », et monte à l'étage. Dans sa chambre, elle laisse tomber l'tapis et l'arrière d'son pantalon est rouge d'sang. J'pousse un cri mais Miss Katie reste calme comme si d'rien n'était.

Elle enlève son pantalon et sa chemise. « Ne reste pas là à me regarder avec cet air bête. Va me chercher une serviette.

— C'sont les règles, ma chérie. »

J'trempe la serviette avec d'l'eau, j'nettoie Miss Katie. « Je sais ce que c'est. » Elle est plus agacée qu'effrayée. « N'ai-je pas aidé les étalons de papa à monter les juments de Béatrice ? »

J'pousse un autre cri : « Qu'est-ce qu'vous avez fait ? »

Elle secoue sa tête comme si elle était très fatiguée.

« Écoute, Mama…

— Aucune jeune fille devrait faire c'genre d'choses ! J'vais l'dire à votre maman. »

Miss Katie fait c'qu'elle veut d'son papa mais ça s'passe pas comme ça avec sa maman. Katie craint Miss Ellen ! « Mama ! Ce sont des choses naturelles !

— C'est pas bien quand même. Les jeunes femmes doivent pas savoir c'genre d'choses. » Pendant tout l'temps qu'on parle, j'la nettoie, lui essuyant ses cuisses et ses fesses et j'plie une serviette propre pour qu'elle la mette là, en bas, et on se regarde ; Katie est une femme et Ruth est une femme et j'peux pas m'empêcher d'sourire.

« Tu te moques de moi ?

— Non, Miss Katie Scarlett O'Hara. Il faut un homme courageux pour s'moquer d'vous. »

Voilà comment Miss Katie est devenue une femme. Et elle s'en fichait complètement.

Les herbes recouvrent les trois p'tites tombes. Les bourgeons s'ouvrent, fleurissent et meurent. Les dames reviennent prendre l'thé à Tara et les tasses bleues s'cassent l'une après l'autre. Fairhill et Les Douze Chênes et Tara et les Calvert et les Munroe font des barbecues, une, deux, trois fois par mois. J'sais pas comment l'travail s'fait !

Jincy, l'cocher des Douze Chênes, joue si bien du violon qu'il conduit aucune calèche d'juin à septembre.

Honey Wilkes est en deuil mais vous croyez qu'ça l'empêcherait d'flirter ? Jamais d'la vie ! Honey admire les garçons et leur ceci et leur cela et appelle tout l'monde « chéri » avec sa voix mielleuse, c'qui lui vaut son prénom. Au barbecue des Calvert, Honey dit : « Oh Brent, je n'ai jamais vu de meilleur cavalier que vous. » Miss Katie l'entend et sur l'chemin du retour, elle répète encore et encore : « Oh, Brent, espèce de vieux cavalier ! » jusqu'à c'que Suellen menace d'la frapper !

Miss Ellen dit :

« Katie, ce sont de bonnes manières que de flatter les qualités d'un gentleman.

— Oh maman, ce ne sont pas des qualités. Les jumeaux Tarleton peuvent monter à cheval. Mais Brent ? Béatrice dit qu'elle va lui acheter un âne parce que Brent est mieux sur un âne. Pourquoi Honey lui ment ?

— Honey ne lui mentait pas. Pas vraiment. Le flattait, oui. Honey flattait Brent. Pouvoir donner confiance à un homme est une belle qualité chez une femme.

— Brent Tarleton se tient sur un cheval comme un sac de farine.

— Je suis sûre que Brent connaît ses défauts, ma chérie. Comme nous tous, n'est-ce pas ? »

Comme j'crois qu'Miss Katie pense qu'elle a aucun défaut, j'souris et elle s'tourne vers moi.

« Mama, la Bible ne dit-elle pas qu'on ne doit pas mentir ?

— J'sais pas, mon bébé. On doit pas blasphémer mais c'genre d'mensonges c'est pas vraiment des mensonges. Souvent j'pense que mentir, c'est pas c'qu'y a d'pire.

— Oh Mama ! »

Si ça tenait qu'à elle, Miss Katie irait à aucun barbecue, mais ça tient pas à elle. Quand Miss Ellen répond « Les O'Hara seront présents », elle veut dire tous les O'Hara, serviteurs compris, car même les plus noirs d'entre nous sommes aussi des O'Hara.

Quand Miss Katie peut faire c'qu'elle veut, elle est sur c'diable rouge d'Belzébuth. C'cheval a jamais connu un autre cavalier, personne d'autre qu'Miss Katie l'a monté. Dès qu'elle apparaît sur la prairie, à l'aube, avec l'brouillard encore bien bas, il vient au galop, hennissant, content d'être en vie, content d'être l'cheval d'Miss Katie. Katie est plus proche de c'cheval que d'sa propre chair et d'son propre sang. Elle s'occupe ni d'Suellen ni d'Carreen, sauf si elles sont sur son chemin.

C'est la chérie d'son papa et souvent j'vois Maître Gérald et Miss Katie galopant dans l'soleil d'l'après-midi, tels un père et son fils.

Sans Miss Eleanor et avec Maître Ashley à l'étranger, Maître John Wilkes sait pas quoi faire d'lui-même. Quand Maître Gérald est pas aux Douze Chênes, c'est Maître John qui est à Tara où ils parlent du coton et des courses d'chevaux et du « Compromis », quelqu'chose à propos d'esclaves au Kansas – mais ils ont des esclaves ou pas là-bas ?

La prophétie des Quatre Cavaliers de l'Apocalypse est pour bientôt, mais personne y fait attention. Quand les Millerites disaient qu'c'était la fin du monde, tout l'monde jacassait du matin au soir sur l'retour d'Jésus et la fin du monde. Au jour dit, Il est pas venu et c'est pas arrivé et tout l'monde a oublié l'révérend Miller et sa prophétie.

Mais la guerre s'annonce, si violente et si vite que j'me d'mande quand j'vais entendre les tambours ! Mais personne parle d'la guerre. C'est comme si les mots allaient la déclencher alors fermez vot' bouche ! À la place, ils parlent du président Pierce, de c'qu'il fait et d'Stephen Douglas et d'Henry Clay, de c'qu'ils font et ils boivent leur whisky jusqu'à c'que la carafe soit vide.

Ça fait bientôt deux ans qu'Maître Ashley Wilkes est parti. Il a visité l'Angleterre et la France, et d'autres endroits comme ça. Il écrit tout l'temps à Maître John pour lui parler des endroits comme ça.

Maître Gérald est particulièrement heureux qu'Maître Ashley rentre à la maison. Miss Ellen est heureuse aussi car elle espère qu'Maître John s'sentira moins seul une fois Maître Ashley à la maison. Tous les O'Hara à l'exception d'Miss Katie sont aux Douze Chênes pour le retour d'Maître Ashley. Miss Katie s'est foulé la cheville et elle est restée à Tara.

Jincy est allé le récupérer et nous attendons sous la véranda en buvant du thé glacé. Miss Ellen et les filles Wilkes s'éventent. Les abeilles bourdonnent dans les rosiers d'Maîtresse Wilkes qui sont moins pimpants depuis qu'elle est décédée. Maître Wilkes est blanc comme une boule d'coton, mais il sourit comme il l'a pas fait depuis longtemps. Maître Gérald et lui boivent des juleps faits par Pork, car Pork est bien connu pour ses juleps. Ils parlent d'la forte chaleur et d'comment Maître Hugh Calvert était si saoul la veille au soir qu'il est tombé d'son ch'val et s'est cassé quelqu'chose, et ces deux pécheurs s'mettent à rire comme s'ils avaient jamais été saouls d'leur vie. Les Nègres des Douze Chênes restent dans l'coin et bougent pas quand Miss Honey leur dit ouste.

Quand la calèche apparaît dans l'allée, nous cessons d'parler. L'jeune maître est parti depuis si longtemps qu'nous nous demandons s'il est encore c'garçon né et élevé aux Douze Chênes. Est-ce qu'il aura beaucoup changé ?

Avant qu'la calèche s'arrête, l'jeune Maître Ashley saute par terre et serre son père dans ses bras comme s'il l'avait jamais vu auparavant. Ils s'ressemblent mais John Wilkes est fatigué comme du vieux papier et Ashley Wilkes étincelle comme une nouvelle pièce d'monnaie. Ashley a changé. Un battement d'paupières, et l'garçon discret aux yeux gris qu'il a été autrefois s'est envolé. Maître Ashley a changé. Il a connu des femmes et il est plus un petit garçon.

Il a pas perdu cet air mystérieux comme s'il voyait c'que les autres voyaient pas, mais il reste plus longtemps en retrait. Son sourire est agréable, doux et triste à la fois. Maître John pose des questions sur Rome et les Grecs. Maître Gérald pose des questions sur l'Irlande. Maître Ashley a visité les endroits qui intéressent les maîtres. Il a pas visité l'Afrique ni Haïti.

On est attroupés autour d'eux à jacasser. Jincy dépose un paquet près d'la porte d'entrée des Douze Chênes. Maître John lève les sourcils.

« Je l'ai déniché à Paris. J'ai pensé que vous aimeriez cela. C'est sentimental. »

Maître John éclate de rire et bientôt, on rit tous, même si on a pas compris la blague.

C'est un tableau montrant des soldats sur l'champ d'bataille qui s'arrêtent pour s'occuper d'un chien blessé. « Vernet », dit solennellement Maître Ashley à son père.

Maître John répond, solennellement aussi, même si sa lèvre tremble : « Pour l'entrée ? Pour le salon ? »

Seuls les Wilkes sourient. Nous autres admirons l'tableau d'Maître Vernet avec ces soldats qui prennent soin du chien blessé alors qu'la guerre fait rage. Pourquoi est-ce qu'ils s'enfuient pas avec c'chien, voilà à quoi j'pense.

« Sublime, dit Maître John qui est d'humeur légère.

— L'inhumanité de l'homme envers un chien », dit Maître Ashley.

Quelqu'chose change dans l'regard d'Maître John, la blague est plus aussi drôle. « L'homme est fait pour pleurer. » L'papa d'Ashley Wilkes parle plus du tableau.

« Maman n'a pas souffert ? »

Maître John est sur l'point d'craquer, c'qu'il détesterait faire d'vant nous tous. « La mort était miséricordieuse. Eleanor est dans les mains de son Sauveur.

— Oh, Ashley. Cher Ashley ! » Honey et India Wilkes rompent le charme. Elles le serrent si fort qu'il perd presque son équilibre.

« S'il vous plaît, s'il vous plaît ! Ne faites pas tomber le voyageur fatigué ! » dit Maître Ashley, et Honey lui tire la langue. Les choses reviennent à la normale. Maître Gérald pose des questions sur l'Irlande et il est satisfait qu'lorsque Ashley lui détaille jour par jour son voyage d'Dublin à Cork, et raconte comment il pleut tous les jours et comment l'soleil disparaît dans l'brouillard.

« Oh ça ! Pour pleuvoir, il pleut ! » dit Maître Gérald qui fanfaronne et s'frappe les cuisses comme si c'était lui qui avait fait venir la pluie.

« Et comment va notre cher pays ? Allons-nous élire Frémont ou Buchanan ? »

Son papa répond Buchanan et Maître Ashley dit qu'les Européens pensent qu'nous allons à la guerre et j'ressens un coup au cœur et j'm'assieds dans c'qui s'trouve être le fauteuil préféré d'Miss Eleanor. J'm'évente et j'suis à court d'souffle et les visages devant moi sont flous et j'entends la voix d'Miss Ellen qui m'donne un verre d'thé.

« Ça va aller, j'veux pas d'guerre, j'dis.

— Les gens sont intelligents et savent ce qu'ils doivent faire, Mama, dit Maître John.

— Vous croyez ? Ce qui plaît aux sots ce n'est pas de comprendre mais de répandre leurs idées, dit Maître Ashley avec ses yeux tristes.

— Bien sûr qu'ils comprendront », dit Maître John sèchement.

Moi, j'pense comme Maître Ashley.

Un wagon tiré par six ch'vaux arrive alors aux Douze Chênes. Il contient une grande caisse retenue par des cordes. Maître Ashley dit à Mose d'faire venir du monde à la roseraie d'sa maman.

Ils doivent apporter palettes, cales, palans, leviers et c'genre de choses. Donc nous allons tous à la roseraie où Miss Eleanor a planté tant d'roses qu'il faut deux Noirs pour s'en occuper tous les jours. Ces roses sont mieux traitées qu'certains enfants. Les laboureurs soulèvent la caisse du wagon, la posent et Mose ouvre la caisse avec un levier et nous découvrons un cheval d'fer. L'cheval est vert, il est sur ses pattes arrière et montre ses sabots d'devant. J'ai vu des plus beaux ch'vaux qu'ça. Maître John essuie une larme.

« Étrusque, annonce Maître Ashley comme si Maître Étrusque était particulièrement doué pour faire des chevaux verts en fer.

— Eleanor... elle aurait été ravie.

— Je l'ai acheté pour maman. Son merveilleux jardin avait grand besoin d'une fontaine.

— Elle parlait souvent... »

On a tous l'impression d'être là où on devrait pas être, d'écouter une conversation privée. Avec les Wilkes, on a souvent cette impression.

Y a pas qu'le grand ch'val dans la caisse. Maître Ashley offre à Maître Gérald un petit gobelet en argent. Maître Gérald est très troublé. Il veut savoir où exactement Maître Ashley l'a acheté et quand Maître Ashley l'lui dit, Maître Gérald rit car il connaît bien c'magasin-là, il est passé d'vant bien des fois.

Maître Ashley offre un délicat châle en dentelle à Miss Ellen, des cols de dentelle et des coiffes pour ses sœurs. Peut-être qu'il a acheté l'châle pour sa maman Eleanor mais qu'il l'a donné à Miss Ellen.

Quand Maître Ashley demande où est Miss Katie, Miss Ellen lui dit : « Elle a fait une chute à cheval hier et s'est blessée légèrement. J'ai insisté pour qu'elle reste à la maison. »

Maître Ashley a l'même sourire qu'Miss Ellen et lui, il sait des choses que d'autres savent pas.

« Miss Katie... tombée ? Je pensais que rien ne pouvait faire tomber cette petite fille.

— Ce n'est plus une petite fille, Ashley.

— Ah. »

Plus tard, au cours d'la soirée, j'suis avec Miss Katie quand Maître Ashley arrive à cheval. Cet homme est toujours bien mis. Même quand il était p'tit, j'l'ai jamais vu en vêtements froissés. Il s'est changé. Il porte des bottes rouges qui sont si bien cirées qu'elles brillent, un pantalon gris qui est plus serré qu'ça devrait être, une chemise blanche qui a l'air neuve, une épingle d'cravate en or et son chapeau est presque aussi blanc qu'sa chemise.

Il enlève son chapeau pour saluer Miss Katie et sourit. Elle s'redresse comme si elle avait été touchée par la foudre. Il monte les marches et lui baise la main comme font les Français et lui dit combien elle a grandi. Elle dit rien. Peut-être qu'elle peut pas.

Il dit : « Je suis navré pour votre chute. »

Miss Katie essaie d'expliquer mais elle s'étouffe. « Branche d'arbre » est tout c'qui sort d'sa bouche.

« Et bien, si vous voulez vraiment chevaucher dans les bois… » Il plonge la main dans sa poche et en sort une pochette d'soie bleue. Pendant une seconde, j'ai cru qu'il avait une bague là-d'dans, mais c'est un vieux morceau d'cuivre.

« Mettez ça sur son harnais et Belzébuth évitera les branches basses. »

Miss Katie sait pas comment l'remercier. Elle rougit.

« Cette médaille a décoré une bride romaine il y a deux mille ans, il dit.

— Je connais les Romains, dit Miss Katie, plus sèchement qu'elle l'aurait voulu.

— Je suis sûr que oui », il répond avec son sourire si doux et Miss Katie sait pas exactement quoi faire alors elle hoche la tête comme une p'tite fille. Quand elle s'rend compte qu'elle a l'air bête, elle s'redresse et dit sérieusement : « Merci, Monsieur Wilkes. Belzébuth chérira toujours cette médaille. »

– 6 –

Pourquoi les gentlemen préfèrent la selle des dames

C'est une médaille en cuivre avec un portrait qu'on peut à peine distinguer, l'visage d'un roi j'suppose, mais Miss Katie l'adore et à sa demande, Toby l'accroche avec un fil d'fer à la bride d'Belzébuth, un double fil d'fer même, pour qu'la médaille s'perde pas. Elle dit à Belzébuth qu'il est un ch'val d'guerre romain désormais et l'cheval la regarde comme d'habitude, intrigué, mais il a aucune idée d'quoi elle parle, et elle fait l'tour du ch'val et d'vant la médaille, elle fait semblant d'l'avoir jamais vue auparavant et elle dit : « Oh Belzébuth. Où as-tu trouvé ça ? C'est un cadeau d'un admirateur ? »

Elle est pas discrète avec c'cadeau.

Quand elle galope pas avec son papa, elle galope avec Miss Béatrice. Son cheval et elle sont à Fairhill presque tous les jours. Pendant qu'elle est dehors, toute transpirante, les jeunes hommes du comté bourdonnent comme des abeilles autour d'Miss Honey et d'Miss Suellen.

Ces filles sont comme l'miel d'printemps – léger, mais si délicat et sucré.

Ces filles et aussi Miss Carreen et Miss India Wilkes ont beaucoup d'distinction. Les journées s'passent sans accroc. Miss Katie elle est bruyante comme un poisson-chat dans les eaux peu profondes. Même quand vous la voyez pas, vous savez qu'elle est là !

La plupart d'ces dames sont pas plus libres qu'Pork ou moi ou un autre Noir. Elles doivent porter leur crinoline, protéger leur visage pâle du soleil, et doivent dire à tous les gentlemen à portée d'oreille combien ils sont les meilleurs gentlemen qu'la terre ait portés. Mais pas Miss Katie.

Les autres dames viennent raconter leurs peines à Miss Ellen. Elles lui disent leurs secrets et leurs préoccupations car Miss Ellen est patiente comme ces saints qu'elle étudiait quand elle était p'tite. Les dames viendront jamais vers Miss Katie. Même quand Miss Katie s'ra plus âgée, personne viendra s'confier à elle. Miss Katie, c'est pas une sainte comme Miss Ellen. Elle en a rien à faire des saints, elle. Quand Miss Ellen voit quelqu'un souffrir, elle l'aide. Miss Katie voit aucun mal, aucune souffrance, elle voit qu'elle-même !

J'me d'mande à moi-même, pourquoi tu l'aimes tant ? Pourquoi tu veux savoir tout c'qu'elle fait ? Pourquoi tu la suis partout comme ça ? Elle est pas comme toi. Elle est comme personne !

C'est parc'qu'elle est c'qu'elle est, voilà. Miss Katie est plus sincère qu'Miss Carreen, Miss Suellen et même Maître Ashley ! Elle aime regarder l'coucher du soleil et la lune s'lever. Y a rien à faire à part être content d'ça.

La distinction est la seule chose qui vous sépare du Diable. L'seul bouclier contre Satan, c'est les manières et un grand sourire. Si vous avez l'air heureux et qu'vous vous tenez bien, c'vieux Diable passe à côté d'vous sans vous voir et s'en va tenter un autre pécheur. Miss Béatrice a aucune manière mais Miss Katie arrête pas d'me parler d'elle : « Béatrice ceci » et « Béatrice cela », comme si Maîtresse Béatrice et sa progéniture étaient un exemple à suivre.

« Béatrice s'en fiche si sa peau est "comme de la porcelaine", Mama. Béatrice pense que la plupart des gentlemen sont des idiots. »

J'ai tellement d'dégoût pour cette femme qu'j'en ai des nœuds à la gorge.

J'ose pas dire à Miss Katie qu'Miss Béatrice y connaît rien.

Voilà c'qu'j'aimerais lui dire :

« Oui, Miss Béatrice, elle travaille dur, elle fait des choses qu'font les maîtresses et elle s'en vante et elle est courageuse et responsable et elle en sait plus sur les ch'vaux qu'les hommes. Mais l'mari d'Miss Béatrice, Maître Hugh, il possède des milliers d'hectares et tout l'argent qu'il veut. D'temps en temps, Maître Hugh va passer des lois à la législature d'la Géorgie et tout l'monde doit obéir. Même les maîtres importants écoutent Miss Béatrice et sourient comme des idiots à n'importe quelle bêtise qui sort d'sa bouche.

» Tout ça à cause d'son mari. Si Miss Béatrice était une pauvre Blanche comme Maîtresse Slattery ou une Noire comme Teena, elle ferait mieux d'tenir sa langue et s'plaquer un grand sourire sur son visage !

» Tout c'qu'Miss Béatrice a, elle l'a parc'qu'elle a épousé Maître Hugh. C'est pour ça qu'ta maman et moi on s'fait du souci pour ton mariage car si tu épouses l'mauvais garçon, tu s'ras personne. Tu s'ras p'têt l'épouse d'un ivrogne ou d'un parieur ou la femme d'un misérable. Et si tu t'maries pas, tu s'ras une vieille fille assise en bout d'table qui dira pas un mot d'peur d'vexer sa famille. Oh, Miss Katie, s'il te plaît, sois moins franche. Les femmes qui s'marient pas et les femmes qui épousent des imbéciles ont toutes des vies ruinées ! »

*
* *

Y a huit ans, Miss Katie est montée sur un ch'val pour la première fois. Elle a toujours galopé à califourchon mais maintenant qu'elle a grandi, Miss Ellen demande au sellier de Jonesboro d'lui fabriquer une belle selle de dame, rouge comme Belzébuth, pour qu'elle puisse monter en amazone.

Comme Miss Katie craint sa maman, elle râle pas et la remercie mais, une semaine plus tard, Big Sam m'demande c'que fait cette selle de dame dans la grange à tabac et pourquoi Toby passe son temps à seller et à desseller à chaque fois qu'Miss Katie monte à cheval.

J'demande alors à Miss Katie et elle m'répond qu'elle « préfère monter à cheval comme avant, comme papa Gérald ».

J'lui dis : « Chérie, y a aucune dame qui monte comme un homme. »

Mais elle insiste. Miss Béatrice a dit à Miss Katie qu'« la Grande Catherine » montait à califourchon et qu'les « dames d'honneur » le faisaient aussi. J'dis à Miss Katie qu'si ces « dames d'honneur » voulaient un mari, elles pouvaient attendre longtemps.

Miss Katie ira à l'Académie des filles d'Fayetteville l'automne prochain, mais elle en sait des choses déjà. Elle m'dit qu'les « dames d'honneur » sont des dames importantes d'la cour ; ces dames qui montent à califourchon avec la Grande Catherine sont comme les filles d'maître.

J'lui dis : « La Grande Catherine était pas d'Géorgie. P'têt que ces "dames d'honneur" voulaient pas s'marier. P'têt qu'elles étaient déjà mariées. »

Miss Katie s'met à froncer l'front. « Pourquoi un mari s'inquiéterait de savoir si je monte en amazone ou pas ? »

Les yeux d'Miss Katie sont innocents et humides comme ceux d'un enfant. J'me tais. Y a des choses qu'même les mamas peuvent pas expliquer.

L'été suivant, Charles et Mélanie Hamilton, les cousins des Wilkes, viennent aux Douze Chênes et assistent à tous les barbecues. Leurs parents sont morts et ils vivent à Atlanta avec leur tante Pittypat qui battrait une pie au concours d'bavardage ! Comme il vit à Atlanta, Charles Hamilton est pas aussi effronté qu'les jumeaux Tarleton. Miss Mélanie est une p'tite chose timide mais elle a d'bonnes manières.

Charles et Mélanie sont amis avec les sœurs Wilkes et Suellen mais Miss Katie s'en moque.

Parfois Miss Katie va s'promener à cheval avec Maître Ashley. Ils galopent pas mais parlent, au trot. Maître Ashley pense qu'Miss Katie est encore une p'tite fille parce qu'elle monte à cheval comme un garçon. C'est un secret pour personne qu'ils vont s'promener ensemble, mais ils restent discrets. Maître Ashley est un garçon bien. Il profitera pas d'la situation. C'est pas comme ces jumeaux Tarleton ou les garçons Calvert, mais Miss Katie préférerait s'enfuir à toute vitesse plutôt que d's'installer dans un coin à l'ombre avec un garçon et apprendre à l'connaître.

L'domestique des jumeaux, Jeems, a lui aussi grandi et Jeems sait tout c'qu'font les jumeaux et tout c'qu'fait tout l'monde ! Jeems est toujours l'bienvenu dans la cuisine d'Tara. La cuisinière lui verse du thé et Jeems s'met à parler.

Jeems raconte les choses les plus drôles : « Stuart et Brent, ils sont les cavaliers les plus rapides du comté d'Clayton mais ils s'font battre par une fille. »

Jeems s'frappe la cuisse. Et continue.

Hier matin, ils ont pourchassé Miss Katie à travers bois, les champs labourés, les rivières. C'est d'abord Stuart qui était d'vant et Brent derrière, puis Brent en tête et Stuart à l'arrière. Ils ont galopé jusqu'à c'qu'leurs chevaux soient épuisés et Miss Katie s'est éloignée d'plus en plus et elle a disparu.

« L'engeance du diable, nous dit Jeems. Voilà comment ils surnomment ce Belzébuth : l'engeance du diable. »

J'ai pas parlé à Miss Ellen d'la selle de dame qui prend la poussière dans la grange à tabac et Big Sam non plus, mais Miss Ellen finit par découvrir qu'sa fille monte à califourchon au lieu d'être en amazone et Miss Ellen dit à Miss Katie qu'elle a menti et qu'les dames devraient jamais mentir, quelle qu'soit la situation. Elle dit à Miss Katie qu'les selles des hommes conviennent pas aux dames et qu'aucune fille trouvera un mari en montant à califourchon.

Miss Katie dit qu'elle regrette mais elle récidive avant même d'finir sa repentance. Elle fait la moue et finira par trouver un moyen d'continuer à monter à cheval comme un garçon.

Moi j'aime pas c'que manigance Miss Béatrice, elle veut qu'Miss Katie devienne comme elle. Miss Katie a ni belle maison ni grande plantation ni argent, et si elle continue ses bêtises, elle trouvera pas d'mari pour lui offrir tout ça !

Alors j'dis à Miss Katie qu'sa maman a raison. Si elle persiste à monter à califourchon, elle va décevoir terriblement son mari.

En réalité, Miss Katie s'en fiche d'savoir si elle trouvera un mari ou pas. À part peut-être c'rêveur d'Ashley, elle a pas d'temps pour les garçons. Mais elle veut pas qu'on lui dise non quand même. S'entendre dire non la met en colère.

Miss Katie m'demande pourquoi elle décevrait son époux si elle continue à monter à califourchon et m'vient alors une idée diabolique. J'ai été baptisée, j'ai été mariée à l'église et j'assiste à la messe à l'église baptiste de Jonesboro tous les dimanches. J'connais les ruses d'Satan et la mienne en est une !

Maître Gérald a encouragé sournoisement Miss Katie dans cette histoire d'cheval. Il galope avec elle parfois l'soir et ils sautent les barrières quand ils croient qu'y a personne. Maître Gérald flatte tout l'temps Miss Béatrice : Miss Béatrice ceci et Miss Béatrice cela. Miss Ellen sourit mais son sourire est forcé. Alors moi j'me dis qu'Maître Gérald doit payer ses dettes. Alors avec une voix sucrée comme une tarte à la patate douce, j'dis à Miss Katie : « Vous devriez demander à votre papa, ma chérie. Seul un mari pourrait savoir c'que les maris désirent. »

C'est une ruse digne de Satan. J'le sais bien. J'prie qu'on m'pardonne.

Miss Katie attend que l'dîner soit terminé pour parler à son papa. Miss Ellen est en haut avec Miss Carreen qui a un rhume.

Maître Gérald est dans l'fauteuil qu'Miss Ellen avait fait faire après avoir donné l'ancien à Big Sam. Après toutes ces années, l'nouveau fauteuil a l'air aussi vieux qu'l'ancien. Tout s'use sans qu'on s'en aperçoive.

C'soir, Maître Gérald est satisfait. Les prix sont bons, y a eu d'bonnes pluies, les graines d'coton sont fermes et pleines. Maître Gérald a mordu dans son cigare et s'est versé un verre d'whisky sans savoir qu'un baril d'poudre va bientôt exploser. J'm'installe dans l'fauteuil d'à côté avec mon panier d'couture. J'prends l'aiguille à repriser et lève haut une chaussette déchirée pour qu'il puisse la voir du coin d'œil. J'marmonne à propos d'un certain gentleman qui sait pas encore qu'il faut dérouler ses chaussettes avant d'les mettre. J'marmonne ni trop fort ni trop bas, juste assez pour qu'il m'entende. Si j'marmonne pas, Maître Gérald sait pas qu'j'existe.

Miss Katie entre et s'installe à ses pieds. Elle lui fait les yeux doux. Elle bondit pour allumer son cigare. Elle lui demande s'il veut d'l'eau pour son whisky.

Ils parlent d'chevaux. Elle pense qu'personne pourrait monter Belzébuth à part elle et son papa. Même pas Miss Béatrice. Elle raconte qu'l'autre jour à Jonesboro, Kennedy l'magasinier lui a dit : « Ton papa Gérald, il est petit et il est irlandais mais il est puissant ! » Maître Gérald apprécie et s'gonfle d'fierté mais il est pas un imbécile et c'est pas la première fois qu'Miss Katie essaie d'l'amadouer.

« La flatterie, mon chaton, il dit. La flatterie a fait chuter plus d'un homme bien. » Mais Maître Gérald est ravi et il refuserait pas encore un peu d'c'qui fait chuter les hommes bien. Il dit qu'le président Buchanan est du côté des planteurs contre les yankees et Miss Katie ouvre grand la bouche comme si elle en revenait pas qu'son papa soit au courant d'c'qu'fait le président. Maître Gérald fait rouler les mots du président Buchanan dans sa bouche.

« Ce qui est bien et ce qui est réalisable sont deux choses différentes.

— Que signifie "réalisable" ? demande Miss Katie.

— Réalisable, chaton, c'est ce qui peut être accompli. Moi-même, j'ai toujours préféré le "réalisable" », répond Maître Gérald.

Miss Katie est stupéfaite de c'papa si sage, stupéfaite jusqu'à en être muette, et son visage brille et lui fume son cigare et moi, j'regarde dans mon panier d'chaussettes trouées en essayant d'pas rire.

Miss Katie, qui sait exactement à quoi j'pense, m'lance un regard noir et perçant comme çui d'un raton laveur dans un piège, c'qui m'fait rire encore plus et trembler comme d'la gelée et j'dois regarder ailleurs.

Miss Katie décide de s'lancer avant qu'j'éclate de rire, alors elle prend un air doux et innocent et curieux à la fois : « Papa, puis-je vous poser une question ? »

Du tac au tac, il répond : « Non vous ne pouvez pas Miss Katie. Personne ne doit approcher Maître Gérald O'Hara ! » Puis il rit et lui tapote l'épaule. « Vous savez que je ne peux résister à une jolie fille. »

Elle fait une grimace quand il dit ça. Maître Gérald l'a pas vue mais moi, si. Avec sa voix la plus douce et la plus tendre, Miss Katie dit : « Papa, quelques personnes imbéciles sont en train de dire que je dois monter en amazone, au contraire de vous et de Miss Béatrice. Quand je demande pourquoi, elles ne répondent pas ou elles tournent autour du pot. À ce qu'il paraît, si je monte à califourchon, je décevrai mon époux quand je me marierai. Peut-être que je ne me marierai jamais. Mais si jamais je le fais, je ne voudrais pas décevoir mon époux. Qu'est-ce que tout cela veut dire ? Comment exactement vais-je le décevoir ? »

Maître Gérald recrache son whisky comme s'il avait avalé du savon et il tousse et s'étouffe et éteint son cigare et tousse si fort qu'Miss Katie s'dépêche d'lui taper dans l'dos. Maître Gérald est rouge comme une pomme trop mûre.

Quand il s'calme, il avale son whisky et, perchée sur l'accoudoir, Miss Katie insiste : « Vous savez tout ce qu'il faut savoir sur les chevaux, mon cher papa. Comment pourrais-je décevoir mon mari si je monte à califourchon ? »

Maître Gérald cherche un soutien et m'regarde, mais maintenant, il sait qui a mis Miss Katie dans cette situation et j'lui souris pour lui dire que j'l'aiderai pas à s'en sortir.

Il s'tamponne la bouche avec son mouchoir et tousse encore – juste pour gagner du temps. « Katie, Katie, finalement j'aimerais bien un verre d'eau. »

Quand elle sort d'la pièce, Maître Gérald m'lance un regard si perçant qu'j'ai l'impression qu'il veut m'faire fondre sur place.

Quand elle revient, il boit l'verre d'eau et sourit d'ce sourire timide qu'les hommes aiment utiliser pour faire croire qu'ils sont qu'des p'tits garçons. Il lui dit qu'sa maman lui expliquera tout : « Peut-être vous a-t-elle déjà prévenue ? »

C'qui m'fait renifler dans mon mouchoir mais j'fais semblant d'me moucher.

Miss Katie gémit. « Mais pourquoi ? Comment pourrai-je contrôler un cheval si je suis perchée sur son côté comme une sacoche de selle ? » Elle sort d'la pièce et monte l'escalier d'un pas lourd. Maître Gérald m'pointe un doigt accusateur mais il dit rien.

J'sais pas si Miss Katie a demandé à sa maman pourquoi monter à califourchon pourrait faire du tort à une jeune fille. Miss Katie a jamais cessé d'le faire.

– 7 –

Comment j'suis devenue Judas

L'coton d'Tara est à douze cents, c'qui est la seule bonne nouvelle d'cet automne-là. L'blé s'vend à moitié prix, les banques et les chemins d'fer des Blancs font faillite et au Kansas, les abolitionnistes et les esclaves s'tirent d'ssus. J'me dis, pas encore. Les esprits sont pâles et agités, ils tourbillonnent partout comme s'ils s'faisaient d'la place. Dilcey vient nous visiter, accompagnée d'son idiote de fille, Prissy. Nous sommes assises sous l'porche d'la cuisine. Tout est silencieux comme avant une tempête.

Dilcey dit : « L'général Jackson a tué grand-père à Horseshoe Bend. Grand-père était un Indien creek. C'était leur terre. »

Dilcey regarde tout autour d'elle comme si les Indiens étaient cachés derrière chaque buisson.

« Cette terre est la terre des creeks. Oui, cette terre même.
— Les gens s'entretuent tout l'temps. On dirait qu'ils peuvent pas s'en empêcher.
— Ils vont r'commencer. »

Les esprits volent autour d'nous comme des papillons attirés par la lumière. J'tremble.

« On peut rien y faire toi ou moi.
— Ces Indiens-là y savaient comment mourir. Tu penses qu'les maîtres y savent faire ça ? »

Tara est comme d'habitude. Après l'dîner, Pork met des fleurs fraîches dans la chambre à coucher d'Maître et Maîtresse.

Miss Ellen s'balade à travers l'comté pour s'occuper d'ceux qui peuvent pas s'occuper d'eux-mêmes. L'contremaître Wilkerson est plus si méchant. Big Sam m'dit qu'il a une femme.

Les samedis, Sam et Maître Gérald vont à Jonesboro vendre du coton et assister aux courses et à la vente d'esclaves. Sam m'dit que d'plus en plus d'maîtres vendent leurs esclaves. Quand les maîtres ont peur, c'sont les esclaves qui souffrent.

Quand Maître Gérald vend son coton, il garde son argent dans l'coffre d'Frank Kennedy. D'temps à autre, Big Sam et lui chargent leurs pistolets et prennent l'train jusqu'à Atlanta où ils vont placer l'argent d'Tara à la banque du chemin d'fer d'Géorgie.

Quand ils rentrent, Maître Gérald dit à Miss Ellen qu'la banque du chemin d'fer d'Géorgie est solide comme un roc. Cette banque va pas faire faillite comme les autres banques.

Miss Ellen regarde longuement son mari sans mot dire. Puis : « Monsieur O'Hara. Mes trois filles et moi-même avons confiance en votre jugement. »

Maître Gérald va sur l'porche pour fumer son cigare. Plus tard, comme si d'rien était, il galope jusqu'aux Douze Chênes pour demander à Maître John si çui-ci a entendu quelqu'chose sur la banque du chemin d'fer d'Géorgie.

Les dimanches sont calmes et paisibles. L'vent murmure doucement dans les cèdres autour d'l'église baptiste de Jonesboro où les Blancs et les Noirs prient pour qu'les choses s'améliorent avant qu'elles empirent.

L'prêtre critique les courses d'chevaux. Il dit qu'la fièvre des courses est pire qu'la fièvre jaune ou la fièvre des œdèmes, mais ça empêche pas les maîtres d'parier. On dirait qu'moins les maîtres ont d'l'argent, plus ils aiment l'jouer.

Les Tarleton parient contre les Calvert, les Calvert contre les Wilkes, les Wilkes contre les Tarleton. Les maîtres sourient et hochent la tête comme pour dire pas d'rancune, mais leurs mains sont pas loin d'leurs pistolets.

L'coton des Douze Chênes s'récolte un mois après c'lui d'Tara et leur récolte a lieu après la Panique, quand les acheteurs d'coton s'sont volatisés.

Dilcey dit qu'Maître John gagne presque tous ses paris mais qu'parfois, l'dimanche matin, il est « muet comme une tombe ».

*
* *

La plupart du temps, Miss Katie et c'diable rouge d'Belzébuth sont déjà dehors quand j'arrive dans la cuisine l'matin, et parfois ils rentrent pas avant la tombée d'la nuit. Miss Katie a peur d'sa maman. Quand sa maman la gronde, Miss Katie baisse la tête et demande pardon, mais l'matin suivant, elle est dehors.

Miss Béatrice vient rendre visite à Maître Gérald et j'les sers moi-même. Miss Béatrice est assise toute droite dans l'fauteuil rigide en cuir d'vache. Elle est en tenue d'cavalier, ses longs gants d'cuir posés sur ses genoux. Maître Gérald fait comme si Miss Béatrice venait l'visiter tous les jours, tout l'temps et qu'il y avait rien d'exceptionnel à cette visite.

J'pose l'plateau d'thé sur la desserte et j'me mets debout dans l'coin, là où Pork s'tient quand il sert.

Miss Béatrice dit : « Gérald, quand il faut parler de vérités crues, je préfère quelque chose de plus fort que le thé. »

En un rien d'temps, Maître sort la carafe. Son verre est sale et il s'apprête à m'demander un verre propre mais Miss Béatrice dit : « Versez-le moi dans ma tasse, Gérald. »

C'qu'il fait. Elle l'avale et tend sa tasse à nouveau. Il s'tient debout jusqu'à c'qu'elle secoue l'doigt et il peut à nouveau s'asseoir.

« C'est votre fille, Gérald.

– Laquelle de mes filles, Béatrice ? »

Elle lui lance un drôle d'regard. « Si vous croyez que Katie est à Fairhill, en train de monter à cheval, vous vous trompez. Chaque matin je l'attends mais la plupart du temps, je suis déçue. Je n'ai pas peur pour elle quand elle est à cheval, c'est une bonne cavalière, meilleure que la plupart des hommes, meilleure que mes fils en tout cas. Je m'inquiète de sa réputation, Gérald. Et comme vous le savez, de toutes les femmes du comté, je suis celle qui s'occupe le moins de la réputation.

— Mais…

— Votre fille est sauvage comme une Cherokee. Elle fait peur aux biches dans les bois et aux laboureurs dans les champs de blé. Pendant que les Wilkes, les Calverts et malheureusement les Tarleton parient les uns contre les autres aux courses, votre fille s'associe aux palefreniers et aux jockeys, aux Blancs et aux Noirs, pour préparer les chevaux aux courses. D'après Jeems, Katie O'Hara est vraiment appréciée de ces gens-là. »

Ce soir-là, quand Miss Katie rentre, Maître Gérald l'attend d'pied ferme. Il m'laisse pas entrer dans l'salon pendant qu'il la réprimande. Miss Katie ressort toute blanche et plus silencieuse qu'jamais. Elle dit pas un mot à propos d'Miss Béatrice et va plus à Fairhill. Mais elle est pas guérie. Pas même un tout petit peu. L'lendemain matin même, quand personne est réveillé encore, elle part sur son cheval et elle rentre après l'coucher du soleil. Maître et Maîtresse sont inquiets mais savent pas quoi faire. Ils ont l'impression d'avoir réchauffé l'serpent en leur sein ! Maîtresse veut pas fouetter l'enfant — ça servirait à rien d'toute façon. Maître veut pas vendre son cheval. Ils tournent en rond !

Miss Katie m'dit pas c'qu'elle ressent ou c'qu'elle pense. Elle parle à personne, p'têt qu'elle parle à c'fichu cheval. Belzébuth porte bien son nom !

Dilcey vient pas souvent à l'église mais c'dimanche, elle est là, pour pouvoir m'parler après.

L'prêtre a fait un bon sermon et j'me sens « sauvée ». « Les Wilkes sont toujours en train d'jouer aux courses ?

— Oui, toujours. Mama… »

J'me fiche complètement de c'que font les Wilkes. Ça les regarde. J'veux retarder c'moment, quand j'vais savoir pourquoi Dilcey est à l'église ce dimanche et pourquoi elle attend pour m'parler. L'cœur sait déjà c'que la tête sait pas encore.

Dilcey dit qu'Mose, l'domestique d'Maître Ashley Wilkes, était aux courses la veille et pendant qu'les maîtres étaient en train d'placer leurs paris, Mose était avec les jockeys et les palefreniers et qu'il a aperçu Miss Katie. Miss Katie avait remonté et caché ses beaux cheveux sous un chapeau d'homme et elle portait la tenue d'cavalier et elle ressemblait à un garçon brun aux yeux verts. L'fermier Able Wynder parlait à Miss Katie. Il l'avait pas reconnue. « Si vous pouvez dompter cette brute rouge, jeune homme, vous pouvez dompter ma jument. Je vous donnerai un dollar tout de suite et la moitié de vos gains. »

Mose a dit à Dilcey qu'Miss Katie parlait pas comme d'habitude. Elle avait une voix grave et enrouée comme un garçon. Miss Katie a pas couru c'jour-là, mais elle y pense pour les prochaines courses !

Mais j'vais certainement pas laisser Dilcey m'prendre en défaut alors j'prétends qu'c'est rien : « Oh, elle plaisante ! Maître Gérald est au courant d'tout ça. » Dilcey m'sourit comme si elle m'avait attrapé la main dans l'sac et dit : « Parfois je voudrais être "sauvée" mais j'dois encore m'repentir. » Elle croit qu'c'est drôle, mais moi pas. Toute la semaine, j'surveille Miss Katie comme un faucon. J'me réveille avant elle et j'lui propose d'lui faire un p'tit déjeuner puisque la cuisinière est pas levée encore. Non, elle a pas faim. Non, elle veut ni café ni thé. « C'est bien tôt pour toi, n'est-ce pas, Mama ?

– Quelqu'un doit bien vous surveiller. »

Elle sourit comme la jolie fille qu'elle est, cale son équipement d'cavalière contre sa jambe et s'en va.

Quand elle s'éloigne sur son cheval, le soleil n'est qu'une ligne rose au-d'ssus de l'horizon. La cuisinière arrive alors en bâillant, elle est encore en vêtements d'nuit.

« Mon Dieu, Mama ! Vous allez bien ?

– Enfin vous voilà debout. Le poêle est déjà chaud. »

J'demande à Big Sam et aux laboureurs d'garder les yeux ouverts et avant qu'Miss Katie rentre l'soir, j'sais presque tout. J'sais quand elle a sauté les barrières et quand elle a chevauché à travers les souches qui ont été arrachées mais pas encore brûlées.

Miss Ellen est désespérée. Elle pense à envoyer Miss Katie chez Miss Pauline à Savannah. J'frissonne quand j'pense aux deux sous l'même toit, et j'imagine qu'Maître Gérald frissonne aussi. P'têt qu'il y croit vraiment quand il dit à sa femme que « le chaton s'en lassera ».

La semaine passe. Samedi matin, j'suis réveillée et déjà au travail quand Miss Katie entre dans la cuisine. Non, elle veut rien manger et c'sont pas mes affaires où elle va galoper aujourd'hui. Miss Katie a une expression très entêtée. Pourquoi est-ce que ses cheveux sont cachés sous une casquette ? Elle veut rien m'dire.

Après son départ, j'réveille Pork et Toby. J'demande à Toby d'se secouer, d'préparer la carriole et d'l'amener d'vant la maison. Puis j'monte jusqu'à la chambre d'Maître. J'rentre sans frapper. Maître Gérald a une jambe hors des draps froissés et Miss Ellen dort aussi calmement qu'si elle était dans son cercueil.

J'secoue Maître Gérald par l'épaule et il s'réveille facilement. Il s'redresse et regarde du côté d'Miss Ellen, mais j'pose mon doigt sur ma bouche et, d'un signe d'tête, lui indique l'couloir. Quand nous sommes hors d'la chambre, j'lui dis : « Maître Gérald, votre fille aînée a besoin d'vous. »

Un éclair d'douleur traverse ses yeux mais il s'habille.

Pork attend d'vant la porte d'entrée avec la belle veste d'Maître Gérald, son chapeau et du café coupé avec du whisky. Maître Gérald l'regarde, s'demandant « Toi aussi, tu es courant ? », mais Pork est sérieux comme s'il était à l'église.

Toby conduit avec Maître Gérald à ses côtés. J'suis à l'arrière avec mes pieds qui s'balancent dans l'vide.

J'pensais qu'on irait directement au champ d'courses, mais quand on arrive à Jonesboro, on s'dirige vers l'magasin d'Frank Kennedy. À l'intérieur, Maître Gérald m'achète quelques bonbons au marrube qu'j'aime particulièrement.

Y a plein d'fermiers et d'contremaîtres. Ils ont déjà vendu leurs porcelets, leurs poulains, leurs jeunes Noirs et ils achètent leur tabac, leur whisky, leurs pinces à sabots et leur térébenthine pour soigner leurs animaux – toutes sortes d'provisions.

Maître Frank vit au-d'ssus du magasin, il commence tôt et termine tard. Frank Kennedy est simple comme un Noir, mais tout l'monde sait qu'il s'ra riche un jour. Il achète des terres qui sont bon marché depuis la Panique et depuis qu'les gens ont plus d'argent.

« Bien le bonjour, Frank.

– Gérald. C'est gentil d'être passé. » Maître Frank demande pas à Maître Gérald pourquoi il est en ville un jour d'marché parc'qu'Maître Frank pose jamais d'questions inutiles à Maître Gérald. Maître Frank demande des nouvelles d'Miss Suellen. Il a un faible pour elle. Maître Gérald répond qu'elle est à l'Académie des filles, qu'elle apprend l'français et la danse et la broderie et tout ça. Maître Gérald évoque l'père d'Maître Frank qu'il a connu quand il est arrivé à la campagne. « Un grand monsieur, il dit. C'était un grand monsieur, votre père. » Le père d'Frank Kennedy était irlandais.

Un fermier interrompt la conversation pour demander des fers à cheval numéro 8.

« Prends bien soin d'ce gars, Frank ! C'est un bon travailleur ! » Gros clin d'œil. Maître Gérald regarde sa montre. Après la course principale d'midi, y a trois, quatre courses encore avant la course des fermiers où n'importe quel cheval et n'importe quelle personne peuvent participer. Maître Gérald s'assied sur un tonneau d'clous et sort sa pipe. J'vais dehors et donne à Toby quelques bonbons au marrube.

J'vois des gens, des chevaux, des carrioles. Nulle part j'vois Miss Katie.

Alors j'vais m'asseoir à côté d'Maître Gérald et j'tricote des chaussons pour bébé. J'suis pas une experte en tricot, mais j'ai jamais rencontré d'bébé qui s'préoccupait d'ses chaussettes ou d'nouvelle maman qui était mécontente d'en recevoir.

Frank Kennedy apporte l'journal, l'*Macon Telegraph*, qu'Maître Gérald lit pour passer l'temps. Les fermiers viennent dire bonjour et bavarder. Il salue sèchement Angus MacIntosh qui en retour l'salue sèchement aussi. Jadis quelqu'chose s'est passé entre la famille d'Maître Gérald et la famille d'Maître Angus et, des années plus tard, de c'côté-ci d'l'Océan, ils continuent leur querelle. Les gens s'souviennent et aiment nourrir leurs blessures.

Maître Gérald s'entend bien avec Amos Trippet qui est pas un gentleman mais qui élève les meilleurs cochons Ossabaw et les meilleures poules dominicaines. Amos promet quatre cochons pour Tara quand viendra l'moment d'les tuer. Maître Gérald tapote son journal et dit à Amos : « Avez-vous déjà entendu quelque chose comme ça : "Je ne suis pas ni n'ai jamais été pour l'égalité politique et sociale des Noirs et des Blancs, je ne suis pas, ni n'ai jamais été pour le fait d'avoir des électeurs ni des jurés noirs, ni pour le fait de les former à exercer ces fonctions, ni en faveur des mariages mixtes ; et je dirais en plus de ceci qu'il y a une différence physique entre la race blanche et la race noire qui interdira pour toujours aux deux races de vivre ensemble dans des conditions d'égalité sociale et politique." Qu'est-ce que vous pensez de monsieur Lincoln, Amos ?

— Je pense qu'il veut être élu sénateur. » Le vieux Amos est roux et a l'cou aussi maigre qu'çui d'ses poules dominicaines. Amos m'apprécie pas. Il pense qu'j'suis trop fière.

« Qu'est-ce que vous pensez de cet homme, Mama ?

— Jamais connu d'Lincoln. Jamais entendu parler d'Lincoln dans l'comté d'Clayton.

— Ne taquinez pas Mama, Amos. Si vous vous brouillez avec elle, vos cochons attraperont le choléra et vos mules seront boiteuses. » Ils rient pour montrer qu'ils plaisantent et qu'c'est pas sérieux. Pas sérieux du tout. C'que j'pense ? J'pense qu'ça m'est égal c'que peut bien dire un maître d'l'Illinois pour être élu. Ils continuent à parler d'politique jusqu'à c'qu'Maître Gérald ait plus rien à dire. Amos s'en va et Maître Gérald s'promène dans l'magasin comme s'il pouvait dénicher quelqu'chose à acheter. L'magasin sent la mélasse et l'souffre et l'huile d'pied d'bœuf.

Nous attendons qu'Miss Katie soit tellement enfoncée dans ses plans diaboliques qu'elle puisse pas s'échapper cette fois-ci. Maître Gérald accompagne chaque client qui entre dans l'magasin Kennedy comme s'il était l'propriétaire, et si Maître Frank apprécie pas ça, il dit rien car il est Frank et Gérald c'est Gérald.

J'défais les points ratés et les tricote à nouveau. Quand la cloche d'l'église sonne midi, Maître Gérald réveille Toby. Toby et moi on est à l'arrière, c'est Maître Gérald qui conduit. On dépasse des fermiers en carriole ou qui mènent des vaches et des moutons et des cochons qu'ils viennent d'acheter. Y a aussi deux jeunes Noirs qui sont amenés avec des laisses au cou. Nous rencontrons les Wilkes, père et fils. Maître John est tout rouge. Il dit : « Je n'ai jamais vu ça, Gérald. Notre cheval a gagné avec une telle avance ! »

L'jeune Maître Ashley dit : « Je ne crois pas que notre bonne fortune injustifiée intéresse à ce point Gérald. » Il sort sa montre. « Le train d'Atlanta ? Nos cousins ? »

Maître John a dû gagner gros.

« Mon ami Gérald, est-ce que vous pouvez croire que Mélanie et Charles Hamilton préfèrent la ville à notre magnifique campagne ? » Il ouvre les mains pour montrer c'qu'y a autour d'lui.

« Qu'ils viennent nous rendre visite à Tara, John. » Maître Gérald touche l'bord d'son chapeau, fait claquer sa langue et nous voilà partis.

Les chevaux sont alignés pour l'départ. Jockeys noirs et jockeys blancs, aussi sérieux qu'possible, parlent à leur monture, ils leur disent, ils leur demandent, ils les supplient, faites du mieux que vous pouvez. Maître Gérald fait claquer l'fouet et nous galopons si vite qu'Toby et moi on doit s'agripper. Belzébuth est pas difficile à trouver. Les ch'vaux sont si excités qu'ils sautillent et dansent et tournent en rond. Un p'tit homme en veste rouge et chapeau lève un pistolet. Les hommes s'écartent d'notre chemin. Ils nous crient d'ssus et un jeune homme essaie d'nous arracher les rênes mais on galope à travers la foule, vers la piste, on fonce droit sur la ligne d'départ.

Miss Katie porte des vêtements d'garçon avec une casquette sur la tête. Elle attend l'coup d'pistolet du starter, mais l'starter tire pas car notre carriole est sur la piste. Les gens nous lancent des injures. Les jockeys regardent et s'demandent c'qui s'passe.

Miss Katie ressemble vraiment à un garçon. Elle est plus sombre qu'une dame devrait être et elle est perchée sur son cheval comme si elle était un vrai jockey. Ses mains sont trop fines pour être celles d'un garçon mais elles sont marron aussi.

J'sais à quoi elle pense. Elle s'dit qu'elle mettrait bien un coup d'éperon à Belzébuth et qu'elle foncerait bien sur la piste mais y a pas d'course si vous êtes tout seul à courir contre vous-même. Maître Gérald regarde durement Miss Katie et attrape la bride d'Belzébuth.

Elle dit : « Papa ! Je vous en prie ! Nous pouvons gagner. »

Belzébuth a l'cou arqué et il a tellement envie d'courir qu'il tremble.

« Nous pouvons gagner !

— Katie, vous êtes une fille, lui dit son père. Vous n'en avez même pas le droit. »

– 8 –

Comment Miss Katie est devenue Miss Scarlett

Les mamas s'pavanent pas. Elles voient c'qu'elles doivent voir et savent c'qu'elles doivent savoir et parfois elles disent c'qu'elles savent mais la plupart du temps, elles s'taisent. La plupart du temps, elles laissent les autres leur dire c'qu'elles savent déjà depuis la veille. Les mamas hochent la tête et sourient. Hochent la tête et sourient.

La cuisinière est en train d'pétrir et d'battre la pâte à biscuits en parlant d'Miss Katie et des garçons Tarleton et j'l'écoute d'une oreille tout en pensant à c'qui s'est passé la veille au soir quand Miss Katie est rentrée.

La cuisinière pense qu'tout ça est bien drôle : « En tout cas, voilà qu'Miss Katie arrive sur c'grand ch'val rouge au beau milieu du pique-nique d'Suellen et d'India Wilkes. Cade Calvert et les jumeaux sont en train d'sortir tous les mets délicats du panier même si les filles peuvent s'lever et s'servir toutes seules. "Puis-je vous offrir un verre d'eau, Miss India ? Voulez-vous goûter un biscuit au gingembre ?" »

La cuisinière glousse : « Ces filles sont les plus arrogantes et les plus orgueilleuses d'toute la Géorgie du Nord.

— C'est c'que Jeems a dit ?

— Il était avec les jumeaux, non ? Comme j'l'disais avant que vous m'interrompiez : voilà qu'arrive Miss Katie qu'a été sur c'cheval depuis l'aube. Miss Katie est éclaboussée d'boue rouge et son cheval est tout crasseux. Elle s'approche au galop, soulevant tant d'poussière qu'les filles s'mettent à tousser et à s'épousseter et bon sang, elles sont pas contentes. »

J'dis à la cuisinière : « Passe-moi la pâte. Il faut la battre bien plus fort encore. »

Miss Katie s'est mise à chevaucher comme une folle depuis qu'son papa l'a fait sortir d'cette course d'chevaux stupide. Tous les jours, du matin au soir, elle galope. P'têt qu'elle est en train d'réfléchir, et qu'galoper ça l'aide.

Maître Gérald a pas dit un mot de c'qui s'est passé l'jour des courses à Jonesboro, et Miss Katie a pas dit un mot et moi non plus j'ai pas dit un mot. Les secrets restent pas longtemps des secrets, mais c'est pas à cause d'nous. Les mamas parlent pas.

La moitié du comté d'Clayton était aux courses c'samedi-là, et ceux qu'y étaient pas en ont entendu parler d'la bouche d'ceux qui y étaient, mais Maître Gérald et Miss Katie ont fait comme d'habitude, comme si d'rien n'était.

Miss Ellen a dit à Miss Katie qu'si jamais elle refait une chose pareille, elle l'enverra à Savannah avec les baptistes prier quatre fois par jour et assister toute la journée du dimanche aux sermons.

Mais Miss Katie réfléchit. Quelqu'chose a changé c'jour-là mais quoi exactement, elle sait pas encore.

La cuisinière m'raconte donc comment Miss Katie a interrompu l'pique-nique des filles : « Miss Katie, elle s'fiche d'Miss Suellen et d'Miss India. Elle voudrait qu'les garçons s'mettent en selle pour faire la course avec elle jusqu'à la rivière. »

J'soupire : « Pauvre enfant. »

— Pauvre enfant, mon œil ! La jeune maîtresse a besoin d'être remise à sa place d'temps en temps. Voilà c'que j'dis, moi ! Miss India et Miss Suellen, elles sont outrées. Elles sont là, elles pique-niquent agréablement avec des jeunes garçons épris d'elles, et maintenant leurs chapeaux sont recouverts d'la poussière d'Miss Katie. Miss India vide sa tasse d'thé et dit : "Brent, pourriez-vous me servir une nouvelle tasse de thé, s'il vous plaît. Il semble qu'une tempête de sable d'Arabie vient de s'abattre sur nous." » La cuisinière presse l'dos d'sa main contre son front comme l'fait Miss India quand elle est troublée.

Moi j'sais qu'Miss India apprécie pas Miss Katie. Elle aime pas qu'Miss Katie s'promène à cheval avec Maître Ashley, même s'ils sont innocents comme des bébés. Miss India pense qu'la fille d'un Irlandais est pas assez bien pour s'promener avec son frère.

La cuisinière continue : « Miss Katie ignore Miss India et Miss Suellen comme si elles étaient pas là. Elle veut faire la course et veut qu'les garçons fassent la course avec elle, mais les jeunes maîtres s'précipitent pas comme avant pour parier qui s'ra l'premier arrivé.

— Ils sont p'têt fatigués d'être battus à chaque fois, j'dis.

— L'cheval d'Miss Katie piétine et les filles font la moue et les garçons grattent la poussière avec la pointe d'leurs bottes mais disent rien. »

La cuisinière glousse.

« Miss Katie adore c'cheval, j'dis.

— Qu'il en soit ainsi ! Qu'il en soit ainsi ! Miss Katie, elle dit : "Brent. J'arriverai au gué avant toi." "J'ai pas très envie de faire la course aujourd'hui, Katie", marmonne l'garçon. Enfin, Miss Katie comprend. Oh, elle l'comprend très bien même. Les choses ont changé. Ces garçons — qui l'ont toujours préférée aux autres filles — la préfèrent plus. »

J'me demande c'qui s'passe dans la tête d'Miss Katie. Elle a pas participé à la course d'samedi. Les garçons veulent plus faire la course avec elle. C'est terminé, ces courses-là.

« Jeems dit qu'Miss Katie est devenue blanche comme si elle avait vu un fantôme. Elle se laisse pas faire, pourtant. Pas notre Miss Katie. Elle dit : "Je parie deux pièces que j'arrive au gué la première." L'jeune Maître Brent s'gratte la tête et dit : "Oh zut, Miss Katie. Il fait trop chaud pour courir. Attachez votre cheval et venez vous asseoir un peu avec nous." Miss Katie s'tait, la tête remplie d'pensées qui bourdonnent comme des frelons. Jeems s'abrite derrière un arbre au cas où Miss Katie lancerait Belzébuth à travers l'pique-nique des filles. Mais elle le fait pas. Miss Katie dit : "Brent, je ne vous ai jamais vu refuser de relever un défi." Puis cette pauvre enfant s'éloigne toute seule au galop. »

*
* *

Il fait déjà nuit quand Miss Katie rentre enfin. Maître et Maîtresse savent pas c'qui s'est passé mais les Noirs l'savent. Pork est si triste qu'Maître Gérald lui demande s'il est malade. Comme moi, Pork aime bien Miss Katie.

J'la distingue à la lumière d'l'étable et j'vais voir si j'peux l'aider. Elle brosse Belzébuth si fort qu'on dirait qu'elle voudrait enfoncer la brosse dans la peau d'l'animal. L'cheval en peut plus. Il garde la tête baissée. La pauvre bête a tellement couru qu'il en est à moitié mort.

Ça sert à rien d'prétendre que j'suis pas au courant de c'qui s'passe. Je dis : « Ça va aller, ma chérie. Ça va aller. Un jour tu feras c'que les dames doivent faire. Toutes les femmes d'Géorgie font la même chose. Même votre maman et Maîtresse Tarleton sont devenues des dames. C'est pas si terrible. Vous aurez une maison et plein d'choses à manger, votre mari vous aimera et vous vous occuperez d'vos bébés. C'est comme ça depuis Ève et Adam. Ma chérie, vous êtes pas un garçon et vous voulez pas être un garçon. Les garçons peuvent participer à des courses d'chevaux et s'asseoir dans des bureaux, mais ces mêmes garçons s'font tuer à la guerre et ces mêmes garçons s'retrouvent pendus. »

Miss Katie dit pas un mot. Elle voulait rien d'moi ni d'qui qu'ce soit. Elle a pas dîné c'soir-là.

*
* *

Le lendemain du pique-nique où aucun garçon a voulu courir après Miss Katie, la cuisinière est toujours en train d'rire et moi j'suis toujours en train d'battre la pâte à biscuits. Ces biscuits, il faut les pétrir, et les pétrir encore et encore. J'relève la tête quand Miss Ellen entre dans la cuisine et dit : « Attendez encore un peu avant de cuire les œufs. Katie n'est pas encore levée.

— Miss Katie s'réveille jamais aussi tard. Elle doit être déjà dehors sur son ch'val », j'réponds.

Miss Ellen sourit comme un d'ces saints qui sait c'que les autres savent pas. La cuisinière met les saucisses au chaud dans l'four.

Quoi encore ?, j'me demande.

Une heure plus tard, Miss Ellen revient, plus radieuse qu'jamais.

« Mama, est-ce que vous nous servirez ce matin ? »

C'est Rosa ou la cuisinière qui servent l'p'tit déjeuner. Pork fait l'service du déjeuner, du dîner et sert des verres aux messieurs. Les mamas servent pas à table. J'suis surprise. Miss Ellen joint les mains. « Mama, c'est le jour du jubilé ! »

L'jour du jubilé est l'jour où nous serons tous délivrés. C'est dans la Bible. J'ai pas vu Miss Ellen aussi heureuse depuis des mois mais j'ai rien entendu sur la délivrance d'qui qu'ce soit.

« Oui Ma'ame. »

La cuisinière fait des œufs brouillés comme les aime Maître Gérald et dispose des saucisses et des biscuits sur un plat.

« Miss Ellen veut qu'j'serve à table, j'dis.

— C'est pas correct, s'plaint la cuisinière.

— Miss Ellen, c'est la maîtresse oui ou non ? C'est elle qui décide. »

J'pose les plats sur un plateau.

« Ne laissez rien tomber, dit la cuisinière.

— Ça leur ferait pas d'mal à vos saucisses », j'dis, parc'que j'arrive pas à comprendre pourquoi aujourd'hui c'est l'jour du jubilé.

Dans la salle à manger, Miss Katie est assise à sa place, comme d'habitude. Ses mains sont croisées sous la table.

Maître Gérald regarde pas sa fille. Il regarde rien. Il a l'doigt dans son col et tire d'ssus. Il est pas mécontent d'baisser la tête quand Miss Ellen dit les grâces. « Notre Père qui êtes aux cieux… »

Moi, j'grince des dents. J'voudrais crier : « J'suis votre Mama ! J'vous aiderai si au moins vous m'demandiez ! »

Personne s'moque d'Miss Katie. J'pense qu'elle pourrait tuer la personne qui s'moquerait d'elle. J'ferme alors ma bouche.

Elle a laissé chauffer trop longtemps l'fer à friser et ses beaux cheveux noirs sont roussis, brûlés par endroits et plats à d'autres. Ses yeux verts sont rouges et irrités et y a des p'tits bouts d'liège brûlés sur ses cils. Elle a enduit son visage d'poudre comme si elle avait enduit un essieu d'graisse.

« … Au nom du Christ. Amen. » Miss Ellen prend sa fourchette.

Les fesses d'Miss Katie ont été remontées par son corset, sa taille écrasée et réduite à presque rien. Elle porte les ballerines vertes qui appartenaient à sa maman.

Miss Katie picore son assiette.

« Katie, ma chère sœur. (Miss Suellen ricane pas ; pas encore.) Vous êtes très jolie ce matin. »

Miss Ellen s'dépêche d'étouffer la chose dans l'œuf : « Ma chère Katie. Demain matin, Rosa vous aidera à vous habiller.

— Je peux aider moi aussi. » Bien sûr qu'Suellen s'ra ravie d'l'aider, et comment ! L'regard d'Miss Katie pourrait transformer l'eau salée en glace.

Miss Katie s'tamponne les lèvres avec sa serviette. Elle nous regarde, tour à tour. « Dorénavant, veuillez m'appeler Scarlett. » Elle s'tourne vers son père : « En l'honneur de la maman de mon cher papa. »

Maître Gérald est surpris : « Pourquoi, heu… chaton… Scarlett… c'est magnifique.

— Ma chère grand-mère. » Scarlett baisse la tête comme si elle pensait à la vieille dame qu'elle a jamais connue.

Maître Gérald est à court d'mots.

J'peux pas regarder ça et pourtant j'peux pas regarder ailleurs. Mon bébé Katie est comme un joli p'tit oiseau malmené, les plumes arrachées par un ouragan. Si fière. Si furieusement fière. J'souris comme j'suis supposée l'faire, j'prends la cafetière et verse l'café.

Miss Carreen s'doute qu'il s'est passé quelqu'chose mais elle arrive pas à comprendre quoi exactement. « Mais… Scarlett, dit-elle. Katie…?

– Ma chère sœur, Katie n'existe plus. Papa, vous êtes bien silencieux ce matin.

– Je pense à certaines choses, mon cœur. Je pense à certaines… choses… »

Miss Ellen a obtenu c'qu'elle voulait. Moi aussi, j'suppose. Miss Ka…, Miss Scarlett commence à apprendre les manières et j'aurais aimé être plus satisfaite qu'j'suis d'voir enfin ça.

« Est-ce que vous allez monter à cheval ce matin, ma chérie ? »

Scarlett enfonce sa serviette dans l'rond d'serviette. La serviette en ressort alors elle met qu'un bout d'la serviette dans l'rond et l'autre partie s'étale bêtement à côté d'son assiette. « Je ne vais pas galoper ce matin, dit-elle.

– Ah ?

– Je *ne* vais *pas* galoper ce matin.

– Ah ?

– Papa, pourriez-vous le sortir un peu ?

– Mais, je…

– Ce serait bien que le cheval fasse un peu d'exercice. » Elle rit mais c'est tout sauf drôle. « Il a l'habitude de… (Sa voix s'casse mais elle flanche pas.) De faire pas mal d'exercice. »

J'pense : « Et vous, vous en avez l'habitude aussi, non ? » Mais j'dis rien. C'est pas à moi d'dire ces choses-là.

« Vous n'aimez pas le cheval, papa ?

– Bien sûr que je l'aime, mon chaton mais… »

Les choses auraient pu tourner de c'côté-ci ou de c'côté-là. La situation était délicate, Miss Scarlett était sur l'fil du rasoir mais comme si tout ça était qu'une plaisanterie, elle dit : « Il n'y a certainement pas de meilleur cavalier que monsieur Gérald O'Hara. »

Maître Gérald est content, exactement comme elle pensait qu'il serait. Il a cette expression stupide qu'ont tous les hommes quand une jolie fille leur dit exactement c'qu'ils veulent entendre. Et Maître Gérald est un adulte ! Les garçons à côté, les Tarleton, les Calvert, les Fontaine, c'est un jeu d'enfants !

J'la regardais plus parc'que j'voulais pas voir Miss Scarlett s'empêcher d'pleurer.

J'pense : Pauvre enfant.

J'pense : Pauvre Belzébuth.

J'pense : Pauvres jeunes gentlemen.

– 9 –

Comment Miss Scarlett brise les cœurs

S'il existe encore un garçon au cœur intact dans l'comté d'Clayton, c'est qu'il a pas encore rencontré Miss Scarlett O'Hara.

Cette enfant était pas bête et il lui a pas fallu longtemps pour comprendre comment sont faits les garçons. Scarlett était pas une jolie fille – oh, j'veux pas dire qu'elle était aussi simple qu'Miss India, mais elle faisait pas tourner les têtes non plus. Elle observait et étudiait les garçons et, en un rien d'temps, elle s'est transformée en un bijou. Les garçons auraient tué pour l'avoir, ce bijou. Un bijou précieux à portée d'main, mais impossible à posséder.

Elle les flattait tellement. Vous pensez qu'Scarlett savait pas comment les garçons appréciaient quand une jolie fille les comparait – en bien – à Andrew Jackson ou à Josué, ou – indirectement – au meilleur taureau d'la plaine ? Ça lui venait pas naturellement, ah non. C'était difficile pour elle d'jouer les délicates. Mais si les dames doivent être délicates, alors…

« Pourriez-vous m'aider à descendre s'il vous plaît ? Mes étriers sont si loin du sol ! » C'était pas facile pour elle. Elle était beaucoup plus habile qu'ces garçons avec qui elle jouait à la jeune fille sans défense.

Dieu miséricordieux ! L'enfant qui sautait les barrières les plus hautes d'tout l'comté devait maint'nant s'tenir au bras d'un jeune homme pour monter sur la calèche et « Ne conduisez pas trop vite, s'il vous plaît ». Bon Dieu, non. L'estomac délicat d'Miss Scarlett « se retourne quand vous conduisez si imprudemment ». Non, c'était pas facile. Avant, quand un pauvre garçon hésitait, Miss Scarlett perdait patience et prenait les choses en main. Mais plus elle apprenait sur les garçons, plus elle s'transformait en jeune fille fragile, si fragile qu'même une bouffée d'air pouvait lui faire peur !

Son meilleur atout pourtant était inné. Miss Scarlett, elle pouvait toujours s'concentrer sur une chose à la fois, sans s'occuper du reste. Quand elle franchissait les barrières, franchir les barrières était TOUT c'qu'elle faisait, elle pensait pas à sa jupe qui s'soulèv'rait et révèl'rait p'têt c'qu'il fallait pas révéler, elle pensait pas non plus à ses corvées à la maison, ni à ses prières du soir. Quand Miss Scarlett s'concentrait sur quelqu'chose qu'elle voulait faire, qu'elle voulait obtenir, cette chose était la seule à laquelle elle pensait, rien d'autre existait, pas même la moitié d'autre chose. Quand Miss Scarlett posait c'regard vert sur un garçon à peine sorti d'ses couches-culottes, c'garçon avait pas plus d'chance qu'un flocon d'neige en juillet en Géorgie ! Quel'qu'soient ses pensées — s'il en a — il échappera pas à ces yeux verts qui l'jaugent, l'jaugent tout entier, d'la tête aux pieds, comme personne avant, à l'exception p'têt d'sa maman quand il était p'tit. C'garçon savait pas qu'c'est autour d'lui, d'lui seul, qu'tournent l'soleil et la lune ! Il savait pas qu'il était si intelligent ! Il savait pas qu'il était aussi fort qu'le taureau d'la plaine, qu'aucune dame n'a approché d'près mais toute dame sait qu'elle a besoin d'quelqu'chose comme c'taureau-là une fois mariée. P'têt qu'les oreilles d'ce garçon rougissent, p'têt qu'il s'met à bégayer mais y a pas un garçon, pas un seul, jamais au grand jamais, qui s'est détourné du regard d'Miss Scarlett avant qu'elle secoue la tête et l'renvoie comme s'il était un vieux bout d'chiffon. C'regard était l'regard naturel d'Miss Scarlett. C'était sa meilleure arme.

Il a pas fallu longtemps avant qu'les garçons viennent à Tara comme des abeilles attirées par l'miel. Y a des garçons sur l'porche l'matin et des garçons qui s'attardent sous les lanternes à la nuit tombée. Miss Ellen inscrit Miss Scarlett à l'Académie des filles d'Fayetteville. Miss Scarlett a encore besoin d'éducation avant qu'ça soit trop tard. Mais elle veut pas y aller. Elle manquera les barbecues et les pique-niques et les bals dansants mais elle y va quand même. La seule chose au monde qu'craint Miss Scarlett, c'est sa maman.

La première fois qu'Maître Gérald monte Belzébuth, l'cheval l'désarçonne. La deuxième fois aussi. Maître Gérald est un bon cavalier mais c'est pas l'cavalier d'Belzébuth. L'samedi suivant l'départ d'Miss Scarlett pour l'Académie d'Fayetteville, Maître Gérald emmène Belzébuth à Jonesboro et l'vend.

Quand Miss Béatrice apprend ça, elle devient folle furieuse. Elle apprécie pas qu'Belzébuth ait été vendu à quelqu'un d'autre, et si Miss Scarlett veut plus l'monter, Maître Gérald avait qu'à l'retourner à Fairhill ! Miss Béatrice est très fâchée. Elle est si fâchée qu'les gens d'Tara vont pas au prochain barbecue d'Fairhill. Les fils d'Fairhill s'moquent bien d'la colère d'leur maman ; ils perdent aussi facilement leur temps à Tara qu'à Fayetteville et c'est exactement c'qu'ils font.

Quand Miss Scarlett revient à la maison, Maître Ashley et elle s'promènent à nouveau à ch'val, ils parlent, ils font des pique-niques comme avant quand Miss Scarlett était un garçon manqué. Après un pique-nique dans les jardins des Douze Chênes, Miss Scarlett m'dit : « Les roses Bourbon ont existé depuis le roi Bourbon. »

Miss Scarlett demande à Maître Ashley s'il est vrai qu'le cheval rouan est plus rapide qu'le ch'val louvet, et est-ce qu'un ch'val à crinière blanche a plus d'risques d'devenir aveugle. Si Maître Ashley a remarqué qu'Miss Scarlett monte désormais en amazone, il en dit pas un mot.

Maître Ashley a une très haute opinion d'lui-même et il est bien trop gentleman, mais il a toujours respecté Miss Scarlett et y a jamais rien eu d'mal entre eux. Ces deux-là ont jamais eu besoin d'chaperon.

Maître Gérald aime bien Maître Ashley et s'garde bien d'dire qu'p'têt Maître Ashley devrait sortir la tête d'ses livres et s'occuper d'la plantation du coton, du fauchage et d'la récolte.

Quand Miss Scarlett apprend qu'Belzébuth a été vendu, elle demande à Maître Gérald si la bride avec la vieille médaille en cuivre a été vendue aussi. Il dit qu'oui. Elle est plus triste d'avoir perdu la médaille qu'd'avoir perdu l'cheval lui-même. Comme j'disais, Miss Scarlett s'concentre sur une chose à la fois.

Elle s'moque bien d'l'Académie des filles et demande à sa maman à quoi serviront l'français et la rhétorique quand elle s'mariera, qu'elle aura des enfants et qu'elle devra commander les domestiques d'maison. Miss Ellen dit qu'les jeunes filles d'aujourd'hui ont plus d'opportunités qu'avant et qu'Miss Scarlett devrait être reconnaissante. Miss Scarlett demande si les choses peuvent vraiment changer : les hommes restent des hommes et les femmes des femmes, n'est-ce pas ?

Miss Ellen dit qu'oui, les hommes restent des hommes, et les femmes des femmes, mais qu'les dames et les gentlemen changent à chaque génération : « Nous changeons, ma chère. Vous ne le voyez peut-être pas, mais nous changeons. »

— Il y a une fille à l'Académie qui dit qu'un Irlandais ne peut pas être un gentleman.

— Ma chère, chère Scarlett, répond sa maman en gloussant car elle a jamais entendu chose plus stupide, il y a des gens qui disent n'importe quoi. »

Moi, j'voudrais pas être la fille qui insulterait Maître Gérald. Miss Scarlett aime son papa et sa maman. J'suppose qu'elle m'aime un peu aussi.

Miss Scarlett s'fiche d'la salle de classe avec les autres jeunes maîtresses, mais finalement elle apprécie bien l'Académie depuis qu'les garçons peuvent venir visiter les filles. J'imagine Miss Scarlett et l'institutrice qui prennent le thé dans l'salon avec un jeune homme bien embarrassé et Miss Scarlett qui fait rien pour le mettre à l'aise. Toby m'conduit là-bas un après-midi pour apporter des robes qu'Miss Scarlett a demandées et j'suis donc assise dans la pièce avec Brent Tarleton qui parle d'politique et du prix du coton qui s'redressera pas et d'l'économie qui s'redressera pas non plus. Miss Scarlett est tellement, tellement impressionnée et tellement reconnaissante qu'Brent connaisse si bien ces choses importantes que les filles ont pas à s'en inquiéter !

Belzébuth a été abattu. L'homme qui l'a acheté a pas pu l'monter et l'homme à qui il a été revendu a pas pu l'monter non plus. Donc il a été abattu. J'dis rien à Miss Scarlett mais j'suppose qu'elle est au courant. Miss Béatrice commence à dire qu'Scarlett « est une petite hypocrite de bonne à rien aux yeux verts ».

Les nuages noirs d'la guerre s'amoncellent et Miss Ellen prie d'toutes ses forces. Quand y a pas trop d'choses à faire à Tara, elle prend l'train du matin pour Atlanta pour assister à la messe catholique.

L'été est fini et la récolte du coton d'Tara est presque terminée quand arrive la nouvelle à propos d'Maître John Brown. L'contremaître Wilkerson s'précipite à Tara avec des pistolets, un grand et un p'tit dans sa ceinture. Maître et Maîtresse sont sur l'porche avec Suellen. Sans attendre, l'contremaître demande où sont Miss Scarlett et Miss Carreen. Maître Gérald dit qu'Miss Carreen est dans sa chambre et Miss Scarlett à Fayetteville, si vous voulez tout savoir. Il est vexé qu'le contremaître les interrompe sans façons alors qu'Miss Ellen et lui sont en pleine conversation.

Mais Miss Ellen perçoit quelqu'chose dans sa voix.

« Qu'est-ce qui se passe, Wilkerson ? »

Pork arrose les fleurs près d'la fenêtre et moi, j'suis assise et l'contremaître nous regarde et dit : « Laissez-nous. »

Pork fronce les sourcils. C'est l'domestique d'Maître Gérald. Moi, j'me fatigue même pas à froncer quoi qu'ce soit.

L'contremaître pose une main sur son grand pistolet et dit, d'une voix menaçante : « Vous avez entendu mon ordre. »

Maître Gérard est debout. Ses lèvres sont pincées et il devient tout rouge mais Miss Ellen lui prend l'bras : « Gérald, s'il vous plaît. Pork, Mama, laissez-nous un moment, je vous prie. »

Pork et moi nous grommelons un peu mais nous les laissons. Dans la cour derrière, nous apprenons la cause d'ce ramdam. Y s'trouve qu'Big Sam et l'contremaître étaient au magasin Kennedy à l'aube pour acheter des lames d'charrue quand est arrivé un télégramme qui a enflammé les maîtres. Le télégramme parlait d'une insurrection des esclaves d'la Virginie menée par un homme blanc, John Brown. Big Sam nous dit : « Wilkerson m'a fouillé, a confisqué mon canif et m'a mené pistolet au poing jusqu'à la maison. »

Là dans la cour, tout s'met à tourner autour d'moi et j'cherche mon souffle comme si j'allais m'évanouir. Big Sam et Pork m'font m'asseoir et Rosa apporte de l'eau d'rose et un torchon humide. J'voudrais fermer les yeux mais j'ose pas à cause d'tous ces esprits qui dansent derrière mes paupières, des esprits que j'veux plus jamais revoir d'ma vie. Les maîtres de Jonesboro ont enfermé les Noirs dans les étables et dans les garde-manger à viande, n'importe où où y a une porte solide et un verrou. Big Sam dit qu'la Milice d'Géorgie a été appelée et les jeunes maîtres galopent avec leurs sabres et leurs fusils et les Noirs qui ont pas été enfermés s'cachent. Personne sait exactement c'qui s'passe et personne sait quoi faire. Ni les maîtres, ni les Noirs. Plus tard, on apprend qu'le contremaître veut enfermer les Noirs d'Tara aussi.

L'contremaître dit à Maître Gérald qu'il est trop bon avec les Nègres et qu'c'est à cause d'ça qu'les Nègres s'révoltent. Miss Ellen, elle répond qu'Maître Gérald est l'maître ici et qu'si l'contremaître est pas satisfait d'Maître Gérald, il devrait p'têt trouver une plantation qui lui conviendrait mieux.

Maître Gérald envoie Big Sam prévenir Maître John Wilkes. Maître Ashley galope jusqu'à Fayetteville récupérer Miss Scarlett et elle rentre à la maison accrochée derrière lui sur son cheval.

Nous sommes pas enfermés ce jour-là, mais Maître Gérald et Maîtresse et les filles dorment tous dans la même chambre avec les pistolets de Maître Gérald à portée d'main. Pork prend l'fusil d'chasse et s'installe sur une chaise devant la porte d'la chambre. Personne a intérêt à traverser l'couloir cette nuit-là avant qu'Pork ronfle !

Les jeunes maîtres patrouillent les routes et j'voudrais pas être d'ces Noirs arrêtés sans laissez-passer.

L'lendemain matin, Miss Ellen est dans la cuisine pendant qu'la cuisinière prépare le p'tit déjeuner. Elle la surveille si attentivement qu'la cuisinière devient toute nerveuse et laisse tomber un plat qui s'casse en trois morceaux. Je dis : « Miss Ellen, vous étiez un p'tit bébé tout fripé la première fois qu'j'vous ai prise dans mes bras. D'mes propres mains, j'ai coupé les cordons d'vos enfants – Scarlett et Suellen et Carreen. »

Alors Miss Ellen dit : « Pardon Mama. Cette terrible affaire Brown… » Puis elle s'retire là où elle devrait être, dans la salle à manger.

Le télégraphe d'Jonesboro cliquète jour et nuit. L'insurrection d'John Brown a été stoppée et il est encerclé. L'lendemain, les soldats chargent. L'surlendemain, il est capturé. Brown a perdu la tête ! Est-ce qu'cet imbécile pense que j'dois tuer Miss Scarlett ? Qu'Big Sam doit tenir Carreen pendant qu'Pork lui tranche la gorge ? N'importe quel marchand d'esclaves connaît mieux les Noirs qu'ce John Brown. Brown s'trompe quand il pense qu'le sang règlera les choses. Le sang appelle le sang ! Le sang appelle le sang !

L'anniversaire d'Miss Scarlett a lieu sept jours après l'insurrection d'Maître Brown. Personne veut s'amuser, alors Miss Ellen invite les Wilkes pour un thé au lieu d'organiser un barbecue. Charles et Mélanie Hamilton et Tante Pitty les accompagnent. Miss Pitty peut pas parler d'aut'chose que des Blancs tués dans leur lit. Elle dit : « C'est exactement comme ce Denmark Vesey à Charleston. Des centaines d'innocents tués dans leur lit. »

J'corrige pas Miss Pitty. C'est pas l'bon moment pour les Noirs d'corriger les Blancs.

Les maîtres blancs disent qu'ils peuvent plus rester dans une Union où John Brown peut organiser une insurrection. Maître Gérald et Maître John sont fâchés contre Maître Jim Tarleton parc'qu'il est en faveur de l'Union. Miss Ellen dit, « Emmenez la politique dehors, s'il vous plaît, sur l'porche », et ils emmènent la carafe d'whisky aussi.

Maître Ashley est en train d'louer un livre et Miss Scarlett hoche la tête comme si elle avait lu c'livre-là et plein d'autres encore.

J'suis dans la cuisine en train d'préparer des sandwichs et des gâteaux quand Miss Mélanie vient pour nous aider. Quand j'la remercie mais lui dis qu'j'ai pas besoin d'elle, elle dit : « Avec plus de mains, on va plus vite, n'est-ce pas ?

— Pas si c'sont des mains blanches », j'dis, et elle sursaute avant d'rire. Pour une fille si menue, elle a un bien grand rire.

« Bien, Mama, elle répond, j'essaierai vraiment d'être à la hauteur de vos espérances.

— J'en ai pas, j'lui dis. Les ai perdues y a bien longtemps. »

Son p'tit visage est troublé : « Vous plaisantez ? » J'plaisante à moitié mais j'vais pas l'lui dire.

« Je serai très malheureuse si je n'avais pas de grandes espérances. Ne pouvons-nous pas au moins croiser les doigts et souhaiter le meilleur ? »

Elle est si sérieuse qu'j'peux qu'répondre franchement. « La plupart du temps, les choses tournent pas comme on voudrait.

— Peut-être. Mais saint Paul a dit : "Car nos légères afflictions du moment présent produisent pour nous, au-delà de toute mesure, un poids éternel de gloire, parce que nous regardons, non point aux choses visibles, mais à celles qui sont invisibles ; car les choses visibles sont passagères, et les invisibles sont éternelles[1]."

— Mmmm, j'dis. Nous sommes passagers, ça c'est sûr. »

---

1. Nouveau Testament, Saint Paul, Deuxième épître aux Corinthiens, 4:17-18.

L'sourire d'Miss Mélanie éclaire cette cuisine comme si l'soleil était entré par la porte. J'souris – j'peux pas m'en empêcher. La cuisinière sourit aussi.

« Avec l'espoir d'être éternel. » Miss Mélanie prend mon plateau d'biscuits. « Quand nous serons à nouveau avec ceux que nous aimons. »

Miss Mélanie a perdu sa maman et son papa. Elle et son frère Charles sont des orphelins. Les orphelins savent tout c'qu'y faut savoir sur les choses « passagères ».

Miss Mélanie sert Miss Ellen en premier, puis Miss Pittypat. Puis elle sert les jeunes. Elle porte l'plateau jusqu'aux gentlemen sur l'porche avant d'servir son frère Charles et, en dernier, elle prend un biscuit pour elle.

Miss Mélanie Hamilton, elle a des bonnes manières !

John Brown ou pas, nous devons récolter l'coton et les mains d'Tara travaillent dès qu'la rosée s'évapore des graines d'coton. Maître Gérald galope des champs jusqu'au pressoir et du pressoir aux champs, pour s'assurer qu'tout s'passe bien. Quand y manque des bras, il descend d'son cheval et cueille l'coton lui-même.

Y a trois nouvelles naissances dans les quartiers et Miss Ellen et moi, on doit s'en occuper en plus des autres tâches. Toby conduit Miss Carreen et Suellen aux Douze Chênes pour être instruites en compagnie d'Miss India et d'Miss Honey. Ashley a transformé la bibliothèque en salle de classe.

Miss Ellen reçoit une lettre d'Miss Pauline qui l'informe qu'Nehemiah est mort. Les mains d'Miss Ellen tremblent et elle s'met à pleurer. *La Gazette de Savannah* dit qu'Nehemiah était l'meilleur homme d'affaires noir affranchi d'la ville.

Nehemiah est mort sans avoir sauté l'balai avec qui qu'ce soit. J'aime pas penser à ça donc j'le fais pas. J'me demande s'il avait des sœurs et des frères. Il a jamais rien dit d'ça.

Miss Scarlett est d'nouveau à l'Académie des filles où les garçons font les imbéciles.

Le 2 décembre, Maître John Brown est pendu. Miss Scarlett dit : « Brown a déjà bien gâché mon anniversaire. Je suis contente qu'il ne gâche pas aussi Noël. »

C't'année-là, Tara installe un d'ces nouveaux arbres d'Noël dans l'salon. J'comprends pas c'qu'un cèdre a à voir avec l'Enfant Jésus mais les Blancs aiment bien. Y a un bal aux Douze Chênes, puis à Tara, puis à Fairhill, mais certaines personnes vont pas à Fairhill parce qu'Maître Jim est en faveur d'l'Union. Miss Scarlett y va pas parc'qu'Miss Béatrice lui en veut toujours à propos d'Belzébuth.

– 10 –

Nous faisons sécession

J'ai perdu presque tous ceux qu'j'aimais et presque tous ont connu une mort violente. J'sens l'souffle d'la guerre comme celui d'un lion enragé et j'commence à m'souvenir. J'peux pas m'en empêcher. J'déteste dormir. Nuit après nuit, je m'souviens d'c'panier en osier qui était trop grand pour l'manioc mais c'était l'seul qu'on avait. J'me cachais à l'intérieur en croyant qu'personne m'verrait et j'suppose qu'c'était vrai car ils m'ont pas trouvée quand ils sont venus. J'me cachais dans l'panier.

« *Kote se ke pitit* – oh, où est cette enfant ! » Ma maman chantait, et j'me mettais la main sur la bouche pour pas rire.

Les planteurs parlent plus du temps ni du prix du coton. Ils parlent de qui veut être président et de c'que fait l'Congrès et d'choses comme ça. Quand les planteurs s'plaignent plus du temps ou des prix des récoltes, c'est qu'y a quelqu'chose d'grave. Toute leur vie, les planteurs ont planté, fauché, récolté et s'sont inquiétés du temps et des prix. C'est toujours la même chose et ça change à peine. Mais plus maintenant. Les choses avancent plus vite qu'la locomotive d'Atlanta. C'printemps-là, l'parti démocrate s'divise en deux et l'parti d'l'Union s'réveille ; certains maîtres sont pour l'un, d'autres maîtres sont pour l'autre. Le 4 juillet, nous allons à Jonesboro pour écouter l'discours d'Stephens, un membre du Congrès. Miss Ellen voulait pas y aller mais Maître Gérald lui dit qu'Maître John Wilkes sera sur l'estrade avec Stephens et les p'tits Blancs seront p'têt tapageurs et qu'Maître John a besoin d'tous ses amis.

Pork m'dit qu'Maître Gérald a deux pistolets dans sa veste mais j'dois pas l'dire à Miss Ellen ou aux filles. Pork nous accompagne pas. Pork dit qu'les Noirs ont pas à s'mêler des querelles des maîtres.

Jonesboro est rouge, blanc et bleu, et y a des drapeaux partout. Au-d'ssus des rails, à l'ombre des arbres, y a une estrade avec encore plus d'drapeaux où Maître John Wilkes et Maître Jim Tarleton discutent avec quelqu'un d'si p'tit qu'on aurait dit un p'tit garçon vêtu des vêtements d'son papa. L'p'tit homme est pâle comme s'il était mort depuis la veille, mais il parle avec effusion et serre l'bras d'Maître Jim si fort qu'sa veste a des plis. J'suppose qu'cet homme c'est Maître Stephens.

Les hommes blancs qui sont en faveur d'la sécession sont à l'est du dépôt et ceux qui sont pour l'Union sont à l'ouest. Les aînés des garçons Tarleton sont à côté d'leur papa. Boyd porte un d'ces fusils à plomb et Tom garde sa main dans sa poche. Raif et Cade Calvert sont pas loin. La maman des garçons Calvert est une yankee.

Miss Ellen parle avec Maîtresse Calvert parc'que personne d'autre l'fait.

Il fait une chaleur d'juillet. Les dames sont à l'ombre des parasols d'soie et s'éventent avec des éventails de plumes. Les jumeaux Tarleton, Stuart et Brent, s'moquent pas mal d'la politique. Ils sont sous un arbre à faire la cour à India Wilkes.

C'est bientôt midi et les hommes s'mettent à grogner mais ils s'arrêtent quand les fûts d'whisky arrivent. J'pense qu'ils sont arrivés en r'tard exprès. Les Blancs et l'whisky font pas bon ménage.

J'suis sur l'quai du dépôt, loin d'la foule. L'domestique d'Maître John, Mose, est l'seul autre Noir présent. « Qu'est-ce qu'vous pensez d'tout ça, Mama ?

— J'pense qu'on devrait pas être là. »

Y a un cri v'nant du chariot à whisky dans notre direction. Nous entrons dans l'dépôt où on peut plus nous voir mais où nous pouvons regarder par la fenêtre.

Y a des horaires d'train affichés près d'la fenêtre. Mose peut lire un peu et m'dit qu'chaque jour six trains partent de Jonesboro vers l'Sud et qu'huit trains arrivent du Sud à Jonesboro. J'dis qu'j'ai pas besoin d'savoir lire pour savoir ça. Mose dit qu'y a deux trains d'plus qui arrivent du Sud et qu'un jour, l'Sud aura plus d'trains. J'y connais rien aux trains.

« Regarde Miss Scarlett, j'dis. Regarde comment elle s'approche des jumeaux Tarleton comme si elle pensait à rien. C't'une belle journée pour une promenade. "Oh bonjour Stuart ! Bonjour Brent ! Quel hasard de vous rencontrer ici !"

— Miss Béatrice dit qu'Miss Scarlett est une…, dit Mose.

— J'sais c'que dit Miss Béatrice, j'dis. Tout l'monde le sait. »

Bien qu'Maître Wilkes est en faveur d'l'Union, personne lui en veut car Maître John passe son temps à lire ses livres et à planter son coton trop tard. Mais les gens sont inquiets qu'Maître Jim Tarleton soit pour l'Union car il est riche, il parie, il galope partout et il boit et son coton est vendu au prix fort. Comme les enfants qui attrapent la varicelle, p'têt qu'les autres maîtres finiront par être contaminés par Maître Jim et être en faveur d'l'Union eux aussi ?

C'rassemblement est pour l'Union, mais la plupart des gens qui sont là sont en faveur d'la sécession, c'est pour ça que l'whisky est arrivé tard. Maître Jim lève les mains et tout l'monde s'tait, sauf ceux qui ont encore l'verre vide.

Il présente l'homme maigre qui est bien l'membre du Congrès Stephens comme j'l'pensais. Maître Jim dit qu'Maître Stephens est un grand homme blanc d'la Géorgie à cause de c'qu'il est et de c'qu'il a fait.

J'l'vois au visage sans charme d'India Wilkes qu'Miss Scarlett a jeté son dévolu sur les jumeaux Tarleton. Ils ont la bouche ouverte comme des enfants arrachés au sein d'leur mère. Y a des applaudissements et des huées pour Maître Stephens. Sa voix est plus grosse qu'lui et même d'loin on entend tous les mots.

« Ô Jérusalem, Jérusalem, toi qui tues les prophètes et lapide ceux qui te sont envoyés... », c'qui fait taire les huées car c'est comme si on huait Dieu lui-même. Il cite pas longtemps la Bible et parle tout d'suite de c'qui agite l'assemblée : « Est-ce que les gens de Géorgie doivent faire sécession de l'Union si monsieur Lincoln est élu à la présidence des États-Unis ? Mes compatriotes, laissez-moi vous dire, franchement, sincèrement, honnêtement, que je ne pense pas qu'ils devraient. »

Dieu ou pas, y s'fait encore huer à c'moment-là. Les hommes près du chariot à whisky huent vraiment fort.

Maître Stephens dit qu'les planteurs ont « prospéré malgré le gouvernement général ».

Mais il dit qu'sans c'gouvernement, les planteurs s'raient pas si bien lotis. Il a calculé qu'les biens en Géorgie valent deux fois plus que c'qu'ils valaient dix ans plus tôt. J'me demande si Mose et moi faisons partie d'ces biens-là.

Les gens écoutent respectueusement Maître Stephens mais quand il termine son discours en disant qu'si la Géorgie fait sécession, il fera sécession avec elle, ils applaudissent. « Sa cause est ma cause et son destin est mon destin ; voilà notre chemin ultime. » Tout l'monde applaudit jusqu'à s'faire mal aux mains, les Tarleton et les Calvert aussi. Ces garçons-là ont jamais vu du sang couler d'un panier d'manioc.

*
* *

Nous avons un bel et long automne. Les feuilles virent au rouge sang et à l'or pour nous rappeler c'qu'on risque de perdre. Lincoln est élu et ceux qui étaient en faveur d'l'Union commencent à parler d'sécession et les Unionistes qui ont pas changé d'avis sont plus silencieux qu'jamais.

Quand Miss Scarlett termine l'Académie des filles, elle rentre à Tara. Quand il fait bon elle s'promène à cheval avec Maître Ashley et quand il fait froid ou qu'y a du vent, ils restent dans la bibliothèque des Douze Chênes. Miss Scarlett connaît rien aux peintures, aux pays européens et s'moque bien d'lire des livres donc j'suppose qu'elle fait qu'écouter. P'têt que les manières d'Maître Ashley ont fini par déteindre sur elle.

Les bals à la campagne sont pas comme ceux d'Savannah mais cette année, ils sont aussi grandioses qu'possible. Toutes les maisons sur les plantations ont leur arbre de Noël. L'arbre des Munroe s'est embrasé, mais ils l'ont éteint à temps. Hetty Tarleton s'est approchée d'trop près d'la cheminée et sa robe a pris feu, mais son papa et Maître Jim l'ont fait rouler par terre et éteint l'feu avant qu'elle brûle tout entière. Ashley Wilkes dit à Miss Ellen qu'le bal d'Tara est aussi magnifique qu'ceux en Europe. J'suppose qu'l'Europe est pas aussi grandiose qu'Savannah alors.

Miss Scarlett fauche les jeunes gentlemen comme s'ils étaient du blé mûr. Cade Calvert est si timide qu'il bégaie quand il lui adresse la parole alors il galope chaque matin jusqu'à Tara pour déposer une fleur sur la chaise d'Miss Scarlett sur l'porche. Une fleur chaque matin. La plupart du temps, quand il arrive, la fleur d'la veille est encore sur la chaise alors il l'échange contre une nouvelle. Quand y a plus d'fleurs, il laisse des grappes de houx, d'amélanchiers, d'cerisiers.

La Caroline du Sud fait sécession d'l'Union alors la Géorgie veut faire sécession aussi et fait appel à la législature pour savoir comment on fait. Maître Jim Tarleton va à la législature et ses fils aînés Boyd et Tom l'accompagnent. Maître Jim dit qu'« ils vont être témoins de l'Histoire ».

La législature vote pour quitter l'Union et les planteurs d'la campagne organisent une milice. Ils veulent trouver un nom fort pour cette milice, quelqu'chose comme les Gris d'Clayton ou les Fusils d'la Campagne ou les Durs ou les Toujours-Prêts. Maîtresse Calvert coud un drapeau avec une coque d'coton d'ssus, mais quelques miliciens plantent pas du coton et Maîtresse Calvert est une yankee alors ils la remercient et appellent leur troupe la Troupe, l'même nom qu'avant. Ashley Wilkes est l'capitaine et Raiford Calvert est l'lieutenant. Y a pas assez d'gentlemen-cavaliers pour la troupe, alors les non-gentlemen qui ont pas d'chevaux s'font offrir des chevaux par ceux qui en ont. Quand Miss Béatrice donne ses chevaux, elle dit qu'elle veut les revoir en bonne santé, comme ils sont maint'nant. Tout l'monde croit qu'ils feront une seule bataille, qu'les yankees s'enfuiront et qu'la Géorgie fera sécession.

Quand les cavaliers d'la Troupe s'exercent sur l'champ d'courses de Jonesboro, en riant et en agitant leurs épées, la brume autour d'eux est si épaisse qu'j'sais plus s'ils sont encore d'ce monde ou s'ils ont déjà un pied dans l'autre. Tous les garçons, les joyeux, les tristes, les enthousiastes, les aigris, les courageux, les peureux, tous ont d'la brume autour d'eux.

La semaine dernière, Dilcey était dans la calèche d'Maître John. Elle rentrait d'chez les Slattery car Miss Slattery attend un bébé. Y avait des orages, des éclairs et une pluie battante et quand Dilcey a regardé par la fenêtre, elle a vu des jambes d'cheval. Quel cheval possède des jambes aussi hautes qu'une calèche ? Dilcey a fermé les yeux. Quand elle a demandé à Jincy, çui-ci a dit qu'il avait rien vu.

Certaines nuits, les Quatre Cavaliers sont si proches d'Tara qu'j'entends l'bruit d'leurs sabots.

Qu'est-ce qu'ça s'ra quand y aura plus rien ? Plus d'Tara, plus d'Douze Chênes, plus de Jonesboro, plus d'Atlanta, plus d'chemin d'fer, plus d'champs d'coton, plus d'vaches laitières, plus d'poulets, plus d'cochons, plus rien ? Comment ça s'ra quand tous les garçons seront couchés à côté des trois Gérald ?

J'reste éveillée bien après minuit, à repriser. Miss Ellen m'dit qu'c'est pas mon travail d'repriser, qu'Rosa pourrait l'faire. J'lui dis pas qu'j'dors pas à cause du panier d'manioc et d'ma chère Martine et du pauv Jehu qui a été pendu parc'qu'il voulait garder la tête haute.

*
* *

Tout l'monde s'réjouit d'voir les garçons agiter leurs épées et les hommes font la courbette aux dames et les jumeaux Tarleton font la course d'long en large sur l'champ d'courses et l'vieux monsieur MacRae, qui a combattu pendant la guerre du Mexique, dit aux garçons qui ont jamais été à la guerre comment c'est terrible, mais ça les décourage pas, au contraire, ça a l'air si glorieux ! Ça peut pas être si terrible qu'ça pour eux ! Maître Ashley étudie un livre d'manœuvres militaires, et quand il lance des ordres, ils rangent leurs épées et s'mettent plus ou moins en rang, et quand l'capitaine Wilkes crie à nouveau, ils dégainent en même temps leurs épées, ça scintille et ça fait un grincement comme j'ai jamais entendu d'ma vie et que j'veux jamais réentendre.

Les garçons qui ont l'droit d'être amoureux d'Miss Scarlett sont amoureux d'Miss Scarlett. Les filles sont jalouses. Honey et India Wilkes, Betty Tarleton, Sally Munroe – même les sœurs d'Miss Scarlett sont jalouses. Est-ce qu'ça inquiète Miss Scarlett ? Pas l'moins du monde. Elle éblouit l'garçon qu'elle veut et avant qu'çui-ci ait fini de s'pavaner, elle est loin déjà.

Miss Scarlett est comme une grive, tellement obsédée par son chant qu'elle s'moque de qui entend sa voix.

P'têt qu'elle souhaite pas flirter avec les garçons mais c'est bien c'qu'elle fait et rien d'autre. Quand Stuart Tarleton s'fait virer d'l'université, il dit à Miss Scarlett qu'il s'est fait virer exprès pour être près d'elle. Miss Scarlett fait semblant d'le croire ! Elle dit au jeune Maître Tartelon qu'il « ne devrait pas gâcher son avenir » pour elle. Stuart dit qu'p'têt il a pas d'avenir. Il dit ça sans y croire comme les garçons disent les choses sans y croire mais juste pour s'faire bien voir d'Miss Scarlett.

Les garçons peuvent pas s'« retenir » ni « attendre un moment ». Ils veulent c'qu'ils veulent tout d'suite. Les filles qui sont bien éduquées peuvent les éloigner. Les filles qui sont pas éduquées font des promesses à moitié, des clins d'œil jusqu'à c'qu'ils s'calment. J'veux pas connaître les rêves d'ces garçons, la nuit.

La Troupe fait des manœuvres deux fois par semaine et après avoir bien agité leurs épées, ils s'retrouvent à la taverne Roberston, parc'que l'patriotisme, ça donne soif.

Jeems est avec les jumeaux Tarleton, comme toujours. Jeems est un vaurien. Il a une femme chez les Munroe et Darcy, chez les Tarleton, attend un enfant d'lui. Jeems est l'seul Noir admis au Roberston quand la Troupe s'congratule, s'excite, boit et fait peur aux yankees dans la taverne. Jeems sait comment s'fondre. Il s'fond dans c'qu'il veut.

Les garçons boivent et s'vantent de c'qu'ils feraient aux yankees jusqu'à c'que Cade Calvert dise : « Les yankees ne sont pas tous si terribles. Quelques yankees sont ravis de nous voir faire sécession.

– Y a pas de bon yankee », dit Stuart Tarleton.

La belle-mère yankee d'Cade et le papa d'Stuart Tarleton ont voté contre la sécession, c'qui veut dire qu'les garçons ont pas vraiment besoin de s'faire remarquer.

Cade Calvert entend parler d'sa belle-mère depuis qu'il est tout p'tit. Stuart a été viré d'deux universités et il est sur l'point d'se faire virer d'la troisième. « Espérons que les yankees seront heureux de nous voir partir, dit Cade Calvert. Bon débarras.

– Qu'est-ce que tu veux dire par là ? demande Stuart Tarleton.

– Qu'est-ce que tu veux dire par "qu'est-ce que je veux dire" ? » dit Cade Calvert. Et pour faire bonne mesure, il ajoute : « Espèce de rouquin de fils de pute. » Il plonge la main dans sa poche. En vrai, il a rien dans sa poche à part sa pipe qu'il s'apprête à allumer pour montrer son mépris pour Stuart Tarleton, mais Stuart pense qu'il cherche son pistolet alors il sort l'sien et tire avant même d'viser correctement et la balle atteint la jambe d'Cade Calvert et Cade crie : « Fichtre ! », et renverse une table en s'écroulant par terre.

L'jeune docteur Fontaine arrive et découpe l'pantalon d'Cade pour voir l'étendue d'la blessure et Cade est furieux comme un ours car c'sont ses hauts-d'chausses militaires.

La balle a traversé la jambe, a touché aucun os et Cade Calvert s'est pas vidé d'son sang, donc tout l'monde en fait une blague.

Les maîtres blancs aiment rire quand ils ont peur.

Quand Miss Scarlett entend parler d'l'incident, elle demande à connaître l'moindre détail jusqu'à c'qu'elle apprenne qu'ils s'disputaient pour la politique et pas pour elle.

– 11 –

Comment j'rencontre l'fils du bourreau

La campagne est l'plus bel endroit que l'bon Dieu ait créé. C'est pas l'paradis mais c'est c'que les pécheurs comme nous peuvent trouver d'mieux. Maître Gérald a un grand cœur et l'cœur d'Miss Ellen est plus vraiment là, mais elle essaie toujours d'faire pour l'mieux. Miss Scarlett, elle… est… c'qu'elle est. Chaque p'tite fille qu'j'ai rencontrée dans ma vie avait un p'tit peu d'Miss Scarlett mais personne était comme Miss Scarlett à part Miss Scarlett elle-même !

L'matin du barbecue des Wilkes, tous les nuages s'en vont et tout l'monde est content. Big Sam, Teena, Rosa, Dilcey et la cuisinière sont déjà aux Douze Chênes pour aider. Les O'Hara montent dans la calèche et Maître Gérald conduit, comme il l'fait toujours. Les jeunes sont pleins d'vie. J'les ai jamais vus si pleins d'vie. Oh, qu'ils étaient beaux et en pleine forme. Les jeunes filles aiment être amoureuses. Les jeunes filles sont comme des boîtes à musique, elles jouent la même musique encore et encore sans jamais s'poser d'questions.

L'bois d'rose et l'arbre d'Judée et l'pommier sauvage et l'laurier et l'prunier sont tous en fleurs et tandis qu'nous avançons sur l'chemin, nous passons à travers les parfums d'bois d'rose, puis d'l'arbre d'Judée puis du pommier sauvage puis du prunier et c'est comme entendre des p'tits bouts d'français, puis d'créole, puis d'anglais, puis d'cherokee.

Maître Gérald a emmené Dilcey et son idiote de fille, Prissy. J'suppose qu'ça m'va. J'crois que Dilcey et moi on s'est regardés en chiens d'faïence pendant un moment mais après on a réglé les choses. Maître Gérald s'est enfin débarrassé du contremaître Wilkerson. Il était grand temps.

J'oublie mes chagrins et j'suis pleine d'entrain et gaie sous l'beau soleil du bon Dieu. Quoi qu'je fasse, c'qui doit se passer se passera.

Quand nous arrivons aux Douze Chênes, nous sommes accueillis d'toutes parts. Les garçons d'écurie des Wilkes retiennent nos chevaux tandis qu'les O'Haras descendent à la fête. Frank Kennedy fait la cour à Suellen alors il l'aide à descendre et avant même qu'elle reprenne son souffle, il lui demande s'il peut lui apporter quelqu'chose à boire. Maître Gérald salue Maître John et Honey est aux côtés d'son papa, jouant à la maîtresse des Douze Chênes. Les filles O'Hara roucoulent et gazouillent comme d'habitude, sauf Miss Scarlett qui est sur la réserve car elle est Miss Scarlett.

La plantation des Douze Chênes a la plus grande maison du comté. Y a des colonnes. Y a pas d'porche comme à Tara, aux Douze Chênes y a une « véranda ». Les parfums d'rose s'mêlent aux parfums du barbecue.

Y a un homme dans l'ombre d'la véranda. Il est à part. Il est pas d'ici. L'homme aux cheveux noirs est en train d'regarder Miss Scarlett. Il s'approche pas, il fait rien, il fait qu'la regarder ! Pas besoin de demander s'il est dangereux. La première fois qu'vous entendez l'serpent à sonnettes, vous savez qu'il est dangereux !

C'est comme si l'soleil avait glissé derrière un nuage et qu'la joie d'tous était qu'une mise en scène. Je frissonne.

Assez ! J'vais derrière où les Noirs s'occupent du barbecue et des tables. Les tables sont à l'ombre des arbres, Pork et Mose sont en train d'installer l'argenterie. Big Sam transpire devant l'brasero d'barbecue. Big Sam est connu pour ses barbecues.

Y a pas qu'les maîtres et les maîtresses qui doivent avoir des manières. L'barbecue aussi doit être fait avec manière.

Déjà, l'barbecue est en plein air, pas dans une salle à manger étouffante. La fumée du barbecue embaume les ch'veux des dames et l'whisky doit être caché derrière une haie d'buis pour qu'les baptistes prétendent qu'ils en ont pas. Il faut avoir bien trop d'barbecue pour qu'tout l'monde mange bien plus qu'il devrait ; des biscuits, des pissenlits et des légumes grillés pour les Blancs, des tripes, des jarrets et des ignames pour les Noirs. Les tables des Noirs doivent être assez loin d'celles des Blancs pour éviter qu'les Noirs entendent les conversations mais assez près pour qu'les Noirs puissent bondir d'leur chaise quand on les appelle. Les jambons d'Able Wynder ont des manières. Ses cochons sont en liberté, grignotant du maïs jusqu'à l'automne, jusqu'à c'qu'les nuits deviennent froides. Quand les cochons sont tués, ils sont ébouillantés, grattés, les boudins et les saucisses d'foie sont faits l'jour même et les tripes sont brossées et trempées dans la saumure. Les jambons sont salés pendant dix jours avant qu'on les mette dans l'fumoir. Ils sont retournés tous les jours pour pas s'affaisser d'un côté ou d'l'autre. L'feu est si doux qu'vous pouvez passer votre main entre l'feu et l'jambon. L'jambon est fumé, pas brûlé. Pendant deux mois, ils sont fumés. Ensuite, accrochés dans un garde-manger à viande frais et sombre, ils sont mis au repos. On mange des jambons d'l'automne dernier, avant l'élection d'Lincoln, avant la sécession d'la Caroline du Sud, avant qu'les jeunes maîtres décident d'aller à la guerre. Y a d'l'histoire dans ces jambons. Ça c'est du jambon !

Y a des barbecues d'anniversaire et des barbecues d'baptême et des barbecues d'funérailles. Aujourd'hui, c'est un barbecue d'fiançailles. Mélanie Hamilton est fiancée à Ashley Wilkes. Ils sont assis un peu à l'écart. Il est perché sur un tabouret d'laitier à ses pieds. Ils sourient comme s'ils étaient Adam et Ève, les seules personnes sur Terre.

Parfois j'me souviens d'ce sentiment-là mais c'est rare. Y a des choses qui sont faites pour être vécues par les jeunes et regrettées par les vieux. Parfois j'me demande comment j'suis arrivée ici. Parfois j'crois que j'devrais être ailleurs.

Quand les Blancs ont tout c'qu'ils désirent, les Noirs peuvent s'asseoir. Rosa et Toby ont installé un fauteuil pour moi, en tête de table. Mose est à ma droite, Pork et Big Sam à ma gauche. Jeems est assis sur l'herbe à nos pieds. Nous parlons d'çi et d'ça et j'me renseigne sur l'homme aux cheveux noirs qui a fini d'manger et qui fume l'cigare avec Maître John.

Mose dit qu'l'homme a accompagné Frank Kennedy. L'homme brun est en affaires avec Maître Frank, qui lui achète chaque balle d'coton qu'Frank Kennedy r'vend. « Maître Butler dit qu'nous allons à la guerre. Les Fédéraux vont nous imposer l'blocus. Donc tout l'coton qui s'vend en Angleterre doit partir maintenant pendant qu'les prix sont encore bons.

— Butler ? j'murmure.

— Maître Rhett Butler, dit Pork.

— D'où est-ce qu'il vient ?

— Charleston, Pork répond. Sa famille a une plantation sur la rivière Ashley. »

L'soleil glisse à nouveau derrière un nuage mais cette fois-ci il réapparaît pas. C'est comme si la foudre m'avait frappée. Pork et Mose y prêtent pas attention mais Jeems m'demande si j'veux du thé ou d'l'eau d'source.

Pork et Mose s'font pas prier pour parler d'l'homme aux cheveux noirs car il est scandaleux ! Il a une d'ces affaires avec la lumière rouge d'vant la fenêtre et des hommes respectables s'glissent à l'intérieur par la porte d'derrière pour acheter et vendre. L'homme aux cheveux noirs a été si souvent sur les terres des yankees qu'il est presque un yankee lui-même. Il a un fils illégitime à La Nouvelle-Orléans. J'pose ma fourchette. J'bois d'l'eau d'source. Avaler m'fait mal. L'homme aux cheveux noirs a passé une nuit entière avec une jeune fille et quand l'frère d'celle-ci l'a confronté, il l'a tué.

Tout tourne autour d'moi. Jeems m'demande si j'vais bien. « Bien sûr qu'j'vais bien ! Frank Kennedy est au courant d'ce scandale mais il fait des affaires avec lui quand même ? »

Pork répond : « Maître Kennedy a envoyé un télégramme à la banque. Butler a d'l'argent. » Pork réfléchit un moment. « P'têt qu'il s'croit un gentleman mais il est pas un gentleman d'Savannah. »

Jeems dit qu'c'est l'meilleur barbecue qu'il ait jamais mangé. Mose dit : « C'est comme d'habitude. »

Rhett Butler est ce p'tit garçon né avec la coiffe serrée dans son poing. L'odeur d'la viande grillée est si forte et lourde qu'elle m'étouffe. J'me lève brusquement et Pork m'demande pourquoi mais j'vais directement aux cabinets et rejette tout c'que j'ai mangé.

Quand j'sors, Dilcey m'tend un torchon humide et j'essuie mon front transpirant. Dilcey et moi on va bien s'entendre. J'prends d'l'eau, la recrache et m'essuie la bouche aussi.

Quand j'm'assieds à nouveau, j'tourne ma chaise d'façon à pouvoir regarder Butler qui est en train d'regarder Miss Scarlett qui est la reine des abeilles dans la ruche, avec tous les hommes et les garçons qui bourdonnent autour d'elle. J'regarde Butler qui regarde Miss Scarlett et non – je dois m'tromper ! c'est impossible ! – elle peut pas regarder Maître Ashley ! Mais si !

J'ai l'tournis. Tous mes chagrins s'réveillent et grouillent dans ma tête et Miss Scarlett regarde Maître Ashley et j'me suis trompée sur ça aussi. Les mamas doivent pas s'tromper ! Personne remarque c'que mijote Miss Scarlett à part c'Butler et moi-même et p'têt aussi Maître Ashley, même s'il semble prêter attention à personne d'autre qu'à Miss Mélanie. Oh, qu'est-ce qu'il l'adore sa Mélanie ! Et Miss Scarlett, elle est en train d'lui montrer celle qu'il devrait adorer à la place, regardez, regardez tous ces hommes à ses pieds !

J'ai jamais rien vu d'pareil. J'pensais qu'ils étaient comme frère et sœur, j'savais pas qu'Miss Scarlett désirait Maître Ashley. Ils sont si différents. Aussi différents qu'la campagne et la ville !

Butler sent mon regard sur lui, il s'tourne et lève un sourcil comme si on était complices, comme si lui et moi on était les seuls à savoir c'qui s'trame. Il est pas si fier et arrogant, non. Ses yeux sont rieurs. J'baisse mon regard.

Après un moment, les Blancs ont fini d'manger et d'fumer leurs cigares. Maître Wilkes débarrasse Miss Mélanie d'son assiette. Miss Mélanie sent qu'j'la regarde et elle m'sourit comme si on était d'la même famille, c'qu'est pas l'cas. Les Noirs s'affairent, débarrassent les assiettes, servent du vin ou du whisky aux gentlemen et encore du dessert pour ceux qui en veulent.

Quelqu'un dit quelqu'chose d'politique, et ça réveille l'assemblée. Les femmes protestent et s'dépêchent d's'lever tandis qu'les hommes s'regroupent comme une meute de chiens prêts pour la bagarre. Pork continue d'me parler d'Rhett Butler sans qu'j'lui demande quoi qu'ce soit. Son papa est un homme important, son papa l'a déshérité. Oh Pork, j'sais tout c'que j'dois savoir sur les Butler !

Jeems s'met à parler aussi : « Maître Stuart apprécie pas Maître Rhett. Stuart dit qu'Maître Rhett est trop prétentieux. Stuart veut l'défier ! »

J'suis fatiguée à mort d'tous les hommes, d'leurs parades, d'leurs manières ! Qui est l'plus grand ! Qui est l'plus riche ! Qui a la plus grande maison ! D'vant qui les hommes doivent s'courber ! J'suis fatiguée des hommes !

Rhett Butler commence à parler et j'me dis qu'c'est p'têt l'occasion pour Stuart de l'défier. Tous les hommes du comté d'Clayton ont l'même avis sur la guerre : ils vont la faire et ils vont la gagner. Les doutes qu'certains avaient ont été mâchés et avalés. Les doutes sont pas permis ici !

Mais c'Rhett Butler, qui a mauvaise réputation, aucun ami et aucune famille à la campagne, déclare qu'les gens d'la Géorgie seront écrasés par les yankees et s'ils l'savent pas encore, c'est qu'ils sont ignorants comme des cochons.

Y a pas qu'Stuart qui s'vexe. Y s'mettent tous à grogner, à murmurer, à recracher avec force leur tabac comme si l'sol était l'œil même d'Butler. Un mot d'plus. Il suffit d'un mot d'plus pour régler ça entre hommes. Ils l'réclament c'mot-là, ils l'implorent. Mais Butler s'arrête net, sans leur donner c'qu'ils demandent et c'est la chose la plus cruelle qu'il ait faite c'jour-là. Maître John va vers lui et ils parlent doucement comme si y avait pas des dizaines d'hommes enragés autour d'eux. Les deux remontent vers la maison comme les meilleurs amis du monde. C'était fini. Personne offenserait Maître John l'jour des fiançailles d'son fils. Stuart dit, d'une voix assez forte pour qu'les autres l'entendent : « Je pense qu'on va retrouver monsieur Butler un de ces jours. » Les autres hochent la tête.

Les hommes blancs partent, les Noirs nettoient et les dames rentrent à l'intérieur s'reposer avant l'bal d'ce soir.

J'devrais être debout en train d'travailler, j'arrive pas à m'lever. Les Noirs bougent en silence et l'vert autour d'moi tremble comme la rivière Flint sous l'soleil. Sous cette rivière éclatante, j'vois Miss Scarlett et Rhett Butler ; ils sont debout d'vant un cercueil si p'tit qu'ça doit être c'lui d'un enfant. Ils s'tiennent côte à côte, mais ils sont pas ensemble et s'tiennent pas par la main. L'soleil bondit sur l'eau et ils sont en train d'conduire une calèche à toute vitesse à travers les routes où les maisons, les bâtiments et tout c'qui les entoure brûlent.

Dilcey dit : « Mama… ? »

— J'vais bien », j'dis, et j'ferme mes yeux très forts pour qu'les esprits sortent d'là. J'veux pas savoir ! J'veux pas ! L'bon Dieu, aidez-moi !

Dilcey m'berce et m'essuie l'front comme une mère ferait avec son enfant et j'la laisse presque faire, ça fait si longtemps…

J'ouvre mes yeux. « J'boirais bien un peu d'eau », j'dis et elle m'en apporte.

Les bancs sont rangés. Les chaises empilées les unes sur les autres, les grandes casseroles et les plateaux et les grandes pinces ont été lavés et mis à sécher sur l'herbe. Qu'feraient les Blancs sans nous ? Comment ils feraient pour planter et faucher et récolter leurs plants et comment ils feraient pour cuisiner et faire leurs barbecues sans leurs Noirs ?

Les Blancs s'reposent. Les O'Hara sont dans la chambre d'Honey Wilkes, les robes de bal des filles sont suspendues à la porte d'l'armoire, Carreen et Suellen sont pelotonnées par terre et leurs parents sur l'lit à baldaquin où Maître Gérald prend presque toute la place. Miss Ellen s'redresse et m'sourit quand elle m'voit mais j'lui fais un signe de tête comme si j'ai des choses importantes à faire ailleurs et elle s'laisse retomber sur l'oreiller.

Miss Scarlett est ni dans le jardin ni sur la véranda et y a personne dans la cuisine à part la cuisinière qui ronfle sur sa chaise. J'pense à Miss Katie sur Belzébuth avec ses cheveux cachés sous sa casquette d'jockey, elle voulait tellement courir, courir contre tous les hommes et les battre, et j'avais peur pour elle à c'moment-là et j'ai peur pour elle maint'nant. J'suis la mama d'Scarlett ! J'suis sa mama !

J'suis dans l'couloir quand j'entends un cri d'Miss Scarlett, un cri d'douleur et d'rage. C'cri fait dresser les cheveux sur ma tête. Comme un homme qui s'échappe d'la prison, Maître Ashley sort en courant d'la bibliothèque. Y m'voit pas, y voit rien. Son esprit est toujours dans la pièce qu'il vient d'quitter.

L'silence est si lourd qu'j'entends les rayons d'soleil toucher les grains d'poussière. Puis y a un grand bruit dans la librairie, comme si quelqu'chose s'était brisé. Mon cœur bat à tout rompre. L'diable a été très occupé aujourd'hui. J'perçois deux voix mais j'arrive pas à entendre c'qu'elles disent.

Puis Scarlett sort en courant comme Maître Ashley et son visage est blanc et déformé par la colère. Derrière elle, la poursuivant comme un chien poursuit un lièvre, un rire d'homme. Un rire moqueur.

Scarlett est si enragée qu'elle passe d'vant moi sans mot dire, bien qu'j'puisse la toucher. Tout est calme à nouveau. L'horloge du couloir marque les secondes et les minutes et les années.

J'entends craquer une allumette. Un homme fredonne. J'sens l'cigare. Malgré moi, j'suis attirée dans cette pièce. Les murs sont r'couverts d'livres. Des livres au-d'ssus et en d'ssous des fenêtres. Des livres rouges et des livres noirs et des livres verts et des livres bleus. Y a des livres sur la table à côté du canapé et d'la chaise où Rhett Butler fume son cigare. Ceux qui ont vu Lucifer disent qu'il est beau. Ses cheveux sont noirs comme une nuit sans lune, ses yeux rient toujours même quand sa bouche rit pas. Comme un chat, il est sournois et avance à pas feutrés. Comme Belzébuth, il vous tuerait avant d'vous laisser l'monter.

J'm'agenouille pour ramasser l'assiette qui s'est cassée. Rhett Butler pense à c'qu'il pense. J'suis rien pour lui : une vieille grosse servante noire qui ramasse les restes.

J'mets les morceaux d'vaisselle dans la poche d'mon tablier, et j'me mets debout et j'attends qu'il m'remarque.

Son sourire est curieux mais il est pas malveillant.

« Maître Butler, j'lui dis, votre papa a pendu mon mari. »

Ça l'secoue d'ses pensées et il m'regarde comme j'ai été rarement regardée. Il soutient mon regard un moment mais j'ai dit la vérité. Après un moment, il souffle et dit : « Mon père a moins de componction que la plupart des gens. »

J'sais pas c'que c'est qu'la componction, mais Lansgton Butler en a sûrement aucune.

J'ai tant à dire qu'j'peux à peine parler. « J'vous ai vu. »

Maître Butler dit : « Je ne peux pas dire que ça me réjouit. En règle générale, j'aime rester discret. Comme vous le savez, les gens réussissent mieux quand on les sous-estime. »

Une fois qu'j'ai compris c'que ça voulait dire, j'hoche la tête. J'le vois et il m'voit. Seigneur, comme j'ai envie d'pleurer. J'peux pas ignorer c't'homme comme j'peux pas ignorer Miss Scarlett.

« Mes condoléances », il dit d'une voix sincère.

Il m'sourit, comme s'il devinait pas tout l'mal qu'lui et Miss Scarlett vont faire en s'aimant. J'lui dis pas c'qui va arriver. Je sors d'la bibliothèque d'Maître John avec la vaisselle brisée que j'jette dehors dans la cour. Ensuite j'remonte lentement comme la vieille grosse Négresse qu'j'suis devenue.

– 12 –

Kote se ke pitit ?

La tempête fait c'qu'elle doit faire et s'en va dans la mer. Tous les garçons et les filles qui voulaient s'marier sont mariés et les garçons sont partis à la guerre.

Les dés sont jetés !

Après l'barbecue des Douze Chênes, Maître Charles Hamilton s'rend compte qu'il aime pas Miss Honey Wilkes autant qu'il aime Miss Scarlett O'Hara, c'qui est pas vraiment une nouvelle, mais quand Miss Scarlett dit oui, on reste tous bouche bée. Les gens pensent qu'elle s'marie parc'qu'les jeunes gens vont à la guerre alors les jeunes femmes s'dépêchent d'les épouser.

J'y crois pas, moi. Miss Scarlett s'fiche bien d'la guerre ou du courage des garçons ou d'quoi qu'ce soit. Elle a jamais rien fait d'totalement désintéressé, Miss Scarlett doit y gagner quelqu'chose !

L'jour même du barbecue, l'jour même où j'ai rencontré Maître Rhett Butler, l'président Lincoln proclame qu'les États du Sud qui ont pas fait sécession doivent fournir des troupes pour attaquer les États qui ont fait sécession. Les gens d'la campagne ont d'la famille dans l'Sud. S'ils hésitaient encore sur la guerre, ils hésitent plus après ça.

La guerre nous a trouvés. Les arbres de Judée et les acacias fleurissent sur les bords des routes, l'bétail broute, les cochons mangent leur bouillie, les vaches mugissent quand il est temps d'les traire, les vieux s'plaignent, les garçons et les filles tombent amoureux mais rien est pareil. La guerre nous a trouvés.

Tara est sens d'ssus d'ssous depuis l'annonce du mariage d'Miss Scarlett. Même Miss Ellen sait pas quoi faire. Elle est si confuse qu'elle oublie c'qu'elle doit dire et fait tout tomber. Miss Scarlett porte la robe d'mariée d'Miss Ellen. Quand elle descend l'escalier au bras d'son papa, j'verse une larme. J'suis plus la mama d'Katie Scarlett O'Hara.

C'te nuit-là, j'l'aide à s'déshabiller et j'éteins les bougies avant qu'Maître Charles rentre dans la chambre. Miss Scarlett est en train d'se sacrifier pour quoi ou pour qui, j'sais pas.

Il est clair qu'Maître Charles est heureux et r'connaissant d'être un homme marié, mais Miss Scarlett est abasourdie. C'pas la première fois qu'une jeune mariée est abasourdie en découvrant pourquoi les filles montent en amazone donc j'm'en fais pas trop. Maître Ashley et Miss Mélanie s'marient aussi.

Les garçons s'en vont à la guerre en pensant qu'ils seront rentrés avant la fin d'l'été et tout l'monde vient leur dire au revoir au dépôt de Jonesboro. Les Douze Chênes et Tara et Fairhill, tout l'monde est là. Y a tant d'brume mélangée à la fumée au-d'ssus du train des jeunes hommes, j'peux à peine regarder.

Après leur départ, Scarlett s'morfond pendant des jours et des jours à la maison. Miss Ellen pense qu'Maître Charles lui manque trop et lui fait du thé au sassafras tous les jours. J'demande à Miss Scarlett d'quoi elle rêve l'soir. Si elle rêve d'poissons, c'est qu'elle porte l'enfant d'Maître Charles.

Depuis qu'Maître Gérald a renvoyé l'contremaître, il supervise Tara lui-même. Les laboureurs ont pas trop d'travail, mais sont plus efficaces depuis qu'Maître Gérald est là. Maître Gérald est morose à cause d'la guerre et il s'arrête pas d'travailler avant la nuit et va plus aux Douze Chênes. Suellen et Carreen et Honey et India s'retrouvent pour tricoter des chaussettes aux soldats. Tout l'monde retient son souffle. L'vieux monde existe plus, l'nouveau monde existe pas encore. L'accouchement promet d'être douloureux. Il fait chaud et humide pour un début d'été et respirer devient difficile. Les oiseaux arrêtent d'chanter dès qu'la rosée s'évapore d'l'herbe et les colibris sautent péniblement d'fleur en fleur.

J'suis assise sur l'porche avec un verre d'eau quand arrive Miss Ellen. « Ne t'en va pas, Mama. S'il te plaît. »

Alors j'me rassieds. Miss Ellen demande où sont les filles et j'dis qu'elles vont aux Douze Chênes. Miss Scarlett les accompagne.

« C'est bien que Scarlett sorte de la maison. Elle a l'air si malheureuse.

– Oui, Ma'ame. »

Miss Ellen soupire : « Pauvre enfant. Une semaine seulement après son mariage, son mari doit partir accomplir son devoir. »

J'dis rien parc'qu'Rosa apporte à c'moment-là un plateau avec une théière blanche et la tasse de thé bleue d'Miss Ellen. Miss Ellen garde cette tasse bleue dans une vitrine dans l'salon et personne à part elle l'utilise. « Scarlett est la préférée de monsieur O'Hara.

– Oui, Ma'ame.

– La dernière des tasses de ma mère. » Miss Ellen la soulève et l'examine à la lumière. « Je détesterais la perdre.

– Vot' maman avait ces tasses à Saint-Domingue. Elle et l'capitaine Fornier les avait achetées en France.

– Tu avais quel âge ?

– J'sais pas. Y avait pas d'anniversaire à Saint-Domingue.

– Tu te souviens d'autre chose ?

– *Kote se ke pitit.*

– C'est du français ?

– Créole. Ma m'man jouait à un jeu avec moi. J'parle plus créole.

– Ta mère…

– M'souviens plus d'elle. Juste qu'elle jouait à un jeu avec moi.

– Mais sûrement…

– J'étais une enfant, Miss, quand l'capitaine Fornier m'a trouvée. L'capitaine Fornier est à peu près mon premier souvenir. »

J'suis plus bouleversée que c'que j'laisse paraître. J'veux pas m'souvenir, non.

« Capitaine Fornier. Cette affaire d'honneur…

– C't'encore une d'ces choses stupides qu'les hommes blancs s'croient obligés d'respecter !

– Ruth, l'honneur…

– "… doit être respecté." Les Blancs disent toujours ça. Vous savez c'que j'pense ? J'pense qu'l'honneur c'est l'diable, l'666, la Bête d'l'Apocalypse, entièrement faite d'yeux, d'grimaces et d'dents !

– L'honneur d'un gentleman…

– Comment les Noirs font sans honneur ? »

Miss Ellen a la réponse sur l'bout d'la langue, mais elle s'retient. Elle verse son thé. La cuillère tinte contre la tasse bleue.

« Je me demande si Scarlett sera heureuse. »

J'prends une gorgée d'eau.

« Ruth, tu connais ma fille mieux que quiconque.

– Oui, Ma'ame. J'ai connu votre maman et puis vous et j'connais Miss Scarlett et si l'bon Dieu veut bien, j'connaîtrai les enfants d'Miss Scarlett aussi.

– Alors ? »

Les mamas disent pas c'qu'elles savent. Les mamas disent jamais c'qu'elles savent. Mais moi, si, j'le dis. J'sais pas pourquoi mais j'le dis.

« Scarlett s'fiche bien d'Maître Charles Hamilton. Elle s'est mariée pour s'venger d'Ashley Wilkes. »

J'entends la tasse d'Miss Ellen trembler dans la soucoupe.

« Mama !

– Oui, Ma'ame. Si vous voulez entendre autre chose, j'le dirai.

– Ai-je jamais demandé autre chose que la vérité ? »

J'laisse ces mots entrer en moi. J'prends tout mon temps pour bien les assimiler. J'prends si longtemps qu'Miss Ellen s'impatiente. « Ruth…

— J'suppose qu'vous êtes comme la plupart des maîtresses. Vous voulez savoir c'qui vous intéresse et vous laissez l'reste d'côté.

— Est-ce que ma fille sera heureuse ?

— Charles Hamilton est distingué et il a plein d'argent mais il fait pas l'poids face à Miss Scarlett. Belzébuth aurait tué Charles en un clin d'œil. Charles sera plus d'ce monde bientôt d'toute façon. »

Comme j'l'ai dit, Ellen veut savoir c'qui l'intéresse et laisse le reste d'côté et c'que j'dis lui plaît pas.

« Ah, tu *sais* ça aussi. »

J'sens la colère monter en moi et j'dis : « J'vois des choses, Miss Ellen. J'veux pas les voir mais j'les vois.

— Ah… C'est un merveilleux printemps, n'est-ce pas, Mama ? Je ne crois pas me souvenir d'un printemps aussi délicieux. »

Mais j'peux pas lâcher l'affaire.

« Scarlett et Rhett Butler seront ensemble un jour. Ils s'ressemblent. P'têt qu'ils résisteront, ils s'moqueront l'un d'l'autre, ils lutteront, mais c'est deux-là, c'est comme les deux moitiés d'une assiette cassée. Y a qu'la colle qui pourra la recoller en un morceau. »

Elle sourit comme si j'avais perdu la tête.

« Monsieur Butler est un vaurien, Mama. »

J'la regarde droit dans les yeux. « Maître Butler est comme Maître Philippe. Pas différent pour un sou. »

L'sourire d'Miss Ellen s'évanouit et elle répond : « Philippe est mort dans une affaire d'honneur. Au moins il n'a pas été pendu. »

J'suis sans voix. L'matin m'tourne autour : l'ciel bleu, la terre verte, l'sol gris du porche.

« Comment vous savez… Comment vous savez pour…

— Philippe et Jack Ravanel étaient amis, Ruth. De bons amis. Vous ne voulez pas savoir ça, je suppose. Vous ne voulez pas savoir que Philippe admirait votre mari. »

J'cherche mon souffle comme un poisson hors d'l'eau.

« Philippe disait que s'il était de l'autre côté, il aurait été un rebelle comme Jehu Glen. "Donnez-moi la liberté…"

– "… ou donnez-moi la mort." C'est la mort qui l'emporte la plupart du temps. » J'suis si bouleversée qu'j'sais à peine c'que j'suis en train d'dire.

Ellen est émue aussi et elle prend son temps avant d'dire : « Oui. » Sa main tremble et elle repose sa tasse avec précaution. « Philippe était à moitié muscogee. Au temps de son grand-père, il nous aurait combattus à Horseshoe Bend. »

J'fais oui d'la tête.

« Son père est mort avant qu'il soit prêt, il n'était encore qu'un petit garçon et Philippe est devenu l'homme de la famille. »

L'regard d'Ellen s'perd au loin. « Parfois il me revient : une ombre à la forme étrange, une pluie tiède de printemps, un éclat de rire d'enfant. Je suis toujours surprise et frappée de me souvenir de mon Philippe.

– Les esprits restent près d'ceux qu'ils aiment. Ils sont impatients, ils veulent qu'on les rejoigne.

– Ruth, vous pensez qu'il est possible d'aimer deux hommes ? Est-ce que les deux moitiés d'un cœur partagé peuvent être sincères ?

– J'ai aimé qu'un homme. Jehu, il… il avait d'très belles mains.

– Philippe chantait parfois. Il faisait des rimes bêtes : "Voilà ma chère Ellen. Elle n'est pas une vilaine…"

– Philippe aurait pu changer en grandissant. Il est mort avant d'être un homme.

– Peut-on espérer changer ce qui ne peut pas l'être ?

– Y a des hommes qui sont particulièrement difficiles. Pourtant on les aime. Ces hommes laissent pas beaucoup d'place à une femme. » C'était à mon tour d'prendre mon temps. « Philippe et Rhett Butler ont pas d'manières. »

Elle sourit. « Philippe ? Des manières ? Non. Mais Ruth, les êtres vraiment élégants n'ont pas besoin de ça. L'élégance est dans leur nature et Dieu sait si Philippe était élégant.

– Vous avez assez d'argent et assez d'pouvoir et vous êtes des Blancs, alors p'têt qu'vous avez pas besoin d'manières. Les autres, c'est tout c'qu'ils ont. »

Ellen s'lève à c'moment-là et descend du porche pour arracher une mauvaise herbe. Elle la secoue pour enlever la terre d'ses racines. Elle essuie ses mains avec un mouchoir.

« Scarlett… »

Oh, j'peux pas la fermer aujourd'hui. Une vieille Négresse qui sait même pas écrire son propre nom ! Juste parler et parler !

« Scarlett s'en sortira. Rien la mettra à terre. J'veux pas être l'imbécile qui s'ra sur son chemin. »

Ellen regarde au-delà d'la pelouse d'Tara, jusqu'à la rivière Flint qui est grosse et marron parc'que c'est l'printemps.

Après la mort d'sa pauvre maman, j'ai tenu l'bébé Ellen dans mes bras. P'têt qu'elle s'en souvient encore. J'pense pas qu'elle veut s'souvenir d'ça. On veut pas s'souvenir des choses comme ça. Ça fait comme un couteau dans l'cœur.

« J'vois des choses », j'dis.

Elle m'regarde comme si on était pas une maîtresse et une mama, juste deux femmes qui essaient d'trouver leur chemin dans c'monde.

« Je sais, dit Ellen. J'ai toujours su.

– J'les ai tous perdus. »

Gentiment, elle demande : « Tous ?

– *Kote se ke pitit* », sans savoir vraiment c'que j'dis.

Ellen m'laisse parler.

« Jehu Glen, ma Martine…

– Oui.

– Capitaine Augustin, mesdames Frances et Penny et Miss Solange et Maître Pierre et Nehemiah. Et… chaque bébé Gérald.

– Oui. Oui. Chaque précieux bébé. »

Nous tombons presque dans les bras l'une de l'autre mais si on fait ça on pourra plus revenir en arrière alors on l'fait pas.

« La guerre arrive, j'lui dis, bien pire que c'que Babylone a fait à Jérusalem. J'vois du feu et du sang. La guerre, du feu et du sang.

— Nous n'avons que la prière. Parfois je pense que nous n'avons plus que ça… »

Elle m'touche, aussi légère qu'un moineau.

« J'aimais Philippe. Je l'aime encore. Tu penses que c'est mal ? Mon cœur est partagé. Je ne peux pas "voir". Je suis reconnaissante de ça. Je peux simplement guérir ces blessures avec mes mains. Nous ne pouvons pas les protéger, Mama. Nous devons essayer et ils feront ce qu'ils ont à faire. Malgré nos efforts, malgré nos prières, ils feront ce qu'ils ont à faire. »

Sa main tremble quand elle effleure l'bord d'la tasse de thé. Pas plus solide qu'une coquille d'œuf et venant d'aussi loin qu'la France, puis Saint-Domingue, puis Savannah et maint'nant Tara.

On a trop dit déjà. Il faut rien ajouter sinon on ira là d'où on pourra pas revenir.

Miss Ellen dit : « Les comptes de monsieur Wilkerson sont un désastre. »

J'me lève. « J'dois aller voir l'nouveau-né d'Teena. »

Nous n'avons jamais perdu d'bébé à Tara. Jamais sauf ceux d'Miss Ellen.

Kote se ke pitit… Oh, où est cet enfant ?

Eh bien, M'man, j'suis là. J'suis exactement là où j'dois être.

Remerciements

Un grand merci à tous ceux qui m'ont aidé à redonner vie à Mama...

M. Paul Anderson S. ; M. Paul Anderson Jr ; M. Peter Borland ; Mme Gillian Brown ; Mme Susan Brown ; Mme Mia Crowley ; Mme Kris Dahl ; Dr Laurent Dubois ; Dr Douglas Egerton ; Mme Julia Gaffield ; Dr Philippe Girard ; Dr Joan Hall ; Mme Anne McCaig ; Dr Jeremy Popkin ; Dr J. Tracy Power ; Mme Laura Starratt ; M. Kerly Vincent ; M. John Wiley Jr ; le Centre d'Histoire d'Atlanta ; la cathédrale Saint-Jean-Baptiste ; le musée de Davenport ; la Société historique de Géorgie ; l'Hermitage ; la maison Owens-Thomas.

Et je remercie tout particulièrement Margaret Munnerlyn Mitchell...

Table des matières

Première partie : Saint-Domingue

Deuxième partie : Le Bas-Pays

1 –	Réfugiés	35
2 –	L'orangerie	85
3 –	Savez-vous tirer ?	101
4 –	Le maintien	115
5 –	Celui que vous faites semblant d'être, vous le devenez	156
6 –	Les chaussures du dimanche	192
7 –	Martine	209
8 –	Des relations utiles	250
9 –	Le don de prophétie	268
10 –	Vies des pères, martyrs, et autres principaux saints	274
11 –	S'endurcir le cœur	294

Troisième partie : La rivière Flint

1 –	Comment Pork et moi avons pris feu	303
2 –	Comment Miss Ellen et moi apportons d'la distinction à la campagne	320
3 –	Comment Katie est arrivée à la place d'Jésus	335
4 –	Nous sommes en deuil	344
5 –	Quand l'jeune Maître Wilkes rentre à la maison	354
6 –	Pourquoi les gentlemen préfèrent la selle des dames	365
7 –	Comment j'suis devenue Judas	374
8 –	Comment Miss Katie est devenue Miss Scarlett	384
9 –	Comment Miss Scarlett brise les cœurs	392
10 –	Nous faisons sécession	402
11 –	Comment j'rencontre l'fils du bourreau	411
12 –	Kote se ke pitit ?	420

Composition : Compo Méca Publishing
64900 Mouguerre

MARQUIS

Québec, Canada

Imprimé au Canada
Dépôt légal : novembre 2014
ISBN : 978-2-7499-2394-9
LAF : 1945